Jean-Luc Bannalec

BRETONISCHE NÄCHTE

Kommissar Dupins elfter Fall

Kiepenheuer & Witsch

Aus Verantwortung für die Umwelt hat sich der *Verlag Kiepenheuer & Witsch* zu einer nachhaltigen Buchproduktion verpflichtet. Der bewusste Umgang mit unseren Ressourcen, der Schutz unseres Klimas und der Natur gehören zu unseren obersten Unternehmenszielen. Gemeinsam mit unseren Partnern und Lieferanten setzen wir uns für eine klimaneutrale Buchproduktion ein, die den Erwerb von Klimazertifikaten zur Kompensation des CO_2-Ausstoßes einschließt.

Weitere Informationen finden Sie unter
www.klimaneutralerverlag.de

FSC www.fsc.org
MIX
Papier | Fördert gute Waldnutzung
FSC® C083411

1. Auflage 2022

Covergestaltung: Rudolf Linn, Köln
Covermotiv: © shutterstock-andre quinou
Kartografie: Birgit Schroeter, Köln
Gesetzt aus der Aldus und der Franklin Gothic
Satz: Buch-Werkstatt GmbH, Bad Aibling
Druck und Bindung: CPI books GmbH, Leck
ISBN 978-3-462-05403-3

À L.

Gant amzer en em gav taouledet
Avaloù ha pennoù kalet.
Mit der Zeit werden
Äpfel und harte Köpfe weich.

BRETONISCHES SPRICHWORT

Hôtel de charme et bonne table

Plage Saint-Jean
29100 Douarnenez Tréboul
0033 2 98 74 00 53
www.hoteltymad.com
info@hoteltymad.com

Ein Lieblingsort von Kommissar Dupin

»Auf der Terrasse des Ty Mad blühte ein Meer von Blumen in verschiedenen Farben, betörende wild vermischte Düfte, kleine Reihen zartgrüner Bambusse, filigrane, hochwachsende Gräser, verschwenderische weiße Rhododendren, dunkelgrüne Kübel mit Olivenbäumchen. Tische, Stühle und Sonnenliegen überall im Garten verteilt. Eine verzauberter Ort. Eine Oase.«
Aus: »Bretonische Flut«

Ty Mad bedeutet auf bretonisch »gutes Haus« und genau das ist es: ein kleines, geschmackvoll eingerichtetes Hotel in der magischen Bucht von Douarnenez. Es liegt gegenüber der mythischen Île Tristan und an dem legendären Küstenweg, auf dem Sie bis zur Pointe du Raz wandern können. Hier erleben Sie die konzentrierte Bretagne.

Bereits in den Zwanzigerjahren wohnten hier berühmte Künstler wie Pablo Picasso, André Breton und Max Jacob. Ein ruhiger, meditativer Ort mit einer besonderen Aura. Die meisten Zimmer besitzen einen fantastischen Blick aufs Meer. Das Hotel verfügt über ein Schwimmbad mit Spa-Bereich; Massagen, Yoga, Musiktherapie können Sie auf Anfrage buchen.

Im Restaurant mit großen Panoramafenstern verwöhnt Sie Didier Lecuisiner mit frischen regionalen Produkten aus biologischem Anbau.

Wir tun alles, um in Ihrem Herzen ein kleines Glücksgefühl zu hinterlassen!

Ihre Armelle Raillard und ihr Team

Ar Men Du

Relais du Silence et Restaurant Gastronomique

47 Rue des Îles
29920 Névez
0033 2 98 06 84 22
www.men-du.com
contact@men-du.com

Ein Lieblingsort von Kommissar Dupin

»Die Terrasse des Ar Men Du war ein magischer Ort.
Und nicht nur die Terrasse. Die Landspitze, auf der das
formidable Restaurant mit dem hübschen Hotel lag,
war nach Westen und Osten mit zwei Fensterseiten
zum Atlantik ausgestattet. Man sah den weiten Horizont
mit den beiden kleinen vorgelagerten Inseln …«
Aus: »Bretonischer Stolz«

Das Ar Men Du liegt in einem Naturschutzgebiet gegenüber der sagenumwobenen Glénan-Inseln. Das Hotel besitzt drei Sterne, das Restaurant wurde 2010 mit einem Michelin-Stern ausgezeichnet. Neuer Küchenchef seit 2017 ist Philippe Emanuelli.

Direkt am Meer erbaut, bietet das Restaurant einen einzigartigen 180°-Panoramablick auf den Atlantik. Auch die schönen, im maritimen Stil frisch renovierten Zimmer und neuen Suiten verfügen allesamt über Meeresblick, viele zudem über eine eigene Terrasse.

Zu beiden Seiten des Hotels beginnen atemberaubende Wanderwege, alte Schmugglerpfade. Sowohl nach Concarneau als auch nach Pont-Aven wie zu den meisten anderen Orten der Dupin-Kriminalromane ist es nicht weit. Fragen Sie nach den aktuellen Angeboten – ich freue mich auf Ihren Besuch!

Ihr Pierre Yves Roué und sein Team

DER ERSTE TAG

»Vorzeichen des Todes, eindeutig. *Intersignes de la mort.*«

Kadeg, Inspektor des *Commissariat de Police de Concarneau,* setzte eine dramatische Miene auf. Seine Stirn war sorgenzerfurcht.

»Die Elster fliegt schon eine ganze Zeit lang ums Haus. Ab und zu setzt sie sich aufs Dach.« Der dramatischen Miene folgte eine dramatische Pause. »Vor ein paar Wochen fing ein Hahn an, vor Mitternacht zu krähen. Schließlich hat meine Tante ein Wiesel im Garten gesehen. – Und letzte Woche ist die Elster dann auch noch gegen die Scheibe des Schlafzimmerfensters geflogen.«

Ein Vibrieren lag in Kadegs ungewöhnlich matter Stimme.

»Eindeutig«, wiederholte er, »Vorzeichen des Todes.«

»Reichen Sie mir doch mal das Baguette, Riwal«, wandte sich Kommissar Georges Dupin an seinen ersten Inspektor.

Der Kommissar hatte eine *assiette de la mer* bestellt, ein herrliches Essen an heißen Tagen; ein Dutzend Austern, dazu ein riesiger Krebs, *langoustines,* eine ansehnliche Portion kleiner und großer Meeresschnecken, *bigorneaux* und *bulots.* Und das Wichtigste: frische hausgemachte Mayonnaise. Paul, der Besitzer des *Amiral,* Dupins zweites Zuhause in der

»Blauen Stadt« am Meer, hatte ihm sicher ein halbes Pfund davon auf den Tisch gestellt. Nussessig, behauptete Paul, sei das Geheimnis ihres sensationellen Geschmacks. Wie auch immer, Dupin war verrückt nach dieser Mayonnaise. Nach Meeresfrüchten ohnehin. Andere Völker, Barbaren allesamt, verunglimpften Mayonnaise als fettigen Bestandteil des *fast food,* in Frankreich hingegen verstand man sie als das, was sie war: Kunst. Schon Paul Bocuse hatte sie gefeiert, wie alle göttlichen Köche. Eine Spezialität mit Geschichte, industriell verhunzt wie wenige andere. Kreiert wurde sie 1756, im Siebenjährigen Krieg. Maréchal Richelieu höchstpersönlich nahm mit seinen Truppen Menorca ein. Als Dank erhielt er weder Medaille noch Landgüter, sondern man widmete ihm eine neu erfundene Soße, eine exquisite Köstlichkeit, die nach der letzten eingenommenen Stadt benannt wurde: Maó, spanisch Mahón, die *sauce mahon-naise*. Die Bretonen waren sich sicher: Der Koch war einer von ihnen gewesen, es konnte gar nicht anders sein. – Das Beste war, den Teller am Ende mit einem Stück Baguette auszuwischen, auf dem sich die Reste der Mayonnaise mit den Aromen der Meeresfrüchte vermischten. Ein marines Elixier.

»Sie sollten diese Vorzeichen unbedingt ernst nehmen, Chef.« Riwal machte keine Anstalten, Dupin den Brotkorb herüberzureichen.

Die vier Kollegen hatten es sich auf der Terrasse des *Amiral* gemütlich gemacht. Riwal und Kadeg an einem Tisch, Dupin und Nevou, eine der beiden Polizistinnen des Kommissariats, am Tisch daneben.

»Die Elster gilt als Todesvogel.« Riwal war spürbar unbehaglich zumute. »Es sind tatsächlich alles klassische Vorzeichen. Man kennt sie seit Tausenden Jahren. Uraltes keltisches Wissen.«

»Bekomme ich trotzdem etwas Baguette?«, versuchte Dupin erneut sein Glück.

»Commissaire, das ist kein Witz.« Nevou strafte Dupin mit einem grimmigen Blick.

Dupin seufzte laut. Er hatte sich den ganzen Morgen auf diese Dreiviertelstunde Mittagspause gefreut. Auf die Meeresfrüchte, die Mayonnaise, das Baguette, ja, auf die Zeit für sich. Ganz allein. Ohne andere Menschen. Dafür mit den obligatorischen Zeitungen, *Ouest-France, Le Télégramme* und *Le Monde.*

Entgegen allen meteorologischen Prophezeiungen war das Wetter erneut sagenhaft schön geworden, sodass sich die Kollegen Dupin spontan angeschlossen hatten, als er das Kommissariat verließ. Er hätte den Hinterausgang nehmen sollen, so wie er es nicht selten tat.

Es war der erste Oktober, doch der Sommer schien beschlossen zu haben, frohgemut weiterzumachen, so als wäre nichts. Als hätte es keinen Herbstanfang gegeben. Bereits die letzten Jahre waren September und Oktober lupenreine Sommermonate gewesen, bis Anfang November gar, dann erst war das Wetter umgeschlagen. Niemand beschwerte sich.

Der Kommissar setzte sich so aufrecht, wie es ging. Als Zeichen seiner Ernsthaftigkeit und Konzentration.

»Gut. – Und was soll das alles heißen?«

»Meine Tante ist sich sicher, dass sie bald sterben wird.«

Dupin erkannte Kadeg nicht wieder. Eigentlich war der Inspektor die Verkörperung unerträglicher Pedanterie, militärischer Zackigkeit, vor allem aber pragmatischer Nüchternheit, was ihn gleichwohl, bedauerlicherweise, nicht davon abhielt, sich gelegentlich in die eine oder andere fixe Idee zu verrennen. Normalerweise gehörten Phänomene wie »Vorzeichen des Todes« zu Riwals Interessen. Und Kadegs Rolle bestand darin, sich darüber lustig zu machen.

Seltsame Vorkommnisse, Erscheinungen des vielgestaltigen Übernatürlichen, die anderswo als außergewöhnlich angesehen werden mochten, waren in bretonischen Sphären ganz gewöhnlich. Auch für Nolwenn – offiziell Dupins Assistentin, inoffiziell »die Chefin«, wie es sich im Kommissariat irgendwann durchgesetzt hatte – war Übernatürliches eine ganz selbstverständliche Sache.

»Ich will ja nicht sagen, so ist es«, Riwal blickte Kadeg voller Mitgefühl an, »aber so ist es.«

Kadeg war kein Mann, der seine Gefühle zeigte, aber nun saß er vor ihnen wie ein Häuflein Elend.

»Wie alt ist Ihre Tante?«, wollte Nevou wissen.

»Neunundachtzig. Dabei noch ganz rüstig. Und völlig gesund. – Ihre Mutter ist achtundneunzig geworden.«

Riwal nickte: »Gesundheit spielt für den Tod keine Rolle.«

Dupin lag ein scharfer Protest auf der Zunge. Wenn sie »völlig gesund« war – warum sollte die alte Dame jetzt plötzlich sterben? In der Bretagne gab es nicht wenige Hundertjährige. Und die Gene hatte sie offenbar.

Dupin verkniff sich den Protest. Es wäre müßig. Er kannte die Geschichten von den »Vorzeichen des Todes«, sie waren zahllos. Und mitunter ganz alltäglich, was ihnen, so empfand es Dupin, etwas Komisches verlieh. Fast alles konnte den Tod ankündigen, den allmächtigen *Ankou*. Zum Beispiel, wenn nachts die Hunde heulten oder wenn in Kirchen Kerzen erloschen, wenn man von Pferden träumte – es sei denn von weißen –, man plötzlich Tränen in den Augen hatte oder von einem jähen Schauder ergriffen wurde. Besonders bedenklich: wenn Geschirr hinfiel und dabei zerbrach. Anscheinend galten die Zeichen nur in bestimmten Konstellationen – ansonsten würde jeder Bretone täglich Ankündigungen seines nahen Todes sehen und die Bretagne wäre eine menschenleere

Gegend. Dupin selbst wäre ein hundertfach toter Mann. Außerordentlich hinterhältig war auch jenes Vorzeichen: wenn im Haus drei Lichter zugleich an waren. Dann nämlich, hieß es, stehe ein besonders schmerzhafter Tod unmittelbar bevor. Nur wenige der Vorzeichen, fand Dupin, hatten einen überzeugend mysteriösen Charakter. Etwa wenn man morgens mit wachsgelben Flecken auf den Händen aufwachte. Oder, vielleicht noch unwahrscheinlicher: wenn man im Traum jemanden mit einem großen Bündel schmutziger Wäsche herumlaufen sah.

»Vielleicht gehen Sie mal mit Ihrer Tante zum Arzt, Kadeg. Nur vorsichtshalber.« Dupin sprach mit sanfter Stimme, erkennbar um Empathie bemüht.

Nevou, Riwal und Kadeg starrten Dupin fassungslos an.

»Wenn es ihr Tod sein soll, dann *ist* es ihr Tod. Daran können Sie überhaupt nichts ändern«, klärte Nevou ihn auf. »Niemand kann das. Auch kein Arzt.«

Es klang wie »vor allem kein Arzt«. Riwal nickte bedächtig.

»Haben Sie Ihre Tante in letzter Zeit besucht?«, fragte Dupin.

»Am Sonntag – gestern.« Kadeg stockte. »Sie nimmt nach und nach Abschied.«

Was seine Zeit dauern würde. Dupin wusste nicht viel über Kadegs Tante, wohl aber, dass sie Oberhaupt des beachtlichen Familienclans der Kadegs war. Der Inspektor hatte seine Eltern früh verloren, ein Autounfall, er war gerade achtzehn gewesen. Er hatte mit einem Mal allein klarkommen müssen. Seine Tante, die Schwester seiner Mutter, hatte sich um ihn gekümmert. Überhaupt schien sie die Familie zusammenzuhalten. Wenn Dupin die zahlreichen Geschichten in den letzten zehn Jahren richtig gedeutet hatte, hing Kadeg sehr an ihr. Sie lebte im hohen bretonischen Norden, bei Aber Wrac'h, an

einem der drei großen legendären *Abers*, wie sie an der Nordwestküste des Finistère hießen – Flüsse, die sich zu Meeresarmen weiteten. Der Tante gehörte eine ehemalige mittelalterliche Abtei samt einem Park, dem ehemaligen Abteigarten.

»Ich verstehe.« Es kam Dupin ein wenig makaber vor. »Ich meine, es tut mir sehr leid«, fügte er rasch hinzu. »Das mit Ihrer Tante.«

Nevou, Riwal und Kadeg bedachten den Kommissar abermals mit einem missbilligenden Blick. Dupins Satz hatte ein bisschen wie »Herzliches Beileid« geklungen.

»Noch ist sie nicht tot«, protestierte Kadeg. »Sie ...«

»Möchte jemand einen *café?*«, rettete Paul den Kommissar. »Ach, und die neuen Äpfel sind da. – Ich habe eine ofenwarme Tarte mit köstlichen *Reinettes d'Armorique*.«

Eine der Dutzenden bretonischen Apfelsorten.

»Unbedingt«, schoss es aus Dupin hervor. »Und einen *café*.«

»In Ordnung.« Paul nickte.

»Für mich auch, bitte.« Riwals Augen leuchteten. Die Ankunft der neuen Äpfel gehörte zu den 365 kulinarischen Feiertagen des bretonischen Jahres. Und Riwal kannte sämtliche bretonischen Apfelsorten, die alten, die neuen, die zum Backen, die für Kompott ... Auch Dupin mochte Äpfel – auf der Tarte goldbraun karamellisiert –, aber noch mehr den ultradünnen Teig unter ihnen.

»Für mich ebenfalls«, sagten Kadeg und Nevou gleichzeitig.

»Kadeg, wie steht es eigentlich um die Lieferung der *Cinémomètres jumelles laser?*« Dupin musste die Chance ergreifen und sicherstellen, dass sie nicht mehr auf Kadegs Tante zurückkamen. »Und die neuen *Éthylotests* waren doch auch für den Oktober angekündigt, oder?« Er mimte einen engagierten Tonfall.

Neue Hightechgeräte zur Geschwindigkeitskontrolle und für Alkoholtests. Beides waren Themen, denen sich Kadeg geradezu leidenschaftlich widmete.

»Ich erwarte sie spätestens Ende des Monats.« Augenblicklich war Kadeg bei der Sache. Und wieder fast der Alte. »Sie katapultieren uns direkt in die Zukunft, Commissaire. Die Präzision der neuen Lasertechnologien erreicht unvorstellbare …«

»Was ist mit unseren Passagenschwimmern, Nevou?«

Weitere Lobpreisungen der technischen Innovationen waren nicht nötig, es war Dupin nur um die Ablenkung gegangen.

Seit ein paar Tagen machte sich eine Gruppe Jugendlicher den Spaß, nachts in der Passage zu schwimmen, den hundert Metern Meer zwischen den beiden Stadthälften Concarneaus, der *Ville Close* und dem östlichen Teil der Stadt. Zweimal am Tag strömten die gigantischen Wassermassen des Atlantiks durch die Passage in den großen Hafen der Stadt hinein und wieder heraus. Concarneau besaß einige Kilometer Küste und nicht wenige traumhafte Strände, jeder durfte schwimmen, wo er wollte, nur hier, wo die Boote ein- und ausfuhren, war Schwimmen strengstens verboten. Es kamen viele Boote, Tag und Nacht. Der besondere Kick beim Schwimmen durch die Passage bestand darin, gegen die mächtige Strömung anzukämpfen. – Nevou hatte sich der Sache angenommen, mit ein paar Anwohnern gesprochen, um die Gruppe zu identifizieren. Eigentlich war es eine Petitesse. Aber eben eine gefährliche.

»Hab ich geklärt.«

»Was heißt das?«

»Ich weiß, wer da mitmacht, und habe mit zwei der Jugendlichen gesprochen.« Sie rieb sich übers Kinn und fügte hinzu: »Ich denke, sie haben verstanden.«

Dupin hatte keinen Zweifel.

»Und Riwal? – Was liegt für Sie heute noch an?«

»Das wissen Sie doch, Chef. – Die Fortsetzung des Gesprächs mit Madame Docteur.«

Dupin wusste es, natürlich. Er hatte es bloß vergessen. Verdrängt. Weil es zu absurd war. Vorgestern früh hatten sie einen Anruf vom Hauptpostamt erhalten. Ein Päckchen, das zur Auslieferung angekommen war, hatte über Nacht in der Post gelegen und am Morgen penetrant seltsam gerochen. Mehr noch: Die ganze Post hatte danach gestunken. Ein Postbeamter hatte eine gute Nase bewiesen – verdächtig gut – und war sich sofort sicher gewesen: Cannabis. Und er hatte recht gehabt. Dreißig Gramm schlecht verpacktes Cannabis. Anschließend hatte nicht die Post, sondern die Polizei, genauer gesagt: Le Menn und Riwal, das Paket ausgeliefert. Ein wenig außerhalb, Richtung Fouesnant. Die Empfängerin des Päckchens war die pensionierte Stadtarchivarin, eine »Madame Docteur«, Historikerin. Le Menn und Riwal hatten bei ihrem Besuch höflich auszudrücken versucht, dass die Sache illegal sei und man Anzeige erstatten müsse. Die ausgesprochen fröhliche Siebzigjährige hatte nicht im Ansatz verstanden, warum. Sie bestelle die »Medizin« seit zehn Jahren und immer beim selben bretonischen Hersteller, *fait en Bretagne*. Noch nie habe jemand etwas einzuwenden gehabt. Sie hatte dann dringend zu einem Friseurtermin gemusst, und man hatte sich auf eine Fortsetzung des Gesprächs am heutigen Nachmittag geeinigt. Fluchtgefahr bestand keine.

Dupin selbst hatte um fünfzehn Uhr einen Termin, der nicht weniger absurd war.

Ein Professor des weltberühmten Instituts für Meeresbiologie in Concarneau hatte das Gefühl, verfolgt zu werden. Seit

drei Wochen. Letzten Mittwoch hatte der Wissenschaftler, ein Pariser um die vierzig, unangekündigt im Kommissariat gestanden. Und von einem Mann in einem blauen Seemannspullover berichtet, der ihm nachstelle. Ein Pullover, wie ihn Zehntausende Bretonen besaßen, auch Dupin. Und unzählige Touristen. »Ungefähr so groß wie Sie«, hatte die weitere Aussage des Professors gelautet. Und: »Überhaupt ähnelt er Ihnen, muss ich sagen. Bloß mit weißen Turnschuhen.« Dabei hatte der Professor den besagten Mann immer bloß aus der Ferne gesehen. Beim Verlassen des Instituts war der Mann ihm angeblich bis nach Hause gefolgt, rund zehn Minuten zu Fuß. Gestern dann – der Professor hatte Dupin heute früh angerufen – wollte er ihn beim Verlassen seines Hauses gesehen haben. Er arbeite durchaus an etwas Geheimem, hatte der Professor zu Protokoll gegeben, aber jede weitere Auskunft verweigert. Dupin wusste, dass das Institut, das erste meeresbiologische Institut der Welt, den Geheimnissen des Atlantiks, seiner Tiere und Pflanzen, auf der Spur war. Und dass diese in der Tat ungeheure Möglichkeiten boten. Auch Claire wies ab und zu mit einer bedeutungsschweren Geste aufs Meer: »Da liegen die Lösungen für all unsere Probleme. Nicht bloß dass wir dort herkommen, so wie alles Leben auf der Erde – das Meer kann uns auch retten.« Wobei sie grimmig hinzufügte: »Verdient haben wir die Rettung eigentlich nicht, so wie wir uns benehmen.«

»Nach dem Gespräch mit Madame Docteur übernehme ich eine Schicht«, komplettierte Riwal, seine Züge hellten sich auf.

»Sehr gut.« Dupin nickte. Bei der »Schicht« ging es um die Überwachung einer Bootsbaustelle. Um die Abwehr von Industriespionage. Seit vier Jahren baute der Segler François Gabart – weltweit einer der Großen des Segelsports und

stolzer Concarnois – sein neues Superboot: einen Trimaran der »Classe Ultime«. Zweiunddreißig Meter lang. Ein aerodynamisches Wunder. Die ganze Stadt fieberte beim Bau mit. Jetzt war es fast fertig, im nächsten Jahr würde Gabart damit die Transatlantikregatta bestreiten. Die Farbe des Bootes war ein patriotisches Bekenntnis: ein blaues Boot für die blaue Stadt. Zwei Polizisten waren abgestellt, um auf der Baustelle nach dem Rechten zu sehen, eigentlich reichte das – aber Rival liebte den Job. So wie er Boote liebte. Und François Gabart.

»Et voilà.« Paul war zurück. Mit den *cafés* – und der Tarte. Stille trat ein, jeder genoss das Dessert für sich.

Im Hafenbecken der *Ville Close* – der auf einer Insel gelegenen Altstadt Concarneaus – veranstaltete die Sonne ein unruhig funkelndes, grelles Spektakel, das die gesamte Welt überbelichtete und in einen diffusen Lichtschleier packte. Von der typisch frühherbstlichen Milde des Lichts war nichts zu merken.

»Ja?«

Bärbeißiger hatte ein Ja wahrscheinlich noch nie geklungen.

Es war halb eins. Nachts.

Dupin lag im Bett. Claire lag neben ihm. Sie schlief längst. Seit zehn schon, sie war spät und todmüde aus der Klinik gekommen, hatte das Omelette heruntergeschlungen, das Dupin zubereitet hatte, rasch geduscht, war – ein abendliches Ritual – ans Fenster getreten, um aufs Meer zu schauen, und dann ins Bett gefallen.

Schon bald hatte Dupin sich neben sie gelegt und gelesen.

Eine verrückte Geschichte, *Freya von den sieben Inseln,* Claire hatte ihm das Buch geschenkt. Aber in Wahrheit hatte er Claire beim Schlafen zugesehen. Er mochte das. – Eigentlich hatte er mit ihr letztes Wochenende wegfahren wollen. Eine Überraschung. Er hatte ein Zimmer gebucht, im Hotel *Ty Mad* in Tréboul, ein Juwel am Ende vom Ende der Welt, es gehörte seiner Freundin Armelle. Alles hatte gepasst. Mit Armelles Hilfe hatte er ein prächtiges Picknick organisiert, in einer versteckten Bucht. Im warmen Sand zwischen mächtigen, vom Meer gerundeten hellen Steinen. Das war jedenfalls Dupins Plan gewesen. Dann war Claires Kollege krank geworden. Und sie hatte das Wochenende durcharbeiten müssen. Als Ausgleich würde sie nun morgen und übermorgen freihaben – wovon sie gemeinsam nichts haben würden, gar nichts.

Dupin hatte Claire an dem Wochenende fragen wollen. Endlich. Es wäre perfekt gewesen.

»Er – er steht draußen vor der Tür. Er hat versucht, einzudringen. Glaube ich.« Dupin hatte die Stimme des Meeresbiologen erkannt. Der Professor klang panisch.

»Was heißt das, Monsieur?« Dupin war hellwach.

»Ich habe gesehen, wie sich die Türklinke bewegt hat. – Er will ins Haus.«

»Sind Sie sich sicher? Ich meine, dass sich die Türklinke bewegt hat?« Dupin flüsterte. Er wollte Claire nicht wecken.

»Fast sicher. – Es war dunkel. Und selbstverständlich habe ich das Licht nicht angemacht.«

Dupin hatte sich im Bett aufgesetzt.

»Da war jemand vorm Haus. Ich versichere es Ihnen. Er ist auf und ab gegangen.«

»Und es war der Mann, von dem Sie denken, dass er Sie in letzter Zeit verfolgt hat?«

Ein kurzes Zögern, dann: »Mit abschließender Gewissheit kann ich das nicht sagen.«

Großartig. Schon bedauerte Dupin, dem Professor seine Handynummer gegeben zu haben. Es war als Beruhigung gedacht gewesen.

»Sind Sie allein zu Hause, Monsieur?«

»Meine Frau ist auch da. Sie schläft.«

»Können Sie die Person vom Fenster aus erkennen?«

Es war eine sternenklare Nacht, zudem beinahe Vollmond. Die Welt war in solchen Nächten alles andere als dunkel.

»Wenn ich ans Fenster trete, sieht er mich doch.«

»Vermutlich weiß die Person, dass Sie sich im Haus befinden.«

Wenn da überhaupt eine Person war.

»Ich will nur ...«

Ein Knacken.

»Hallo? – Professor?«

Das Gespräch war abgebrochen.

»Hallo? Hallo?« Dupin flüsterte nun ganz und gar nicht mehr.

»Georges? Was ist los?«

Jetzt hatte er Claire doch geweckt.

Schläfrig drehte sie sich zu ihm.

Dupin stand auf.

»Alles in Ordnung, Claire, schlaf weiter. Ich muss kurz einer Sache nachgehen. – Bin gleich wieder bei dir.«

»Okay.«

Sie drehte sich um.

Dupin war erleichtert, sie schien sofort wieder einzuschlafen.

Er ging ins Badezimmer und schloss vorsichtig die Tür hinter sich, dann machte er das Licht an und wählte die Nummer des Professors.

Nichts.

»So ein Scheiß.«

Missmutig verließ Dupin das Bad, holte leise ein paar Sachen aus dem Kleiderschrank und lief zur Treppe. Unten machte er das Licht an und versuchte es noch einmal bei dem Professor.

Auch dieses Mal ohne Erfolg.

»Na gut«, seufzte er.

Er streifte sich seine Sachen über, Jeans, Polohemd. Wählte dabei Riwals Nummer.

Der Inspektor nahm augenblicklich ab.

»Was ist passiert, Chef?«

»Höchstwahrscheinlich gar nichts. – Dieser Professor vom Institut. Er glaubt, dass sich der Mann, der ihn verfolgt, vor seinem Haus rumtreibt. Er hat mich gerade angerufen. – Die Verbindung ist plötzlich abgebrochen.«

»Und Sie erreichen ihn nicht mehr?«

»Nein. – Ich fahre kurz vorbei, Riwal.«

»Völlig richtig, Chef. Sie wissen, dass das Institut ein paar spektakulären Dingen auf der Spur ist …«

»Ist gut, Riwal.«

»Ich komme mit, Chef. Der Professor wohnt in meiner Nähe.«

»Gut.« Dupin hatte den Autoschlüssel schon in der Hand. »Dann treffen wir uns dort.«

»Übrigens, haben Sie es schon gehört, Chef?«, setzte Riwal nach.

Dupin öffnete die Haustür.

»Was denn?«

Dupin lief durch den Garten und die laue Nacht.

»Sehr traurig, Chef.«

Es waren sicher immer noch siebzehn Grad.

»Kadegs Tante. – Sie ist gestorben. So schnell ist es gegangen.«

»Was?«, rief Dupin, viel zu laut.

»Ihre Nichte hat sie heute Abend um halb acht gefunden. Auf der Terrasse, im Liegestuhl. – Wohl ihr Lieblingsplatz. Dort ist sie friedlich entschlafen. Kadeg hat eben angerufen.«

»Heute Abend?«

»Heute Abend, ja. Der Dorfarzt hat den Tod festgestellt. Plötzlicher Herztod. ›Altersherz‹. Ein Bestatter aus Brest hat sie bereits abgeholt. Kadeg ist unterwegs dorthin.«

Dupin erreichte seinen Wagen, stieg ein und startete den Motor.

»Das tut mir sehr leid zu hören. Ich rufe Kadeg morgen an.«

»Sie hat es ja gewusst. Die Zeichen waren eindeutig. – Und so ist es nun gekommen.«

»Ich denke nicht, dass …«

Dupin brach ab. Zugegebenermaßen schien es ein eigentümlicher Zufall. Dass sie gerade erst heute Mittag über Kadegs Tante und die Vorzeichen des Todes gesprochen hatten – und sie nun, keine zwölf Stunden später, tatsächlich tot war. Aber selbstverständlich gab es das: Menschen, die spürten, dass ihr Tod nahte. Mit Übernatürlichem hatte das nichts zu tun.

»Bis gleich, Riwal.«

Dupins Citroën machte einen energischen Satz nach vorn.

Um 3 Uhr 15 legte sich Dupin ein zweites Mal in dieser Nacht ins Bett.

Er war hellwach.

Es war ein rundum grotesker Einsatz gewesen, er hätte es wissen müssen.

Weit und breit war niemand zu sehen gewesen. Kein Verdächtiger, kein Unverdächtiger. Keine Spur eines Verfolgers.

Und der jähe Abbruch der Verbindung und dass der Professor danach nicht mehr zu erreichen gewesen war, hatte die banalste aller Erklärungen gehabt: ein leerer Akku.

Riwal war damit beschäftigt gewesen, mit einer seiner gigantischen Taschenlampen den Garten des Professors abzusuchen, als Dupin eingetroffen war. Ohne irgendetwas Auffälliges zu finden. Anschließend hatten Dupin und Riwal dann zusammen die Straße vor dem Haus und die nähere Umgebung in Augenschein genommen. Zuletzt hatten sie noch einmal ausführlich mit dem Professor gesprochen, der unverändert darauf beharrte, jemanden vor dem Haus gesehen zu haben. Er hatte verlangt, dass sie Fingerabdrücke von der Haustürklinke nahmen, und war erst zu beruhigen gewesen, als sie ihm zugesichert hatten, am nächsten Morgen jemanden vorbeizuschicken.

Claire hatte gar nicht gemerkt, dass Dupin zurück ins Bett gekrochen war. Schlief sie einmal, dann schlief sie tief und fest. Dupin beneidete sie darum.

Er griff nach seinem Buch und folgte Freya abermals auf die sieben Inseln.

DER ZWEITE TAG

Dupin liebte die *Corniche*. »Seine« *Corniche*. Wo Claire und er seit ein paar Jahren wohnten. Das westliche Stück der Küste Concarneaus, in der Nähe des großen Strands *Sables Blancs*. Mit den kleinen Sandbuchten inmitten heller Granitwelten, feinem, blendend weißem Sand, der einen irren Kontrast zu den zahllosen Türkis- und Blautönen des Meeres und dem morgenfrischen Himmelblau bildete. Die großzügige, von mächtigen Palmen gesäumte Promenade, den weit ins Meer reichenden *Quai Nul*.

Wie jeden Morgen im Sommer war er nach dem Aufstehen und einem sofortigen *café* schwimmen gewesen. Nach dem Duschen und einem zweiten *café* stand er nun neben seinem Wagen. Wie immer würde er auf dem Weg ins Kommissariat einen kurzen Zwischenstopp im *Amiral* einlegen. Für ein *croissant* oder *pain au chocolat*, je nachdem, das entschied die Laune, und für einen dritten *café*, dieses Mal mit einer ernst zu nehmenden Maschine gebrüht.

Gleich war es acht.

Auch heute, am zweiten Oktobertag, trumpfte der Sommer unverhohlen weiter auf, dabei war es wunderbar frisch, jetzt am Morgen. Eine noch ganz unverbrauchte Welt.

Die nächtliche Szene mit dem Professor kam Dupin mittlerweile so vor, als hätte er sie geträumt.

Er hatte sich auf dem Fahrersitz seines Citroëns niedergelassen, als der penetrante Ton seines Handys anhob.

Es war Nolwenn.

»Ja?«

»Wo sind Sie, Monsieur le Commissaire?«

»Was ist passiert?«

Etwas stimmte nicht, Dupin hörte es sofort.

»Kadeg – er wurde niedergeschlagen«, Nolwenn sprach tonlos, »im Garten seiner Tante, gestern Nacht. Er ...«

»Was?«

Dupin erstarrte.

»Jemand hat ihn ...«

»Wie geht es ihm?«

»Nicht gut. – Aber es ist nicht lebensgefährlich. Er wurde seitlich am Kopf getroffen. Rechts. Das Ohr sieht wohl übel aus. Er ...«

»Wo ist er?«

»In Brest, Klinik *Pasteur-Lanroze.*«

»Ich fahre hin.«

Dupin hatte den Motor gestartet. Er gab Gas.

»Wir kommen auch. Riwal ist bereits unterwegs. Ich rufe Kadegs Frau an, sie weiß es schon. Die Arme.«

»Wie ist es dazu gekommen?«

»Wir wissen noch gar nichts, Monsieur le Commissaire, der Anruf kam gerade erst. Der Gärtner von Kadegs Tante hat ihn im Park ihres Anwesens gefunden. Stark lädiert, Kadeg war nur halb bei Bewusstsein.«

»Was hat Kadeg denn überhaupt da gemacht?«

»Das wissen wir nicht, er war zuvor beim Bestattungsinstitut. Wir gehen davon aus, dass er so gegen 23 Uhr 20 in Aber

Wrac'h angekommen ist, er hat den Bestatter um 22 Uhr 50 verlassen. Es sind rund dreißig Minuten Fahrt. – Der Arzt sagt, Sie können später mit Kadeg sprechen. Er wird noch untersucht. Sie machen ein CT vom Kopf.«

»Wer ist vor Ort? In Aber Wrac'h, im Haus der Tante?«

»Vier Gendarmen aus Lannilis.«

»Ich möchte, dass alles großflächig abgesperrt wird. Das Haus, der Garten. Alles. – Und ich will den Gärtner sprechen.«

»Natürlich.«

»Und«, Dupin dachte nach, »und diese Nichte, die die Tante gestern gefunden hat. – Kadegs Cousine, nehme ich an.«

»Klar.«

»Gut. – Wir sehen uns in Brest, Nolwenn.«

»Bis gleich.«

Dupin hatte den Kreisverkehr am Ende der *Corniche* erreicht, jetzt ging es den Hügel hinauf, Richtung *Route Nationale,* er trat das Gaspedal bis zum Anschlag durch.

»So ein Scheiß«, entfuhr es ihm.

Kadeg sah elend aus.

Der Kopf war verbunden, um das rechte Ohr ein dicker Verbandsknubbel. Im linken Arm steckte eine Infusionsnadel, daran ein Schlauch. Riwal stand am Kopfende des Bettes, er war selbst ganz bleich.

Der verantwortliche Arzt hatte neben der erheblichen Wunde am oberen Ohr und an der Kopfhaut eine »schwere Kommotio« diagnostiziert. Gehirnerschütterung. Eine vorläufige Diagnose. Insgesamt, hatte der Arzt ein paarmal mit ernster Miene wiederholt, habe Kadeg großes Glück gehabt.

»Das hätte auch ganz anders ausgehen können. Als schweres Schädel-Hirn-Trauma.« Zudem hatte er von einem Schock gesprochen. Und tatsächlich wirkte Kadeg im Innersten erschüttert.

»Er ... er muss schon da gewesen sein.« Kadeg sprach langsam, leise, die Stimme brüchig. »Irgendwo da bei den Bäumen, im Gebüsch. – Es war dunkel. Ich meine, bei ganzem Vollmond hätte ich ihn vielleicht gesehen. Aber ...« Er brach ab.

Kadeg hatte die Sätze bereits ein halbes Dutzend Mal in unterschiedlichen Formulierungen wiederholt. Als könnte er den Angreifer vielleicht doch noch entdecken, wenn er es bloß ein weiteres Mal erzählte. So verhielt es sich mit Traumata: Das Gehirn spielte die traumatische Situation unendlich durch, in der unsinnigen Hoffnung, sie doch noch abwenden zu können.

»Er hat einfach zugeschlagen. Auf einmal, aus dem Nichts. Ich meine, ich weiß es nicht, ich kann mich nicht erinnern. Ein Ast, ein Brett vielleicht. Es ist wie ausgelöscht. Ich glaube, ich war manchmal ein bisschen wach, aber ich weiß es nicht mehr. – Es hat sich alles gedreht.«

»Der Arzt sagt, er sei wahrscheinlich zunächst länger bewusstlos gewesen und dann in eine Art Dämmerschlaf gefallen«, ergänzte Riwal.

Kadeg lag in einem der üblichen Krankenhausbetten. Wobei man sich hier, in der renommierten Klinik *Pasteur-Lanroze* im Norden Brests, Mühe gab, selbst den Betten ein lebendiges, nicht ganz so steriles Design zu geben. Das Kopfende des Bettes war in einem Algengrün verkleidet, das sich als Farbe auch im Nachttischschränkchen wiederfand. Der Wand hinter dem Bett hatte man ein beruhigendes Bordeauxrot verliehen. Nolwenn hatte ein »Chambre grand

confort« für Kadeg ergattert – so hieß es tatsächlich –, was bedeutete: Es gab eine Sitzecke mit einem Sessel, einen imposanten Fernseher und – so stand es in der Beschreibung – »Gourmetverpflegung«.

»Sie haben wirklich überhaupt gar nichts von dem Angreifer sehen können?« Auch Dupin konnte nicht anders, als die Frage in unzähligen Varianten zu wiederholen.

»Nein.«

»Warum sind Sie gestern Nacht noch nach Aber Wrac'h gefahren, Kadeg?«

Dupin hatte begonnen, auf dem hellgrünen Linoleumboden des Zimmers hin und her zu laufen.

»Ich …« Kadeg stockte. »Nachdem ich meine Tante beim Bestatter so habe liegen sehen … Ich meine … Ich hatte es gar nicht geplant. – Es war ein Bedürfnis. Ich …«

Er hielt inne.

Dupin verstand das Bedürfnis gut. Das Zuhause der Menschen, Wohnungen, Häuser, in denen sie lange gelebt hatten, war weit mehr als Wände und ein Dach. Nach einer Zeit nahm es etwas von den Menschen selbst an. Als hätten sich ihr Geist und ihre Seele dort ausgebreitet, nirgendwo sonst blieben Verstorbene so präsent.

»Wie gesagt. Ich habe etwas gehört. Glaube ich. Geräusche. Ich meine, als ich auf der Terrasse war.« Auch diesen Teil der Geschichte hatte Kadeg schon mehrmals erzählt. »Bei den Apfelbäumen am Wald. Da kamen die Geräusche her, glaube ich. Ich habe laut gerufen, dass ich von der Polizei bin.«

Das war eine wichtige Information, die den Vorfall noch gravierender machte: Der Täter hatte gewusst, dass Kadeg Polizist war. Der Täter war bereit gewesen, einen Polizisten schwer zu verletzen, vielleicht sogar zu töten. Kopfverletzungen konnten immer den Tod bedeuten.

»Ich bin dann …«

»So, jetzt genügt es wirklich.«

Der hochgewachsene junge Arzt, der eben bereits auf ein baldiges Ende des Gesprächs gedrängt hatte, war auf leisen Turnschuhsohlen aufgetaucht und unterbrach Kadeg.

»Der Patient braucht jetzt dringend Ruhe.« Er trat an die Infusionsvorrichtung. »Wir werden die Kortisontherapie nun ein wenig reduzieren, sie putscht sehr auf. Dann wird er ohnehin keine Lust mehr auf Konversation verspüren. – Das Liebste wäre mir, er schliefe jetzt.«

Der Arzt hatte recht. Und mehr würden sie im Moment von Kadeg ohnehin nicht erfahren.

»Es sind übrigens drei Kolleginnen von Ihnen eingetroffen«, sagte er zu Dupin. »Sie warten vor dem Haupteingang, soll ich Ihnen ausrichten.«

Nolwenn, Nevou und Le Menn.

»Danke, Docteur.«

Dupin trat an Kadegs Bett. »Schonen Sie sich, Kadeg. – Wir kümmern uns um diese Sache, das verspreche ich Ihnen.«

Es hatte mehr Pathos in dem Satz gelegen, als Dupin beabsichtigt hatte.

»Und mein aufrichtiges Beileid zum Tod Ihrer Tante.«

Kadeg brachte bloß noch ein schwaches »Danke« hervor.

»Wir kriegen ihn, Thierry.« Riwal war die ganze Zeit nicht von Kadegs Seite gewichen.

Dupin nickte Kadeg zu, dann dem Arzt und verließ das Zimmer.

»Bis ganz bald«, versicherte Riwal seinem Kollegen und folgte Dupin.

Drei Minuten später standen sie mit Nolwenn, Nevou und Le Menn vor der Klinik. Nolwenn verlangte einen detaillierten Bericht.

Riwal gab alles genauestens wieder.

»Mehr hat man beim CT nicht festgestellt?«

»Nein«, sagte Riwal. »Es scheint nur die Gehirnerschütterung zu sein. Er muss eine Woche strikte Bettruhe einhalten. Das Ohr musste genäht werden.«

Dupin hatte begonnen, vor dem Eingang der Klinik auf und ab zu laufen, er spürte, wie die Rage in ihm zunahm und zu gleißender Wut wurde.

Niemand griff seine Leute an.

»Warum attackiert jemand einfach so einen Polizisten?«, empörte sich nun auch Le Menn. »Was könnte die Person um diese Uhrzeit im Park des Anwesens gewollt haben?«

Nolwenn blickte grimmig. »Was immer es ist – da hat jemand etwas wirklich Schlimmes im Schilde geführt.« Ihre Stimme zitterte vor Empörung. »Der Täter war bereit, einen Mord in Kauf zu nehmen. An Kadeg. – An einem Polizisten.«

Nolwenn hatte recht. Mit allem. Bei einem Angriff auf einen Polizisten musste der Täter mit einer noch massiveren Reaktion der Polizei rechnen – der Täter hatte es offenbar in Kauf genommen.

»Vielleicht«, murmelte Nevou, »wollte der Täter ins Haus der Tante eindringen, ist aber durch Kadegs Ankunft davon abgehalten worden. – Wir sollten hinfahren.«

So war es.

»Fahren wir«, gab Dupin den Befehl.

»Ich bleibe hier bei Kadeg. Seine Frau wird gleich eintreffen, sie musste die Zwillinge noch zur Großmutter bringen«, erklärte Nolwenn. »Le Menn, Sie fahren am besten nach Concarneau zurück und halten dort die Stellung.«

Dupin nickte.

»Ich habe Ihnen die Adresse von Kadegs Tante Joëlle Contel geschickt, Monsieur le Commissaire. – Aber das Wichtigste:

Bei den Ermittlungen zur Aufklärung der Attacke auf Inspektor Kadeg handelt es sich seit wenigen Minuten *offiziell* um eine solidarische Kooperation zwischen den Kommissariaten Brest und Concarneau. Es war nicht einfach, ich musste – sagen wir – vehement werden. Aber am Ende war Locmariaquer verständig.«

Der Präfekt. Mit dem Dupin unentwegt auf Kriegsfuß stand. Eine Geißel, vom ersten bretonischen Tag an.

Dupin hatte zwar zwischendurch kurz daran gedacht, dass der Fall eigentlich geografisch nicht in ihrer Zuständigkeit lag, es aber sofort wieder verdrängt. Denn natürlich ging es gar nicht anders, als dass sie ermittelten. Schließlich war Kadeg angegriffen worden.

»Sie sind im Rahmen dieser Untersuchung berechtigt, die Gendarmerie von Lannilis zu befehligen, Commandante Carman und ihre Truppe.«

»Ausgezeichnet.«

Es war wie immer: Nolwenn vollbrachte Wunder. Und das wie nebenbei.

»Das wäre ja noch schöner gewesen. *Unser* Mann wird überfallen und jemand Fremdes ermittelt ...« Nolwenn schüttelte den Kopf.

Dupin eilte zu seinem Wagen, er hatte direkt vor dem Haupteingang geparkt.

»Wir sehen uns dort.«

Es war ein Paradies, wenn auch ein windiges: Aber Wrac'h.

Das Örtchen mit dem kleinen Hafen lag unmittelbar am Meer. Unmittelbar an der Mündung des *Abers*. Zu beiden

Seiten lang gestreckte, zerklüftete Halbinseln, die sich weit ins Meer zogen. Dazwischen, in der breiten Bucht, Dutzende Inselchen und wüste Felsen.

Auch die *Abbaye des Anges*, die einstige *Abtei der Engel*, das Zuhause von Kadegs Tante, war ein Paradies. Ein Paradies hinter hohen, uralten Steinmauern aus hellem Granit, ein paar Hundert Meter vom Örtchen entfernt, ebenfalls direkt am Meer gelegen und an einem hübschen langen Sandstrand.

Hinter der ehemaligen Abtei erhob sich ein dicht bewaldeter Hügel. Sanft und harmonisch stieg er an und schirmte die Abtei wie ein gigantischer Wall vom Inland ab. Die gesamte Anlage, das von den Mauern umgebene Reich, sah aus wie hingezaubert. Wie immer hatten die Mönche genau gewusst, wo sie sich niederließen. Wo es am schönsten war. Am sichersten.

Es war eine friedliche Welt, eine himmlische Welt. Eine Idylle. Zumindest bei diesem sagenhaften Sonnenschein, der zusammen mit einem beeindruckend steifen Wind heute auch den Norden der Bretagne regierte. Ein Wind aus Nordwesten, schwer bepackt mit Salz und Jod vom offenen Atlantik. Der Ort hatte eine besonders starke Aura. Dupin lag nichts ferner als Mystizismus, aber so etwas gab es: Orte, an denen man etwas Derartiges spürte. In diesem Fall eine helle, kristalline Aura, eindeutig keine finstere. Aber: Sie war gestört worden. Und zwar ganz empfindlich.

Dupin hatte direkt vor der Mauer geparkt, wo bereits zwei Polizeiwagen standen, zwei Renaults, vermutlich von der örtlichen Gendarmerie.

Dupin war noch nie hier gewesen, überhaupt nur einmal an diesem Stück Küste. In Tréompan.

Der Kommissar bewegte sich auf den Eingang zu, ein Torbogen in der mächtigen vorderen Mauer. Hinter ihr ragte die

schlichte, dabei umso imposantere Kirche der Abtei auf. Dupin schätzte die Höhe auf über zwanzig Meter, sie war aus dem gleichen hellen Granit erbaut wie die Mauern. »Bretonische Gotik« – eine eigensinnige Mischung aus Romanik und Gotik. Ein bretonisch spitzes Dach mit in der Sonne glitzernden Schieferplättchen. Ein sehr hohes, schmales Kirchenfenster in einem geheimnisvoll schimmernden Blau.

An die Kirche war ein lang gezogenes Gebäude mit ebenso spitzem Dach angebaut worden. An dieses noch eines, ein Stück flacher – und an jenes noch ein letztes. Man hatte es mit einer Häuserfront von sicher hundertfünfzig Metern zu tun. Das letzte Haus bot gerade so genügend Platz für eine gedrängte erste Etage.

Dupin trat durch den Torbogen in einen Innenhof. Und blieb unwillkürlich stehen.

Es war bloß ein Schritt gewesen, aber es fühlte sich an wie ein Sprung in eine andere Welt, in eine andere Zeit. Als würde die gesamte Anlage unter einer himmelhohen unsichtbaren Kuppel liegen, sich in einer eigenen Sphäre befinden. Im Schutz der gewaltigen Mauern war kein Windhauch zu spüren. Üppige knalllila Lavendelbüsche. In einer Ecke stand ein extravaganter Oleander in Orange.

Dupin hatte sehr wenig geschlafen, keine drei Stunden, da konnte einem die Welt schon mal sonderbar vorkommen.

»Hallo?«

Er tat ein paar Schritte in den Hof. Alles befand sich in einem sagenhaften Zustand. Das Haus neben der Kirche hatte eine elegante Eingangstür unter einem reich verzierten Steinbogen. Die Tür aus Holz wies filigrane Verstrebungen auf, in die Glas eingelassen war. Wie die Fensterrahmen war sie in einem matten Minzgrün gestrichen. Rechts und links des Eingangs befanden sich Mauervorsprünge, darauf

geschwungene Terrakottatöpfe mit akkurat geschnittenen Buchsbäumchen. Eine mit weißen Flechten bewachsene Steinmauer trennte den Hof vom Park, riesige Hortensienbüsche in Weiß und Altrosa wuchsen an der Mauer. Einzelne hochgewachsene Bäume ragten dahinter in den Himmel. Eine mächtige Pinie wollte noch höher hinaus als alle anderen.

»Hallo?«, rief Dupin erneut. »Ist hier jemand?«

Die Gendarmen mussten ja irgendwo sein. Außerdem sollten der Gärtner und die Nichte mittlerweile eingetroffen sein. Allerdings hatte Dupin bis auf die Polizeiautos keinen anderen Wagen gesehen.

Er schritt auf die elegante Haustür zu. Rechts hing eine Glocke an einer filigranen Messingkonstruktion. Ein kurzes Schiffstau zum Läuten.

Dupin drückte die Türklinke. Abgeschlossen.

Dann läutete er.

»Hallo? – Hier Commissaire Dupin.«

»Hier hört Sie niemand, Chef.«

Riwal war hinter Dupin im Hof erschienen.

»Die Kollegen sind auf der anderen Seite der Abtei, da liegen das Wohnhaus und die Terrasse.« Der Inspektor lief energischen Schrittes voraus. »Ich war schon einmal hier. Mit einer Führung. Es ist zwar tatsächlich alles Privatbesitz, aber Madame Contel war es immer wichtig, diesen außergewöhnlichen Ort allen zugänglich zu machen. Die alte Abtei ist schließlich ein bedeutendes Monument.«

Schweigend passierte Riwal die gesamte Häuserfront und bog hinter dem letzten Gebäude um die Ecke. Normalerweise hätte der Inspektor einen außergewöhnlichen Ort wie diesen mit ellenlangen sachkundigen Einlassungen bedacht. Bestimmt gab es viel zu erzählen. Aber nicht heute.

Sie passierten ein Beet lila blühender Artischocken mit ihrem silbrigen, tief geschlitzten Blattwerk. Dupin war verrückt nach Artischocken, er aß sie am liebsten mit einer selbst gemachten Vinaigrette, Geheimzutat Kerbel, eins der wenigen Rezepte, die er beherrschte.

An der dem Meer abgewandten Seite gelangte man direkt in den Park. Jetzt erst sah man, wie groß diese Anlage hier wirklich war. Der gepflegte Rasen stieg in Richtung Wald an.

»Ich frage mich, ob wir nicht eine Autopsie an Joëlle Contel vornehmen lassen sollten«, brach Riwal sein Schweigen, ohne jedoch sein beachtliches Schritttempo zu vermindern.

»Sie denken, dass es unter Umständen gar kein natürlicher Tod war?«

»Wir sollten nichts ausschließen.«

»Sehen Sie irgendeinen konkreten Grund, Riwal?«

»Nur vorsichtshalber.«

Sie liefen an einem Gebäude vorbei, das aussah wie eine alte Stallung. Eine hohe Mauer mit drei großen Torbogen schloss sich an. Riwal lief unbeirrt geradeaus. Die Bogen gestatteten einen Blick in den großen Innenhof, der von den umliegenden Gebäuden geschützt wurde. Hier schien alle Zeit stehen geblieben, himmlische Ewigkeit regierte. Hohe, elegante Zypressen, wilder Wein, der die Fassade mit knallroten Blättern überwucherte. Man hatte beinahe das Gefühl, in der Toskana oder in der Provence zu sein. Unvorstellbar, dass man sich am Atlantik befand, der hier im bretonischen Norden noch ungleich rauer war als in der Südbretagne. Fuchsien, verschiedene Irisarten, gelb, lila, ein dunkles Rot. Hellblaue Agapanthi. Rosenbüsche. Holunder, verblühter Baldrian. Großzügig bemessene Kräuterbeete, ohne Zweifel mit geheimnisvollsten Gewächsen. Dezent angelegte Wege führten durch das selige Innenreich an einem mit großen

Granitblöcken eingefassten Brunnen vorbei. Es gab sogar einen Säulengang.

Sie bogen um die nächste Ecke – und da war sie, die Terrasse. Der Lieblingsplatz von Joëlle Contel, Kadegs Tante. Die Terrasse, auf der sie gestorben und in deren Nähe Kadeg angegriffen worden war. Eine große verwitterte Holzterrasse, direkt vor einem weiteren steinernen Haus.

Hier wartete eine kleine Versammlung. Zwei Gendarminnen, zwei Gendarmen, eine Frau um die fünfzig, schätzte Dupin – die Nichte vermutlich –, ein junges Mädchen und ein weiterer Mann. Wahrscheinlich der Gärtner. Sie standen an einem langen Holztisch.

Eine der Gendarminnen kam mit dynamischem Elan auf Dupin und Riwal zu.

»Commandante Anne Carman. Chefin der zuständigen Gendarmerie aus Lannilis. Ich bin mit den Untersuchungen des Vorfalls von letzter Nacht befasst.«

Erst nach einer kurzen Pause bedachte sie Riwal und Dupin mit einem knappen »Bonjour«.

»Bonjour, Commandante Carman.« Dupin nickte ihr zu.

Riwal brummte nur etwas. Für gewöhnlich war der Inspektor ein ausgesprochen höflicher Mensch.

Die Kommandantin hatte lockiges dunkles Haar, das sie halblang trug, feine, ebenmäßige Gesichtszüge, eine zierliche Figur, die ein wenig verloren wirkte in dem hellblauen Hemd mit den obligatorischen Abzeichen auf den Schultern und der dunkelblauen Hose.

»Was hatte Ihr Inspektor hier mitten in der Nacht verloren?«, wandte sie sich an Dupin. Die Zierlichkeit machte sie mit dem Nachdruck in ihrer Stimme und einer herausfordernden Körperhaltung wett.

»Ein rein privater Besuch. Nichts Dienstliches«, schoss es

barsch aus Riwal hervor, der die Frage offenbar als Angriff verstanden hatte. »Unser Kollege ist ein Neffe der verstorbenen Madame Contel.«

»Das ist mir bekannt.«

Dupin versuchte zu vermitteln: »Inspektor Kadeg ist gestern Nacht nach Brest gefahren, zum Bestatter, nachdem seine Tante dorthin gebracht worden war. Gewissermaßen, um sich zu verabschieden. Danach hatte er das Bedürfnis, hierherzukommen. – Er hatte sie am Sonntagabend noch besucht. Hier, in der Abtei. Seine Tante hat ihm viel bedeutet.«

Die Frau, die bei den Gendarmen gestanden hatte, trat auf sie zu.

»Bonjour. Ich bin Sophie Gautier, die Nichte von Joëlle Contel.« Hinter ihr das Mädchen – Dupin schätzte es auf vielleicht sechzehn. »Und das ist meine Tochter Marie.«

»Bonjour, Messieurs«, grüßte das Mädchen höflich.

»Haben Sie Neuigkeiten von Thierry?« Sophie Gautier wirkte tief besorgt. »Er ist mein Cousin«, fügte sie wie zur Erklärung hinzu. »Ich habe nur kurz mit seiner Frau telefoniert. Sie sagt mir Bescheid, wenn Thierry Besuch empfangen kann.«

Es war seltsam. Dupin würde sich daran gewöhnen müssen, dass alle Kadeg beim Vornamen nannten. Er hatte es hier mit Kadegs Familie zu tun.

»Ihr Cousin hat Glück gehabt, Madame.«

»Es geht ihm den Umständen entsprechend gut. Er hat eine schwere Gehirnerschütterung sowie eine erhebliche Verletzung am Ohr erlitten.« Riwal schien mit Dupins knapper Antwort nicht einverstanden zu sein. »Das Ohr wird teilweise chirurgisch rekonstruiert werden müssen.«

»Unser aufrichtiges Beileid zum Verlust Ihrer Tante,

Madame Gautier«, kondolierte Dupin. Er hätte es beinahe vergessen.

»Sie waren es, die Joëlle Contel gestern Abend hier gefunden hat?«, kam Riwal übergangslos zur Sache. Eine rhetorische Frage.

»So ist es.« Sophie Gautier drehte sich um und deutete auf einen altmodischen Liegestuhl aus massivem Teakholz, eine dicke dunkelgrüne Auflage. Sie war eine aparte Frau, sonnengebräunt, leuchtend grüne Augen, ein starker Kontrast zum Kastanienbraun der langen Haare. Sie trug eine dunkelblaue Cargohose, ein langärmeliges Shirt, sie wirkte robust und weiblich zugleich. Sie ging zum Liegestuhl und strich mit der Hand liebevoll über die Lehne. »Hier saß sie, wann immer das Wetter es zugelassen hat«, sagte sie traurig.

»Kam Ihnen irgendwas komisch vor, als Sie Ihre Tante gefunden haben, Madame Gautier?«, fragte Riwal.

»Was meinen Sie, Inspektor?« Sophie Gautier wirkte verunsichert.

»Genau das«, antwortete Riwal unbeirrt. »Ob Ihnen irgendetwas auffällig vorkam, als Sie Ihre Tante hier gestern Abend tot aufgefunden haben – das meine ich.«

»Ich ...« Sie blickte Riwal an. »Nein, gar nichts. Es war ein Schock. Ich wollte nur noch einmal kurz bei ihr vorbeischauen. Ich ... ich kümmere mich um Tante Joëlle. Ich meine«, sie setzte kurz ab, »ich habe mich um Tante Joëlle gekümmert. Ich wohne gleich nebenan, keine dreihundert Meter entfernt.«

»Wir haben uns hier eben alles genau angesehen. Die Terrasse, den Garten, das Wohnhaus«, die Kommandantin machte eine schwungvolle Handbewegung, »es gab überhaupt nichts Auffälliges, Inspektor, nicht das Geringste. – Außerdem, was soll das heißen?«

Sie und Riwal würden keine Freunde werden, das war jetzt schon klar.

»Ist das hier das Wohnhaus, der private Teil des Anwesens, in dem Joëlle Contel gewohnt hat?«, wandte sich Dupin an Sophie Gautier.

»Ja. Das hier war ihr Zuhause. Ihr Privatbereich.«

»Sie hat keine der anderen Gebäude für sich genutzt?«

Dupin hatte sich das eben schon gefragt: Wie bewohnte man ein solches Anwesen? Es waren sicher sieben, acht Gebäude. Einige Hundert Quadratmeter.

»Nein. – Aber diese Terrasse war ihr der liebste Teil ihrer Welt. Das war *ihr* Ort.« Sophie Gautier wies auf eine Holztür. »Das ist der direkte Zugang zu ihrer Küche.«

Dupin konnte Joëlle Contels Vorliebe für die Terrasse nachvollziehen. Sie befanden sich inmitten der bretonischen Version eines botanischen Gartens: einer wilden Mischung aus Bäumen und Pflanzen vom südlichsten Mittelmeer bis zum nördlichsten Norwegen, vom äußersten Rande Asiens bis zur Westküste Irlands. Sogar Pflanzen Nord- und Südamerikas waren in der Bretagne heimisch geworden, von überallher hatten die tollkühnen bretonischen Seefahrer sie mitgebracht. Eine prachtvolle, blühende Magnolie war zu sehen – es gab auch »Spätblütler«, hatte ihn Claire irgendwann, besorgt über seine botanische Unkenntnis, aufgeklärt –, Rhododendren, zwei kleine Zitronenbäume, an denen knallgelbe Früchte hingen. Ein haushoher Wacholder mit schwarzen Beeren, Basis etlicher Schnäpse und Elixiere der Mönche, Claire hatte einmal erzählt, dass diese Büsche tausend Jahre alt wurden. Drei eng beieinanderstehende japanische Seidenbäume, filigrane Schönheiten, die einen lila-weißen Blütenschirm bildeten. In der Dunkelheit zog der Baum die Blüten zusammen, was ihm den Namen »Schlafbaum«

eingebracht hatte. Einsam thronte eine riesige Lärche, und noch ein Solist war zu sehen, ein mediterraner: eine Jerusalem-Kiefer.

Auf dieser Seite des Anwesens war das Gelände abschüssig. So konnte man von der leicht erhöhten Terrasse über die Mauern hinweg das Meer sehen, wenn auch bloß einen Streifen. Zudem einen Teil der Halbinsel östlich der Mündung des *Abers*, auf der zwei Leuchttürme majestätisch in den Himmel ragten. Einer granitgrau, dahinter ein weißer, von hier aus beinahe auf einer Linie. Joëlle Contel würde sie von ihrem Liegestuhl aus gesehen haben. Rechter Hand ging es den Hügel hoch, der noch zum Anwesen gehörte. Zunächst kam ein Stück Wiese, dann, vielleicht dreißig Meter entfernt, eine Gruppe Apfelbäume. Zwei voller knallroter Äpfel. Ein paar Schritte weiter hob der Wald an.

Den schönsten Blick aber hatte Joëlle Contel gehabt, wenn sie direkt geradeaus in den Park geschaut hatte: Ein wildromantisches Bächlein kam den Hügel heruntergeplätschert. Farne, Moose, Wasserpflanzen, sonnengelbe Schwertlilien auf beiden Seiten, exotisches kurzes Schilf. Folgte man dem Bach mit dem Blick bis zum Waldrand, erkannte man ein von Steinen eingefasstes Becken und daneben die lebensgroße Skulptur einer Frau mit Kind aus hellem Stein.

»Eine Quelle.« Sophie Gautier hatte Dupins umherschweifende Blicke bemerkt. »Eine ergiebige Quelle. Die Mönche waren hier ganz unabhängig. Sie haben Vieh gehalten, in den Gärten alles Mögliche angebaut, und sie verfügten über bestes Quellwasser. Zusammen mit dem vielen Obst eine perfekte Grundlage für außergewöhnliche *eaux-de-vie*. Es waren lediglich um die zwanzig Mönche, die hier lebten, sie haben mit Sicherheit keine Not gelitten.«

»Da bin ich.«

Nevou war aufgetaucht, ein wenig außer Atem. Sie kam von der Seite der Kirche. Sie nickte der Kommandantin und Sophie Gautier zu, dann der Gruppe am Tisch.

»Zwei Traktoren und bestimmt zwanzig Autos vor mir«, erklärte die Polizistin. »Da hat nicht mal meine Sirene geholfen.«

Der Schrecken der bretonischen Landstraßen: Traktoren. Die mitunter von besonders sturen Bauern gefahren wurden.

»Wo ist es passiert? Wo ist Kadeg angegriffen worden?« Riwal wollte zur Sache kommen.

»Dort drüben.« Die Kommandantin ging in Richtung der Apfelbäume.

»Ich denke«, Riwal formulierte es als Anweisung, »der Gärtner sollte mitkommen.«

»Monsieur Hilaire«, rief die Kommandantin dem Mann zu, der sich bisher nicht vom Fleck gerührt hatte, »könnten Sie bitte mit uns kommen?«

»Natürlich.«

Auch Dupin, Riwal und Nevou hatten sich in Bewegung gesetzt.

»Kommen Sie auch mit, Madame«, forderte Dupin Sophie Gautier auf. »Sie können uns mit Sicherheit helfen.«

Ihre Tochter blieb mit den übrigen Polizisten auf der Terrasse zurück und holte ihr Handy hervor.

Erst jetzt nahm Dupin die Absperrung wahr. Ein Karree von vielleicht drei mal drei Metern.

Die Kommandantin blieb knapp vor der Absperrung stehen. »Hier. – Hier lag er.« Sie zeigte auf die Mitte des Karrees.

»Es ist nichts zu sehen. – Die Spurensicherung hat die Stelle bereits inspiziert. Englischer Rasen, penibel gepflegt.« Kommandantin Carman blickte anerkennend zum Gärtner. »Das Gras steht dicht und fest, endlos belastbar. Und es hat jetzt länger nicht mehr geregnet. Was heißt: keine Abdrücke.«

Das Grün war satt und frisch, Grundwasser war hier kein Problem.

Die Szene hatte etwas Groteskes: Alle starrten sie auf das unauffällige Stück Rasen, suchten es ab, nach irgendetwas, von dem sie selbst nicht wussten, was es sein könnte.

»An einer Stelle ist etwas Blut zu sehen. Aber es ist schwer zu erkennen. – Wegen der Verletzung am Ohr vermuten wir, dass es von Ihrem Inspektor stammt. Die Spurensicherung hat eine Probe genommen.«

»Haben Sie schon eine Vermutung, was genau passiert sein könnte?« Sophie Gautier wirkte mitgenommen.

Dupin hob das gelbe Absperrband an, bückte sich und trat in das Karree.

»Überhaupt nicht. – Und Sie? Haben Sie eine Idee?«, fragte er zurück.

Vorsichtig bewegte er sich auf die Mitte des abgesperrten Bereichs zu, alle Blicke folgten ihm.

»Ich? – Nein. Ich kann es nicht fassen, dass hier jemand gestern Nacht in Joëlles Welt eingedrungen ist. Offenbar mit böser Absicht.« Sie machte eine Pause. »Ich selbst war gestern Abend noch hier, bis etwa Viertel vor zehn.«

»Sie allein?«, hakte Riwal nach. »Wie genau lief es gestern Abend überhaupt ab? Nachdem Sie Ihre Tante gefunden hatten?«

»Ich habe auf der Stelle den Arzt gerufen. Aber schon als ich sie sah, wusste ich, dass sie tot war. Dann habe ich meine Mutter, meinen Onkel und meinen Cousin Maxime angerufen, sie

sind sofort gekommen. Alle drei wohnen in der Nähe. Dann waren wir zusammen hier. Der Arzt kam und hat den Tod festgestellt. Wir haben Tante Joëlle ins Haus gebracht und ein paar Leute verständigt, unter anderem Thierry, Joëlles beste Freundin und andere Bekannte, die es von uns erfahren sollten. – Und später, gegen 21 Uhr 30, hat der Bestatter die Leiche abgeholt und nach Brest gefahren. Ich war dann die Letzte, die gegangen ist, so um Viertel vor zehn, ich wollte noch ein bisschen allein hierbleiben. – Aber mir ist nichts Ungewöhnliches aufgefallen.«

Dupin hatte sein Notizbuch aus der Hosentasche geholt und alles mitgeschrieben.

»Ungefähr eineinhalb Stunden, bevor Kadeg hier eingetroffen ist«, schlussfolgerte Riwal. »Und Sie haben niemanden gesehen? In der Nähe des Anwesens? Auf der Straße?«

»Nein. Niemanden.«

Dupin hatte die Stelle gefunden. Er ging in die Hocke. Man sah in der Tat getrocknetes Blut auf einigen Grashalmen. Obwohl Kadeg hier anscheinend über Stunden gelegen hatte, war auch aus der Nähe nicht die Spur eines Abdruckes zu sehen.

»Monsieur Hilaire«, auch Riwal zwängte sich jetzt unter dem Band hindurch, »berichten Sie uns einmal genau, wie Sie Inspektor Kadeg heute Morgen gefunden haben.«

»Was meinen Sie mit *genau?*« Der Gärtner – ein massiger Mann, kurz geschorene Haare, ein freundliches, von der Sonne gegerbtes Gesicht – schien überfordert.

»Wo genau haben Sie ihn gefunden?«, fragte Riwal.

»Ja, also, exakt hier. Heute um Viertel nach sieben.«

»Er lag einfach so da?«

Der Gärtner wirkte abermals irritiert.

»Ich habe ihn von Weitem hier liegen sehen. Und gerufen. Da war ich noch da vorne«, er zeigte in Richtung Terrasse, »von

dort bin ich gekommen. Ich habe nicht gewusst, dass er verletzt ist. Er lag flach auf dem Boden, ein wenig auf der Seite.«

»Hat er Ihnen geantwortet?«

Riwal verhielt sich wie in einem Kreuzverhör.

»Ich glaube, er ist durch meine Rufe wieder zu Bewusstsein gekommen. Ich hab ihn auch ein bisschen gerüttelt.«

»Hat er Ihnen geantwortet?«

Riwal ging neben Dupin in die Hocke.

»Er hat irgendwas gemurmelt.«

»Und was?«

»Ich konnte es nicht verstehen. Aber ich habe seine Verletzungen gesehen. Und den Krankenwagen gerufen. Als ich gewartet habe, hat er sich ein bisschen berappelt. Dann war er etwas besser zu verstehen.«

Riwal erhob sich wieder. Dupin ebenfalls.

»Und was hat er da gesagt?«

Riwal schritt auf den Gärtner zu.

»Irgendwas mit einer Stange.«

»Eine Stange?«, intervenierte Dupin. »Hat er Stange gesagt?«

»Stange, ja.«

»Als ich kurz mit ihm gesprochen habe, sprach er von einem Ast oder Brett«, schaltete sich Kommandantin Carman ein.

»Aber bei Ihnen von einer Stange?«, wandte Dupin sich an den Gärtner.

»Ja.«

»Die Verletzungen passen zu einem Ast oder dicken Stock«, hielt die Kommandantin fest.

Dupin sah sich um.

»Wir haben bereits alles abgesucht.« Die Kommandantin war sichtlich genervt. »Die Spurensicherung ebenfalls. – Der Täter hat sich vermutlich einen Ast aus dem Wald geholt.

Hier auf der Wiese war nichts zu finden. Er hat ihn entweder mitgenommen oder in den Wald zurückgeworfen.«

Dupins Blick wanderte am Waldrand entlang.

»Es ist ein naturnaher Wald, ganz wild. – Das war immer schon Madames ausdrücklicher Wunsch, dass ich den Wald in Ruhe lasse, ganz sich selbst überlasse, ich durfte nicht mal das Unterholz lichten.« Der Gärtner schien das Gefühl zu haben, sich verteidigen zu müssen.

»Natürlich, Monsieur«, beruhigte Dupin ihn.

»Meine Tante hat ihren *bois sauvage* geliebt. Genau wie den Garten«, Sophie Gautiers Stimme wurde schwer, sie hielt kurz inne, die Gefühle schienen sie zu überwältigen. »Sie hat stundenlang im Garten gearbeitet, trotz ihres hohen Alters.«

»Was hatten Sie heute Morgen eigentlich hier zu tun, Monsieur?« Riwal war ungewöhnlich aufgebracht. Er setzte nach: »Und was genau in diesem Teil des Gartens?«

»Zurzeit gibt es eine Menge zu tun. Ganz verschiedene Dinge. – Unter anderem die Ernten«, der Gärtner schien beim Reden an Sicherheit zu gewinnen, Dupin war erleichtert, »Birnen, Äpfel, Feigen, Walnüsse, Pflaumen, Mirabellen. Brombeeren. Dieses Jahr ist vieles ungewöhnlich früh dran. Ich bin zweimal in der Woche hier, dienstags und donnerstags. Ich komme immer morgens um sieben, Viertel nach sieben. Und bleibe bis zum Mittag.«

»Sie wussten aber, dass Madame Contel gestern Abend gestorben ist? Als sie heute Morgen kamen?«

Der Gärtner blickte ratlos drein.

»Und Sie arbeiten einfach weiter – ganz wie immer?«, fuhr Riwal ihn an.

»Warum denn nicht? Madame wäre ganz und gar nicht damit einverstanden, wenn wir plötzlich unsere Arbeit

vernachlässigten. Und sie wusste ja, dass sie stirbt. Die Vorzeichen waren eindeutig. Wir haben noch letzte Woche über die Pflanzungen für November gesprochen. Da hat sie gesagt, dass sie dann wahrscheinlich schon nicht mehr sein werde.«

So war das in der Bretagne. So war das Verhältnis zum Tod. Und zu den Toten: Sie blieben ein selbstverständlicher Teil der Welt. Auch für den Gärtner schienen die Vorzeichen etwas völlig Selbstverständliches gewesen zu sein.

»Monsieur Hilaire hat recht«, sprang Sophie Gautier dem Gärtner mit Nachdruck bei. »Meine Tante hätte ganz sicher gewollt, dass er sich auch heute um den Garten kümmert. – Und selbstverständlich wird Monsieur Hilaire«, sie warf dem Gärtner einen Blick zu, »auch in Zukunft alle Arbeiten hier in der Anlage fortsetzen.«

»Aus welchem Grund genau sind Sie in diesen Teil des Gartens gekommen, Monsieur Hilaire?«, hakte Riwal unbeeindruckt nach. »Was ist hier im Moment zu tun?«

»Ich wollte düngen. – Zur Geburt jedes Kindes in der Familie hat Madame einen ganz besonderen Baum pflanzen lassen. Zuletzt einen chinesischen Stachelbeerbaum, um den Madame und ich uns seit einiger Zeit ein bisschen Sorgen machen.«

Der Gärtner zeigte auf eine Stelle an einer Hauswand – am Gebäude neben Joëlle Contels Wohnhaus, vielleicht zwanzig Meter entfernt. Zu sehen war ein hoher Kiwibaum, der von einem Stock gestützt wurde.

»Wo haben Sie Ihren Wagen abgestellt, Monsieur Hilaire?« Riwal ließ einfach nicht locker.

»Ich habe an der Kirche geparkt. Da gibt es eine weitere Zufahrt zum Gelände. Da parke ich immer.«

»Und wo haben Sie sich gestern Nacht zwischen dreiundzwanzig Uhr und Mitternacht aufgehalten, Monsieur Hilaire?«, schaltete sich Nevou jetzt ein.

»Ich?«

Auf eine seltsame Weise war unklar, ob ihn die Frage wirklich überraschte.

»Ja, Sie«, bestätigte Nevou kühl.

»Monsieur Hilaire war zu Hause«, übernahm die Kommandantin, die schon eine Weile geschwiegen hatte. »Er schlief bereits. Seine Frau war mit zwei Freundinnen essen, sie kam gegen 0 Uhr 20 nach Hause.«

Carmans Botschaft war klar. Sie hatte alles unter Kontrolle.

»Das heißt«, stellte Riwal trocken fest, »Monsieur Hilaire hat keinerlei Alibi für die Tatzeit. – Und Sie, Madame Gautier? Wo haben Sie sich um 23 Uhr 30 aufgehalten?«

Sophie Gautier schien kein Problem mit der Frage zu haben. Die Kommandantin würde auch sie bereits befragt haben.

»Ich war noch spazieren, ich konnte nicht schlafen. Vielleicht so ab elf. Davor habe ich mit meiner Tochter auf der Terrasse gesessen. Auch sie ist sehr traurig, sie hing sehr an ihrer Großtante. – Ich war gegen Mitternacht wieder zu Hause.«

»Wo waren Sie spazieren?«, setzte Riwal nach. »Und gibt es jemanden, der das bezeugen kann?«

»Auf dem Zöllnerpfad am Meer. Er führt durch die Bucht, dann auf die Halbinsel von Sainte-Marguerite. – Ich bin in diese Richtung gelaufen.« Sie zeigte nach Nordwesten. »Das tue ich immer. Weg vom Dorf.«

»Und Ihre Tochter?«

»Sie war im Bett.«

»Sie sagten«, Dupin blätterte in seinem roten Clairefontaine, in dem jetzt schon einige Seiten gefüllt waren, »dass gestern Abend auch Ihr Onkel, Ihre Mutter und Ihr Cousin hierhergekommen sind, nachdem Sie sie verständigt hatten.«

Sophie Gautier nickte.

»Meine Mutter Rozenn, mein Onkel Victor Contel, und mein Cousin Maxime.«

Also auch Kadegs Cousin. Dupin notierte die Namen.

»Das sind die beiden Familienteile, die in der Bretagne leben. Die anderen beiden Geschwister von Joëlle haben die Bretagne früh verlassen. Sie leben mit ihren Familien weit weg. Und Thierrys Mutter, Thierrys Eltern – das wissen Sie ja.«

»Was heißt das – weit weg?«, wollte Nevou wissen.

»Ein Bruder lebt auf La Réunion, er hat dort eine Tauchschule. Die Schwester in Paris. Sie gehörte zum Vorstand von Citroën. – Beide kommen eigentlich nur im Sommer, wenn überhaupt, Joëlle hat sie nicht häufig gesehen. Mein Onkel, Victor Contel, hat Joëlle nach dem Ausscheiden aus seiner Firma ab und zu geholfen. Bei Reparaturen oder Renovierungsarbeiten. Er handwerkt gerne.«

Es waren eine ganze Menge Informationen.

»Wissen Sie, was Ihre Mutter, Ihr Onkel und Ihr Cousin gemacht haben, nachdem sie hier gewesen sind?«, wollte Dupin wissen.

»Ich denke, sie sind nach Hause gefahren.«

»Dieser zweite Zugang, der an der Kirche«, Riwal stand immer noch vor dem Gärtner, »ich nehme an, er ist verschlossen?«

»Ist er. Mit einem Code. 7457. Wie der Haupteingang.«

»Und wer kennt den Code?«

»Nicht viele. – Die Familie, die Köchin, der Postbote, Madame Contels beste Freundin Rose. Genau weiß ich es auch nicht.« Der Gärtner blickte zu Sophie Gautier.

»Ich weiß es auch nicht. Auf jeden Fall noch der Getränkelieferant.«

Dupin notierte die Personen. Eigentlich doch viele.

»Kadeg kannte ihn auch?«, fragte Riwal.

»Natürlich, Thierry auch. Die ganze Familie.«

»Verstehe.«

»Erstrecken sich die Mauern um das gesamte Anwesen?« Die Frage war Dupin eben schon in den Sinn gekommen.

»Ja, einmal ganz herum.« Sophie Gautier antwortete. »Ein Teil des Waldes, der sich den Hügel hochzieht, gehört auch noch zum Anwesen. Hinter den Mauern auf dem Hügel führt eine schmale Straße durch den Wald.«

»Im Südosten gibt es noch ein Tor«, ergänzte der Gärtner. »Von dort verläuft ein Weg zum Anwesen. Er wird aber nicht mehr benutzt. Er ist für Waldarbeiten angelegt worden.«

»Wir haben uns das Tor angesehen«, ergänzte Kommandantin Carman mit spitzem Tonfall. »Nichts, was auf ein Eindringen hinweisen würde. Alles unverdächtig.«

»Wenn man es darauf anlegt, kommt man über jede Mauer«, brummte Nevou. »Da braucht man kein Tor.«

»Wie groß ist …«

Dupins Handy. Das penetrante Klingeln.

Eine Nummer aus Concarneau.

Dupin trat ein paar Schritte zur Seite, in Richtung der Apfelbäume.

Er meldete sich mit einem unwirschen »Ja?«.

»Professor Gorard hier, vom Institut für Meeresbiologie.«

Es durfte nicht wahr sein.

»Ich habe es gerade beim Commissariat versucht, da sagte man mir …«

»Monsieur«, Dupin sprach mit gepresster Stimme, »die Verbindung ist miserabel. Ich verstehe kein Wort. – Wenden Sie sich bitte an die Kollegen im Commissariat.«

Schon hatte er aufgelegt. Er würde sich nicht mehr mit den Schimären des Professors befassen. Missmutig stapfte er zurück.

Er brauchte ganz dringend einen Kaffee.

»Wo waren wir stehen geblieben?«, fragte Dupin barsch. »Ach ja – das Grundstück. – Wie groß ist es?«

»Rund fünfhundertfünfzig Meter in der Länge, dreihundertfünfzig in der Breite«, gab Sophie Gautier Auskunft.

Ein beachtliches Terrain.

»Wer ist diese Köchin von Madame Contel?«, fragte Riwal.

»Madame Brével. Nadine Brével. Sie ist viel mehr als die Köchin meiner Tante. Auch ihre Haushaltshilfe. Die gute Seele des Hauses. Sie ist vor zwei Jahren Großmutter geworden, Zwillinge. Die Tochter wohnt in Lannilis, seitdem kommt sie nur noch mittags zu Tante Joëlle, für zwei, drei Stunden.«

»Wie alt ist Madame Brével?«

»Sechzig.«

»Und …«

»Ich habe bereits mit ihr telefoniert«, fiel Sophie Gautier Riwal ins Wort, »sie kommt um zwölf Uhr vorbei. – Sie kann sich keinen Reim darauf machen, was hier gestern Nacht passiert sein könnte. Sie war gestern Mittag das letzte Mal hier. Ich habe sie abends angerufen, um ihr mitzuteilen, dass Tante Joëlle gestorben ist.«

»Sie hat Madame Contel gestern Mittag noch gesehen und gesprochen?«

»Ja«, antwortete Sophie Gautier. »Sie ist wie immer um halb eins gekommen, hat das Essen für meine Tante bereitet, ein wenig aufgeräumt und ist wahrscheinlich gegen 14 Uhr 30 gegangen, genau weiß ich es aber nicht.«

»Wer hat Madame Contel als Letztes lebendig gesehen?« Riwal wirkte immer noch fürchterlich angespannt.

»Victor Contel und sein Sohn Maxime«, stellte Kommandantin Carman sofort klar, »sie waren gestern gegen 16 Uhr 30 hier. Nicht lang. Für eine halbe Stunde etwa.«

»Danach niemand mehr?«

»Nein.«

»Seit Tante Joëlle sich sicher war, bald …«, Sophie Gautier hielt inne, wieder schien die Trauer sie zu überwältigen, »bald gehen zu müssen, sind alle häufiger bei ihr vorbeigekommen, und wenn es nur auf einen Sprung war. – Was ihr gar nicht recht war.« Sie lächelte einen kurzen Moment. »Mein Cousin hat ihr ein paar Flaschen eines ganz besonderen Cidres mitgebracht. Aus seiner Produktion. Joëlle liebte Cidre.« Nun erschien ein liebevolles Schmunzeln auf ihrem Gesicht. »Abends trank sie immer zwei, drei Gläser, schon ihr ganzes Leben lang. Sie schwörte darauf, ein Elixier, sagte sie immer.«

»Und Sie selbst, Madame«, Riwal bohrte weiter, »wann haben Sie Ihre Tante zum letzten Mal gesehen?«

»Ich bin gestern so gegen drei kurz vorbeigekommen. Vor Victor und Maxime. Um Tante Joëlle eine Zeitschrift zu bringen. Und – und dann ja am Abend noch mal.«

Dupin hatte sich alles notiert. Ein ganzes Personentableau angelegt.

»Da haben sich letzte Nacht ja eine ganze Reihe von Leuten auf dem Grundstück aufgehalten«, resümierte Riwal emotionslos. »Und das, ganz ohne über die Mauern klettern zu müssen.«

»Zwei Kollegen hören sich gerade bei den Nachbarn um«, berichtete die Kommandantin. »Ob jemandem gestern vor Mitternacht etwas aufgefallen ist. Hier ist nicht viel los, außerhalb der Saison sowieso nicht.«

»Gut«, nickte Dupin.

»Wir haben auch bereits ein Treffen mit Victor und Maxime Contel vereinbart.«

»Wann hat Ihre Mutter Joëlle Contel das letzte Mal gesehen, Madame Gautier?«, schaltete sich Riwal erneut ein.

»Vorgestern. Sonntagabend. Wir waren zusammen hier. Nach Thierry. Wir haben mit ihr gegessen.«

Dupin blätterte noch einmal zurück in seinem Notizheft. »Aber die Person, die das Anwesen gestern Abend als Letztes verlassen hat, bevor dann etwa eineinhalb Stunden später Inspektor Kadeg auftauchte, sind Sie«, richtete er sich an Sophie Gautier. Es war ein seltsam suggestiver Satz gewesen. »Sie sagten, Sie wohnen ganz in der Nähe, Madame?«

»Genau. – Wenn Sie das Anwesen durch den Haupteingang verlassen, laufen Sie links die Straße entlang geradewegs auf ein paar Häuser zu, da wohnen wir«, erklärte Sophie Gautier. »Direkt hinterm Strand. Die Straße biegt vor dem ersten Haus ab und führt den Hügel hoch.«

Die Straße, die Dupin eben gekommen war. Er erinnerte sich an eine kleine Häuserreihe linker Hand, ein Haus ans andere gebaut.

»Die Häuser gehören ebenfalls Tante Joëlle. Fünf Stück. Alle winzig, unten ein Raum, oben einer. Meine Tochter und ich bewohnen zwei davon. Die anderen werden von Joëlles Geschwistern von außerhalb mit ihren Familien genutzt, wenn sie in den Ferien kommen. Auch meine Mutter übernachtet dort, wenn sie uns besucht. Manchmal wohnen hier Forscher von der *Association*. – Quasi umsonst.« Sie zuckte mit den Achseln.

»*Association?* Forscher?« Dupin war ganz Ohr.

»Die *Association Ornithologique du Finistère*. Ein Verband von ornithologischen Forschungseinrichtungen und Vereinen, die mit den drei ornithologischen Beobachtungsstationen in der Gegend hier zusammenarbeiten.«

»Chef«, hob Riwal an, »Sie befinden sich hier in einem der bedeutendsten Vogelschutzgebiete Europas, einer ornithologischen Forschungsgegend erster Güte.«

Dupin war erleichtert. Mittlerweile hatte er sich erhebliche Sorgen um das Seelenheil des Inspektors gemacht. Es war die allererste echte Riwal'sche Einlassung in diesem Fall. So richtig in Form war der Inspektor allerdings noch nicht, denn er schien es bei dem einen knappen Hinweis bewenden lassen zu wollen.

»Meine Mutter hat die Vogelbeobachtungsstationen hier oben an der Nordwestküste geleitet. Sie gehören zur *Université de Bretagne-Occidentale* in Brest. Insgesamt sieben Stationen zwischen Tréompan und der Île de Batz.« In Sophie Gautiers Stimme schwang Stolz mit. »Jetzt ist sie im Ruhestand.«

»Und nun leitet Madame Gautier sie. Sie ist die Nachfolgerin ihrer Mutter, die amtierende Direktorin«, vervollständigte die Kommandantin.

»Ich verstehe.« Dupin nickte.

Das Thema Ornithologie war ihm nicht ganz fremd. Claire war Hobbyornithologin, wenn auch erst seit ein paar Jahren. Zu Hause hatten sie über ein Dutzend Bücher über die Vögel der Bretagne. Einmal hatte Claire ihn gar zum Beobachten mitgenommen, an einem kühlen Januartag, zum Golfe du Morbihan. Eine einzige Tortur. Nicht wegen der Vögel, diese Faszination konnte er durchaus verstehen, nein, unerträglich war es aus einem ganz anderen Grund gewesen: Man musste stundenlang still sitzen – was Dupin vollkommen unmöglich war.

»Kennen Sie das Testament Ihrer Tante?« Riwal konzentrierte sich auf Sophie Gautier. »Wer was erben wird? Vielleicht hatte es jemand nach ihrem Tod mit dem Erbe eilig? Und wollte gestern Nacht schon Tatsachen schaffen.«

Madame Gautier antwortete ganz ruhig: »Tante Joëlle hat uns das Testament bereits vor Jahren eröffnet. An ihrem achtzigsten Geburtstag. Es geht alles zu gleichen Teilen an ihre

vier Geschwister – und an Thierry, Ihren Inspektor, anstelle seiner Mutter. Die Immobilien und das Geldvermögen, von dem Tante Joëlle gelebt hat. Es werden noch ungefähr dreihunderttausend Euro sein, denke ich.«

»Kadeg?«, entfuhr es Riwal.

»Genau.«

Allerhand. Das war eine Nachricht: Kadeg würde eine ordentliche Erbschaft machen. Allein der Wert der Immobilien, von denen Dupin mittlerweile wusste, käme auf beachtliche Summen.

»Meine Mutter war sehr dafür, dass Thierry zu gleichen Teilen bedacht wird. Mein Onkel auf La Réunion und meine Tante in Paris ebenfalls. Nur Victor und Maxime waren, sagen wir, nicht so begeistert.«

»Was heißt das? Gab es Streit?«, setzte Riwal nach.

»Das nicht gerade. Aber sie fanden es falsch. – Ändern konnten sie natürlich nichts.«

»Verstehe.« Dupin hatte alles mitgeschrieben. Er drehte sich zur Kommandantin um. »Und in Madame Contels Haus fehlt nichts? Keine Hinweise auf einen Diebstahl?«

Es wäre eine geradezu ideale Situation für einen Diebstahl gewesen. Joëlle Contels Tod würde sich im Dorf noch am Abend herumgesprochen haben. Da hätte durchaus jemand auf die Idee kommen können – nicht bloß aus der Familie –, hier etwas zu entwenden, bevor nach dem Tod das Erbe inventarisiert würde. Vor allem jemand, der »Joëlles Welt« kannte. Als Polizist wusste man, wie häufig das vorkam. Und die meisten empfanden es sogar als gerecht: weil sie sich besonders gekümmert hatten oder nach ihrem Gefühl ein besonders enges Verhältnis zu den Verstorbenen gehabt hatten …

»Ich bin mit Monsieur Hilaire und Madame Gautier bereits ein erstes Mal durch Joëlle Contels Haus gegangen, auch

durch die anderen Gebäude – ihnen ist nichts aufgefallen. Die Spurensicherung dokumentiert gerade alles.«

Die Kommandantin legte Wert auf die Gründlichkeit ihres Vorgehens.

»Madame Gautier und ich wollten uns jetzt gleich alles noch einmal ausführlicher ansehen.«

»Waren die Häuser abgeschlossen?«, wollte Riwal wissen.

»Nein. Das waren sie nie. Meine Tante schloss auch ihr Wohnhaus nicht ab – niemand hier in der Gegend. Nur das *Maison Pinchon* war immer streng verschlossen.«

»*Maison Pinchon? – Der* Pinchon?«

»Ja, der berühmte Grafiker, der Bécassine erfunden hat«, begann Madame Gautier zu erklären, »eine Ikone der Bretagne, die …«

»Ich kenne Bécassine.« Jeder Bretone kannte sie. Und auch Joseph Pinchon, ihren Erfinder. Er war einer der bedeutendsten Zeichner in der Geschichte des französischsprachigen Comics; auch Hergé, der Schöpfer von Tim und Struppi, den Helden aus Dupins Kindheit, war stark von ihm beeinflusst. Pinchons Bécassine, eine arme, einfache Bretonin in Paris, war zur widerständigen patriotischen Ikone der gesamten Bretagne geworden.

»Er hat hier lange gelebt und gearbeitet. Von 1930 bis zu seinem Tod 1953.«

Das hatte Dupin nicht gewusst. Die alte Abtei barg offensichtlich viele Geheimnisse.

»Das letzte Haus am Haupteingang, das war seins«, fuhr Sophie Gautier fort. »Es soll irgendwann zu einem Museum werden, momentan ist es vor allem ein Archiv. Einige Zeichnungen und Manuskripte sind von erheblichem Wert. Sie sind aber gut gesichert. In feuerfesten Metallschränken. Siebenunddreißig Zeichnungen. Tante Joëlle und ihr Mann

haben alles gesammelt, um es eines Tages hier auszustellen. – Es wäre Tante Joëlles nächstes Projekt gewesen …«

»Das Archiv verfügt über ein modernes Sicherheitsschloss«, informierte Kommandantin Carman. »Auch die Fenster sind unversehrt. Wir haben einen Blick in die Räume geworfen. Und in die Metallschränke. Sie sind verschlossen. Die Schlüssel befinden sich in der Nachttischschublade von Joëlle Contel. Und Madame Gautier sagt, Joëlle Contel habe nur ihr den Aufbewahrungsort der Schlüssel verraten.«

»So ist es«, nickte Sophie Gautier.

Dupin hatte alles mitgeschrieben.

»Es gibt einen wissenschaftlichen Leiter des Archivs«, vervollständigte die Kommandantin, »den versuchen wir gerade zu erreichen. Er ist ebenfalls im Besitz eines Schlüssels.«

»Gut. – Gibt es in den anderen Häusern Gegenstände von Wert, Madame Gautier?« Dupin hielt den Stift bereit.

»Das Wertvollste ist die Abtei selbst, das Land, die Lage direkt am Meer, die historischen Gebäude. Und alles befindet sich in einem hervorragenden Zustand, Tante Joëlle hat viele Millionen in die Erhaltung dieser Welt hier investiert. – Ansonsten besaß sie drei kleine Skizzen von Maxime Maufra, die aber nicht besonders wertvoll sind. Sie sind alle noch an ihrem Platz, das habe ich bereits kontrolliert. Schmuck war nicht Joëlles Sache, ein paar Erbstücke liegen in einem Banksafe in Brest. – Mehr fällt mir nicht ein.«

»Dann danken wir Ihnen, Madame Gautier. – Auch Ihnen, Monsieur Hilaire.« Dupin nickte beiden freundlich zu. »Das war es fürs Erste.«

Dupin warf einen Blick auf die Uhr. 11 Uhr 14. Um zwölf kam die Köchin. Es bliebe genug Zeit.

Er wandte sich an Kommandantin Carman: »Wo bekommt man hier einen guten Kaffee?«

»Bitte?«

»Einen Kaffee – am besten ganz in der Nähe.«

»Das Hotel und Café *Baie des Anges.* Nur ein Katzensprung. Direkt neben der Abtei, Richtung Ortskern«, sprang Sophie Gautier bei. »Es hat eine großartige Terrasse. Und besten Kaffee. Da bekommen Sie auch etwas zu essen. Die Austern von *Legris* zum Beispiel.«

Es klang verlockend.

»Perfekt.« Dupins Laune besserte sich schlagartig. Er setzte sich in Bewegung.

»Wann sehen wir Victor Contel und seinen Sohn?«, fragte er, während er sich umdrehte.

»Um dreizehn Uhr.«

»Sehr gut.«

Sophie Gautiers Mutter Rozenn stand ebenfalls auf Dupins Liste. Aber das würde er später organisieren.

Die Terrasse des *Baie des Anges* war ein Traum. Der Blick, das Flair. Und sie lag keine zweihundert Meter von der Abtei entfernt, etwas erhöht auf einem Vorsprung. Man sah Joëlle Contels Welt von Dupins Platz aus. Und zwar sehr gut.

Dupin sah die hohen Außenmauern der Abtei, einen Teil des vorderen Gartens und die Kirche. Joëlles Lieblingsplatz, die Terrasse vor ihrem Haus, wo sie eben noch gestanden hatten, war von Bäumen verdeckt. Man sah von hier aus noch eindrucksvoller, wie sich die alte Abtei in ihrer ganzen Länge an den sichelförmigen Sandstrand schmiegte. Man spürte die Geschütztheit des Ortes, er lag in der tiefsten Ausdehnung der Bucht.

Was man auch sehr gut sah: die Häuser, von denen Sophie Gautier gesprochen hatte. Die alle ihrer Tante gehörten. Gehört hatten. Ihre Gärten erstreckten sich bis zum Zöllnerpfad direkt am Strand. Alle waren im selben Stil gebaut, nur in verschiedenen Farben gestrichen, grau, beige, ein helles Rosa, zwei ganz weiß, direkt nebeneinander. Vielleicht waren es diejenigen, in denen Sophie Gautier mit ihrer Tochter wohnte. Dupin fiel ein, dass er gar nicht wusste, was mit dem Vater war. Von einem Mann war nie die Rede gewesen, er schien nicht da zu sein oder keine Rolle zu spielen. Die spitzen Schieferdächer wurden von der grellen Sonne silber beschienen. Auch hinter ihnen erhob sich der Hügel, dicht bewachsen, in allen Nuancen von Grün, dazwischen einzelne Meereskiefern. Kein Vergleich aber zur Pracht und Exotik von Joëlle Contels Park.

Nicht bloß die Dächer, der ganze Atlantik wurde von der Sonne in eine silberweiß gleißende Fläche verwandelt. Nur vorne am Strand, über dem feinen Sand, behauptete sich das Meer in Blau, Türkis und einem dunkleren Grün. Die wimmeligen Inseln vor der Küste traten in diesem Silbermeer bloß als dunkle Tupfer hervor. Hier und da knallgrüne oder rote Bojen, die den Schiffen den Weg durch das lebensgefährliche Chaos wiesen. Auf einer der Inseln ragte ein einsames Steinhaus aus den schroffen Felsen hervor, ein wildromantisches Bild. Rechter Hand die beiden Leuchttürme, die nicht bloß vom Meer, sondern entlang der gesamten Küste als kühne Markierungen zu sehen sein würden.

Man kam sich auf der Terrasse des *Baie des Anges* vor wie auf einem Balkon, der nur gebaut worden war, um dieses überwältigende Panorama zu bestaunen. Ein freier Hundertachtzig-Grad-Blick auf den Atlantik und eine seiner besonders spektakulären Landschaften. Spektakulär windig auch, sobald man die schützenden Mauern der Abtei verlassen hatte. Die

zerzausten Meereskiefern hinter den Häusern, alle ein wenig gen Südosten geneigt, gaben Zeugnis davon, dass der steife Wind zur Region gehörte.

Dupin hatte drinnen bei einem zuvorkommenden Monsieur rasch zwei *cafés* bestellt. Jetzt saß er allein auf der Terrasse. Es gab Wichtiges zu tun. Ein Anruf war besonders wichtig. Dupin fand den Kontakt.

»Docteur Malrus?«

Der Chef-Forensiker in Brest.

»Ja?«

»Hier Dupin. – Es geht um eine gewisse Madame Joëlle Contel aus Aber Wrac'h. Sie ist gestern Abend verstorben und liegt beim Bestatter …«

»Ja, ja – wir sind ja schon dabei«, fuhr der Forensiker Dupin ins Wort. »Sie wird gerade geholt. Madame Joëlle Contel.«

»Bitte?«

»Inspektor Riwal hat mich angerufen und gebeten, dass wir uns die Leiche genau ansehen.«

»Hat er?«

»Hat er. – Ich habe ihn gefragt, was er mit ›genau‹ meint. Ob wir nach etwas Bestimmtem suchen sollen. Nach irgendetwas, das auf eine nicht natürliche Todesursache hinweist, hat er gesagt. Womit er einen möglichen Mord meint, vermute ich mal. – Haben Sie eine genauere Vorstellung, wonach wir suchen sollen?«

»Nein. – Man sagt, Madame Contel sei sehr fit gewesen, trotz des hohen Alters. Völlig gesund. Dann war sie plötzlich tot.«

»Ich habe etwas ganz anderes gehört. Sie hat Vorzeichen des Todes gesehen. Sie hat gewusst, dass sie bald sterben wird. Und sie war bereit.«

»Denken Sie, als Wissenschaftler und Mediziner …« Dupin sparte sich den Rest des Satzes, es war besser so.

»Mir liegt die Feststellung des Todes durch den örtlichen Arzt vor. ›Akutes Herz-Kreislaufversagen‹. Eine der angenehmsten Arten, diese Welt zu verlassen. Wir sollten alle dafür beten, so zu sterben, Commissaire.«

»Alle erzählen, wie fit sie war.«

»In ihrem Alter ist es nichts Ungewöhnliches, an einem plötzlichen Herztod zu sterben. – Vielleicht wollte sie auch einfach nicht mehr, vielleicht war es genug und sie wollte gehen. In Ruhe und Frieden. Solange das Leben noch lebenswert war. Es ist ihr gutes Recht, das können Sie ihr nicht nehmen.«

Das hatte Dupin auch gar nicht vorgehabt.

»Ein Herzversagen lässt sich auch künstlich herbeiführen.«

Eine kurze Pause.

»Völlig richtig, Commissaire.«

»Mit bestimmten Medikamenten zum Beispiel.«

»Auch das. – Auf vielfache Weise. Bei derart alten Menschen sowieso.«

»Was meinen Sie?«

»Zum Beispiel durch heftige Eindrücke. Ein schlimmer Schreck.«

Es klang ein bisschen unheimlich.

»Was soll das heißen?«

»Gar nichts. Ich meine ja nur. – Alle möglichen Dinge könnten das definitive Ende bedeuten. Auch natürliche.«

»Ein natürlicher Schreck?«

»Wir werden alles ordentlich begutachten, verlassen Sie sich drauf.«

»Melden Sie sich. Schon bei den kleinsten Hinweisen.«

»Mache ich.«

»Danke – au revoir.«

»Au revoir, Commissaire.«

Dupin lehnte sich zurück und legte das Handy vor sich auf den schwarzen Bistrotisch. Er saß auf einem der *Fermob*-Stühle, die er so liebte, die Stühle aus seinem Pariser *Jardin du Luxembourg*, die in der Bretagne überall standen. Hier in »Coquelicot«, einem Klatschmohnrot. Am Rand der Terrasse war eine Reihe großer Blumenkästen mit schillernden hohen Gräsern platziert.

Auf dem Meer schaukelten zwei strahlend weiße Segelboote an roten Bojen. Es sah aus, als wären sie einander zugeneigt, in ständigem Kontakt miteinander. Gehörten zusammen. Dupin musste an Claire denken.

»Voilà – die beiden *cafés*.«

Der zuvorkommende Monsieur schien diskreterweise das Ende des Telefonats abgewartet zu haben. Die beiden Tässchen standen auf einem hübschen blauen Tablett.

»Und willkommen in unserer Welt. In Aber Wrac'h.« Er lächelte den Kommissar an. Ein offenes, gewinnendes Lächeln, warme braune Augen. Um die fünfzig, schätzte Dupin. Klug und schelmisch, jungenhaft. »Wunderbar und verrückt zugleich ist dieser Ort. Voller unglaublicher Geheimnisse und Geschichten.« Er lächelte erneut. »Hier gibt es viel zu tun für einen Ermittler. – Wir sind weitab vom Schuss. Sogar der elektrische Strom kam erst 1961 zu uns. Das war die Zeit, als die Leute aus der Gegend das erste Mal an den Strand gingen, bis dahin hatte man Angst vor dem Meer. Man hat auch gar nicht schwimmen lernen wollen, es sollte schnell gehen, wenn einen das Meer holte. Wie bei den Seeleuten.«

Es klang in der Tat verrückt.

»Ich bin Jacques – Jacques Briand. Besitzer des *Baie des Anges*.« Der Mann streckte Dupin die Hand entgegen. Die

Haare verwuschelt, grau. Eine fast runde Brille mit filigranem Gestell. Er trug Jeans und ein hellrosa Polohemd. »Wenn Sie Hilfe brauchen, sagen Sie Bescheid. Meine Freunde und ich kennen hier jeden.«

»Ich …« Dupin zögerte, aber eigentlich konnte ihm nichts Besseres passieren. Ein sympathischer Gastronom, der seine Hilfe anbot. Niemand wusste so viel über die Menschen einer Gegend wie ein gut vernetzter Gastronom.

»Ich vermute«, setzte Dupin neu an, »Sie wissen von dem Vorfall gestern Nacht? Von dem Angriff auf einen Inspektor, im Park der Abtei? Es handelt sich um einen meiner Inspektoren. – Mein Name ist Georges Dupin, Commissaire de …«

»Ich weiß. Und selbstverständlich weiß ich das von Ihrem Inspektor. Das tut mir ungemein leid, Monsieur. – Ich habe gehört, dass er Glück hatte.«

Der Mann war gut informiert. Aber so musste es sein, für Gastwirte war es eine Pflicht. Ganz wie für Polizisten.

»Was könnte da vorgefallen sein, denken Sie? Zwei Stunden nachdem Joëlle Contels Leiche abgeholt wurde? Was könnte ein Eindringling auf dem Gelände im Schilde geführt haben?«

Jacques Briand schaute den Kommissar an.

»Das werden wir herausfinden. Wir haben uns für heute hier verabredet. Meine Freunde und ich.«

»Freunde aus Aber Wrac'h?«

»Aber Wrac'h und Umgebung. – Ein Austernzüchter-Paar, ein Journalist, ein Gemeinderat, der Chef de Cuisine vom *Le Vioben*, dem großartigen Restaurant hier, und seine Frau, und ein Bäckerpaar. Übrigens eine der besten Bäckereien Frankreichs. Der Bäckermeister ist gerade mit einem nationalen Verdienstorden ausgezeichnet worden.«

Dupin hatte den ersten Kaffee zwischen seiner Frage und Jacques' Antwort in drei Schlucken getrunken.

»Bisher haben Sie und Ihre Freunde keine Vermutung?«

»Nein. – Aber wir mögen Victor Contel ganz und gar nicht. Joëlle Contels Bruder.«

Jacques war scheinbar nicht der Typ, der mit seiner Meinung hinter dem Berg hielt. Umso besser.

»Wen wir dagegen sehr mögen: Sophie Gautier. Eigentlich auch ihre Mutter, wenn sie nur nicht so blasiert wäre.«

»Die Ornithologin.«

»Sie sind ja beide Ornithologinnen. Mutter und Tochter. – Und Joëlle war ebenfalls vogelverrückt.«

»Joëlle Contel war ebenfalls Vogelbeobachterin?«

»Birding« war das Wort für die leidenschaftliche Laien-Vogelbeobachtung, das wusste er von Claire.

»Und wie! – Neben ihrem Garten waren es die Vögel, die es ihr angetan hatten. Und die Sterne, der Weltraum. Sie besaß ein eindrucksvolles Teleskop. – Joëlle war unerschöpflich neugierig. Sie wollte immer mehr und mehr wissen.«

Sympathisch.

»Wie ist sie eigentlich in den Besitz der Abtei und der Häuser gekommen?«

»Das war ihr Anteil bei der Scheidung. Vor fast vierzig Jahren. Ein Großindustrieller aus Paris. Pharmaindustrie. – Seitdem hat sie allein hier gelebt. Und ihren Mädchennamen wieder angenommen. Sehr ungewöhnlich für die Zeit.«

»Verstehe. Und was macht ihr Bruder, dieser Victor Contel?«

Dupin trank den zweiten Kaffee.

»Jetzt ist er theoretisch Rentner, Privatier. – Vor fünfzig Jahren hat er *Les Pommes et les Bretons* gegründet. Er hat eine Frau aus Plufur geheiratet, deren Familie eine Cidrerie und

zahlreiche Apfelwiesen zwischen Morlaix und Guingamp besaß, eine wichtige Gegend für den bretonischen Cidre. So hat alles angefangen. Mittlerweile ist es ein Getränke-Imperium, das nach Frankreich und in viele europäische Länder liefert, sogar nach Kanada. Sie produzieren verschiedenste Getränke, aber die Äpfel, Apfelsäfte und der Cidre spielen immer noch eine bedeutende Rolle für das Unternehmen.«

Noch eine Überraschung. Kadeg hatte es nie erwähnt, dabei war er mit der *Les-Pommes-et-les-Bretons*-Familie verwandt. Überhaupt hatte es bisher niemand erwähnt. Bretonen machten um so etwas kein Aufheben. – Dabei kannte jedes Kind *Les Pommes et les Bretons* und die Geschichte des bretonischen Imperiums.

»Seit zwei Jahren leitet nun sein Sohn die Firma. Maxime. Sophies Cousin. Und der Cousin Ihres Inspektors. Victor Contel gehört allerdings weiterhin die Hälfte des Unternehmenswertes, auch wenn Maxime der alleinige CEO ist. – Maxime Contel war davor für ein paar Jahre in den USA. Auch in der Getränkewirtschaft. Er versucht gerade, viel zu verändern, setzt stark auf Bio. Unter anderem hat er vor einem halben Jahr eine Bio-Cidrerie bei Morlaix übernommen, wo er neue Produkte entwickeln will.«

Dupin stellte die leere Tasse ab. Weich und zugleich stark schmeckte der Kaffee hier. Vollmilchschokoladig, ein bisschen Haselnuss darin, Dupin mochte das ganz besonders.

»Was haben Sie gegen Victor Contel?«

»Er ist eiskalt, rücksichtslos, brutal. Geht über Leichen. – Er hat sein Unternehmen wie ein Diktator geführt. Die ganze Welt besteht für ihn nur aus Untergebenen. – Reicht Ihnen das?«

Tat es. Dupin hatte einige dieser Menschen kennengelernt. Die »Herren der Welt«.

»Was macht er jetzt mit seiner Zeit?«

»Es fällt ihm schwer, loszulassen. Er ist zweiundsiebzig, aber topfit. Er mischt sich immer noch in die Firma ein. Und versucht sich an ein paar anderen Projekten. Vor allem würde er die Vogelbeobachtung in der Gegend gerne umfassend touristisch ausbauen. Komfortable Beobachtungsstationen, schicke Unterkünfte, eine Art ornithologischen Pfad für interessierte Laien aus der ganzen Welt. Er hat ein Hotel auf der Halbinsel von Lilia gekauft.« Jacques Briands Züge verfinsterten sich. »Das ist das Letzte, was die Natur und die Vögel hier oben brauchen.«

Dupin nickte.

»Wenn es Victor Contel gewesen wäre, der gestern Nacht noch einmal zurückgekommen ist, in den Garten der Abtei – was könnte er gewollt haben?«

Das war die Frage.

»Wie gesagt – das kriegen wir schon noch raus. Keine Sorge.«

Dupin musste schmunzeln.

»Ansonsten fällt Ihnen im Moment nichts zu der Sache ein?«

»Nein. – Joëlle war zwar steinreich, mit ihrem Anwesen und den Häusern am Meer, aber eine bescheidene Person. Dabei ein bisschen verrückt. Verschroben, voller Ticks – ich mag solche Menschen. Sie war außergewöhnlich.«

»Was befindet sich in den anderen Gebäuden der alten Abtei?«

Dupin hatte es schon fragen wollen, als sie im Garten standen.

»Verschiedenstes. Das Haus von Joëlle kennen Sie ja bestimmt, das war früher die Bibliothek der Abtei. – Die beiden Häuser am Haupteingang sind gerade vollständig renoviert

worden. Sie sollen dem Kulturzentrum zur Verfügung gestellt werden: *Les Amis de l'Abbaye des Anges.* Die ehemalige Kirche wird der Hauptveranstaltungsort. Alles wird sich um Musik und Literatur drehen: das gesprochene und gesungene Wort. Im nächsten Jahr geht es los. Sie werden …«

Dupins Handy unterbrach Jacques Briand.

Nolwenn.

»Dann lasse ich Sie mal allein.« Briand entfernte sich.

»Neuigkeiten, Monsieur le Commissaire.«

In Nolwenns Stimme lag ein gewichtiger Ton.

»Kadeg schläft. Tief und fest. Seit Sie und Riwal gegangen sind. Das wird ihm guttun. Seine Frau ist eingetroffen. Sie ist ziemlich gefasst. – Ich habe mir hier im Sekretariat der Klinik ein provisorisches Büro eingerichtet und stehe eng mit Le Menn in Verbindung.«

»Hat der Arzt etwas Neues über Kadegs Zustand gesagt?«

»Nein. Er sagt mir sofort Bescheid, wenn es etwas gibt. – Und bevor ich es vergesse: Locmariaquer will, dass Sie sich bei ihm persönlich melden. Umgehend. Ich konnte es leider nicht abwenden.«

»Verstehe.«

»Ich habe bereits mit Riwal gesprochen und bin à jour, Monsieur le Commissaire. Ich gehe jetzt mal mit Le Menn die Personen, um die es geht, durch.«

»Beginnen Sie mit Victor Contel.«

»*Les Pommes et les Bretons.* – Er kommt ja gleich zu Ihnen in die Abtei, mit seinem Sohn. Nach der Köchin. Da können Sie ihm auf den Zahn fühlen. – Madame Rozenn Gautier,

Sophie Gautiers Mutter, hält sich heute übrigens in der ornithologischen Station bei den Dünen von Corn ar Gazel auf, an der Mündung des Aber Benoît. Sie wohnt dort in der Nähe. Soll ich etwas verabreden?«

»Ist sie nicht pensioniert?«

»Theoretisch schon. Aber Sie wissen ja: Das heißt heutzutage überhaupt nichts mehr.«

»Ich will mich nach dem Treffen mit den Contels erst einmal in der Abtei umsehen. Aber danach – vielleicht um vier?«

»Gut. – Und wenn Sie über Lannilis kommen, und Sie müssen von Aber Wrac'h aus eigentlich immer über Lannilis, legen Sie einen Stopp in der Bäckerei von Michel Izard ein. *La Maison du Boulanger.*«

Gute Bäcker waren in Frankreich hoch angesehen, wie große Künstler.

»Oh, *mon dieu*. Die *tartines* sind formidabel! Nehmen Sie die mit den frischen Anchovis und Schafskäse! Aber«, Nolwenns Tonfall verschob sich ins Dramatische, »essen Sie sie nur halb, sonst haben Sie abends keinen Hunger mehr. Und kosten Sie unbedingt von der Patisserie. Und probieren Sie das Brot mit den Algen und dem Plankton. Der ganze Atlantik – in einem Brot!«

»Ich habe schon von der Bäckerei gehört.«

»Ah, von Jacques Briand, nehme ich an.«

»Woher …«

Dupin brach ab. Natürlich wusste Nolwenn, wo er war. Was in diesem Fall – anders als sonst – kein bisschen mysteriös war: Riwal würde es ihr gesagt haben.

»Ein phänomenaler Ort, das *Baie des Anges*. Ein-, zweimal im Jahr bin ich mit meinem Mann für ein Wochenende dort. Ich habe Ihnen schon davon erzählt. Nicht nur einmal.«

Nolwenn klang streng.

Nolwenn und Riwal erzählten von vielen bretonischen Orten. Ständig und seit über zehn Jahren. Orte, die Dupin »unbedingt« sehen musste. Manchmal machte er sich sogar eine Notiz. Die Liste war schon unendlich lang.

»Ich habe Ihnen gesagt, dass Sie mal für ein Wochenende mit Claire hinfahren sollten.« Aus dem strengen Ton wurde ein strafender. »Äußerst romantisch, wirklich. Buchen Sie das Appartement in der ersten Etage. Direkt über Ihnen – wo Sie gerade sitzen«, sie machte eine kleine Pause, »werfen Sie mal einen Blick nach oben.«

Dupin zögerte.

»Sehen Sie? Der ganze Balkon gehört dazu. Sagenhaft, oder?«

»Sagenhaft.«

Er hatte tatsächlich einen Blick nach oben geworfen. Nolwenn hatte vor einiger Zeit begonnen, sich um Claire und ihn, die Beziehung, Sorgen zu machen. Sie hatte Claire in ihr Herz geschlossen. Dupin hatte dennoch einen Teufel getan, ihr von seinem großen Vorhaben zu erzählen. Aber sie hatte recht: Er sollte einmal mit Claire hierherkommen. Unbedingt.

»Gut, Monsieur le Commissaire, wir haben keine Zeit zu verlieren. Bis später.«

Schon hatte sie aufgelegt.

Dupin stand auf und betrat die Bar. Ein lang gezogener Raum direkt hinter der Terrasse. Durch große Panoramafenster wirkte es, als wäre man draußen, nur dass es hier drinnen nicht windete. Dupin stellte es sich äußerst behaglich vor, hier bei Wind und Wetter – zum Beispiel mit einem guten Glas Rum – am Fenster zu sitzen, am besten während eines Sturms. Ausladende, urgemütlich aussehende Sessel und Sofas in bunten Farben. Hinter dem Tresen stand das

obligatorische Getränkeregal, in dem Dutzende Flaschen ausgestellt waren. Dupin liebte es, davorzustehen und zu studieren, was es alles gab.

Jacques Briand hantierte an einer glänzenden Kaffeemaschine, die auf dem Tresen thronte.

»Rasch noch einen Kaffee, im Stehen?« Der Wirt hatte Dupins Gesichtsausdruck gesehen.

»Ich muss leider … Ja – gut, ganz schnell.«

Wer weiß, wann er wieder zu Koffein käme. Während eines Falls musste Dupin es gewissermaßen auf Vorrat zu sich nehmen. Im Körper speichern, so wie die Kamele das Wasser.

Jacques Briand entpuppte sich als rekordverdächtig rasanter Barista – schon duftete der *café* vor Dupin auf der Theke.

»Wussten hier alle davon, dass sich Joëlle Contel sicher war, bald sterben zu müssen?«

»Selbstverständlich. Die Vorzeichen haben sich ja nun wirklich gehäuft. Und sie ging ganz offen damit um. Ich denke, sie hat sich von allen verabschiedet, die ihr etwas bedeutet haben.«

»Auch von Ihnen?«

»Von mir und Claudia, meiner Lebensgefährtin. – Joëlle war letzten Freitag hier.«

»Wie hat sie sich verabschiedet? Ich meine, was hat sie gesagt?«

»Sie hatte uns schon vor ein paar Wochen von den Vorzeichen erzählt. – Freitagabend haben wir dann hier ein paar Gläser zusammen getrunken, etwas gegessen, Austern und *pâté*, erzählt, gelacht.« Die Blicke des Gastwirts schweiften nach draußen, über das Meer. Er sprach nicht traurig, eher besonnen. »Es war ein sehr fröhlicher Abend. Sie wusste ja nicht, wann es geschehen würde.«

»Waren Sie befreundet?«

»Das wäre zu viel gesagt. Aber wir mochten uns sehr. – Sie hat ein einigermaßen zurückgezogenes Leben geführt, vor allem in den letzten Jahren. Ihr Reich hat sie meist nur zur Vogelbeobachtung verlassen. Und um ihre Freundin zu besuchen. Haben Sie schon mit ihr gesprochen? Rose Janin?«

»Nein.«

Der Gärtner hatte sie erwähnt.

Dupin trank den *café*.

»Hatten Sie den Eindruck, dass Joëlle Contel in den letzten Monaten nicht mehr ganz in Form war? Dass sie körperlich abgebaut hatte?«

»Nein, überhaupt nicht.«

Dupin musste sich jetzt äußerst vorsichtig ausdrücken.

»Glauben Sie«, er hätte beinahe »tatsächlich« gesagt, hatte das Wort aber im letzten Moment vermieden, »glauben Sie diese Sache mit den ›Vorzeichen‹?«

Es war heikel, denn streng genommen handelte es sich tatsächlich um eine Frage des Glaubens.

»Ich meine, sie schien doch gesund und munter zu sein. Sie arbeitete im Garten, beobachtete Vögel und Sterne. Aß und trank gerne.«

Ein mildes Lächeln erschien auf Jacques Briands Gesicht.

»*Sie* jedenfalls glauben nicht an solche Dinge, höre ich heraus. Aber das ist nicht schlimm. Joëlle hat daran geglaubt, und zwar ganz und gar. Und hatte ihr Schicksal angenommen. – Und wie gesund jemand wirklich ist, wer weiß das schon. Wenn es Zeit ist, ist es Zeit.«

»Danke, Monsieur Briand. Jetzt muss ich wirklich los. Und melden Sie sich, wenn Ihnen oder Ihren Freunden etwas einfällt, egal wie unbedeutend es scheinen mag.«

»Das werden wir.«

Dupin trat in die Welt des gleißenden Sonnenlichts hinaus. – Und des steifen Windes.

Die Köchin schimpfte.

»Es ist ein Jammer! Jetzt konnte sie ihn gar nicht mehr essen.«

Madame Brévels Züge hatten sich verfinstert. Sie war eine stämmige Frau mit kurzen, wuscheligen schwarzen Haaren.

»Dabei war sie ganz verrückt danach. Ich habe ihr den Apfelkuchen am Montag mitgebracht. Eigentlich isst sie immer sofort ein Stück. Aber sie hat mittags schon von dem *Kig Ha Farz* gegessen. Den isst sie auch so gern.«

Die Köchin hielt inne. Ihre Züge nahmen einen nachdrücklichen Ernst an.

»Jedenfalls habe ich all ihre Lieblingsspeisen gemacht in den letzten Wochen. Was nur angemessen war. – Wenn man schon gehen muss.«

Ein Reigen ausgewählter Henkersmahlzeiten sozusagen.

Sie schien vor allem mit sich selbst zu reden. Ein Gespräch war es eigentlich nicht. Dupin ließ sie gewähren.

»*Ankou* hätte wirklich noch etwas warten können. Zumindest bis nach dem Apfelkuchen.« Sie seufzte tief. »Es ist grausam.«

Ankou. Die bretonische Gestalt des Todes, sie holte diejenigen, deren Zeit abgelaufen war. Mit einem knarzenden Karren.

»Aber es hat nicht sollen sein. Wenn der Sand durch die

Uhr ist, ist er durch.« Sie unterstrich den Satz mit einem heftigen Schulterzucken. *Ankou* zeigte sich auf Abbildungen gerne mit der Sanduhr in der einen, der Sense in der anderen Hand.

»Trotzdem ein Jammer!« Sie ließ den Blick liebevoll über den Kuchen schweifen, der vor ihr auf der Arbeitsplatte stand. Sie hatte ihn aus dem Kühlschrank geholt und das Küchentuch aufgedeckt, in das er eingeschlagen gewesen war.

Die Küche, in der sie standen, war gemütlich, rustikal, zwei kleine Fenster und die Tür zur Terrasse hin. Vor den Fenstern die Arbeitsplatte aus dunklem Granit, am Rand Öl, Essig, Kräuter, Salz, Pfeffer. Rechts der Herd, große, moderne Platten. An der gegenüberliegenden Wand ein viereckiger weißer Tisch mit drei dazu passenden Stühlen, Edelstahl und weißes Holz. Die Wände waren aus unverputztem Stein.

»Man muss die Äpfel schon beim Karamellisieren leicht salzen, das ist das Geheimnis. Nicht erst die Karamellsoße mit der *crème fraîche.* Und der Teig – viel Butter.«

In den bretonischen Rezepten war Fett nun einmal der Hauptgeschmacksträger. Die Minute ohne das Tuch hatte ausgereicht, um die Küche in Aromen aus salzigem Karamell, gerösteten Äpfeln und gebackenem Mürbeteig zu tauchen.

»Vielleicht hat Madame sich ja auch nicht ganz wohlgefühlt. Ein bisschen hatte ich den Eindruck. Auch wenn sie nichts gesagt hat. Aber das hätte sie ohnehin nie getan, sie hat sich nie beklagt.« Die Köchin setzte den Monolog fort. »Sie wollte den Kuchen am Abend anschneiden, hat sie gesagt, nach dem Abendessen.« Madame Brével schien es nicht verwinden zu können. »Das hat sie noch nie getan: mit dem Apfelkuchen warten. Unglaublich. Vielleicht war sie doch krank. Und es war ja der erste Kuchen des Jahres mit den

neuen Äpfeln. Denen von ihren eigenen Bäumen. Den Wunderbäumen. Solche Äpfel haben Sie noch nie gegessen, Monsieur.« Zum ersten Mal wandte sie sich direkt an Dupin, die Augen weit aufgerissen. »Es sind himmlische Äpfel. So saftig, süß, aber nicht zu süß, fest, aber nicht zu fest. Claude hat sie fast schon alle geerntet, hab ich gesehen. Wir lagern sie unten im Keller, da halten sie beinahe ein Jahr, auch das ist ein Wunder. – Sie müssen einen probieren, Madame Contel würde sich freuen, die Äpfel lagen ihr am Herzen. Oder noch besser«, sie schien eine Eingebung zu haben, »Sie nehmen den Kuchen mit. Ich habe noch einen zu Hause, so viel können wir gar nicht essen.«

»Das ist sehr freundlich, aber das geht leider nicht.«

Es war schwer, ihn abzulehnen. Er sah köstlich aus, saftig und knusprig zugleich.

»Sie sagten gerade, Sie hätten den Eindruck gehabt, Joëlle Contel hätte sich vielleicht nicht wohlgefühlt – was meinen Sie damit?«

»Ich weiß es selbst nicht genau.«

Madame Brével stellte den Kuchen zurück in den Kühlschrank.

»Kam Ihnen Joëlle Contel verändert vor? Oder verängstigt? Verwirrt möglicherweise?«

»Nein, nein. – Es war nur das mit dem Kuchen, glaube ich. Sie hat ihn doch so geliebt …«

»Madame Brével, ich würde gerne mit Ihnen über den Vorfall gestern Abend sprechen. Über den Angriff auf meinen Inspektor. Wer könnte einen Grund gehabt haben, gestern Abend, nachdem Joëlle Contels Leiche abgeholt worden war, hierherzukommen?«

Sie starrte Dupin an, als ob er eine völlig aberwitzige Frage gestellt hätte.

Plötzlich schien ihr etwas in den Sinn zu kommen.

»Aber den *Kig Ha Farz,* den nehmen Sie mit.« Schon war sie auf dem Weg zurück zum Kühlschrank. »Für heute Abend. Ich …«

»Madame – fällt Ihnen etwas zu meiner Frage ein?«

»Welche Frage?«

Sie schien es ernst zu meinen.

»Wer könnte gestern Nacht hier auf dem Grundstück gewesen sein? Und warum?«

Sie schüttelte heftig den Kopf. Sie war dabei, einen großen gusseisernen Topf aus dem Kühlschrank zu holen.

»Ein schlimmes Verbrechen! – Aber ich habe damit nichts zu tun«, protestierte sie energisch. »Und Madame Contel ebenfalls nicht. Sie war ja schon tot.«

Eine denkwürdige Vernehmung war das hier.

Dupin versuchte es in einem strengeren Tonfall.

»Madame Brével, irgendetwas fällt Ihnen doch bestimmt zu dem Ganzen ein?«

Dupin stand links neben ihr, durch das Fenster sah er den idyllischen Bachlauf. Alles hier hatte etwas Mystisches. Als er das Anwesen eben gerade ein zweites Mal betreten hatte, war es ihm ergangen wie zuvor: Er hatte den Eindruck gehabt, die gewöhnliche Welt zu verlassen.

»Überhaupt nichts.«

Immerhin schien es eine ernst gemeinte Antwort zu sein.

»Hatte Madame Contel in den letzten Monaten irgendwelche gesundheitlichen Probleme?«

»Aber nein, wie kommen Sie darauf?« Madame Brével wirkte empört, so als hätte Dupin Joëlle Contel nachträglich beleidigt. »Sie war das blühende Leben.«

»Schwindelgefühle? Leichte Schwächen?«

»Wo denken Sie hin? Sie ist noch letzte Woche zweimal

einen ganzen halben Tag unterwegs gewesen. In den Dünen. Mit dem Fernglas. Es gab irgendetwas Aufregendes, glaube ich.«

»Was meinen Sie, Madame?«

»Na, besonders seltene Vögel. – Schon in den letzten Wochen. Ihre Nichte war auch ganz aufgeregt, glaube ich.«

Dupin machte sich eine Notiz.

»Sophie Gautier?«

»Sie ist die einzige Nichte hier.«

Ihr Ton besagte: Denken Sie doch ein bisschen mit.

Sie hatte den gusseisernen Topf auf die Arbeitsplatte gestellt.

»Gesundheitlich lagen bei Madame Contel also keinerlei Vorzeichen des Todes vor.«

Eigentlich hatte Dupin gar nicht auf das Thema zurückkommen wollen, es war müßig.

»Das eine hat mit dem anderen überhaupt nichts zu tun, Monsieur.« Indignierter konnte der Ausdruck auf ihrem Gesicht nicht ausfallen.

Dupin wollte widersprechen – aber auch das wäre müßig.

»Wann …«

Dupins Handy klingelte.

Er trat ein paar Schritte zur Seite.

Eine unbekannte Nummer.

»Ja?«

»Hier Commandante Carman. – Hier sind Journalisten, drei an der Zahl. Sie wollen, dass wir uns äußern zu dem, ich zitiere, ›Mordanschlag auf einen Inspektor‹.«

»Äußern Sie sich.«

Hauptsache, er musste es nicht tun.

»Bestätigen Sie, dass es ein Mordanschlag war. Eine feige, brutale Attacke auf einen Polizisten.«

Exakt das war es. Es gab keinen Grund, es zurückzuhalten oder herunterzuspielen. Im Gegenteil. Vielleicht ließe sich auf diese Weise sogar etwas Druck erzeugen.

»Sagen Sie den dreien, sie sollen es richtig groß machen. – Nur ohne Namen. Um Kadegs Familie zu schützen.«

»Mache ich.«

»Sagen Sie auch, dass wir sehr gut vorankommen. Dass wir sehr zufrieden sind mit dem Beginn der Ermittlungen, irgend so was.«

»In Ordnung.«

»Und«, es war Dupin gerade eingefallen, »dass Sie in diesem Fall die gesamte Kommunikation mit der Presse übernehmen.«

»Ich …« Carman schien nachzudenken. »Na gut.«

»Bis später.«

Schon hatte Dupin aufgelegt. Ein Thema weniger. Für ihn zumindest.

Der Kommissar wandte sich wieder an Madame Brével, die sich ein Glas Wasser geholt hatte.

»Wo waren wir stehen geblieben? Ah, ja. Wann genau hat Joëlle Contel eigentlich das erste Vorzeichen des Todes gesehen?«

»Die Elster, die immer ums Haus flog? – Sie hat sich dann auch aufs Dach gesetzt.« Die Köchin deutete mit einer knappen Kopfbewegung nach oben. »Madame hat sie von ihrem Terrassenstuhl aus beobachten können. – Weiß-grau-schwarz. Das Weiß am Bauch war besonders hell.«

Sie nahm den schweren Deckel vom Topf. Mit liebevollem Blick musterte sie den Inhalt.

»Mein wunderbarer *Kig Ha Farz,* immerhin davon hat sie zu Mittag noch etwas essen können. – Er hätte fast die ganze Woche gereicht. Er wird bei jedem Aufwärmen besser. Ich

habe ihn Samstag zu Hause zubereitet und Sonntag mitgebracht, dann musste er noch einen weiteren Tag ziehen. – Sie hat ihn so geliebt.« Die Köchin schüttelte verdrießlich den Kopf.

Dupin stand nah genug, um in den Topf schauen zu können. Es sah unfassbar köstlich aus. Früher hatte Dupin gedacht, der poetisch klingende Name verhieße Magisch-Druidisches. Etwas wie »Speise der Götter«. Wie er dann gelernt hatte, verhielt es sich deutlich prosaischer: »Kig« hieß »Fleisch«, »Ha« »und« und »Farz« bedeutete schlicht »Mehl«. Fleisch und Mehl. Trotzdem war auch Dupin ihm mittlerweile verfallen. Paul bereitete ihn jedes erste Wochenende im Monat für das *Amiral* zu. Er setzte ihn freitags früh am Morgen an und ließ alles einen ganzen Tag vor sich hin köcheln: Lauch, Wirsing, weiße Rüben, Karotten, Speck, Morteau-Wurst, Tafelspitz, Schweinshaxe und Mehlklöße zweierlei Art, aus Buchweizen und Weizenmehl. Der Clou war die Soße aus Butter, endlos geschmorten jungen Zwiebeln und viel Zitronensaft.

»Noch mal zu der Elster, Madame. Können Sie ungefähr sagen, wann Joëlle Contel sie das erste Mal gesehen hat?«

»Oh, das kann ich Ihnen genau sagen. Am 24. August. Zwei Tage nach ihrem neunundachtzigsten Geburtstag. Den hat sie ein bisschen gefeiert, auch wenn sie eigentlich gar nicht wollte. Sie haben sie überredet. Hier bei ihr. Mit der Familie und ihrer besten Freundin.«

»Und Elstern gibt es hier nur wenige?«

Madame Brével blickte Dupin ratlos an.

»Was meinen Sie?«

Sie holte aus einer Schublade mehrere Schüsselchen heraus und stellte sie neben den Topf.

»Ob nicht …« Dupin brach ab.

»Elstern nisten nicht in der Bretagne. – Im Winter kommen

sie von Norden und Osten, nur einzelne Vögel. Dann sieht man sie in den Monts d'Arrée. – Aber Ende August eigentlich nie.« Sie schüttelte den Kopf.

Madame Brével begann, mit einem Schöpflöffel den Eintopf in die Schüsselchen zu füllen.

»Und seitdem wusste sie, dass sie sterben würde?«

»Ich denke, schon. Erst recht, als dann der Hahn der Coffs vor Mitternacht anfing zu krähen.«

Dupin merkte der Köchin ein Unbehagen an.

»Bei dem Vorzeichen war ich mir allerdings nicht sicher.«

»Wieso nicht?«

»Das Haus der Coffs liegt etwas den Hügel hoch, am Dorfrand. – Yvonne, eine Nachbarin, ruft ständig die Gendarmerie wegen diesem Hahn. Er kräht einfach, wann er will. Yvonne stand sogar mal in der Zeitung wegen diesem Vieh. Siebenundneunzigmal hat sie die Gendarmerie deswegen schon angerufen.«

So war das mit den Vorzeichen, Dupin war nicht überrascht.

Ein allerletztes Stück Karotte, und der Topf war leer geschöpft.

»Man sollte ihm den Hals umdrehen. – Er macht ganz Aber Wrac'h verrückt.«

Der Satz hallte seltsam nach. Sie hatte ihn – was es noch unheimlicher machte – ganz nüchtern ausgesprochen.

Dupin hatte viele Fragen zum gerade Gesagten, er würde keine einzige stellen. Zumindest fürs Erste hatte er alles gehört, was von Madame Brével zu erfahren war. Dupin wollte sich noch etwas auf dem Gelände umsehen, bevor Victor und Maxime Contel kämen. Dazu hatte er noch gar keine Gelegenheit gehabt.

»Dann kam das Wiesel. Es lief bei den Apfelbäumen herum, ganz ungeniert, vor zehn Tagen, ich habe es auch gesehen. – Es

ist lange her, dass wir ein Wiesel hierhatten. Ein großes Tier. Ein elegantes Braun, ein schneeweißer Bauch. Ein Mauswiesel.« Sie zuckte mit den Schultern und setzte eine dramatische Miene auf. »Aber das Wiesel war schon gar nicht mehr nötig. Na ja«, sie zuckte abermals mit den Schulten, »jetzt muss hier alles Verderbliche weg, so ist es«, seufzte sie.

Dupin brauchte einen Moment, ehe er verstand.

»Der Kühlschrank ist voll. Madame hat gerne gegessen. Wenn auch weniger als früher.«

Mit peniblem Bedacht deckte sie eines der Schüsselchen ab, randvoll mit köstlich aussehendem *Kig Ha Farz,* ein dickes Stück Wurst war zu sehen.

»So, das ist für Sie.«

Dupin hatte Mühe, nicht einfach enthusiastisch »Ja« zu rufen.

»Das ist sehr freundlich, Madame. Aber danke, nein.«

»Sind Sie sicher?« Kurz stand ihr Enttäuschung ins Gesicht geschrieben, die aber sofort wieder verflog. »Na, Sophie Gautier wird sich sicher freuen. Ihre Mutter Rozenn hingegen kann *Kig Ha Farz* nicht ausstehen, na ja, Geschmäcker sind halt verschieden … Ich werde schon meine Abnehmer finden. – Claude Hilaire bekommt ohnehin immer was für sich und seine Frau.« Sie lächelte stolz. »Er leckt sich die Finger danach, wissen Sie.«

»Ich muss jetzt weiter, Madame Brével. Ich danke Ihnen. Nur noch eins: Wo waren Sie gestern Nacht zwischen dreiundzwanzig und vierundzwanzig Uhr?«

»Sie wollen wissen, wo ich letzte Nacht war?«

Sie war dabei, die weiteren Schüsselchen mit Frischhaltefolie abzudecken, und hielt kurz inne. Dupin rechnete mit allem.

»Na, bei mir zu Hause, was denken Sie denn? Um diese

Zeit schlafe ich. Dienstagmorgens bin ich ab sieben bei meiner Tochter. Auch heute natürlich. Ich kümmere mich um die Kleinen.«

»Leben Sie allein, Madame?«

»Seit ein paar Jahren, ja.«

Ein letztes Schulterzucken.

»Vielen Dank, Madame.«

Dupin hatte sich noch eine Notiz gemacht und klappte sein Heftchen zu.

»Wir sehen uns sicher bald wieder. Au revoir.«

»Au revoir, Monsieur.«

Im nächsten Augenblick hatte Dupin das Handy in der Hand.

Joëlle Contels Leiche lag nun schon eine Weile in der Forensik.

Er drückte die Nummer, es dauerte etwas, bis ein grummelndes »Was ist, Dupin?« erklang.

»Können Sie schon etwas zu Joëlle Contel sagen?«

»Wenn auch nur das kleinste Detail auf irgendetwas anderes hingewiesen hätte als die Diagnose des Dorfarztes, hätte ich mich gemeldet, das wissen Sie. – Anzeichen auf das Einwirken physischer Gewalt gibt es jedenfalls nicht. Nicht die leichtesten Hämatome. Keine Verletzungen, keine Wunden. Keine Einstiche. – Bisher gibt alles ein ganz stimmiges Bild ab: akutes Herz-Kreislaufversagen.«

»Haben Sie denn schon sämtliche Tests und Untersuchungen abgeschlossen?«

Eine rhetorische Frage.

»Ich melde mich, wenn es etwas gibt, Dupin.«

»Wann, denken Sie, ist Madame Contel gestorben?«

»Das lässt sich einigermaßen gut sagen. Gegen achtzehn Uhr.«

Also rund eineinhalb Stunden bevor Sophie Gautier sie gefunden hatte. Und rund eine Stunde nach dem Besuch von Victor und Maxime Contel. Die Letzten, die sie lebend gesehen hatten.

»Na gut, dann bis bald.«

Dupin legte auf.

Sie mussten sich mehr auf das Geschehen in der gestrigen Nacht konzentrieren. Der Tod von Joëlle Contel würde zwar unter Umständen mit dem Motiv für die Attacke auf Kadeg zusammenhängen – aber dem »Altersherz« mussten sie nicht weiter nachgehen.

Überall waren die Polizisten und die Spurensicherung zugange, vor allem in Joëlle Contels Haus. Dupin hatte keine Lust, sich dazuzugesellen. Er würde sich die Räume später ansehen, allein, in Ruhe.

Er war von der Terrasse über die Wiese den sanft ansteigenden Hügel hinauf bis zum Waldrand gelaufen. Zu den Apfelbäumen.

Hier blieb er stehen.

Nach den Lobpreisungen von Madame Brével konnte er nicht anders, als die Äpfel zu bewundern. Sie sahen in der Tat famos aus. Groß und glatt, ein appetitliches Rot.

Er schaute sich um.

Rechter Hand die Kirche, daneben – direkt hinter den hohen Mauern – lag eine lang gestreckte Wiese. Das grelle Grün leuchtete in der Sonne. Zwei verwitterte hüfthohe Fußballtore erzählten von vergangenem Familienglück, heiter ausgelassenen Sommernachmittagen, unbeschwerten Kinderseelen. An

den Mauern wucherten prächtige Hortensien in Lila, Rosa, Blau. Übertrumpft wurde ihre Pracht von mehreren Malvenbüschen, zwei, drei Meter hoch, purpurviolett. Dupin kannte sie vom Hof seiner Großeltern im Jura, seine Großmutter hatte ihm daraus »Wundertees« gebraut, aus den fünf Kelchblättern der Blüte, gegen Bauchschmerzen. Er mochte die grazilen Blütenkerzen, die dunklen Äderungen in der Blütenmitte. In diesem Teil des Gartens lag ein zarter Moschusgeruch in der Luft.

Dupin bewegte sich auf die verwunschene Quelle zu. Ein mönchischer Jungbrunnen vielleicht. Er erreichte den Bach. Klarstes Wasser. Ein Bett aus feinen Kieseln, kein Schlamm, keine Trübung. Auch das erinnerte ihn an die Landschaft seiner Kindheit. Er hatte an den Bächen seine »geheimen Stellen« gehabt, zu denen er immer wieder gelaufen war, mit Holzbötchen, die abenteuerliche Wildwasserstrecken zurücklegen mussten. Und natürlich hatte er aus den Bächen getrunken. »Nie da trinken, wo das Wasser steht, sondern immer da, wo es fließt«, hatte sein Vater ihm beigebracht.

Mit einem Mal schrak Dupin zusammen. Stand da jemand zwischen den dichten Farnen?

Jetzt sah er, dass es nur eine weitere Skulptur war. Eine Frau aus grünlichem Granit. Eine Meerjungfrau, eine Fischfrau, ein Wesen zwischen Tier und Mensch. Am Rücken wurden aus den endlos langen Haaren, die bis zum Sockel gingen, Lianen. Oder lange Tintenfischarme. Vielleicht hatte sie auch etwas Reptilienhaftes. Sicher war es nicht, sicher war bei dieser Figur gar nichts. Das Bizarrste: Auf der Höhe ihrer Knöchel wuchs der Kopf eines Mannes aus ihr hervor, dessen Züge denen der Frau ähnelten.

Dupin wandte sich ab.

Er würde sich den Wald ansehen. Ein veritabler Urwald. Je näher man kam, desto wilder und undurchdringlicher wirkte er. Dupin betrat das Dickicht.

Die Bäume standen dicht beisammen, sodass es ein Wunder schien, dass sie alle genug Licht und Boden bekamen. Man wusste nicht, zu welchem Baum welche Äste und Blätter gehörten. Buchen, Erlen, hohe aschgraue Elsbeeren, Pappeln, verschiedene Ahornarten, aber vor allem Eichen. Bretonische Eichen mit riesigen Misteln. Hochgiftig, wusste Dupin. Und trotzdem, hieß es, besaßen sie auch eine heilende Wirkung. Efeu überall, manche Bäume waren über die Jahrzehnte zu reinen Efeubäumen geworden, niemand würde mehr sagen können, welcher Baum sich darunter verbarg.

Man sah nicht weiter als zwei Meter. In keine Richtung. Dabei blieb es seltsamerweise ganz hell. Grün in unendlichen Nuancen und Schattierungen. Immer wieder lagen große Äste im Weg, die Kommandantin hatte recht: Der Angreifer hatte sich nur bedienen müssen. Eigentlich müsste man den Wald durchsuchen lassen – aber es würde Tage dauern. Und vielleicht hatte der Angreifer die »Tatwaffe« ja mitgenommen.

Dupin hatte vorgehabt, in einem Bogen oberhalb der Wiese durch den Wald zu laufen, relativ nah am Rand. Vielleicht hatte sich der Angreifer zunächst hier irgendwo versteckt gehalten, nachdem er Kadeg bemerkt hatte. Und man würde Spuren ausmachen können.

Eventuell war er ja sogar durch den Wald gekommen. Und so auch nach der Attacke geflohen. Sich über die Straße vor der Abtei zu nähern und zu flüchten, hätte ein Risiko bedeutet. Auch wenn in der Gegend nicht viel los war. Dennoch – auf der einen Seite lag das Hotel, wo auch spätabends noch Gäste oder Einheimische, die in der Bar etwas getrunken

hatten, ein und aus gingen. Auf der anderen Seite lagen die Häuser, in denen auch Sophie Gautier wohnte. Ein kluger Täter hätte versucht, jedes unnötige Risiko zu vermeiden.

Es roch nach Erde, Moos, Rinde. Zuweilen ganz scharf, beißend. Dupin war ein wenig schwindelig, vielleicht wegen der Überproduktion von Sauerstoff hier. Auf jeden Fall wegen der drückenden, schwülen Hitze. Der Schweiß lief ihm von der Stirn. Er kam nur äußerst langsam voran. Unfassbar, wie das Grün hier wucherte. Vom Boden bis zu den Baumwipfeln. Ein Wald wie in Urzeiten. Nur sich selbst und all seinen Bewohnern überlassen, Vögeln, Millionen von Insekten, Mäusen, Füchsen, Mardern. Und Wieseln.

Es war lachhaft, Dupin konnte sich höchstens fünfzehn, zwanzig Meter von der Wiese entfernt befinden, dennoch hatte er die Orientierung verloren. Wie war das möglich? Lief er überhaupt den beabsichtigten Bogen?

Hier und da wurde es dornig. Er zerkratzte sich den Arm.

Dupin blieb stehen und holte sein Handy hervor. Er wählte Riwals Nummer.

Er schaute auf das Display. Kein einziger Balken, nicht der kleinste. Eben in der alten Abtei, im Garten und auf der Terrasse des *Baie des Anges* war der Empfang noch tadellos gewesen.

Es war grotesk. Er konnte sich nicht verlaufen haben. So groß war das Gelände nun auch wieder nicht.

Er blickte auf die Uhr. 12 Uhr 58. Auch das konnte nicht wahr sein. Unmöglich, dass er bereits fünfundzwanzig Minuten zwischen den Bäumen umherstapfte. Gleich, in zwei Minuten, sollte er Victor Contel und dessen Sohn treffen.

Das Sicherste wäre, er folgte seiner eigenen Spur zurück.

Gerade als er sich umdrehen wollte, sah er etwas aus dem Augenwinkel. Eine Art Pfad. Dupin kämpfte sich durch.

Eindeutig ein Pfad, wenn auch ein schmaler, zugewachsener. Er kam von rechts, wo die Abtei lag – wenn Dupin die Orientierung nicht vollständig verloren hatte –, und verlief in Windungen nach links. Das Wort Pfad war streng genommen übertrieben, es war die Andeutung oder, besser, das Überbleibsel eines Pfades. Das Wichtigste jedoch war: Hier war jemand entlanggelaufen. Vor nicht allzu langer Zeit. Die Zeichen waren gut sichtbar, es bestand kein Zweifel. Moos, Farne, Gräser waren an einigen Stellen heruntergetreten, Stöcke und kleine Äste zerbrochen.

Dupin folgte dem Pfad. Er achtete genau darauf, nicht die Linie zu laufen, die die Person – oder die Personen – genommen hatte. So wie der Boden beschaffen war, würden sie zwar ohnehin keine Fußabdrücke ausmachen können, dennoch.

Er kam einigermaßen schnell voran, auch wenn der Pfad stetig anstieg. Irgendwann einmal war er als richtiger Weg angelegt worden, eine Schneise zwischen den größeren Bäumen.

Nach einer Weile sah er vor sich etwas durch das Dickicht hindurchschimmern.

Die Mauer. Bald stand er vor ihr. Er musste am hinteren Ende der Anlage angelangt sein.

Der Pfad verlief nun linker Hand direkt an der Mauer entlang. So war auch die Person gelaufen, eindeutig. Dupin folgte der Spur.

Schlagartig blieb er stehen. In der Mauer war nun eine schmale, hohe Holztür zu sehen – so hoch wie die Mauer selbst –, die von schweren gusseisernen Scharnieren gehalten wurde. Um das reguläre Tor auf der Rückseite der Abtei, von dem vorhin die Rede gewesen war, konnte es sich nicht handeln, dafür war es viel zu klein. Die Tür war ganz verwittert, die dunkelgrüne Farbe abgeblättert. Das Entscheidende aber: Sie stand halb offen.

Dupin trat näher. Man gelangte bequem hindurch.

Auf der anderen Seite der Mauer sah es genau aus wie in Joëlles Wald: grünes Dickicht. Und auch hier sah man etwas durchschimmern. Asphalt. Dupin erkannte eine Straße. Vier, fünf Meter entfernt. Der Pfad führte geradewegs auf sie zu. Man konnte erkennen, dass jemand vor nicht allzu langer Zeit hier entlanggelaufen war.

Einen Moment später stand Dupin auf einer Straße, über der die Bäume von beiden Seiten zusammenwuchsen und einen grünen Tunnel bildeten. Auf der anderen Seite ging der Wald weiter und zog sich das letzte Stück des Hügels hoch. Von hier aus war die Holztür nicht zu sehen. Was bedeutete, dass man von ihr wissen musste, um sie benutzen zu können.

Die Straße war zu schmal für einen Seitenstreifen. Keine Chance also, Abdrücke eines Reifens feststellen zu können.

Dupin war sich dennoch sicher: Jemand hatte diesen Weg durch den Wald genommen. Entweder um zum Garten und den Gebäuden zu gelangen – oder um das Anwesen zu verlassen. Oder beides.

Er holte sein Handy hervor.

Vier Balken.

Dupin drückte Riwals Nummer.

»Chef, wir warten schon auf Sie, wo …«

»Ich weiß, wie der Angreifer auf das Anwesen gekommen ist, Riwal. Über einen Pfad, der von der Abtei quer durch den Wald bis zur hinteren Außenmauer führt. Zu einer halb verrotteten Tür, die man von der Straße aus nicht sieht. – Ich habe den Pfad zufällig entdeckt. Es gibt eindeutige Spuren, die darauf hinweisen, dass ihn kürzlich jemand benutzt hat.«

»Ich sage den Kollegen von der Spurensicherung Bescheid. Sie sollen ihn sich sofort ansehen.«

Dupin fiel ein, dass er gar nicht wusste, wo der Pfad seinen Anfang nahm.

»Der Gärtner oder Sophie Gautier werden wissen, wo der Pfad beginnt.«

»Beide sind eben gegangen, Chef. Und die Köchin auch. Aber ich rufe sie sofort an. Ansonsten finden wir es so heraus. – Wir sind mit den Innenräumen so weit durch. Es scheint wirklich nichts zu fehlen. Wahrscheinlich hat Kadeg, ohne es zu wissen, einen Einbruch verhindert.«

Es war die einfachste und auch die plausibelste Annahme. Und beides – Plausibilität und Einfachheit einer Theorie – waren zu Recht bewährte kriminalistische Kriterien. Nur: Worauf hatte es der Täter dann abgesehen gehabt?

»Am besten, Sie kommen mit, Riwal.«

Niemand konnte Spuren lesen wie der Inspektor.

»Mache ich, Chef. – Victor und Maxime Contel sind seit fünfzehn Minuten hier. Sie müssen in einer halben Stunde wieder weg. Sie haben beide Termine, Maxime Contel muss in seine Cidrerie bei Morlaix.«

»Sagen Sie ihnen ...« Dupin dachte nach. »Sagen Sie ihnen, ich bin in zehn Minuten da, Riwal. – Ich gehe außen rum.«

Er wäre deutlich schneller.

»Warten Sie, Chef.«

»Ja?«

»Eine gute Nachricht. Die MRT-Untersuchung von Kadeg hat nichts Neues zutage gefördert. Er hatte wohl wirklich ungeheures Glück. – Eine kleine OP am Ohr, eine Woche strikte Bettruhe sowie zwei weitere ruhige Wochen zu Hause, und er ist wieder ganz der Alte.«

Dupin hörte Riwal eine tiefe Erleichterung an.

»Fantastisch!« Auch Dupin spürte, wie ein Teil der Unruhe von ihm abfiel, die ihn im Inneren umgetrieben hatte.

»Er hat bis zur Untersuchung durchgeschlafen. Und machte nach dem Aufwachen schon einen besseren Eindruck als heute Morgen noch, sagt Nolwenn.«

»Also bis gleich, Riwal.«

»Noch was, Chef, leider. Der Präfekt. Er sagt, er habe es ein paarmal bei Ihnen versucht. Er sagt, Sie hätten das Telefon ausgeschaltet, um nicht mit ihm reden zu müssen.«

»Im Wald war der Empfang weg. Nicht ein Balken. Es ist wirklich verrückt, Riwal, im Garten hatte ich noch …«

»Ich verstehe Sie gut, Chef. Ich richte Ihnen das bloß aus. – Am besten, Sie melden sich mal kurz bei ihm.«

»Es gab wirklich keinen Empfang, ich …«

Dupin brach ab. Dafür war jetzt keine Zeit.

»Bis gleich, Riwal.«

Er legte auf.

»Und wie lange soll diese alberne Belagerung hier noch dauern, Monsieur?«

Die drei Männer standen unter den Apfelbäumen. Kommissar Dupin, Victor Contel und sein Sohn Maxime.

»Bis ich sie aufhebe, Monsieur.«

Dupin ließ sich nicht aus der Ruhe bringen. »Wenn wir unsere Untersuchungen abgeschlossen haben und wissen, wer unseren Inspektor angegriffen hat.«

Joëlle Contels jüngerer Bruder war ohne Zweifel eine elegante Erscheinung, nicht bloß wegen des legeren, dabei erkennbar noblen beigen Sommeranzugs, den er trug. Er war hochgewachsen, schlank, konturiert. Er besaß feine, ein wenig aristokratische Gesichtszüge. Weißgraues Haar. Eine

mondäne Note, weit gereist und weltgewandt. Sicher ein Connaisseur jedweder kulinarischer Exquisitäten. Leider alles auf eine ganz unsympathische Art. Ein Mann der Macht, der dies permanent herausfordernd vermittelte. Ein Mann, der ein Imperium aufgebaut hatte, der die Macht gewohnt war und sie kalt, rationell, zu seinen Zwecken nutzte.

»Meinem Neffen Thierry geht es gut, habe ich gehört. Er hat offensichtlich keine ernsteren Verletzungen erlitten. Wir haben ihm Blumen schicken lassen. – Wer weiß, vielleicht war es ja bloß ein Dummejungenstreich«, fuhr er fort, »das Ganze hier gestern Nacht. Ein paar Jugendliche. Und dann ist es aus dem Ruder gelaufen.«

Es war unfassbar, wie er den Vorfall herunterspielte. Aber Dupin würde sich nicht provozieren lassen.

»Interessante Theorie, Monsieur.« Dupin wandte sich an Maxime Contel: »Haben Sie Kinder?«

Maxime Contel blickte ihn verdutzt an.

»Ich – ja, ich habe zwei Söhne.«

Maxime Contel hatte bisher nichts gesagt. Dupin konnte sich gut vorstellen, dass er nie viel sagte, wenn sein Vater dabei war. Wahrscheinlich sagte überhaupt nie jemand viel, wenn Victor Contel zugegen war.

»Wie alt?«

»Zwölf und fünfzehn.«

»Jugendliche«, murmelte Dupin.

»Was Sie da andeuten, Monsieur, ist eine Frechheit«, hob Victor Contel an. »Sie …«

»Wenn wir schon bei letzter Nacht sind«, fiel Dupin ihm ungerührt ins Wort, »was haben Sie beide gestern zwischen dreiundzwanzig und vierundzwanzig Uhr gemacht? Wo waren Sie, nachdem Sie sich hier von Ihrer Schwester beziehungsweise Tante verabschiedet hatten?«

Victor Contel lächelte. Ein Lächeln voller souveräner Verachtung. Maxime Contel versuchte, es ihm gleichzutun, ohne Erfolg, sein Lächeln geriet eher zu einer Fratze.

»Ich habe mit meiner Frau auf der Terrasse gesessen, Monsieur.« Nun gab sich Victor Contel geradezu jovial, auch diese Technik kannte Dupin. »Wir haben uns den Sternenhimmel angeschaut und meiner Schwester gedacht. Bis tief in die Nacht.«

»Und dafür gibt es noch andere Zeugen als nur Ihre Frau?«

Dupin hatte mit einer demonstrativen Geste sein Clairefontaine herausgeholt.

»Ich hoffe doch nicht. Sonst müsste sich ein Unbefugter bei uns auf dem Grundstück aufgehalten haben.«

Dupin hatte sich in Bewegung gesetzt und war aus dem wohltuenden Schatten der Apfelbäume getreten.

Mittlerweile musste es auf die dreißig Grad zugehen, schätzte er. Von dem steifen Nordwestwind außerhalb der Mauern war hier drinnen auch jetzt nichts zu spüren. Innerhalb der Mauern fühlte man sich wie unter einem Brennglas.

Dupin bewegte sich auf die abgesperrte Stelle zu, wo Kadeg gefunden worden war. Victor und Maxime Contel blieb nichts anderes übrig, als ihm zu folgen. Die Spurensicherung und Riwal hatten den Anfang des Pfades auch ohne die Hilfe des Gärtners ausfindig gemacht, er begann keine fünfzehn Meter von der Stelle entfernt. Zwischen zwei Bäumen war auch dort ein Absperrband gespannt worden.

»Wenn Sie uns freundlicherweise sagen würden«, hob Victor Contel in offen zynischem Tonfall an, »warum …«

»Und Sie, Monsieur?« Dupin drehte sich zu Maxime Contel um. »Wo waren Sie gestern Nacht zwischen dreiundzwanzig und vierundzwanzig Uhr?«

Maxime Contel sah aus wie ein Klon seines Vaters – bloß

dreißig Jahre jünger. Er schien exakt gleich groß zu sein, nur war er athletischer, mit breiteren Schultern. Die Haare ein mittleres Blond. Aber die gleichen aristokratischen Gesichtszüge, auch wenn sie weniger streng wirkten. Ein kurzärmeliges ockerfarbenes Hemd mit auffälligem Logo, dunkelblaue Chinos, Segelschuhe. Leger. Ein unruhiger Blick.

»Wo soll ich schon gewesen sein?« Er versuchte, den Vater zu imitieren. »Zu Hause selbstverständlich. Wo sollte ich an einem Wochentag um Mitternacht sonst sein?«

»Und wo ist das, zu Hause? – Und ab wann waren Sie dort? Und mit wem?«

Dupin blieb ganz ruhig.

»Wir wohnen auf der Halbinsel Sainte-Marguerite, am Westufer der Mündung des Aber Wrac'h. – Ich denke, ich war so um halb zehn, zwanzig vor zehn zurück. Und bin dann noch mal auf die Insel.«

»Die Insel?«

»Die Île Cézon«, blaffte Victor Contel. »Sie gehört meinem Sohn.«

»Dort habe ich mein Büro. Eine kleine Insel, direkt am Festland, nur hundertfünfzig Meter von unserem Haus entfernt. Bei Ebbe erreicht man sie zu Fuß. – Man sieht sie, wenn man vor der Abtei steht und aufs Meer blickt.« Maxime Contel klang mit einem Mal geradezu freundlich. »Meine Frau hat unseren Jüngsten ins Bett gebracht, er war ganz schön mitgenommen.«

Es war unklar, woher der starke Stimmungswechsel kam.

»Verstehe. Wann waren Sie zurück in Ihrem Haus?«

»Ich denke, so gegen Viertel nach zwölf.«

»Waren Sie allein auf der Insel?«

»Ja. Aber meine Frau war noch wach, als ich kam. – Wir sind dann rasch schlafen gegangen.«

»Es verhält sich wie bei Ihrem Vater, Monsieur – richtige Alibis sind das nicht. Niemand kann bezeugen, dass Sie um 23 Uhr 30 auf der Insel waren?«

»Nein.«

Natürlich war das nicht ungewöhnlich.

»Ihre Cidrerie liegt bei Morlaix, ja?«

Dupin wusste selbst nicht so genau, worauf er hinauswollte.

»Wir besitzen mehrere Cidrerien in der Bretagne«, stellte Victor Contel klar. »Das ist nur eine davon.«

»Da haben Sie gleich zu tun, habe ich gehört?« Dupin sprach konsequent weiter mit dem Sohn.

»So ist es.« Maxime Contel gab sich weiterhin konziliant. »Da komme ich auch gerade her.«

Dupin wandte sich an Victor Contel: »Ich hab gehört, dass es Ihnen nicht leichtfällt, die Verantwortung für *Les Pommes et les Bretons* abzugeben. Sie schaffen es anscheinend nicht, Ihren Sohn die Firma selbstständig leiten zu lassen.«

Viele Firmenchefs, vor allem Gründer, taten sich schwer damit, wusste Dupin, zuweilen so schwer, dass sie die Firmen am Ende lieber mit ins Grab nahmen, als sie jemand anderem zu überlassen. Denn niemand – selbst die eigenen Kinder nicht – war fähig, das grandiose Geschaffene fortzuführen.

»Sie erwarten doch nicht, dass ich mich zu solchem Unfug äußere?« Victor Contel hatte sich im Griff.

»Ich habe auch gehört, dass Sie sich neuen Projekten zuwenden. Dem Ausbau der touristischen Vogelbeobachtung hier an der Nordwestküste.«

»Meine Geschäfte gehen Sie nichts an«, wehrte Contel ab.

»Das werden wir sehen, Monsieur. – Ein anderes Hobby von Ihnen ist das Handwerken, habe ich gehört. Sie haben sich in letzter Zeit um Renovierungsarbeiten hier auf dem Anwesen gekümmert.«

»Ist das ein Verbrechen?«

»Auch das werden wir sehen. – Ich vermute mal«, Dupin wechselte abermals das Thema, »dass Sie den Park hier, das ganze Gelände in- und auswendig kennen. Sie beide.«

»Das tun wir«, nickte Maxime Contel.

»Bestimmt kennen Sie auch diesen Pfad«, Dupin wies in die Richtung der Absperrung zwischen den Bäumen, »der bis zu der Holztür auf der anderen Seite führt. Bis zur Straße auf der Südseite.«

»Ich hätte nicht mehr gewusst, wo genau er liegt«, Victor Contel reckte das Kinn, »aber ich weiß selbstverständlich, dass es ihn gibt.«

»Als Kinder haben wir manchmal dort gespielt, aber ich wüsste auch nicht mehr, wie er verläuft«, ergänzte Maxime Contel.

»Gibt es noch andere Zugänge dieser Art?«

»Nein«, antwortete er. »Aber der Pfad wird schon lange nicht mehr benutzt.«

»Sie kennen den Pfad also beide«, resümierte Dupin. »Das wollte ich nur wissen.«

»Vermuten Sie, dass die Person, die meinen Cousin angegriffen hat, über diesen Pfad gekommen ist?«, wollte Maxime Contel wissen. Er schüttelte den Kopf: »Armer Thierry. – Eine schreckliche Sache.«

»Das vermute ich, ja«, bestätigte Dupin.

Er setzte sich erneut in Bewegung, lief auf den westlichen Teil des Parks zu, in dem er bisher noch nicht gewesen war. Eine weite Wiese, auf der bloß einzelne Bäume standen, zwei mächtige silbrig grüne Zedern, elegant herabhängende Äste mit silbernen Zapfen. Daneben ein prächtiger Goldregen, voll mit seinen augenblicklich tödlichen Samen. Wieder mussten Vater und Sohn folgen.

»Vielleicht hatte es jemand auf Zeichnungen von Pinchon abgesehen?« Victor Contel schloss zu Dupin auf. »Haben Sie daran schon einmal gedacht? Das ist doch das Naheliegendste.«

Von hier aus hatte man einen guten Blick auf die Häuserfront beim Haupteingang. Das letzte war das Pinchon-Haus, wenn Dupin sich richtig erinnerte.

»Haben Sie je an einer der großen Grafikauktionen bei *Christie's, Millon* oder *Rossini* in Paris teilgenommen?« Eine rhetorische Frage, die Frage eines Kenners an einen armen Tropf. »Da hätten Sie die Preise gesehen, die für Pinchon-Originale erzielt werden. Dafür lohnte sich ein Einbruch.«

Dupin konnte es sich vorstellen.

»Gab es schon einmal einen Einbruchsversuch ins Pinchon-Haus?«

»Bisher nicht«, brummte Victor Contel. »Aber vielleicht sollte das einer werden.«

»Und Sie meinen, Monsieur, ein möglicher Dieb, der es auf diese Zeichnungen abgesehen hat, würde auf den plötzlichen Tod Ihrer Schwester warten, bevor er zuschlägt? Oder war der Zeitpunkt ein reiner Zufall?«

»Was weiß ich. Auf jeden Fall wäre das Risiko, erwischt zu werden, so geringer gewesen.«

Die beiden letzten Häuser in der Reihe hatten einen nachträglich errichteten Vorbau. Wahrscheinlich, um für mehr Licht zu sorgen. Sie hatten jeweils drei Fenster, unmittelbar nebeneinander, mit hellgrauem Granit eingefasst, die Holzrahmen in blassem Minzgrün.

Dupin lief auf die beiden Häuser zu.

»Wir müssen jetzt gleich los, Monsieur.« Victor Contel hatte sich mittlerweile ein Stück zurückfallen lassen. »Wir haben beide zu tun.«

Dupin ging auf Contels Ankündigung in keiner Weise ein. Er blieb unmittelbar vor den Vorbauten stehen.

»Diesen Pfad durch den Wald kennen außerhalb der Familie bestimmt nur sehr wenige, vermute ich«, kam Dupin plötzlich auf seinen Punkt zurück.

»Nicht viele auf jeden Fall«, antwortete Maxime Contel.

»Aber die Tür an der Straße werden einige kennen«, wandte sein Vater ein.

»Von der Straße aus ist sie nicht zu sehen, Monsieur«, korrigierte Dupin.

»Jetzt nicht – im Winter schon.«

Der Punkt ging an Victor Contel.

»Wer könnte den Pfad noch kennen?« Dupin richtete die Frage ausdrücklich an Maxime. »Die Köchin, der Gärtner, die Familienmitglieder – wer noch?«

»Die Leute vom Denkmalschutz aus Brest, zum Beispiel.« Victor Contel kam seinem Sohn zuvor. »Sie haben die ganzen Instandsetzungsarbeiten der letzten Jahre hier penibel begleitet. – Vermutlich auch einige Mitglieder der *Association des Amis de l'Abbaye*. Und der junge Mann, der hier während der Saison die Führungen macht. – Möglicherweise ja auch Jacques Briand, der Besitzer des *Baie des Anges*. Unser Nachbar.«

Den Dupin bereits kannte.

»Wer ist dieser junge Mann, der die Führungen macht?«

Niemand hatte ihn bisher erwähnt.

»Marc Thomas. – Er ist bis Ende des Jahres in Südfrankreich«, gab Maxime Contel bereitwillig Auskunft. »Er kennt jedes Detail der Abteigeschichte.«

»Und diese Führungen, gehen sie durch die ganze Anlage?«, wollte Dupin wissen.

»Ja, mit Ausnahme von Joëlles Wohnhaus.«

Dupin versuchte, durch das Fenster des *Maison Pinchon*

zu schauen. Es war dunkel, man konnte fast nichts erkennen. Dupin würde es sich gleich von innen ansehen.

»Und all diese Personen«, verfolgte Dupin das Thema weiter, »wissen von dem Pfad, meinen Sie?«

»Das herauszufinden, ist Ihre Arbeit, Monsieur, nicht unsere.« Erneut reckte Victor Contel arrogant das Kinn.

Dupin war vor die Fenster des angrenzenden Hauses getreten. Eine Lampe erleuchtete das Innere. Der Raum war fast leer, nur wenige Möbel. Ein langer alter Holztisch mit gewaltigen Füßen, fast schwarzes Holz, ein massiger Wandschrank und eine Kommode aus dem gleichen Holz. Links ein helles Sideboard. Darauf standen drei alte Bilder von idyllischen Landschaften, Keramikgefäße, mehrere Holzkästchen in verschiedenen Größen. Auf dem Tisch ein Schachbrett, ein Messingkerzenleuchter, eine Pfeife. Die Steinwände waren weiß getüncht. Das Auffälligste war der Boden: Granitplatten in Rosa, Rot, Beige, Grau und Hellgrau. Unregelmäßig verlegt, aber penibel geschliffen.

»Was ist das für ein …«

»Wir verabschieden uns jetzt, Monsieur le Commissaire.«

Victor Contel wandte sich zum Gehen, er warf seinem Sohn einen vielsagenden Blick zu.

»Hat Sie das sehr geärgert, Monsieur?« Dupin suchte Victor Contels Blick. »Dass Thierry Kadeg auch erben wird? Einen gleich großen Teil wie Sie?«

Victor Contel blieb kurz stehen. Er steckte beide Hände in die Hosentaschen und hielt Dupins Blick, ohne zu blinzeln, stand.

»Hat es. – Ganz ungemein.« Er wirkte gelassen. »Zumindest wäre ein deutlich kleinerer Teil angemessener gewesen. Aber es ist nicht zu ändern. Ich habe es juristisch prüfen lassen.«

»Haben Sie, ja?«

»Direkt nachdem Joëlle uns das Testament offenbart hat. – Nichts zu machen. Ich habe ihr gesagt, was ich davon halte.«

Victor Contel setzte sich wieder in Bewegung.

»Was haben Sie mit der Abtei vor? Ich meine, Sie, Ihre drei Geschwister – und Thierry Kadeg.« Dupin schaute sich um. »Das alles hier gehört ja jetzt Ihnen gemeinsam.«

»Eine reine Familienangelegenheit, Monsieur le Commissaire. Die wir auch als solche behandeln werden. Jetzt wollen wir erst mal unser Reich zurück. Ich hoffe, Sie verlassen es so bald wie möglich.«

»Das verstehe ich gut, Monsieur Contel. – Ich verspreche Ihnen: Sobald wir die Person oder die Personen dingfest gemacht haben, die meinen Inspektor angegriffen haben, sind wir weg.«

Victor Contel steuerte auf den kiesbedeckten Hof zu, in den man durch den Haupteingang gelangte. Maxime Contel folgte seinem Vater kommentarlos. Auch er, ohne sich umzublicken.

»Au revoir, Messieurs«, rief Dupin ihnen hinterher. »Und vielen Dank für Ihre Hilfe.«

Es war kurz nach zwei.

Dupin hatte endlich Zeit, sich die alte Abtei von innen anzusehen.

Er holte sein Handy hervor und drückte Riwals Nummer.

»Ja, Chef?«

»Wo sind Sie, Riwal?«

Wahrscheinlich stand der Inspektor nur ein paar Meter entfernt.

»Im Haus von Joëlle Contel, zusammen mit Nevou. Joëlle Contel hat ihrer Leidenschaft für die Vögel einen eigenen Raum gewidmet. Sie hat bei all ihren ornithologischen Beobachtungstouren Protokolle geführt, das macht man so. Gerade gehen wir ihre aktuellsten Protokolle durch.«

»Ich brauche die Schlüssel für das *Maison Pinchon.*«

»Commandante Carman hat sie. Ich frage sie. – Übrigens war mittlerweile auch der Leiter des Pinchon-Archivs da, um zu überprüfen, ob irgendetwas fehlt. Alles in bester Ordnung, Chef. – Ich nehme an, Sie wollen trotzdem rein?«

»Will ich.«

»Der Leiter des Archivs schätzt den Wert der Zeichnungen, Bilder und Manuskripte übrigens auf etwas über eine Million.«

»Nicht schlecht«, rutschte es Dupin heraus. »Was befindet sich eigentlich in dem Haus daneben?«

»Dort finden regelmäßig die ›Prophezeiungen der Engel‹ statt.« Riwal machte eine kleine Pause. »Detektivische Ratespiele, Chef. Sogenannte Enigmen. Einer Gruppe von Teilnehmern werden Rätsel aufgegeben, eingebettet in fantastische Geschichten. Die müssen sie dann lösen. Quasi Polizeiarbeit.«

Riwal hatte offensichtlich seinen Humor wiedergefunden.

»Joëlle Contel fand diese Rätselspiele anscheinend sehr amüsant und hat den Raum einer Gruppe aus Brest zur Verfügung gestellt. Das letzte Spiel hat im Mai stattgefunden. – Wo sind Sie eigentlich, Chef?«

»Im Park auf der Westseite. Ich stehe vor dem Fenster des Raums, wo die Ratespiele stattfinden.«

»Verstehe. Der Chef der Spurensicherung war eben bei mir. – Er sagt, Sie haben recht, jemand ist in den letzten vierundzwanzig Stunden den Pfad entlanggelaufen. Sie haben

sich auf den vorderen Teil konzentriert – da, wo Sie gar nicht waren, Chef.«

Dupin hatte die Botschaft verstanden. Für die Spurensicherung galt der Teil des Pfades, den er gelaufen war, als »kontaminiert«.

»Er sieht zudem Hinweise darauf, dass sich die Person oder die Personen in beide Richtungen bewegt haben. Also über den Pfad auf das Grundstück gekommen sind und es so auch wieder verlassen haben.«

Wie Dupin es vermutet hatte.

»Auf keinen Fall waren es mehr als zwei Personen, sagt er. – Im Moment untersuchen die Kollegen die Holztür. Sie vermuten, dass sie schon seit Langem so offen steht wie gerade. – Fußabdrücke sind nirgendwo festzustellen.«

Auch das hatte Dupin sich gedacht.

»Gut. Wir sehen uns im Innenhof, Riwal.«

»Ich sage der Kommandantin Bescheid.«

»In Ordnung.«

Dupin lief zum vordersten Gebäude. Theoretisch müsste man nur durch das Gebäude hindurchgehen und befände sich im Innenhof. Er erreichte den hellen Kies, ging geradewegs auf die minzgrüne Tür zu. Tatsächlich war sie unverschlossen. Man gelangte in einen der großen Räume, die – wie er erfahren hatte – als Veranstaltungsräume des Kulturzentrums dienen sollten. Linker Hand führte eine große offene Tür direkt in die Kirche. Dupin warf einen Blick hinein. Und verharrte gebannt. Dabei war es keine Pracht, sondern karge, schlichte Schönheit, die ihn überwältigte. Das Weiß der Wände war derart leuchtend, wie Dupin es vielleicht noch nie gesehen hatte. Ein leuchtendes Weiß magischer Substanz, ungleich mehr als eine Farbe. Das Unglaublichste aber war die Decke aus offenem hellem Holz: Sie sah aus wie ein gigantischer

umgedrehter Bootsrumpf, der die Welt auf den Kopf stellte: Oben war dann das Himmelsmeer, und die Kirche geriet zum Schiff, das in die Seligkeit segelte.

»Das haut einen um, Chef – oder?«

Dupin zuckte zusammen. Er hatte nicht bemerkt, dass Riwal sich genähert hatte.

»Joëlle Contel hat Handwerker aus ganz Frankreich kommen lassen, manchmal die einzigen ihres Faches. Sie haben exakt mit den alten Techniken und Werkzeugen gearbeitet wie beim Bau der Abtei damals. Teils gar mit alten Materialien.«

Es war beeindruckend.

»*Notre-Dame des Anges*, wie das Kloster früher hieß, ist fünfhundert Jahre alt, Chef. Ein halbes Jahrtausend. Es wurde von den Franziskanern 1507 bis 1509 in Rekordzeit gebaut, ein goldenes Zeitalter der Bretagne. Die Epoche der jungen Anne de Bretagne. Selbstredend gibt es ältere Abteien und ältere Kirchen, aber das ist eine der schönsten. Und keine wurde so grandios wieder aufgebaut wie diese. Nehmen Sie nur mal das Dach. Es fehlte hundert Jahre lang. Fünf Jahre hat der Neubau in Anspruch genommen.«

Jenseits aller imposanten Fakten: Dupin war froh zu sehen, dass Riwal wieder ganz er selbst war.

»Ihre Blütezeit erlebte die Abtei im 18. Jahrhundert, die Bibliothek umfasste ganze eintausendfünfhundert Bände. Die Mönche betrieben sogar eine Herberge. Mit der Revolution«, jetzt kam Emphase in die Sätze, »war dann Schluss mit allem Religiösen hier. Im 19. Jahrhundert bot das Anwesen Reisenden als *Auberge* dann bloß noch ein weltliches Dach über dem Kopf. Und verkam mehr und mehr, 1914 stürzte das Dach der Kirche ein. Als ich als Kind zum ersten Mal mit meinen Eltern hier war, da war die Kirche eine Ruine, nackte, verwitterte Mauern, sonst nichts.« Er holte tief Luft:

»Joëlle Contel hat diese Welt hier gerettet. Sie hat weder Kosten noch Mühen gescheut. Allein der Künstler, der die Holzbalken mit den Motiven versehen hat, hat zuvor zweihundert bretonische Kirchen und Kapellen studiert, um sich einzuarbeiten.«

Riwal lief in seinem Enthusiasmus weiter in die Kirche hinein.

Der bretonisch-enzyklopädische Eifer seines Inspektors kannte keine Grenzen. Bald, spürte Dupin, würde trotz der Erleichterung, dass es Riwal wieder gut ging, der Punkt erreicht sein, an dem er intervenieren musste.

»Schauen Sie sich einmal die *Potes acoustics* an, erstaunlich.« Riwal wies auf eine Art Tontopf, groß wie eine Teekanne, in einer kleinen Aussparung in der Wand gegenüber. »Helmholtz, ein deutscher Physiker, hat sie im 19. Jahrhundert entwickelt: gebrannte Tongefäße, die gemäß komplizierter Berechnungen platziert wurden und als akustische Verstärker für die menschliche Stimme dienten.«

In der Tat war es erstaunlich. Die Stimme des Inspektors erfüllte den ganzen Raum. Dupin sah sich um und entdeckte auf einmal mehrere jener Tontöpfe.

»Stellen Sie sich das mal mit einem Chor vor, Chef.«

Nun war es so weit, Dupin musste Einhalt gebieten.

»Die Kommandantin wartet auf uns.«

»Richtig, Chef.«

Sofort war Riwal wieder auf die Arbeit konzentriert. Auf ein höchst unerfreuliches Thema allerdings: »Der Präfekt hat es übrigens gerade wieder bei Ihnen versucht. Und sagt, Sie hätten das Telefon weiterhin vorsätzlich ausgeschaltet.«

»Blödsinn.«

»Ich richte es nur aus, Chef.«

Langsam verkam diese Sache zur Farce. Das Telefon hatte

wirklich kein einziges Mal geklingelt. Dupin warf rasch einen Blick auf das Display. Schon wieder: kein Empfang.

Keine Minute später traten sie in den himmlischen Innenhof. Rechter Hand lag das *Maison Pinchon*. Die Tür stand offen, Kommandantin Carman war sicher schon da.

Entlang der Mauern ausladende Beete mit verschiedenen Kräutern, die ineinander verwachsen waren.

»Hier im Hof befand sich früher das Herbularium der Mönche, die Beete für Küchen- und Heilkräuter. Wahre Schätze – die Franziskaner waren berühmt für ihre Salben, Tinkturen und Tränke. Sie sollen Wunder bewirkt haben.« Riwal blieb vor den scharlachroten Blüten einer hoch aufragenden Pflanze mit langem filigranem Stiel stehen. »Das süße Bergamottöl zum Beispiel eignet sich für einen formidablen Tee, mit dem Sie Ihre Blase stärken wie mit nichts anderem.«

Eine Feststellung, die keinen Widerspruch duldete.

»Die Kräuter und Rezepturen waren so geheim, dass es streng verboten war, irgendetwas aufzuschreiben. Das Wissen wurde ausschließlich mündlich weitergegeben, wie bei den keltischen Druiden, den Magiern der Natur. Von denen die Mönche sowieso das allermeiste hatten.«

Riwals ewiger Kampf gegen die Okkupation des Keltischen durch das Christliche.

Dupin und Riwal hatten die Tür des *Maison Pinchon* im Innenhof erreicht.

»Manche der Kräuter hier stammen noch aus der Zeit der Klostergründung, heißt es, Zauberpflanzen, die es heute nur noch selten gibt und die anderswo längst verschwunden sind. Und mit ihnen alles Wissen um sie. Der Frauenmantel, die Weinraute, Vogelmiere, Grundrebe, übrigens gut gegen Gallen-, Leber- und Nierenbeschwerden, Chef, gleich dort drüben.« Riwal zeigte auf eine hohe Pflanze mit herzförmigen

Blättern. »Oder der Augentrost, damit macht man Kompressen, Chef, gerade nach langen Autofahrten wirken sie Wunder. – Hier stehen auch von den Mönchen selbst entwickelte Geheimzüchtungen.«

Die Namen der Kräuter klangen wie aus Märchen.

»Gehen Sie ruhig schon rein.« Die Kommandantin kam hinter dem steinernen Brunnen hervor, das Handy am Ohr. »Ich habe aufgeschlossen. Ich komme gleich nach.«

Schon war sie wieder verschwunden.

Riwal nutzte die Gelegenheit:

»Da, wo jetzt die Terrasse von Madame Contel liegt, begann bei den Mönchen der ›Hortus‹, der Nutzgarten, der sich über die ganze Länge der Gebäude erstreckte. Er war berühmt für sein Gemüse, Chef. Alte Sorten, die es heute gar nicht mehr gibt. Noch berühmter war das ›Viridarium‹, der dritte Garten, der mit den Obstbäumen. Er begann damals dort, wo jetzt die Apfelbäume stehen, und zog sich weiter nach Westen. Man sagt, dass die Apfelbäume noch aus der Zucht der Mönche stammen. Sagenhaft, Chef, ich habe einen probiert.« Riwals Stimme bebte. »So einen Apfel habe ich noch nie gegessen. Keiner weiß mehr, wie die Sorte heißt, sagt der Gärtner. Eine ganz alte Sorte eben, aber unfassbar modern, der perfekte Speiseapfel für die Gegenwart. Auch die Birnensorte, die es hier gibt, ist eine ganz alte, Chef.«

»Ich schaue mich mal im Haus um«, beendete Dupin die Ausführungen.

Im nächsten Augenblick betrat er ein schummriges Halbdunkel. Abgestandene, staubige Luft. Das Zimmer war noch spärlicher möbliert als der Enigmen-Raum im Haus nebenan. Auf der einen Seite ein karger Holztisch mit einem einzelnen Stuhl. Auf der anderen zwei fast deckenhohe massive graue Schubladenschränke aus Metall.

»Darin befinden sich die Zeichnungen und Bilder.«

Carman war in den Raum getreten, als Dupin vor den Schränken angekommen war, Riwal stand hinter ihr.

»Der Inspektor hat es Ihnen ja sicher schon gesagt: Der Leiter des Archivs hat sich die Schränke genau angesehen. Alles da und unversehrt.«

Dupin durchschritt langsam den Raum. An den Wänden hingen Bécassine-Bilder, die Heldin war in allen möglichen Szenen und Landschaften zu sehen. In den Bergen, am Meer, im Wald und natürlich in Paris.

»Alles ohne Wert. Einfache Reproduktionen«, informierte Kommandantin Carman.

»Und oben? – Auf der ersten Etage?«

»Ein bescheidenes Schlafzimmer, ein Bad, ein winziges zusätzliches Zimmer. Hier unten hat er gearbeitet. – Die Räume oben sind ganz leer.«

Dupin blieb abrupt stehen.

»Verdammt.«

Irgendetwas Interessantes musste es für den Täter hier in Joëlles Welt doch gegeben haben – oder immer noch geben. Wertvoll beziehungsweise bedeutsam genug – und sei es nur für ihn –, um einen Polizisten brutal anzugreifen. Das *Maison Pinchon* war, wie es aussah, der einzige Ort, an dem sich größere materielle Werte befanden, die unter Umständen ein Motiv für einen Einbruch und den Angriff abgegeben hätten – aber hier fehlte nichts.

Auch wenn sie jetzt wussten, wie der Täter aufs Grundstück gelangt war, tappten sie immer noch im Dunkeln.

Dupin ging zur Treppe, er würde einen kurzen Blick in die erste Etage werfen.

Eine Minute später war er wieder unten, schlechter gelaunt als zuvor.

»Ich will mir Joëlle Contels Haus ansehen.« Bisher war er nur in der Küche gewesen.

»Ich komme mit, Chef.«

Dupin wäre unverzüglich eingezogen, so urgemütlich war Joëlle Contels Haus. Und keineswegs, wie es häufig bei alten Gemäuern der Fall war, muffig oder stickig, düster oder beklemmend eng.

Die Steinwände waren in dem leuchtenden Weiß der Kirche gestrichen, die großzügigen Fenster fluteten die Räume mit Licht. Auf dem Boden gekalktes Eichenparkett. Eine gelungene Mischung aus klassisch modernen und antiken Möbeln, mit untrüglichem Stil und Sinn kombiniert. Kannte man das Innere des Hauses, erschien einem das denkmalgeschützte Äußere wie eine Tarnung.

Offenbar war Joëlle Contel in Decken vernarrt gewesen. Decken aus Wolle, Baumwolle, Leinen, Decken in allen Größen und Farben, sie lagen überall. Auf den Stühlen, auf einem großen Ledersessel, dem Sofa.

Dupin hatte sich zunächst einen Überblick verschafft. Der große Wohnraum lag im Erdgeschoss, hinter der Küche. In der ersten Etage ein kompaktes Schlafzimmer, ein geräumiges Bad – und das übergroße »Vogelzimmer«. Ein konsequent ihrer Passion gewidmetes Atelier. Nevou hatte an einer langen schmalen Arbeitsplatte vor einem der Fenster gesessen und war immer noch mit irgendwelchen Aufzeichnungen beschäftigt gewesen. Sie hatte etwas gemurmelt, das Dupin nicht verstanden hatte.

An den Wänden hingen Zeichnungen und Fotografien von

Vögeln. Alte Zeichnungen, unfassbar detailliert, gleichermaßen dokumentarischen wie künstlerischen Charakters. Wie Abbildungen in naturkundlichen Wälzern aus dem 19. Jahrhundert.

Hier unten war es dasselbe: überall Zeichnungen und Fotografien von Vögeln. Die Fotografien zeigten kühne Perspektiven, ungewöhnliche Ausschnitte, gekonnte Spiele mit der Tiefenschärfe.

Dupin stand vor einem großformatigen Foto, ohne Rahmen, auf Alu-Dibond aufgezogen. Ein paar Kormorane saßen auf einem Felsen inmitten abenteuerlicher Brandung.

»Das Foto hat Sophie Gautier gemacht, Chef. – Wie alle Fotos hier.«

»Unglaublich.« Dupins Begeisterung war aufrichtig. Ohne Zweifel war sie überaus begabt.

»Auch dieses Porträt hier von Joëlle Contel stammt von ihr.« Riwal zeigte auf einen kleinen Rahmen auf einem Sideboard.

Dupin trat näher.

Joëlle Contel lächelte. Dezent, aber dafür umso warmherziger. Sie blickte direkt in die Kamera, schien sich dabei wohlzufühlen. Dupin hatte selten gesehen, dass ein Foto so viel Wärme einer Person wiedergeben konnte. Er erkannte auch, wo das Foto gemacht worden war: in ihrem Liegestuhl auf der Terrasse. Gutmütige Züge. Kluge hellgrüne Augen, kurze graue Haare.

Dupin stand eine Weile vor dem Foto, dann zog es ihn zu einer Zeichnung, die über dem überaus bequem aussehenden Ledersessel hing. Hier war ein stattlicher Pinguin porträtiert. Dupins Schwäche für Pinguine war bekannt.

Er verharrte vor dem Bild. Es war ein großartiges Tier, in stolzer aufrechter Haltung stand es da. Allerdings war es

gar nicht leicht zu sagen, um welche Pinguinart es sich handelte. Der Rücken und der Kopf schwarz, der Bauch weiß. Keine Farbe, kein Orange, kein Rot – ein reines Schwarz-Weiß-Wesen. Bis auf die stechend grünen Augen. Ein äußerst eigentümlicher langer, verwachsener Schnabel in Pechschwarz. Über den Augen eine auffällige ovale weiße Stelle.

»Das ist kein Pinguin, Chef«, korrigierte Riwal Dupins Annahme. »Das ist ein Alk. Sie wissen ja, die Evolution hat unabhängig voneinander pinguinartige Vögel in der Antarktis und in der Arktis hervorgebracht, die …«

»Ich weiß, Riwal.«

Dupin kannte Alkenvögel. Als Bretagne-Anfänger war er entflammt gewesen, als er eines Tages im Golfe du Morbihan einen kleinen Pinguin gesehen hatte. Dann war er schroff belehrt worden: Es war ein seltener Alkenvogel gewesen. Und Alkenvögel ähnelten Pinguin bloß. Die Geschichte war verrückt, ihnen und nicht den Pinguinen hatte man ursprünglich den Gattungsnamen *Pinguinus* gegeben. Und den Namen erst dann auf die – nicht verwandten – Pinguine der Südhalbkugel übertragen. Das alles Entscheidende: Das Wort »Pinguin« stammte aus dem Keltischen. *Penn-gwynn. Penn* wie in *penn ar bed* – das »Haupt« beziehungsweise der »Anfang der Welt«, dem bretonischen Namen für das Finistère, das Cäsar unverschämterweise das »Ende der Welt« genannt hatte. Und *gwynn* bedeutete schlicht »weiß«. *Penn-gwynn,* weißer Kopf, also Pinguin. Wie immer – alles war bretonisch. Allerdings waren die Alkenvögel, die Dupin bisher gesehen hatte, von ganz anderem Kaliber gewesen als dieser hier auf dem Bild.

»Es ist ein Riesenalk, Chef. Fast einen Meter groß. – Die Menschen haben ihn im 19. Jahrhundert ausgerottet.« In Riwals Stimme schwang tiefer Groll mit, als hätte er den

Menschen diese Schandtat noch nicht vergeben und würde es auch niemals tun. »Riesenalken lebten in großen Kolonien an den West- und Ostküsten des Nordatlantiks, auch bei uns in der Bretagne, insbesondere hier im Norden. Ein ideales Habitat für sie, vor allem die kahlen, flachen Inseln. Der lange Schnabel war für Fischfang auf felsigem Meeresboden spezialisiert, sie waren Hochleistungsschwimmer und -taucher. Und flugunfähig, wie die Pinguine.«

»Ein fantastisches Tier«, murmelte Dupin aufrichtig beeindruckt.

»Die letzte Sichtung war 1852. Ihre Daunen galten als die besten der Welt, sie erzielten astronomische Preise. Klar, dass diese wunderbaren Tiere äußerst begehrt waren. Bei ihrer Ungelenkheit auf dem Lande war es ein Leichtes, sie scharenweise zusammenzutreiben und mit Knüppeln zu erschlagen. Bestialisch!« Riwal war tief erschüttert über seine eigenen Worte. »Kein anderes Raubtier ist so brutal wie wir Menschen. Und alles nur, um Geschäfte zu machen. – Es ist eine düstere Ironie, dass die letzten Exemplare damals von Ornithologen gefangen und getötet wurden, weil sie sie unbedingt für ihre wissenschaftlichen Sammlungen haben wollten. Noch heute gibt es achtundsiebzig sogenannte Schaupräparate in Museen. Erst vor ein paar Jahren hat die selbstkritische Aufarbeitung dieses dunklen Kapitels der Ornithologie begonnen, es gibt ein internationales Projekt, *The Lost Bird Project,* das dem Riesenalk gewidmet ist.«

Dupin löste sich von der Zeichnung. Riwal verstand das Signal und war sofort wieder ganz bei der Sache:

»Es gibt hier nichts, wofür sich ein Einbruch lohnen würde, Chef«, brachte er die Lage auf den Punkt. »Es muss …«

»Hier ist etwas faul.« Nevou kam die Treppe vom ersten Stock herunter. »Das müssen Sie sich mal anschauen.«

Die Polizistin trug die obligatorischen Untersuchungshandschuhe und hatte ein schwarzes Büchlein in der Hand. Für Nevous stoische Grundverfassung wirkte sie geradezu aufgeregt.

»Madame Contels letztes Beobachtungsbuch. Erst im Mai begonnen.«

Dupin stand auf der Leitung.

»Joëlle Contel besaß ein paar Dutzend dieser ornithologischen Journale, die Vogelliebhaber auf ihre Touren mitnehmen. – Oben stehen Journale aus den letzten dreißig Jahren.«

Sie legte das Büchlein auf den Tisch. Ein ungewöhnliches Format. Lang und schmal, vielleicht fünfzehn mal acht Zentimeter. Es passte in jede Tasche. Nicht allzu dick, aber auch nicht bloß ein Heftchen, ein flexibler Einband, ein Gummi zum Zusammenhalten, es würde – Dupin war Experte für Notizhefte – einiges aushalten.

Dupin und Riwal hatten sich zu ihr an den Tisch gesellt, an dem sie stehen geblieben war.

»Schauen Sie!«

Nevou schlug es auf und drückte die rechte und linke Seite vorsichtig auf den Tisch.

Dupin wusste immer noch nicht, was sie meinte.

»Das gibt es ein paarmal. Aber nur in diesem Heft, soweit ich das sehe.«

»Was meinen Sie?«

Ausführliche Erklärungen waren nicht Nevous Sache.

Riwal beugte sich vor.

»Jemand hat Seiten herausgetrennt«, stellte er fest. »Und zwar fein säuberlich.«

Jetzt sah es Dupin ebenfalls. Im Falz war es zu erkennen. Ein Millimeter vielleicht war übrig, mehr nicht. Jemand hatte

mit Präzision eine oder mehrere Seiten herausgetrennt. Zwar war der Schnitt nicht ganz gerade, aber doch annähernd. Vor allem aber war er tief im Falz angesetzt.

»Jemand wollte nicht, dass das Fehlen der Seiten bemerkt wird«, konstatierte Riwal mit finsterer Miene.

»Was meinen Sie, was soll das bedeuten?«

Dupin hatte keine Ahnung, worum es gehen könnte.

»Im Juni fehlt eine Seite, im Juli drei, im August zwei, im September zwei.«

»Und?«

Es war bloß ein Heft mit Vogelbeobachtungen.

»Es muss einen Grund geben, warum sie jemand herausgetrennt hat, und zwar so, dass man es nicht bemerken sollte. – Der Person war es anscheinend so lieber, als das ganze Heft mitzunehmen«, sagte Nevou. »Joëlle Contel selbst wird es nicht getan haben. Welchen Grund hätte sie haben sollen, mit quasi chirurgischer Präzision Seiten aus ihrem eigenen Buch herauszutrennen?«

Dupin verstand den Punkt.

»Das stimmt«, sagte Riwal, »warum sollte man seine eigenen Beobachtungen korrigieren beziehungsweise vernichten? – Und selbst wenn sie etwas hätte revidieren wollen, hätte sie es einfach durchstreichen können.«

»Vielleicht sind die Seiten nass geworden. Sie hatte das Heft ja auf ihren Exkursionen dabei. Oder die Seiten sind schmutzig geworden. Oder sie hat einen Zettel gebraucht.«

Dupin fiel so einiges ein, warum er Seiten aus seinem Notizheft heraustrennen würde.

Riwal schüttelte den Kopf.

»An den Seiten davor und danach ist überhaupt nichts dran.« Nevou demonstrierte es ihnen, blätterte hin und her. Sie hatte recht: alles tadellos.

»Ich habe mir die letzten Hefte genauer angesehen«, erörterte Nevou, »in keinem anderen gibt es verschmierte oder herausgetrennte Seiten. Nur immer mal wieder Sand. Ganz selten Wasserflecken. Wie hier.«

Nevou schlug eine weitere Doppelseite auf. An ein paar Stellen war das Papier nass geworden.

»Regen vielleicht«, spekulierte Riwal.

»Es sind penibel geführte Dokumentationen.« Nevou blätterte wie zum Beweis langsam ein paar Seiten durch. »Der allerletzte Eintrag stammt vom 27. September.«

Joëlle Contels Schrift war lebhaft, durchaus charakteristisch, dabei zugleich perfekt lesbar. Auch in ihrem hohen Alter schien sie noch eine äußerst ruhige Hand gehabt zu haben.

»Sie war im Durchschnitt zweimal die Woche unterwegs. – Jetzt zu den letzten Einträgen.«

Nevou schlug den Eintrag vom 25. September auf. Das war erst eine Woche her.

»Die Seite vor dem Fünfundzwanzigsten fehlt.«

25. September. Westlich von Saint-Cava. – 7 Uhr 30. – Zwei sehr große Sterne caspienne. *Raubseeschwalben. Ca. 50 cm, Flügelspanne rund 140 cm. Signalrote Schnäbel. – Über 40 Minuten beobachtet. – Bereits am 9. September, auch auf HI Lilia.*

»HI – Halbinsel?«, wollte Dupin wissen.

»Ich denke, schon«, antwortete Riwal. »Die Lilia-Halbinsel, das östliche Ufer der *Aber*-Mündung. Sie zieht sich weit ins Meer, verfranst dann völlig. Da gibt es Hunderte Buchten, kleine Inseln, Felsen.«

»Wie kam sie dorthin?«

»Mit dem eigenen Auto. Sie fuhr anscheinend immer noch gerne. – Und sie besaß ein *Leica Ultravid 12x50 HD-Plus*«, schoss es begeistert aus Riwal hervor, »es liegt oben im Vogelzimmer. Zwölffache optische Vergrößerung, eine unerreichte Detailschärfe und Farbtreue. – Ein Profifernglas.«

Dupin erinnerte sich, im Vogelzimmer ein Fernglas gesehen zu haben.

»Das hier ist der letzte Eintrag«, fuhr Nevou fort, sie hatte umgeblättert. »Vom letzten Donnerstag. Dann fehlt wieder eine Seite.«

27. September. Mit S. – Nördlich von Poulloc.
Penn Enez. – 7 Uhr. – Nur von Weitem wieder, auf demselben Inselchen. Nahe Îles de la Croix. Doch nur ungewöhnlich große Tordas? Immer dieselben? Bestimmt 80 cm. Eigentlich Febr.–Juli. Zu weit weg.

»S. meint Sophie Gautier, nehme ich an?«, wollte Dupin wissen.

»Vermutlich.« Riwal erläuterte auch dieses Mal den genannten Standort: »Poulloc liegt auf der Halbinsel westlich von hier. – Luftlinie sind die beiden Halbinseln vielleicht zwei, drei Kilometer voneinander entfernt. Bei Flut. Bei Ebbe deutlich weniger.«

»Was ist ein Torda?«

Dupin erinnerte sich, den Namen schon einmal gehört zu haben.

»Chef! Den kennen Sie doch! Das ist *Ihr* Vogel.«

Sein Vogel?

»Der Tordalk wird auch Torda-Pinguin genannt. Der ›Pinguin des Nordens‹, der größte Alkenvogel, so einen haben Sie doch mal im Golfe du Morbihan gesehen. – Aus derselben

Familie wie der ausgestorbene Riesenalk. Nur kann er fliegen. Er sieht einem Pinguin wirklich verdammt ähnlich, auch weil er bis zu achtzig Zentimeter groß wird und ...«

Dupin hatte nur den Namen vergessen. Namen waren generell nicht seine Stärke.

»Der Tordalk ist sehr selten, nur ganz wenige Menschen haben hier oben je ein Exemplar zu Gesicht bekommen.« Riwal war Feuer und Flamme. »Das wäre echt ein Ding, ein Tordalk, hier bei Aber Wrac'h. Und das Ende September! – Aber klar, durch die von uns verbrochenen Klimaveränderungen gerät alles durcheinander. Wir sollten Sophie Gautier fragen. Ob sie es war, die dabei war. Und was es mit dem Tordalk auf sich hat.«

Dupin nickte.

»Haben Sie von diesem spektakulären Artikel im *Scientific American* gehört, Chef? Über die Intelligenz der Vögel? Es gab eine Zusammenfassung davon im *Ouest-France*.«

Claire hatte sie gelesen. Und den Originalartikel auch. Und ausführlich davon erzählt.

»Absolut faszinierend! Von wegen Spatzenhirne!« Riwal ereiferte sich. »Typisch Mensch: Die Intelligenz der anderen Lebewesen ständig kriminell zu *unter*- und die eigene ständig kriminell zu *über*schätzen! Vögel sind zu enormen geistigen Leistungen imstande, einige Arten erkennen sich im Spiegel, benutzen Werkzeuge, verstehen Kausalzusammenhänge oder planen systematisch ihre Zukunft. Die Gehirne sind zwar um einiges kleiner, aber viel besser organisiert als unsere. Weniger Gehirnzellen, ja – aber dafür liegen sie viel enger beieinander. Sie interagieren direkter und schneller.«

Das könnte er gerade auch gut gebrauchen, dachte Dupin. Immerhin: Viel Kaffee, wusste der Kommissar, half den

Impulsen, die offenbar unnötig großen Entfernungen zwischen den Neuronen rascher zu überwinden.

»Super ökonomisch. Vögel holen so aus jedem einzelnen Neuron deutlich mehr raus als wir Säugetiere. So konnten sie ähnliche Denkstrategien erlangen wie wir. Besonders erstaunlich ist die Geschichte der Elster Gerti.«

Dupin hatte sich gerade zu einer Intervention entschieden. Aber es ging um eine Elster. Die in der ganzen Geschichte hier doch eine gewisse Rolle spielte.

»Man hat einen winzigen gelben Papiersticker auf dem schwarzen Gefieder ihrer Kehle befestigt. Er war ihr völlig egal. Erst als sie sich im Spiegel gesehen hat, wurde sie ärgerlich und hat ihn mit dem Schnabel entfernt – und zwar an sich. Sie hat es eben nicht am Spiegelbild versucht. Danach hat sie sich erneut im Spiegel betrachtet und war zufrieden. Bei Menschenaffen gilt dieser Test als Beweis für das Vorliegen einer Selbsterkenntnis und …«

»Sehr schön. Aber warum hat jemand diese Seiten hier entfernt?«, erdete Nevou ihren Kollegen. »Ich werde das Buch von der Forensik untersuchen lassen.«

»Es ist doch schleierhaft, warum sie ›doch *nur*‹ Tordas schreibt – die Sichtung von Tordalken wäre doch eine Sensation«, grübelte der Inspektor.

Dupin begann hin und her zu laufen.

»Und was sollte all das mit dem Angriff auf Kadeg zu tun haben? Die Vogelbeobachtungen, die mögliche Sensationssichtung eines Vogels, das Heraustrennen der Seiten aus Joëlle Contels Vogeltagebuch …«

»Auf jeden Fall ist es äußerst verdächtig«, hielt Nevou trotzig fest. »Mehr kann ich im Moment auch nicht sagen.«

»Das ist es.« Dupin blieb kurz stehen. »Aber was heißt das?«

Was für einen Reim sollte man sich darauf machen?

»Ich muss los.«

Dupin hatte einen Blick auf die Uhr geworfen. Das Treffen mit Sophies Mutter, Rozenn Gautier, stand an.

»Sprechen Sie mit Sophie Gautier«, instruierte Dupin Nevou und Riwal. »Über den gemeinsamen Beobachtungsausflug, die Vögel, die fehlenden Seiten, alles. Vielleicht gibt es eine einfache Erklärung.«

»Machen wir, Chef.«

»Zwei *grands crèmes.*« Koffein mit Milch, die magenschonende Variante. »Zum Mitnehmen, bitte.«

»Gerne. Noch etwas, Monsieur?«, wollte die schlaksige junge Frau in beschwingtem Tonfall wissen.

»Danke, nein.«

»Dann einen Augenblick, bitte.« Sie verschwand in den Raum nebenan.

Das war er also: der beste Bäcker der Bretagne. Das Schild über dem Eingang verkündete schlicht: *La Maison du Boulanger*. Ein zweiter Satz verriet mehr: *Artisan du Goût depuis 1995*, Handwerker des Geschmacks seit 1995. Und: *Pour protéger les valeurs du Bon Manger* – Zur Bewahrung der Werte des guten Essens. Eine der schönsten französischen Formeln.

Die Bäckerei befand sich in einem alten, hübschen Stadthaus, gestrichen in einem cremigen Beige, die breite Tür in hellem Granit gefasst. Linker Hand eine gemütliche Holzterrasse mit Bistrotischchen, von wo aus man das muntere Treiben auf dem Dorfplatz beobachten konnte. Das Leben im Zentrum von Lannilis, das geschäftige Kommen und Gehen.

Dupin liebte solche Orte, Theaterbalkone des Alltags. Er konnte dort stundenlang sitzen und zuschauen.

Dupin hatte sein »Danke, nein« sträflich vorschnell geäußert, er hatte heute noch keinen Bissen gegessen. Und Magenschmerzen. Er hatte Hunger. Und eine zehn-, fünfzehnminütige Fahrt vor sich, genügend Zeit also, um sich zu stärken.

»Et voilà.« Die Bedienung stellte zwei Pappbecher vor ihm auf die mächtige Holztheke.

»Es kommt doch noch etwas hinzu.«

Die junge Frau lächelte, so als wollte sie sagen: »Habe ich mir doch gleich gedacht.«

Dupin ließ den Blick über die Auslagen schweifen. Was man, wie er zu gut wusste, niemals tun sollte, wenn man Hunger hatte. Alles sah phänomenal aus.

»Hiervon eins.«

»Unser Klassiker, *tartine* mit Anchovis und Schafskäse.«

»Hiervon – und hiervon.« Er zeigte auf ein Brot mit Käse und Schinken und eins mit Hühnchen und Spinat.

Dupins Telefon klingelte. Rasch warf er einen Blick auf das Display.

Der Präfekt. Das durfte nicht wahr sein.

»Noch etwas Süßes vielleicht? – Eine von unseren *tartelettes?*«

Dupin steckte das Handy zurück in die Hosentasche.

»Unbedingt. – Eine *tartelette au citron.*«

Mit Baiser obendrauf.

Tartelettes waren eine wunderbare Erfindung. Vorzügliche Früchte, verschiedene Teigsorten, Marzipan, Karamell, Nougat, göttliche Cremes, Pudding, Schokolade – in allen nur möglichen Kombinationen zu erlesenen Kreationen vereint, aber in kleinen, überaus appetitlichen Portionen. So

klein, dass man nie satt genug sein konnte, um nicht doch noch eine zu essen. Die Auslage der Bäckerei glich einer Inszenierung wahrer Kunstwerke.

Der penetrante Piepton erstarb.

Zwei Minuten später, er hatte direkt gegenüber der Boulangerie geparkt, stellte Dupin den einen Kaffee in den Becherhalter seines alten Citroëns und trank den zweiten in wenigen Schlucken leer.

Mit der freien rechten Hand startete er den Motor.

Auf dem Beifahrersitz türmten sich die Köstlichkeiten in dünnen Papiertüten. Ein ganzer Berg, er hatte schwer übertrieben.

Dupin fuhr los.

Wie schon auf dem Weg von der Abtei hierher musste er an Nevous Entdeckung denken. An die fehlenden Seiten in Joëlle Contels Beobachtungsbuch.

Es war vielleicht die schönste bretonische Landschaft, die Dupin je gesehen hatte.

Natürlich war es ungebührlich, so etwas zu sagen. Allein zu denken. Und schon deswegen absurd, weil Dupin so oft gedacht hatte: Schöner geht es nicht. Aber was sollte er tun? Es war jedes einzelne Mal aufrichtig gemeint.

Rozenn Gautier und er standen auf einer Sanddüne, inmitten einer ganzen Sanddünenlandschaft. Ein kilometerbreiter Streifen, der im Westen der *Aber-Benoît*-Mündung anhob und sich an der Küste entlangzog, direkt hinter dem Strand. Und Strand meinte hier eine ganze Welt feinsten weißen Sandes, die sich schier endlos erstreckte, zumindest

jetzt, bei Ebbe. Bloß hier und dort ein paar dunkle Felsen, die wie effektvoller Dekor wirkten. Vor den Dünen waren zwei weite, sichelförmige Buchten zu sehen, die an dem Punkt, wo sie sich beinahe berührten, einen wilden Vorsprung ins Meer schufen. Im Meer: Hunderte Felseninselchen. Lediglich einige wenige waren mit Gräsern, Moosen und Flechten bewachsen und sorgten für sattgrüne Flecken im tiefkobaltblauen Meer. Wobei Kobaltblau nur die Grundfarbe darstellte, in der sich, je nach Meeresbodenbeschaffenheit und Wassertiefe, zahllose Tupfer anderer Blautöne fanden. Tupfer in leuchtendem Türkisblau, Azur, Ultramarin, Lichtblau, Pastellblau – Claire hätte ein Dutzend weitere Blautöne aufzählen können, Dupin war froh, dass ihm diese überhaupt einfielen. Das Atemberaubendste aber war, wie hier und dort blendendes Weiß aus dem Blau auftauchte: Sandbänke. Es war eine flache Welt und sie schien unendlich. Richtung Westen gab es nur sie. Um alles noch vollkommener zu machen, schwebten über dem Horizont – in sicherer Entfernung – lichte, luftige Schleierwolken, so weiß wie der Sand. Wolken und Sandbänke gingen auf schwindlig machende Weise ineinander über.

Es war verblüffend, wie wenig sich Mutter und Tochter ähnelten. Eine andere Statur, ein anderes Gesicht, andere Haare. Rozenn Gautier hatte sandblondes Haar, das in Grau überging. Zudem trug sie die Haare kurz, stufig. Dazu einen Pony. Sie war sicher einen Kopf größer als ihre Tochter, dabei schlank. Ein wenig burschikos, trotz ihrer siebenundsiebzig Jahre. Sie ähnelte auch Joëlle Contel kein bisschen, zumindest nicht dem Foto nach zu urteilen, das Dupin kannte. Zuweilen zeigte ihr Gesicht die gleichen herrischen Züge wie das ihres Bruders.

Rozenn Gautier hatte Dupin reserviert, aber nicht

unfreundlich begrüßt. Die ornithologische Beobachtungsstation, an der sie sich getroffen hatten, war eine simple Konstruktion aus Aluminium, Holz, vor allem aber aus Glas. Spezielles Plexiglas, vermutete Dupin. Ein transparentes Sechseck. Ein schmaler, fest montierter Schreibtisch, auf dem ein Notebook stand. Ein Schreibtischstuhl. Zwei weitere Stühle mitten im Raum, das war es.

»Sie sind am Montagabend zur Abtei gefahren, hat Ihre Tochter erzählt. Um sich von Ihrer Schwester zu verabschieden, zusammen mit Ihrem Bruder, Neffen und Ihrer Tochter.«

»So ist es.«

»Wie lange sind Sie dort geblieben?«

»Bis Viertel nach neun vielleicht. Ich bin zusammen mit Maxime und Victor aufgebrochen, nur Sophie ist länger geblieben.«

»Und wohin sind Sie anschließend gefahren?«

Dupin hatte sein Clairefontaine hervorgeholt. Er fühlte sich wieder deutlich besser, die Magenschmerzen waren sofort verschwunden, nachdem er etwas gegessen hatte. »Etwas« war untertrieben: je die Hälfte der drei *tartines*, eine deliziöser als die andere. Er hatte sogar überlegt, kurz den Präfekten anzurufen. Sich dann aber für die *tartelette au citron* entschieden. Die richtige Wahl. Himmlisch.

»Ich habe noch ein Glas getrunken. Im *Baie des Anges*. – Ich musste mich etwas beruhigen. – Obwohl wir wussten, dass sie bald sterben würde.«

Rozenn Gautier stand vor einem Stativ, darauf eines der imposanten »einäugigen Ferngläser«. Ein Spektiv. Daneben ein weiteres Stativ, auf dem eine Kamera mit imposantem Objektiv montiert war.

»Ist Jacques Briand gestern da gewesen?«

»Ja.«

Dupin war nicht sicher, ob die Wortkargheit mit ihm zu tun hatte oder einfach ihre Art war.

»Wie lange haben Sie dort noch gesessen?«

»Hm. – Ungefähr eine Dreiviertelstunde?«

»Auf der Terrasse?«

»Ich sitze immer auf der Terrasse.«

Rozenn Gautiers Spektiv war auf eine der kleinen Felseninseln ausgerichtet. Bisher hatte sie Dupin nur ein einziges Mal angeschaut, bei der knappen Begrüßung.

»Das heißt, Sie haben das *Baie des Anges* so gegen 22 Uhr 15 verlassen?«

»Etwas später.«

»Dann haben Sie dort länger gesessen als eine Dreiviertelstunde.«

»Offensichtlich.«

»Und dann?«

»Dann bin ich nach Hause.«

»Wann sind Sie dort angekommen?«

»Um kurz nach dreiundzwanzig Uhr.«

»Kann das jemand bezeugen?«

»Nein. Wie Sie wahrscheinlich wissen, bin ich seit einigen Jahren Witwe.«

Dupin hatte es nicht gewusst.

»Es hat Sie also niemand gesehen, als Sie nach Hause gekommen sind?«

»Nein. Ich wohne auch ziemlich einsam. – Da drüben.« Ohne den Blick von der Felseninsel abzuwenden, wies sie mit der linken Hand gen Südwesten. »Am anderen Ende der Dünen.«

Dupin hatte sich in die Richtung gedreht, er sah jedoch nichts anderes als Dünen. Dünen und hüfthohes Dünengras, das Dupin so liebte, es umgab auch die Beobachtungsstation.

Die grell schillernden Grüntöne, die hart mit dem Weiß des Sandes und den Blautönen von Himmel und Meer kontrastierten, hatten einen beinahe psychedelischen Effekt auf ihn. Die strammen Nordwestwinde wehten hier oben noch stärker als am Aber Wrac'h. Es war großartig. Atlantikgefühl pur.

»Haben Sie vielleicht noch telefoniert? Vom Festnetz aus?«

»Sophie hat noch einmal angerufen. Später, nach Mitternacht. Aber auf dem Handy.«

Dupin machte sich eine Notiz.

»Ein längeres Gespräch?«

»Nein.«

Er stellte sich neben Rozenn Gautier.

»Madame, Sie kennen ja sicher den Pfad durch das Wäldchen, der unweit der Apfelbäume beginnt.«

Es dauerte eine Weile, bis die Antwort kam. Dafür kam sie sehr bestimmt.

»Selbstverständlich.«

Hier in der Station war der steife Wind überdeutlich zu hören. Irgendwo verfing er sich ein wenig und ließ eine Art hohes, schwankendes Pfeifen entstehen, das nach einem Tier klang.

»Und Sie wissen, wo der Pfad hinführt?«

»Zu der Tür in der hinteren Mauer.«

Sie machte eine kleine ruckartige Bewegung, presste ihr Auge gegen den Sucher des Spektivs, verstellte es dabei ein wenig.

»Gibt es etwas Besonderes?«

»Was meinen Sie?«

»Ob es etwas Besonderes auf der Insel zu beobachten gibt.«

»Eventuell.«

»Einen Torda-Pinguin?«

»Wie kommen Sie darauf?« Sie reagierte, als hätte Dupin nicht »Torda-Pinguin«, sondern »Flugsaurier« gesagt. »In den letzten Tagen habe ich einen Fischadler gesehen.«

»Und der sitzt jetzt auf der Insel?«

Dilettantischer konnte man es wahrscheinlich nicht ausdrücken.

»Auf der anderen Seite der kleinen Felseninsel. Er ist dort gelandet, wenn ich mich nicht täusche.«

»Ein seltener Vogel?«

»Sehr selten. – Die Fischadler sind fast ausgerottet.« Das waren bisher ihre längsten Sätze gewesen. »Seit den Neunzigern erholt sich der Bestand ein wenig. Sie ernähren sich ausschließlich von Fisch.«

»Was tun Sie, wenn Sie einen sehen?«

»Dokumentieren. Wenn möglich, fotografieren. – Dann verzeichne ich die Sichtung. Es gibt Register, internationale Onlinedatenbanken.«

»Obwohl Sie die ornithologischen Stationen gar nicht mehr leiten?« Es klang harscher, als Dupin es beabsichtigt hatte. »Obwohl Sie pensioniert sind, meine ich«, verbesserte er sich.

Aber er hatte es schon die ganze Zeit gedacht: dass Rozenn Gautier sich in der Station verhielt, als wäre es noch ihre.

»Ich bleibe ja dennoch Ornithologin, Monsieur. Wissenschaftlerin.« Sie antwortete ruhig und sachlich. »Jeder Hobbyornithologe kann die Meldesysteme für seltene Vögel nutzen.«

»Und einen Torda-Pinguin haben Sie in letzter Zeit nicht gesehen?«

Jetzt hob sie den Kopf. Ihre Miene war ernst.

»Es ist der bedrohteste Seevogel Frankreichs, es gibt nur noch rund dreißig Paare. Sie nisten hier in der Bretagne. – Auf

den Inseln vor den Dünen von Keremma gibt es ein Paar, auf der Île de Batz gleich mehrere Paare, wie auch auf Ouessant. Den letzten hier in der Gegend habe ich vor fünf Jahren gesehen. Auf der Halbinsel von Lilia. Seitdem hat es keine einzige dokumentierte Sichtung mehr gegeben.«

»Gibt es Prämien? Auszeichnungen? – Ich meine, wenn man einen besonders seltenen Vogel sichtet?«

Rozenn Gautier bedachte Dupin mit einem verächtlichen Blick.

»Niemand macht das fürs Geld, Monsieur. Wir Wissenschaftler ohnehin nicht.«

»Ihre ältere Schwester Joëlle«, Dupin nahm Rozenn Gautier fest in den Blick, »hat einen Torda-Pinguin gesehen in der letzten Woche, ein besonders großes Exemplar. Mehrere sogar. Mit Ihrer Tochter Sophie zusammen. Davon werden Sie wissen.«

»So ein Quatsch.« Sie machte keinen Versuch, Dupins Blick auszuweichen.

»Auf der Halbinsel Sainte-Marguerite«, präzisierte Dupin.

»Joëlle und Sophie hätten mir davon erzählt. – Und sie hätten die Sichtung registriert.«

Dupin musste unbedingt mit Sophie Gautier sprechen, direkt im Anschluss. Bevor ihre Mutter sie anrufen würde.

»Ich halte es für äußerst unwahrscheinlich«, stellte Rozenn Gautier klar.

Falls sie die ungläubige Ahnungslosigkeit nur spielte, tat sie es sehr überzeugend.

»Was wäre denn, wenn jemand gleich mehrere Torda-Pinguine sichten würde? Mit Fotos und allem?«

»Wie gesagt, es gibt keine Prämien.«

»Aber wissenschaftliche Meriten, nehme ich an. – Eine Publikation in einem renommierten Magazin?«

Dupin hatte es schon einmal in einem Fall erlebt: eine mörderische Konkurrenz unter Wissenschaftlern. Da war es um König Artus gegangen.

Rozenn Gautier zuckte mit den Schultern.

»Wem so was wichtig ist.«

»Ihnen ist es nicht wichtig?«

»Ich bin, wie Sie richtig festgestellt haben, pensioniert. Siebenundsiebzig Jahre alt. Ich habe mir meine Meriten bereits vor einem halben Jahrhundert verdient.«

Es klang halb souverän, halb schnippisch.

Sie beugte sich erneut über das Spektiv.

»Als Sie sich gestern Abend nach dem Tod Ihrer Schwester in der Abtei getroffen haben – wo genau haben Sie sich da aufgehalten? Ich nehme an, Joëlle Contels Leiche befand sich unten im Wohnzimmer.«

»Was meinen Sie, Monsieur le Commissaire?«

Sie schien die Frage wirklich nicht verstanden zu haben.

»Haben Sie vier sich die ganze Zeit im Wohnzimmer aufgehalten?«

»Ich denke schon. Ich jedenfalls war nur dort. – Keine Ahnung …« Sie brach ab.

»Vielleicht auch in Joëlle Contels Vogelzimmer?«

»Ich glaube nicht. Warum?«

»Vielleicht doch?«

»Nein. – Ich war nur einmal auf der Toilette.«

»War jemand anderes oben?«

»Ich weiß es nicht mehr. Wir waren alle ziemlich mitgenommen. Trotz der Vorzeichen war es ein Schock.«

Auch für sie schienen die Vorzeichen des Todes das Selbstverständlichste der Welt zu sein.

»Sie erinnern sich also nicht, ob Sie oder Ihr Bruder oder jemand anderes im Vogelzimmer war?«

»Wie gesagt, ich weiß es nicht mehr. Aber ich denke nicht.«

»Wie stehen Sie eigentlich zur Idee Ihres Bruders, den Vogeltourismus hier oben auszubauen?«

»Eine dumme Idee. – Dumm und verheerend für die Vögel. Aber eben nicht nur für sie. Für die gesamte Natur. – Man müsste ein solches Vorhaben rigoros bekämpfen. Ich jedenfalls würde all meinen Einfluss geltend machen, um es zu verhindern.«

»Wissen Sie, wie weit das Projekt gediehen ist?«

»Keine Ahnung, wie weit Victor die Idee schon konkretisiert hat. – Aber ich glaube, noch sind es lediglich Pläne.«

»Ihr Bruder hat bereits ein Hotel gekauft, auf der Halbinsel von Lilia.«

Rozenn Gautier verfügte über eine immense Körperbeherrschung, über Minuten konnte sie bewegungslos verharren, wie eingefroren.

»Soll er. Das ist seine Privatsache. – Spektakuläre Beobachtungsstationen an Land und auf den Inseln, ornithologische Erlebniswege, ein riesiges Erlebniszentrum – all das, was er sich da vorstellt, müssten Politik und Behörden ja erst mal genehmigen. Die bretonische Küste steht unter strengem Naturschutz. – Sie werden es niemals erlauben.«

»Da sind Sie sicher?«

»Bin ich.«

So detailliert hatte Dupin es von Victor Contel noch nicht gehört, seine Ideen schienen zumindest schon konkretere Gestalt angenommen zu haben.

Rozenn Gautier fixierte Dupin: »Was haben all diese Themen eigentlich mit dem Angriff auf meinen Neffen zu tun?«

»Befinden Sie sich mit Ihrem Bruder in einem offenen Streit über das Projekt?«, ignorierte Dupin ihre berechtigte Frage.

»Und wenn, dann ginge Sie das nichts an, Monsieur.«

Rozenn Gautier besaß die beeindruckende Fähigkeit, mit einer unbedingten Sachlichkeit zu formulieren, ohne dabei aggressiv zu wirken.

»Ich stelle es mir jedenfalls ziemlich konfliktreich vor.« Dupin war direkt neben ihr stehen geblieben.

»Ich sage nur offen, was ich von diesen Vorhaben halte. Das ist meine Verantwortung als Wissenschaftlerin.«

»Was hat Ihre Schwester Joëlle Contel davon gehalten?«

»Ich weiß gar nicht, ob sie von Victors Ideen gewusst hat. Auf jeden Fall wäre sie ebenso vehement dagegen gewesen wie ich, sie war grundsätzlich gegen Projekte dieser Art. Gegen die Kommerzialisierung von allem. – Meine Tochter hatte von uns allen den engsten Kontakt zu ihr. Sie …«

Der penetrante Ton von Dupins Handy.

Er holte es aus der Hosentasche.

Riwal.

»Entschuldigen Sie, Madame, ich bin gleich wieder zurück.« Dupin verließ die Station. Sofort war er dem heftigen Wind ausgesetzt.

»Riwal, ich bin gerade …«

»Der Gärtner, Chef. Er wurde schwer verletzt. Ein Angriff, wie bei Kadeg. Noch schlimmer.«

»Was?«

Riwal setzte neu an: »Seine Frau hat …«

»Der Gärtner?«

»Monsieur Hilaire, ja.«

»Was ist passiert?«

»Er wurde auf dem Gelände seiner Gärtnerei mit einer Schaufel niedergeschlagen. – Seine Frau hat ihn eben gefunden, um kurz vor fünf. Sie hatte ihn zuletzt um vierzehn Uhr gesehen, dann ist sie einkaufen gefahren. Sie ist sich nicht sicher, ob

er noch lebt. – Sie hat den Rettungsdienst gerufen. Commandante Carman war in der Nähe, sie ist schon auf dem Weg.«

»Wann ist es passiert?«

»Das wissen wir noch nicht. Madame Hilaire ist völlig aufgelöst.«

»Wo genau liegt die Gärtnerei?«

»Paluden. Am Aber Wrac'h. Nur ein paar Minuten von der Abtei entfernt.«

»Wir treffen uns dort, Riwal. – Bis gleich.«

Dupin legte auf. Er öffnete die Tür zur Station und rief hinein.

»Es tut mir leid, Madame Gautier, ich muss sofort weg.«

Rozenn Gautier rief ihm etwas hinterher, was er schon nicht mehr verstand.

Er spurtete durch den tiefen weißen Sand in Richtung Parkplatz.

»Sie müssen über die Brücke, über den Aber Wrac'h«, hatte Kommandantin Carman den Weg erklärt. Dupin hatte im Auto mit ihr telefoniert. Sie war bereits bei der Gärtnerei angekommen, die Sanitäter müssten ebenfalls jeden Moment eintreffen.

Carman hatte kein Lebenszeichen bei Monsieur Hilaire feststellen können. Aber natürlich hieß das nicht zwangsläufig etwas, Atmung und Puls konnten bei einer schwer verletzten Person derart schwach sein, dass es einen Arzt brauchte, um sie wahrzunehmen. Aber die Kommandantin hatte »kein gutes Gefühl«.

Madame Hilaire, die Frau des Gärtners, stand unter Schock.

Carman befürchtete, dass sie das Bewusstsein verlieren würde. Sie war vor allem mit ihr beschäftigt.

Dupin war von Westen kommend in seinem Citroën den Hügel zum *Aber* und nach Paluden heruntergeschossen, ein winziges Kaff, das sich geschickt in einer doppelten, engen Biegung des *Abers* verbarg. Gerade war die besagte Brücke in den Blick gekommen. Wie häufig vollführte Dupin mit dem alten XM Fahrmanöver, welche die gewöhnliche Physik auf verwegene Weise strapazierten. Die kriminell enge Kurve, die zur Brücke führte, hatte er nicht kommen sehen. Ein infernalisches Quietschen der Reifen hallte durch das Tal, der gesamte Wagen ächzte und stöhnte, rebellierte. Für eine Sekunde hatte Dupin wirklich Angst, dass er ausbräche, was ihn schnurstracks ins Wasser befördert hätte.

Auf der anderen Seite ging es steil den Hügel hoch, der viel höher war als vermutet. Nun müsste links ein Aussichtspunkt liegen – da war er –, dann eine Neunzig-Grad-Kurve kommen. Auch sie erreichte er sofort und bremste ab. Genau hier müsste linker Hand ein schmales Sträßchen abgehen. Und so war es. Zudem war ein Schild zu sehen: *Les Jardins des Abers*. Hilaires Gärtnerei.

Der XM schoss auf den unbefestigten Weg, Steinchen flogen wüst umher.

So steil es gerade den Hügel hinaufgegangen war, so steil ging es jetzt wieder hinunter. Durch einen dichten Wald.

Plötzlich war die Gärtnerei zu sehen. Direkt an einem schmalen Seitenarm des *Abers*.

Dupin erkannte Riwals Wagen. Daneben einen der Gendarmerie und die Ambulanz. Auf dem Gärtnereigelände stand eine große, lang gezogene Baracke, rechts und dahinter weitläufige Beete und zwei Gewächshäuser. Auf der anderen Seite des Sträßchens stand das Wohnhaus.

Mit einem heftigen Ruck kam Dupins Citroën zum Stehen. Er sprang aus dem Wagen.

In einiger Entfernung, am hinteren Rand der Beete, sah er eine Gruppe von Menschen, ein paar Schritte weiter begann der Wald, auch hier stieg es steil an. Schnurstracks lief Dupin auf die Gruppe zu. Er konnte Kommandantin Carman und Riwal ausmachen.

Es ging hektisch zu.

»Wir müssen sie in den Wagen bringen. Sofort!«

Die resolute Anweisung eines Sanitäters.

Es ging allerdings nicht um den Gärtner, wie Dupin nun sah. Es ging um seine Frau. Sie war es, die auf der Trage lag. Der Trage, die eigentlich für ihren Mann bestimmt gewesen war. Die Beine mit einem Kissen stark erhöht.

Claude Hilaire lag auf einem Streifen Wiese am Waldrand. Völlig allein. Das war kein gutes Zeichen.

Riwal kam auf Dupin zu: »Claude Hilaire ist tot. Jede Hilfe kam zu spät. Die Sanitäter konnten nichts mehr machen.«

»Jetzt hoch.« Die Sanitäter hoben die Trage mit Madame Hilaire an, man hatte sie fixiert. Carman und eine Kollegin halfen an den Seiten.

»Madame Hilaires Kreislauf ist zusammengebrochen. Ihr Zustand ist kritisch«, informierte Riwal.

Schon hatte sich der Tross in Bewegung gesetzt.

Madame Hilaires Gesicht war stark gerötet, sie schien kaum noch bei Bewusstsein. Die Augen waren verdreht, es war ein entsetzlicher Anblick.

»Wir haben ihr eine Injektion gegeben«, erklärte einer der Sanitäter eilig, »ohne erkennbaren Effekt. – Der Puls liegt bei hundertneunzig. Der Mund ist trocken, die Pupillen sind stark erweitert.«

»Ein Schock?«

»Ein extrem heftiger.«

Sie hatten bereits die Hälfte des Weges zum Rettungswagen geschafft. Die ganze Zeit war ein sonderbarer Lärm zu hören, gleichförmig, aber nicht eintönig, voller kleiner Variationen. Ein natürlicher Lärm, auch wenn die Quelle nicht auszumachen war. Der Wind war es jedenfalls nicht, auch wenn er hier fast ebenso heftig blies wie auf den Dünen.

Dupin lief jetzt neben der Kommandantin her, er hätte sofort mit angepackt, es war bloß kein Platz.

»Hat Madame Hilaire etwas gesagt, bevor sie kollabiert ist?«

»Nein.« Die Kommandantin war auf das Tragen konzentriert.

»Wo hat sie ihren Mann gefunden?«

»Da, wo er jetzt liegt. – Das hat sie gesagt, als sie mich angerufen hat.«

»Gibt es weitere Häuser in der Nähe, irgendwelche Nachbarn?«

»Nein.«

Sie näherten sich dem Krankenwagen.

Im Handumdrehen war Madame Hilaire im Wagen. Nur Sekunden später setzte sich der Wagen in Bewegung.

Carmans Kollegin begleitete Madame Hilaire ins Krankenhaus. Der Rest blieb zurück, die Kommandantin, ein Gendarm, Riwal und Dupin. Einen Moment lang blickten sie dem Krankenwagen hinterher.

»Wir brauchen die Spurensicherung«, wies Dupin an.

»Ist schon auf dem Weg«, ließ Carman wissen. »Und der Gerichtsmediziner ebenso.«

»Der Täter wird auch hier aus dem Wald gekommen sein.« Riwal hatte den Satz geraunt und dabei in Richtung des Toten gestarrt, auf den sie nun zuliefen.

»Wie beim Angriff auf Kadeg«, setzte Riwal fort, »der Täter

geht auf Nummer sicher. – Er bewegt sich in unzugänglichem Gelände. Im Dickicht, perfekt verborgen.« Eine Pause. »Dann tritt er plötzlich hervor, begeht seine Tat und verschwindet wieder im Schutz des Waldes.«

Etwas melodramatisch ausgedrückt, aber so war es.

»Konnten die Sanitäter etwas zum Zeitpunkt des Angriffes auf den Gärtner sagen?«, wollte Dupin wissen.

»Sie denken, dass es vor höchstens zwei, drei Stunden passiert ist«, referierte die Kommandantin. »Die Verletzung war nicht ganz frisch. – Gestorben ist er wahrscheinlich erst kurz vor ihrem Eintreffen. Claude Hilaire hätte aber wahrscheinlich auch keine Chance gehabt, wenn man ihn früher gefunden hätte.«

»Das heißt«, rechnete Dupin, »es ist ungefähr zwischen zwei und vier Uhr geschehen.«

Sie hatten die Leiche erreicht.

Hilaire lag auf dem Rücken, den rechten Arm unnatürlich abgespreizt, den linken am Kopf.

Die Schaufel, die keinen Meter entfernt lag, hatte ihn an der linken oberen Wange, am Auge und an der Schläfe erwischt. Es war ein grausiger Anblick, selbst für Hartgesottene. Überall Blut. Auch andere Flüssigkeiten und Sekrete. Das Blut war den Hals entlanggelaufen und vom vollgesogenen Kragen des grünen Hemdes, das Claude Hilaire trug, auf den Boden getropft. Der Körper und die Kleidung waren ansonsten unversehrt geblieben.

Dupin ging neben dem Gärtner in die Hocke, betrachtete die rechte und die linke Hand, die Gelenke, die Unterarme.

»Keinerlei Hinweise auf einen Kampf.«

»Er wird gleich abgeholt.« Carman wirkte sichtlich mitgenommen.

Dupin erhob sich wieder.

Er lief ein paar Schritte, blieb stehen und blickte sich das erste Mal bewusst um.

Die idyllische Landschaft steigerte als Kontrast zu dem Verbrechen dessen Brutalität noch einmal. Ein tiefes Tal, dicht bewaldete Hügel auf beiden Seiten. Im Tal auf der einen Seite saftige Wiesen, ein paar vereinzelte Apfelbäume, die verschwenderische Mengen knallroter Äpfel trugen, gegenüber der Seitenarm des *Abers*. Die Ebbe hatte das Meer aus ihm herausgesogen, übrig geblieben war ein langer, schmaler Sand- und Schlickstreifen. Meeresboden, durch den sich ein Bach wand. Dupin sah nun auch, was den stetigen sonderbaren Lärm verursachte: ein wilder Wasserfall. Der Bach kam aus dem Tal, schlängelte sich durch die Wiesen bis zum Gelände der Gärtnerei, näherte sich dann dem *Aber*, sicher noch fünfzehn Meter über ihm. Anschließend strömte er unter einer Brücke hindurch, um sich kurz vor dem Meeresarm über gewaltige Steine zum *Aber* hinunterzustürzen.

»So ein Scheiß.«

Dupin fuhr sich heftig durch die Haare. Er drehte sich Richtung Wald. Der Kommissar war ungehalten. Aufs Äußerste gereizt. Es war unfassbar.

Nun war es zu einem Mord gekommen. Während sie dabei gewesen waren, den Täter ausfindig zu machen, der Kadeg schwer verletzt hatte, war weniger als vierundzwanzig Stunden später eine Person erschlagen worden, die mit Joëlle Contel in enger Verbindung gestanden hatte.

Riwal stieß zu Dupin, die Kommandantin und ihren Kollegen im Schlepptau.

Ihnen allen standen die schrecklichen Ereignisse ins Gesicht geschrieben, nicht zuletzt die Szene mit Madame Hilaire, wie sie um das Bewusstsein rang.

»Die ganze Sache war von Anfang an wie verhext.« Riwal flüsterte beinahe: »Wo ist Kadeg da hineingeraten? – Wir alle?«

Dupin blieb stumm. Er lief weiter, geradewegs auf den Waldrand zu.

»Sie wollen eine Spur des Täters finden?«, folgerte Riwal.

Dupin blieb knapp vor den ersten Bäumen stehen.

»Teilen wir uns auf!«

»Ja, Chef.«

Die vier Polizisten begannen, den Waldrand abzusuchen.

Dupin bahnte sich zwischen zwei Kastanienbäumen einen Weg ins Dickicht. Ein Déjà-vu, es war exakt wie vorhin an der Abtei. Auch hier ein echter bretonischer Urwald.

Er hatte noch keine zwei Meter geschafft, als Carman sich äußerst vernehmlich meldete: »Hier! Hier ist ein Weg.«

Sofort standen die drei Kollegen neben ihr.

Bis zur Stelle, wo Claude Hilaire lag, waren es vielleicht zwanzig Meter. Der Weg führte den Hügel hoch, den Dupin eben mit dem Auto heruntergekommen war. Man sah, dass er regelmäßig benutzt wurde.

»Vermutlich geht er bis zur Straße oben auf dem Plateau.« Carman deutete den Hügel hoch. »Aber ich glaube, er kreuzt noch einen anderen Weg, der parallel zum Tal verläuft und ganz am Ende beim Bach runterkommt. Da ist auch noch eine Straße. Jemand, der sich auskennt, könnte seinen Wagen dort geparkt haben, ohne großes Risiko, gesehen zu werden. Da ist es ziemlich einsam. – Aber er könnte auch einfach oben an der Straße geparkt haben. Beides ist denkbar.«

Dupin dachte nach. Wenn es so wäre, sollten sie die Arbeit

der Spurensicherung überlassen. Dann gab es Wichtigeres zu tun, als durch den Wald zu laufen.

Dupin holte sein Clairefontaine heraus.

»Ich will schnellstmöglich wissen, wer sich wo zwischen vierzehn und sechzehn Uhr aufgehalten hat.« Er warf einen Blick auf das kleine Personentableau in seinem Heft. »Sophie Gautier – Rozenn Gautier – Victor Contel – Maxime Contel – die Köchin.« Wieder war ihm eine Person entfallen: »Was ist eigentlich mit der Freundin von Joëlle Contel, dieser Rose? Hat jemand mit ihr gesprochen?«

Plötzlich war eine Sirene zu hören. Wahrscheinlich der zweite Rettungswagen, der kam, um Claude Hilaire zu holen. Seine Leiche.

Fast zeitgleich klingelte Dupins Handy.

Eine unterdrückte Nummer. Dupin nahm an.

»Ja?«

Eine Zeit lang war gar nichts zu hören, dann ein bizarres Rauschen. Dann: »Woll… nicht …hen …«

Dupin verstand kein Wort. Ein hundsmiserabler Empfang. Er blickte auf das Display. Bloß ein Balken, kein Wunder.

»Hallo?« Er sprach laut ins Telefon und wartete. – Nichts. Nur das Rauschen, das immer lauter wurde.

Er legte auf.

»Ich habe Rose Janin vorhin besucht«, berichtete Carman. »Als der Notruf von Madame Hilaire kam, war unser Gespräch gerade beendet. Zu dem Angriff auf Kadeg fiel ihr überhaupt nichts ein. Für gestern Nacht hat sie kein Alibi, sie hat schon geschlafen, sagte sie. Sie ist achtundachtzig und lebt allein, ihr Mann ist seit Langem tot.«

Die Bretagne war voller starker alleinstehender Frauen, die ihre Männer um viele Jahre überlebten.

»Aber ich sehe kein mögliches Motiv. Und für heute hat

sie ein Alibi: mich, unser Treffen. Ich war um kurz vor drei bei ihr. Sie wohnt bei Curnic. Das sind zehn Minuten von hier.«

»Streng genommen ist das kein Alibi«, korrigierte Riwal scharf. »Was hat sie vor fünfzehn Uhr getan?«

»Auch wenn sie für achtundachtzig gut in Form ist, sehe ich nicht, wie sie sich in Windeseile durch die Wälder kämpft und kräftige Männer erschlägt«, gab die Kommandantin zurück.

»Der zweite Krankenwagen ist da«, informierte Carmans Kollege. Er deutete auf die Einfahrt.

»Weiter«, trieb Dupin an. »Zu den anderen Personen. – Ich habe Rozenn Gautier um 16 Uhr 15 in ihrer Station besucht. Davor war sie, wenn ich es richtig verstanden habe, dort allein zugange. Also kein Alibi.«

»Victor und Maxime Contel haben die Abtei um vierzehn Uhr verlassen«, übernahm Carman wieder. »Sie hatten noch etwas miteinander zu besprechen.«

»Ich dachte, sie hatten Termine. Maxime Contel musste doch nach Morlaix.«

»Aber erst nach ihrem gemeinsamen Termin.«

Das hatte Dupin keiner gesagt. Dass sie miteinander verabredet gewesen waren. Auch keiner der beiden. Es hatte in ihrem Gespräch anders geklungen, als hätte jeder eigene Verpflichtungen.

»Woher wissen Sie das, Carman?«

»Von einer Mitarbeiterin von Maxime Contel. Es stand in seinem Kalender. Ich hatte ihn am Morgen zuerst nicht erreicht. Ich wollte den Termin mit ihm vereinbaren und bin in der Firma gelandet.«

»Wo haben sich die beiden getroffen?«, wollte Dupin wissen.

»Das weiß ich nicht. – Ich frage nach.«

»Auf jeden Fall können sie sich nur gegenseitig ein Alibi geben«, spitzte Riwal zu. »Was heißt, wenn sie nicht noch jemand anderes gesehen hat, haben sie keines.«

Dupin fühlte sich verschaukelt. Er hasste das.

»Die Köchin hat heute Mittag noch ein bisschen in Joëlle Contels Küche aufgeräumt, bis dreizehn Uhr ungefähr«, kam die Kommandantin auf die nächste Person zu sprechen, »dann ist sie nach Hause gefahren und anschließend zu ihren Enkeln, glaube ich.«

Wieder eine dieser Geschichten, die zeitlich – naturgemäß – schwammig waren.

»Ich werde noch einmal mit Madame Brével sprechen«, fügte sie hinzu.

»Und Sophie Gautier?«, wollte Dupin wissen. »Wo ist sie hin, nachdem sie in der Abtei war?«

»Das weiß ich leider nicht«, sagte Carman.

Es war ja bisher auch nicht von Belang gewesen.

Die beiden Sanitäter näherten sich mit der Trage.

»Ich übernehme das«, signalisierte Carmans Kollege und lief den beiden entgegen.

»Wir haben einiges zu tun.« Auch Dupin setzte sich in Bewegung. »Riwal, Carman – Sie reden mit Victor Contel und der Köchin. – Ich rede mit Sophie Gautier und Maxime Contel.« Dupin wollte ihn gerne ohne seinen Vater sprechen. »Es geht um die Zeit zwischen vierzehn und sechzehn Uhr.«

»Klar, Chef.«

»Was ist mit der Familie von Madame und Monsieur Hilaire? Haben sie Kinder?«

»Eine Tochter und einen Sohn. Beide studieren in Paris. Ich werde sie informieren«, sagte die Kommandantin.

»Gut.«

Es waren schreckliche Nachrichten, die sie zu überbringen hatte.

»Hoffentlich geht es Madame Hilaire bald besser.« Riwal war sichtlich besorgt.

»Ja, hoffentlich«, murmelte Dupin.

Er lief auf das Sträßchen zu, das am Haus entlangführte, sein Handy schon in der Hand.

»Hallo?«

»Madame Gautier?«

Dupin presste das Telefon ans Ohr, der Wind schien jetzt, gegen Abend, noch zuzunehmen.

»Am Apparat. Wer ist da?«

»Hier Commissaire Dupin. – Ich würde gerne wissen, wo Sie sich gerade aufhalten.«

Er schrie beinahe.

»In der Station auf der Halbinsel Sainte-Marguerite.«

»Seit wann sind Sie dort?«

»Seit wann ich hier bin?«

»Genau!«

Sophie Gautier wirkte abgelenkt. Aus irgendeinem Grund fiel ihm der Anruf von eben wieder ein – als der Empfang so schlecht gewesen war. Die Person hatte sich nicht noch einmal gemeldet.

»Ich war, nachdem ich in der Abtei war, kurz zu Hause. – Dann bin ich hierhergefahren.«

»Wann genau war das?«

Dupin lief auf den Bach zu. Linker Hand konnte man den leeren Seitenarm des Aber Wrac'h sehen.

»Vielleicht um zwei Uhr. Viertel nach. So was. – Ich habe zu Hause schnell etwas gegessen.«

Jetzt war sie ganz bei der Sache.

»Und seitdem?«

Dupin war stehen geblieben und schaute auf den Wasserfall.

»Seitdem bin ich hier.«

»Haben Sie die Station zwischendurch verlassen?«

»Dreimal, kurz. Ich bin zu einer der vorgelagerten Inseln. Es ist Ebbe.«

»Aus welchem Grund?«

»Um dort zu beobachten.«

»Was heißt kurz?«

Es entstand eine Pause. Dupin lief weiter.

»Dürfte ich erfahren, warum Sie all das wissen wollen, Monsieur le Commissaire?«

Eine naheliegende Frage. Sie hatte nicht aggressiv geklungen.

»Sagen Sie mir bitte …«

»Ist etwas passiert? Geht es allen gut?«

Sophie Gautier wirkte plötzlich panisch.

»Claude Hilaire wurde ermordet.«

Eigentlich hätte er Sophie Gautier gerne gegenübergestanden. Um zu sehen, wie sie reagierte.

»Was?«

Dupin vernahm blankes Entsetzen in ihrer Stimme.

»Es ist leider wahr, Madame Gautier. Monsieur Hilaire wurde erschlagen. Mit einer Schaufel, auf dem Gelände seiner Gärtnerei. Heute Nachmittag zwischen zwei und vier Uhr, er …«

»Das ist doch nicht möglich. Claude Hilaire? Wie fürchterlich.«

»Eine Tragödie, ja. Sie kannten ihn sicher schon sehr lange.«

»Über zwanzig Jahre. – Tante Joëlle hat ihn geliebt. Was ist mit seiner Frau, weiß sie es schon?«

»Madame Hilaire steht unter Schock. Sie muss behandelt werden. Sie wurde nach Brest in die Klinik gebracht.«

Dupin fiel ein, dass es wahrscheinlich dieselbe Klinik war, in der Kadeg lag.

»Entsetzlich. Man kann es sich gar nicht vorstellen. Was geschieht hier, Monsieur le Commissaire?«

»Wir wissen es noch nicht, Madame Gautier. Aber wir werden es herausfinden.« Eine resolute Ansage. »Wir gehen davon aus, dass es sich bei dem Mord an Claude Hilaire um denselben Täter handelt wie bei dem Angriff auf Inspektor Kadeg.«

»Wer tut so was? Wer ist zu so etwas in der Lage?«

»Mehr Menschen, als man glaubt, Madame. – Also, wir waren bei der Frage«, kam Dupin auf seinen Punkt zurück, »wie lange Ihre drei Außenbeobachtungen gedauert haben.«

Am Ende war die Frage natürlich müßig – solange sie niemand gesehen hatte und es bezeugen könnte. Sie konnte erzählen, was sie wollte.

»Zehn, fünfzehn Minuten, einmal vielleicht länger.«

»Was heißt das?«

»Maximal dreißig Minuten. – Zweimal höchstens eine Viertelstunde, einmal höchstens eine halbe Stunde.«

»Gibt es für irgendeine Ihrer Angaben Zeugen, Madame?«

»Die ornithologischen Stationen liegen alle sehr abgeschieden. Diese hier sogar auf einem nicht öffentlichen Gebiet. – Also nein.«

Dupin hatte es nicht anders erwartet.

Er ließ eine Pause entstehen. »Madame Gautier, Sie haben gemeinsam mit Ihrer Tante Exemplare des Tordalks gesichtet. Letzte Woche, am 27. September. Ist das richtig?«

Riwal und Carman würden noch nicht dazu gekommen sein, sie danach zu fragen.

»Wie bitte?«

»Dieser extrem seltene Alkenvogel – der Tordalk, auch Torda-Pinguin genannt.«

Ein längeres Schweigen.

»Wir sind – wir waren uns nicht ganz sicher. Vielleicht, ja.« Noch einmal längeres Schweigen. »Es könnte wirklich sein. – Woher wissen Sie das?«

»Aus dem Beobachtungsjournal Ihrer Tante. Hatte sie die Vögel schon zuvor gesichtet, Madame?«

»Tante Joëlle hatte mir schon vor einigen Wochen gesagt, dass sie dachte, ein paar gesehen zu haben. Mindestens drei. – Vielleicht sogar sechs.«

»Was würde diese Entdeckung bedeuten, Madame Gautier?«

»Was meinen Sie damit?«

»Es wäre eine Sensation, wenn ich das richtig verstehe.«

»Wir denken nicht in solchen Kategorien.«

»Dennoch – das wäre es, oder?«

Sie ließ sich Zeit mit der Antwort.

»Wenn es zwei, drei Paare wären, könnte das auf das Vorhandensein einer kleinen Kolonie hindeuten. In nicht allzu weiter Entfernung vielleicht. – Es wäre außergewöhnlich, ja.«

»Haben Sie Ihrer Mutter davon erzählt?«

»Nein.«

Die Antwort war postwendend und bestimmt gekommen.

»Warum nicht?«

»Weil wir uns eben noch nicht ganz sicher waren.«

»Sie hätten von der Vermutung erzählen können.«

»Nein. – Ein Ethos der Ornithologen. Man ergeht sich nicht in Spekulationen.«

»Auch nicht im familiären Austausch? Im Gespräch mit Ihrer Mutter?«

»Nein. – Außerdem habe ich meine Mutter in der letzten Zeit nicht häufig gesehen.«

»Hat Ihre Tante Ihrer Mutter unter Umständen davon erzählt?«

»Nein. Sicher nicht.«

»Gibt es Fotos?«

»Nein. Wir waren ohne Kamera unterwegs. Tante Joëlle hatte auch keine.«

»Mit einer solchen Entdeckung könnten Sie sich als Forscherin erheblich profilieren, oder? Und für noch höhere Aufgaben qualifizieren.«

»Die Tordalke sind zwar sehr selten, aber dennoch keine Sensation. Zudem interessiert mich kein anderer Posten, ich will und muss mich nirgendwo empfehlen. Außerdem – wie sollte ein Zusammenhang zwischen einer Sichtung von Tordalken und dem Angriff auf meinen Cousin sowie dem Mord an Claude Hilaire aussehen? Was sollte das miteinander zu tun haben?«

Sophie Gautier hatte präzise ins Schwarze getroffen.

»Ich weiß es nicht.« Es war leider so. »Nur noch eine letzte Frage, Madame. – Haben Sie gestern Nacht noch einmal bei Ihrer Mutter angerufen?«

»Habe ich.« Sie schien nachzudenken. »Es war schon nach Mitternacht.«

Dupin holte sein Notizheft heraus. Blätterte. Da stand es: »nach Mitternacht«.

»Und haben Sie heute Nachmittag mit Ihrer Mutter telefoniert?«

»Nein«, sagte sie, ohne zu zögern.

»Wie lange werden Sie noch in der Station bleiben?«

»Ich kann es noch nicht genau sagen. Zwei Stunden vielleicht.«

»Ist das nicht die Gegend, wo Sie und Ihre Tante die Tordalke gesehen haben?«

»Ganz genau. Penn Enez, im Norden der Halbinsel.«

»Halten Sie gerade nach ihnen Ausschau?«

»Ja.«

Davon hatte sie eben nichts gesagt.

»Haben Sie sie gesehen?«

»Bisher nicht.«

Dupin war am Ende des Sträßchens auf einen Weg abgebogen, der entlang des *Aber*-Seitenarmes verlief und steil anstieg. Auf beiden Seiten häuften sich hüfthohe Erdwälle, manchmal reichten sie sogar bis zur Schulter. Vom Weg aus konnte man die Mündung des Seitenarmes in den Aber Wrac'h sehen. Und darüber hinaus die Mündung des gesamten *Abers* ins Meer, direkt in die Bucht hinein.

»Da wir gerade beim Thema sind: Aus dem Beobachtungsbuch Ihrer Tante wurden mehrere Seiten herausgetrennt. Mit erstaunlich sauberen Schnitten. Seiten, auf denen Beobachtungen der letzten Zeit notiert waren.«

»Wie bitte?«

»Jemand hat sich die Mühe gemacht, einige Seiten aus dem letzten Journal von Joëlle Contel zu entfernen, das sich in ihrem Vogelzimmer befand.«

Dupin ließ den Satz so stehen.

»Ich kenne ihre Journale. Das ist doch absurd. Wer sollte das tun? Und aus welchem Grund?«

»Ich weiß es noch nicht, Madame Gautier. Aber auch das werden wir herausfinden. – Als Sie gestern Abend zu viert im Haus Ihrer Tante waren, ist da jemand nach oben ins Vogelzimmer gegangen? Überhaupt in den ersten Stock?«

»Hm«, sie schien wieder nachzudenken, »ich bin irgendwann in die Küche gegangen, zum Telefonieren. Wir haben alle die ganze Zeit telefoniert. Ich kann es nicht genau sagen.«

»Und Sie selbst?«

»Ich nicht, nein.«

»Was hielt Ihre Tante von den Plänen Ihres Onkels, die Vogelbeobachtung zu kommerzialisieren?«

»Ich habe nur einmal mit ihr darüber gesprochen und bloß ganz kurz. Da hat sie gesagt, dass das *nie passieren* würde. Das war vielleicht vor einem halben Jahr. Danach haben wir das Thema nie wieder gestreift. Selbstverständlich war sie vehement dagegen. Tante Joëlle konnte wirklich rabiat werden, wenn es sein musste.«

»Dass das ›nie passieren‹ würde, das war ihre Formulierung?«

»Exakt.«

»Danke, Madame Gautier. Ich werde mich sicher bald wieder melden. Au revoir.«

»Au revoir, Monsieur le Commissaire.«

Dupin legte auf.

Er war vor einem Wegweiser zum Stehen gekommen.

Tahiti, versprach er dem Wanderer, wenn man dem Pfad zum Wasser hinunter folgte. Dupin musste beinahe lachen. Einer seiner Lieblingsstrände unweit von Concarneau hieß *Plage Tahiti,* man musste ihn nur einmal im Sommer bei strahlendem Sonnenschein gesehen haben – die Grün-, Blau-, Türkistöne des Meeres –, und der Name ergab sofort Sinn. Ganz anders als hier. Nicht nur wegen des heftigen Windes. Hier konnte man sich einfach keine Südsee vorstellen. Es war eine grandiose Landschaft, ja, aber das Grandiose lag wesentlich an einem: der atlantischen Rauheit. Nichts

hier war lieblich, nichts sanft. In keinem Winkel, in keiner Ecke. Nicht am Meer, an der Küste sowieso nicht. Aber auch nicht hier am *Aber*. Es war eine völlig andere Landschaft und Stimmung, als Dupin es von den Meeresarmen im Süden kannte, vom Aven, Belon, Odet oder der Laïta. Dort wandelte die Welt sich landeinwärts ins Liebliche, Ländliche, Milde, Harmonische. Aus den Meeresarmen wurden friedliche Seen- und Flusslandschaften, so nahe sie dem Meer auch sein mochten. Hier aber blieben die Meeresarme ganz und gar Meer. Sahen so aus, rochen so, fühlten sich so an. Atlantik durch und durch.

Es ging steil bergauf. Dupin war außer Atem. Er war nicht nach *Tahiti* abgebogen, sondern dem Weg gefolgt, der auf das Plateau hinaufführte.

Der zweite Anruf stand an. Maxime Contel.

Dupin suchte die Nummer auf der Liste, die ihm Kommandantin Carman geschickt hatte, als das Handy in seiner Hand klingelte.

Nolwenn.

»Ja?«

»Das ist abscheulich, Monsieur le Commissaire.« Nolwenns Stimme vibrierte.

Dupin kannte das bei ihr: Sie war nicht bloß entsetzt, sondern im Innersten aufgebracht.

»Zuerst Kadeg, und jetzt erschlägt er den armen Gärtner. – Sie müssen den Täter umgehend zur Strecke bringen, Monsieur le Commissaire.«

Nolwenn war also schon im Bilde.

»Ein unschuldiger Gärtner. Eine Frau, zwei Kinder. Eine ganze Familie zerstört. – Die arme Madame Hilaire. Sie ist übrigens hier im Krankenhaus, ich versuche herauszufinden, wie es ihr geht.«

»Gibt es sonst noch etwas?«

Dupin wollte mit Maxime Contel sprechen, bevor ihm jemand anderes von dem Mord an Claude Hilaire erzählte. Bevor sie alle untereinander redeten – und sich möglicherweise absprachen.

»Leider. – Der Präfekt. Er hat einen, sagen wir, ausgewachsenen Wutanfall bekommen.«

Locmariaquer war berüchtigt für seine cholerischen Ausbrüche.

»Vielleicht übertreiben Sie es dieses Mal ein wenig mit dem fehlenden Empfang, Monsieur le Commissaire. Er hat sich immerhin dafür eingesetzt, dass es unser Fall ist.«

Es war nicht zu fassen.

»Aber so war es, Nolwenn, ich hatte tatsächlich keinen Empfang.« Dupin verschwieg den Moment in der Bäckerei, in dem er hätte rangehen können.

»Der Präfekt hat es achtmal versucht, behauptet er. Und sich extra ein Handy mit unterdrückter Nummer geben lassen. Eben seien Sie sogar rangegangen, hätten aber so getan, als würden Sie ihn nicht verstehen.«

Dupin wusste gar nicht, worüber er sich am meisten empören sollte. Dass der Präfekt es achtmal versucht haben sollte? Niemals. Oder dass Nolwenn ihm nicht glaubte? Das hatte es noch nie gegeben: dass Nolwenn Partei für den Präfekten ergriff. Sie war dem Präfekten etwas schuldig, schien es. Sie musste ihn gehörig unter Druck gesetzt haben, damit das Kommissariat Concarneau in diesem Fall ermitteln durfte. Das war die einzige Erklärung.

»Ich stand hier im Tal, ich habe kein einziges Wort verstanden, wirklich, Nolwenn.«

»Wie gesagt, dieses Mal übertreiben Sie.«

Sie glaubte ihm nicht.

Dupin brach ab. Es war sinnlos.

»Ich melde mich in ein paar Minuten wieder, Nolwenn.«

»Tun Sie das.«

Dupin hatte aufgelegt.

Er atmete tief durch, er musste jetzt ganz bei der Sache sein. Durfte sich nicht mit derlei Absurditäten beschäftigen. Er hatte inzwischen das Plateau über dem *Aber* erreicht.

Von hier oben sah man es sehr gut: Der Atlantik hatte sich über Millionen Jahre dem Flusslauf folgend in das massive Plateau gefräst. Der Fluss von der einen, der Atlantik von der anderen Seite, dazu der Wind, die Wellen, die Brandung, die Gischt. Ohne Hilfe des Meeres hätte der Fluss es sicher nicht geschafft.

Dupin wählte Maxime Contels Nummer.

»Contel hier, hallo?«, meldete sich eine Stimme in schneidigem Tonfall.

»Commissaire Georges Dupin. – Ich habe ein paar dringende Fragen an Sie, Monsieur Contel.«

»Augenblick, bitte.«

Maxime Contel stellte auf stumm, bevor Dupin reagieren konnte. Erst nach einer ausgedehnten Weile war er zurück.

»Ich bin in den Hof gegangen, hier kann ich in Ruhe sprechen.«

Nun klang er konzilianter.

»Sie sind in Ihrer Cidrerie bei Morlaix?«

»Genau.«

Dupin schätzte die Fahrzeit von Paluden bis dort auf dreißig, vierzig Minuten.

»Seit wann?«

»Seit kurz nach vier, denke ich, vielleicht etwas früher. Es gibt einiges zu tun.«

Maxime Contel wusste noch nichts. Oder mimte es sehr gut.

»Den Termin, den Sie um vierzehn Uhr hatten, nachdem Sie die Abtei verlassen haben – das war ein Gespräch mit Ihrem Vater, habe ich gehört.«

»Richtig.«

»Das hatten Sie nicht erwähnt – Sie beide nicht.«

»Mir war nicht bewusst, dass es von Belang sein könnte.«

»Und Ihr Vater und Sie waren zusammen, bis Sie dann zur Cidrerie aufgebrochen sind?«

»Korrekt.«

»Also bis ungefähr halb vier?«

»Genau.«

»Waren Sie mit Ihrem Vater allein?«

»Ja.«

»Und wo?«

»Auf der Insel. – In meinem Büro. Wir …« Er unterbrach sich: »Dürfte ich erfahren, warum Sie all das wissen wollen?«

Dupin hatte auf die Frage gewartet. Wie schon im Gespräch mit Sophie Gautier. Sie hatte sie allerdings früher gestellt.

»Paluden liegt auf dem Weg, wenn Sie von zu Hause zu Ihrer Cidrerie fahren, habe ich recht?«

»Ja.«

»Das heißt, Sie sind heute um ungefähr 15 Uhr 35 an Paluden vorbeigefahren. – Vor zweieinhalb Stunden.«

»Zwangsläufig, ja.«

»Um diese Uhrzeit gab es dort einen Mord, Monsieur.«

»Einen Mord?« Er stockte. »Sagten Sie Mord?«

»Sie haben richtig gehört. Einen Mord. Am Gärtner Ihrer Tante Joëlle. – Claude Hilaire.«

»Das …« Er führte den Satz nicht zu Ende. Es dauerte eine Weile, ehe er neu ansetzte. »Das ist ja furchtbar. Unfassbar. – Seine arme Frau. Wie geht es ihr?«

»Sie hat einen schweren Schock erlitten und ist in Brest in der Klinik.«

Es entstand eine längere Pause.

»Aus welchem Grund würde das jemand Claude Hilaire antun, Monsieur le Commissaire?«

»Haben *Sie* eine Idee?«

»Es ist mir schleierhaft. – Schon das mit meinem Cousin.«

Dem Tonfall nach zu urteilen war Maxime Contel zutiefst mitgenommen und beunruhigt.

Dupin schwieg.

»Sehen Sie einen Zusammenhang zwischen den beiden Angriffen?«

»Den gibt es, Monsieur Contel, da bin ich mir sicher. Auch wenn ich ihn noch nicht kenne. – Teilen Sie die familiäre Leidenschaft für die Ornithologie?«

»Nicht unbedingt, nein.«

»Von der Sichtung des Tordalks wissen Sie aber dennoch.«

»Ich weiß von überhaupt keinen Sichtungen. – Wie ist es geschehen, wie ist Claude Hilaire ermordet worden?«

»Erschlagen. Der Täter hat ihn mit einer Schaufel erschlagen. – Kennen Sie den Tordalk?«

»Ich weiß, dass es ihn gibt und dass er aussieht wie ein kleiner Pinguin, das ist alles.«

»Sie wissen, wo Claude Hilaires Gärtnerei liegt?«

»Ja.« Es klang resigniert. »Deswegen haben Sie gerade nach Paluden gefragt. Um wie viel Uhr ist es passiert?«

»Zwischen vierzehn und sechzehn Uhr.«

»Ich bin also genau zur Tatzeit dort vorbeigefahren.« Dieser Satz wirkte noch resignierter.

»So ist es. – Was hatten Sie mit Ihrem Vater zu besprechen?«

»Eine ganze Reihe von Dingen.«

Keine sehr konkrete Antwort.

»Auch die Geschäfte von *Les Pommes et les Bretons?*«

»Damit hat mein Vater nichts mehr zu tun.«

Der Weg führte nun schnurstracks auf den offenen Atlantik zu, parallel zum *Aber*. Die Erdwälle auf beiden Seiten waren hier schulterhoch und boten erstaunlich wirksamen Schutz vor dem Wind. Nur Dupins Kopf war ihm noch ausgesetzt, manchmal war seine Körpergröße ein echter Nachteil.

»Was halten Sie von den Plänen Ihres Vaters, aus der Küste hier oben eine Art Vogel-Disneyland zu machen?«

Dupin musste es zuspitzen.

»Ich äußere mich nicht zu Projekten meines Vaters. Und er sich nicht zu meinen.«

»Sophie und Rozenn Gautier sind entschieden gegen ein solches Projekt – war es Joëlle Contel ebenfalls?«

»Ich weiß es nicht. Vermutlich schon. Sie war sehr ökologisch orientiert.«

»Zu Recht, meinen Sie?«

»Zu Recht«, bestätigte er, fügte nach einer kurzen Pause aber hinzu: »Ich denke, man muss Ausgleiche finden. Gute Kompromisse. Die für Mensch und Natur gleichermaßen von Vorteil sind.«

Eigentlich waren das genau die Worte derjenigen, die skrupellos ihre Interessen verfolgten.

»Ich meine es ernst, Monsieur le Commissaire. Richtige Kompromisse. Keine Tricks.«

»Gab es Konflikte zwischen den verschiedenen Teilen der Familie? Den drei Frauen und Ihnen und Ihrem Vater?«

»Konflikte ist zu dramatisch formuliert. – Differenzen, ja, die gab es. Immer schon, in allen möglichen Punkten. Wir sind eine, sagen wir, sehr dynamische Familie und uns bei wenigen Themen einig.«

»Kam es in letzter Zeit zu irgendwelchen Zuspitzungen?«

»Nein. – Es ist wie immer in Familien, jeder hat seine Sichtweise. Bei uns äußern wir das sehr offen. Hin und wieder gibt es hitzige Diskussionen – aber dann ist es auch wieder gut. So ist das mit Familien.«

Dupin wusste, wie häufig es in Familien ganz und gar nicht gut war. Sondern eine psychische Hölle. Ermittler sahen die Realität und nicht die beschönigenden Worte der Menschen, den Ursprung von schlimmster Gewalt, von Verletzungen, Demütigungen, Einsamkeit, Wut, Konkurrenz, Eifersucht, Neid.

»Wie steht es eigentlich wirtschaftlich um *Les Pommes et les Bretons?* Wie geht es Ihrem Unternehmen?«

»Gut, Monsieur le Commissaire. Danke der Nachfrage.«

Maxime Contel hatte zum ersten Mal in diesem Gespräch süffisant geklungen. Wie sein Vater, für einen Moment zumindest.

»Die Geschäfte laufen gut?«

»Sehr gut, ja.«

»Hat sich Ihr Vater wirklich ganz aus dem Firmengeschehen zurückgezogen, Monsieur?«

»Hat er.« Eine Art Seufzen war zu hören. »Aber es fällt ihm schwer, sehr schwer. Was verständlich ist, er hat das alles aufgebaut. Dennoch, er versucht, sich zusammenzureißen.«

»Worum genau ging es bei Ihrem Treffen heute Nachmittag, Monsieur?«

»Ein privates Treffen. – Es hatte nichts mit dem Unternehmen zu tun.«

»Und ›privat‹ heißt was genau?«

»Ein Sohn trifft sich mit seinem Vater, das heißt es.«

Mehr würde er nicht sagen, hieß das.

»Gut, Monsieur Contel, ich denke, das war es dann erst einmal.«

»Melden Sie sich, wenn ich irgendwie helfen kann.«

»Das werde ich.«

Dupin beendete das Gespräch.

Der grasige Weg fiel steil ab.

Dupin blieb stehen. Wenn er während seiner Ermittlungen telefonierend durch die Landschaft lief, und das kam häufig vor, wurde ihm meist erst nach dem Ende des Telefonats klar, wie weit er gegangen war und wohin es ihn verschlagen hatte.

An beiden Seiten des *Abers* lagen weitläufige Flächen aus Schlamm, Steinen und Sand frei, dennoch bewahrte er auch bei tiefer Ebbe eine komfortable Fahrrinne, in der Dutzende Boote lagen, wie Perlen auf einer Kette aufgezogen. Dunkle Wäldchen säumten die Ufer.

An der nahen Küste machte Dupin Aber Wrac'h aus, ein Kai führte weit ins Meer hinaus. Luftlinie war er also gar nicht weit von Joëlles Welt entfernt.

Von hier oben sah man noch eindrucksvoller, wie vollkommen geschützt sie lag. Wie perfekt die Mönche den Ort für ihre Abtei ausgewählt hatten. Den Schutz hatten sie vor allem während der Herbst- und Winterstürme gut gebrauchen können. Denn im äußersten Nordwesten der Bretagne traf der gewaltige Atlantik nach den Tausenden Kilometern seiner wüsten Freiheit das erste Mal auf Land, von den Strömungen

und Winden von Neufundland, Irland, Island, Grönland nach Osten gepeitscht. Bis genau hier. Dupin hatte es sich einmal auf einem Globus angesehen. Die Küste oberhalb von Brest diente Frankreich und ganz Europa als Wellenbrecher.

Jetzt, bei Ebbe, mündete der *Aber* erst weit draußen in den Atlantik. Der Fluss hatte ein geheimnisvolles Opalgrün angenommen, das sich in das strahlende Ultramarin des Meeres ergoss, nicht ohne in Verwirbelungen unendlich viele neue Töne von Blau und Grün hervorzubringen. Ansonsten war die Landschaft eine Welt des Sandes. Der Sandbänke, Sandböden, Sandstrände. Was bei dieser Sonne hieß: eine Welt grell aufscheinender Flächen. Ein blendendes Lichtmeer.

Dupin hatte sich kurz in dem Ausblick verloren und war geradezu froh darüber. Doch jetzt kam ihm das Bild des übel zugerichteten toten Gärtners und seiner Frau im Schockzustand erneut in den Sinn, die verdrehten Augen, die unkontrollierten Bewegungen.

Der Kommissar hatte das Handy in der Hand behalten. Er drückte Nolwenns Nummer. Sie war sofort am Apparat.

»Monsieur le Commissaire. – Haben Sie mit ihm gesprochen?«

Dupin stand kurz auf der Leitung, dann wusste er, was sie meinte.

»Ich habe mit Sophie Gautier und Maxime Contel telefoniert, das hatte Priorität, ich …«

Dupin brach ab. Es war absurd.

»Sie müssen es wissen, Monsieur le Commissaire. – Wie auch immer, ich sitze hier am Bett von Kadeg, zusammen mit seiner Frau. Er hat viel geschlafen, ihm geht es wieder ein Stück besser, denke ich.«

Dupin war froh, das zu hören. Nicht weniger über den Themenwechsel. Er kehrte um und lief den Weg zurück, den er

gekommen war. Der Wind war so stark, dass er sich beim Gehen duckte, um ganz im Schutz der Erdwälle zu laufen.

»Was sagt der Arzt?«

»Er meint, Kadeg habe sich gut stabilisiert. Mittlerweile scheint der Doktor ganz beruhigt, das ist immer das beste Zeichen. – Ich habe mich übrigens nach Madame Hilaire erkundigt.« Nolwenns Stimme veränderte sich. »Sie liegt jetzt auf der Intensivstation. Sie haben ihr starke Beruhigungsmittel gegeben, aber ihr Körper spielt verrückt. Der extreme affektive Stress hat anscheinend einen lebensbedrohlichen Schock ausgelöst. – Ihr geht es gar nicht gut.«

»Was genau heißt das?« Dupin wusste, dass es nach einem Schock zu heftigen Folgereaktionen kommen konnte, sich selbst verstärkenden Symptomen, aber meist bekam man sie mit Medikamenten unter Kontrolle.

»Dass bei der Einlieferung ein Organversagen drohte – und dass es immer noch droht. Sie hängt an einer Infusion, die Ärzte geben ihr jetzt Mittel zur Steigerung des Blutvolumens, aber die schlagen noch nicht an.«

Es war fürchterlich.

»Ich habe den Ärzten auf der Station gesagt, dass sie mich unbedingt auf dem Laufenden halten sollen.«

»Danke, dass Sie sich kümmern, Nolwenn. – Kann ich kurz mit Kadeg sprechen?«

»Ich denke, schon. Ich frage ihn mal.«

Es dauerte nur einen Moment. »Ich reiche Sie dann weiter.«

»Commissaire?«

»Kadeg, ich höre, dass es Ihnen besser geht.«

»Wie furchtbar – das mit Claude Hilaire. Ich kannte ihn schon viele Jahre. Ich habe ihn oft bei meiner Tante getroffen, wenn ich sie besucht habe.«

»Ich habe ein paar Fragen dazu, Kadeg.«

Nichts baute Kadeg so auf wie das Gefühl, dass man ihn brauchte. Dass er unverzichtbar war. Und möglicherweise konnte er wirklich helfen.

»Schießen Sie los.«

»Haben Sie noch einmal darüber nachgedacht, wer gestern Nacht in die Abtei hätte eindringen wollen und aus welchem Grund?«

»Die ganze Zeit. Aber mir fällt einfach nichts ein. Tante Joëlle besaß gar keine Wertsachen. Nur die Sachen im Pinchon-Haus. Und die sind alle da, sagte Nolwenn. – Tante Joëlles Vermögen steckt in den Immobilien.«

»Und liegt auf einem Konto mit rund dreihunderttausend Euro.«

»An die man durch einen Einbruch nicht rankäme.«

So war es.

»Haben Ihr Onkel Victor und Ihr Cousin Maxime es Ihnen sehr verübelt, dass Sie gleichberechtigt erben werden?«

»Sie meinen, sie oder einer der beiden wollte mich aus dem Weg räumen? So viel mehr bekämen sie dann auch nicht. – Das ist doch kein Motiv. Und beide sind ohnehin sehr vermögend.«

Kadegs Verstand arbeitete tadellos.

»Hat Ihre Tante bei Ihrem letzten Besuch vielleicht von seltenen Vögeln erzählt, die sie gesichtet hat, Kadeg? Bei Ihrem Besuch am Sonntag? Oder auch schon davor?«

»Tante Joëlle wusste, dass ich kein Hobbyornithologe bin. Aber ich weiß, dass sie hellauf begeistert über irgendeine Beobachtung war.« Er machte eine Pause, dann ein kurioser Nachschub: »Da lebte sie noch.«

»Am letzten Sonntag?«

»Ja.«

»Ging es um einen Tordalk, Kadeg? Sieht aus wie ein Pinguin.«

»Keine Ahnung. Sie hat keinen konkreten Vogel genannt, glaube ich.«

»Was wissen Sie von dem Vorhaben Ihres Onkels, den Vogeltourismus an der Côte des Abers auszubauen?«

»Er spricht seit ein, zwei Jahren davon, auch bei den Familientreffen. Eigentlich interessiert er sich gar nicht für Ornithologie. Ich kenne aber keine Details. Mein Eindruck war, dass alles noch ganz vage ist und er eine Beschäftigung sucht, seit er die Geschäftsführung von *Les Pommes et les Bretons* an Maxime abgegeben hat. Er erträgt es nicht, nichts zu tun.«

Das kannte Dupin von sich selbst.

»Gab es richtig Streit darüber in der Familie? Haben Sie das mal mitbekommen?«

»Es gab tendenziell immer Streit. Aber nicht besonders intensiv über dieses Thema, zumindest weiß ich davon nichts.«

Auch das ein Zeichen der Besserung: Eines von Kadegs Lieblingswörtern war zurück: tendenziell.

»Aber ich stecke da auch nicht so drin. Die anderen habe ich tendenziell gar nicht häufig gesehen, zweimal im Jahr vielleicht, nur Tante Joëlle häufiger.«

»Und wie stand Ihre Tante zu der Idee?«

»Ich erinnere mich an kein Gespräch darüber. – Aber grundsätzlich positionierte sie sich auf der Seite von Rozenn und Sophie. Die Beziehung zu ihrem Bruder und Maxime war nicht sehr eng.«

»Heißt das, sie mochten einander nicht?«

»So weit würde ich nicht gehen.« Mittlerweile hörte man Kadeg seine Schwäche wieder an, er sprach immer langsamer. »Sie waren sich einfach sehr fremd. Sie sind in allem maximal verschieden. – Ich …« Er stockte. »Auch wenn ich gar

kein enges Verhältnis zu meiner Familie habe, außer zu Tante Joëlle, ist es seltsam, dass es jetzt um meine Familie geht. Mehr noch. Ich meine – möglicherweise war es sogar jemand aus meiner Familie, der mich angegriffen hat. Mein Cousin, meine Cousine, meine Tante, mein Onkel. – Und wahrscheinlich hat dieselbe Person auch Claude Hilaire getötet.«

Er verstummte. Dupin ließ ihm etwas Zeit.

»Das ist nur zu verständlich, Kadeg. Dass Sie das mitnimmt. Es würde jedem von uns so gehen.«

So war es. Er sollte das Gespräch bald beenden. Er durfte seinen Inspektor nicht zu sehr strapazieren.

»Aber ich will vor allem eines«, bot Kadeg noch einmal alle Kräfte auf, »dass wir den Angreifer möglichst bald dingfest machen, Monsieur le Commissaire. Fragen Sie weiter.«

Kadeg meinte es ernst. Und objektiv war er eine wichtige Quelle.

»Wie vertragen sich Sophie Gautier und ihre Mutter?«

Dupin wusste gar nicht, aus welchem Grund, aber Rozenn Gautier forderte ihn in irgendeiner Weise heraus.

Kadeg schien nachdenken zu müssen.

»Hm, schwer zu sagen. Mir kam die Beziehung nie sehr innig vor. Rozenn ist eine betont kühle Person, Sophie das genaue Gegenteil. – Meinen Sie, dass *dies* die Dinge sind, um die es bei der Attacke auf mich geht? Und bei dem Mord an Claude Hilaire?« Eine rhetorische Frage. Dazu reichte die Kraft anscheinend. »Das scheint mir doch alles ziemlich vage, Commissaire.«

Es hieß so viel wie: Bisher laufen die Ermittlungen wohl reichlich mau, oder: Was haben Sie eigentlich die ganze Zeit über gemacht?

Wenn es noch eines Beweises bedurft hätte, hier war er: Der Inspektor war trotz erschüttertem Gehirn wieder ganz der Alte.

»Man hat anscheinend gezielt bestimmte Seiten aus dem Vogelbeobachtungsbuch Ihrer Tante herausgetrennt, Kadeg.«

»Und was meinen Sie, was das bedeuten könnte?«

»Dass da etwas nicht stimmt. – Ich weiß bloß noch nicht, was.«

Dupin musste und wollte freundlich bleiben. Zugewandt, rücksichtsvoll.

»Ich bin wirklich sehr froh, dass es Ihnen besser geht, Kadeg. – Und jetzt muss ich weiter.«

»Sie sollen wissen, dass ich es trotz meines Zustandes als meine Pflicht empfinde, die Aufklärung des Falls mit aller Kraft zu unterstützen, Commissaire. Scheuen Sie sich also nicht, mich jederzeit einzubeziehen. Ich bin Tag und Nacht bereit.«

»Weiterhin gute Besserung, Kadeg.«

Dupin legte schnell auf.

Der Weg fiel immer noch steil bergab.

Es waren weitere wichtige Dinge zu arrangieren.

Dupin wählte Riwals Nummer.

»Chef?«

»Ich habe mit Maxime Contel und Sophie Gautier gesprochen.«

»Und wir mit allen anderen.«

Mit einem Mal kamen Dupin zwei Männer entgegen. Einer schlank und groß, der andere dicklich und klein. Beide mit monströsen Ferngläsern ausgestattet und in khakifarbener Outdoorkleidung. Uniformhaft beinahe. Dazu khakifarbene Sonnenhüte, die sie ängstlich auf dem Kopf festhielten. Hobbyornithologen, eindeutig. Es war seltsam, Dupin meinte, sie zu kennen.

»Gut. – Dann treffen wir uns. Nevou, Carman, Sie und ich. In zwanzig Minuten. Im *Baie des Anges*. Auf der Terrasse.«

Er brauchte Koffein. Sehr dringend.

»Gut, Chef. In zwanzig Minuten.«

Schon war das Telefonat beendet.

Dupin war an den beiden Männern vorbeigelaufen. Ein paar Meter weiter blickte er sich noch einmal nach ihnen um. Es war wirklich sonderbar. Auch, dass sie sich im selben Moment nach ihm umschauten. Mit einem Blick, der besagte, dass auch sie sich fragten, ob sie ihn kannten.

Dupin warf die Tür seines alten Citroëns zu.

Er hatte vor den mächtigen Mauern der Abtei geparkt. Man konnte das *Baie des Anges* von hier aus sehen. Die famose Terrasse.

Er hatte auf der Fahrt zwei der drei restlichen halben *tartines* gegessen.

Raschen Schrittes lief er auf die Terrasse zu.

Was bisher nicht zu sehen gewesen war: Vor dem Strand und den fünf Häusern erstreckten sich ausgedehnte Austernbänke. Die filigranen *tables à claire-voie,* Tische aus dünnen Eisenverstrebungen, auf denen die Säcke mit den Austern lagen, glänzten in der frühen Abendsonne. Auch die Austern waren täglich den steifen Westwinden ausgesetzt. Sie bliesen unverändert, bliesen einem den Atlantik in die Nase, in den Mund, man schmeckte es. Die Sonne hatte den größten Teil ihres Tagwerks hinter sich gebracht, längst war sie Richtung Meer gesunken, auch wenn sie noch nicht unterging.

Dupin hatte Riwal, Nevou und die Kommandantin bereits ausgemacht. Sie saßen an dem Tisch, an dem er auch schon am Mittag gesessen hatte.

Sein Telefon klingelte.

Kadeg.

Dupin nahm ab.

»Monsieur le Commissaire, sind Sie es?«

»Kadeg!«

»Mir ist etwas eingefallen.«

Dupin war ganz Ohr.

»Ein Riesenalk!«

Es dauert eine Weile, bis Dupin reagierte.

»Was meinen Sie, Kadeg?«

»Tante Joëlle. Sie hat von einem Riesenalk gesprochen. Am Sonntag, bei meinem Besuch. Als sie so aus dem Häuschen war.«

»Von einem Riesenalk?«

»Einem Riesenalk.«

Der riesige Pinguin der Nordhalbkugel, der auf der alten Zeichnung in Joëlle Contels Wohnzimmer zu sehen war.

»Es ist mir wieder eingefallen.«

»Sie meinen einen Tordalk, Kadeg? Den Torda-Pinguin?«

»Keinen Tordalk, nein. – Einen Riesenalk.«

Bei Kadeg klang »Alk« wie »Hulk«. Der wütende Gigant.

»Ich bin mir ganz sicher.«

Riwal hatte Dupin von der Terrasse aus entdeckt, der Inspektor winkte ihm zu.

»Er ist ausgestorben, Kadeg. – Der Riesenalk existiert nicht mehr.«

»Sie hat Riesenalk gesagt.«

Kadeg war – wie Dupin – vogelkundlicher Dilettant. Ignorant, hätte Riwal gesagt. Ornithologisch gänzlich grün hinter den Ohren. Und noch gehirnerschüttert. Dupin würde mit ihm nicht über diesen abstrusen Punkt streiten.

»Gut, Kadeg. – Noch etwas?«

»Das war es, Commissaire.«

»Sie müssen sich schonen, Kadeg. Viel schlafen.«

»Tue ich ja. Aber die Sache ist wichtig.«

»Das ist ein Befehl, Kadeg.«

»Gut.« Es hatte schon wieder beinahe zackig geklungen.

»Gute Besserung, Kadeg.«

Dupin legte auf.

Jetzt, wo Kadeg in die Untersuchung seines eigenen Falls einstieg, würde noch so einiges auf sie zukommen.

Mit entschiedenen Schritten betrat Dupin die Terrasse. Gleich würde sein ersehnter Kaffee vor ihm stehen.

Die Terrasse war vielleicht zur Hälfte besetzt.

»Kann ich Ihnen helfen?«

Eine Frau mit dunkelblonden Locken, etwa Mitte vierzig, stand vor ihm.

»Ich suche Jacques Briand.«

Einen Augenblick lang musterte sie ihn.

»Sind Sie der Kommissar?«

»Der bin ich.«

Ein begeistertes Lächeln erschien auf ihrem Gesicht. »Ich bin Claudia. Jacques müsste auch bald kommen. – Kann ich etwas für Sie tun?«

»Erst einmal nehme ich zwei *petits cafés.*«

»Das lässt sich bewerkstelligen«, lächelte sie. »Ihre Kollegen warten schon auf Sie. Anne ist auch dabei.«

Carman war hier also keine Unbekannte. Was unbedingt für sie sprach.

Claudias Gesichtsausdruck veränderte sich plötzlich: »Was für eine schreckliche Sache – das mit Monsieur Hilaire. Abscheulich. Ich hoffe, Sie fassen den Täter bald.« Mit diesen Worten ging sie zurück in die Bar.

Dupin ging zu dem Tisch mit den klatschmohnroten

Stühlen. Er hatte sich aus dem Wagen eine Jacke mitgenommen. Zwar war der Abend wunderbar lau, aber der Wind pfiff weiterhin gehörig. Manchmal legte er sich, wenn der Tag zu Ende ging – aber nicht hier.

»Hallo, Chef. – Ich habe Ihnen schon zwei *petits cafés* bestellt.« Riwal deutete auf die beiden Tassen, die auf dem Tisch vor dem freien Stuhl standen.

Umso besser. Dann wären es eben vier. Dupin würde in den nächsten Stunden den Einsatz jeder einzelnen kleinen grauen Zelle brauchen. Neuronale Höchstleistungen.

»Und ich habe uns im Hotel hier Zimmer reserviert. Wir hatten Glück, es gab noch drei. Eigentlich bloß zwei, aber Sie kriegen das Appartement, dank Jacques, Ihrem neuen Freund.«

»Ich …« Dupin brach ab. Erst einmal einen Kaffee. Für die Nerven.

Er hatte protestieren und sagen wollen, dass er noch nach Concarneau zurückfahren werde. Aber eigentlich war es vollkommener Blödsinn. Eineinhalb Stunden Fahrt, heute Nacht und morgen früh noch einmal. Vor allem: Wer wusste, ob das Drama überhaupt schon an sein Ende gekommen war? So betrachtet durfte er Aber Wrac'h ohnehin nicht verlassen. Aber er hatte zu Claire zurückgewollt. Insbesondere nach dem ausgefallenen Wochenende. Auch wenn Claire gar nicht wusste, dass es ausgefallen war. Dass es überhaupt hätte stattfinden sollen. Und was Dupin vorgehabt hatte.

»Na gut«, stimmte er widerwillig zu. Claire mochte es sowieso nicht, wenn er spätnachts und übermüdet lange Fahrten machte.

»Also – was haben Sie herausbekommen?« Dupin griff nach der zweiten Tasse.

»Keiner unserer Verdächtigen hat ein handfestes Alibi«, resümierte Carman.

»Victor Contel? Was ist mit ihm?« Dupin interessierten die Details. Mit Victor Contel musste er auch noch etwas anderes klären.

Riwal übernahm: »Er ist nach dem Treffen mit seinem Sohn …«

»Bis wie viel Uhr ging dieses Treffen, hat er gesagt?«, unterbrach Dupin den Inspektor und holte sein rotes Clairefontaine heraus.

»Bis zwanzig nach drei.«

Dupin hatte die Angabe seines Sohnes festgehalten. Da es im Moment aber keine Zeugen für das Treffen auf der Insel gab, waren die Angaben von sehr begrenztem Wert.

»Nach dem Treffen ist Victor Contel nach Lannilis gefahren, um ein paar Besorgungen zu machen. Er und seine Frau erwarten heute Abend Gäste.«

»Das müssten wir ja nachprüfen können.«

»Hab ich bereits. Er war um 16 Uhr 15 bei einem Traiteur, *Vini Dom*. Er hat Käse und Charcuterie gekauft. Die Besitzer des Ladens haben es bestätigt.«

»Von Lannilis bis Paluden sind es bloß eineinhalb Kilometer«, konstatierte Carman, »alles liegt …«

»Et voilà, Commissaire.« Jacques war aufgetaucht, ein kleines Tablett mit den beiden von Dupin bestellten *petits cafés* darauf. »Und wenn Sie mögen: Meine Freunde und ich haben uns ein bisschen umgehört, ich berichte gerne. – Nach Ihrer Besprechung?«

Der Satz »Wir haben uns ein bisschen umgehört« war die Essenz aller Polizeiarbeit.

»Gerne«, nickte Dupin.

Der Besitzer verschwand so diskret, wie er aufgetaucht war.

»Carman, was wollten Sie sagen?«, nahm Dupin den Faden wieder auf.

»Nur dass dies hier alles keine großen Entfernungen sind. Von Paluden nach Lannilis, zu dem Traiteur, sind es fünf Minuten. Sie fahren über die Brücke, dann das Plateau hoch, die D113, und schon beginnt Lannilis.«

»Und von Maxime Contels Insel bis Paluden?«

»Zehn Minuten.«

»Was für einen Wagen fährt Victor Contel?«, wollte Riwal wissen.

»Einen Range Rover Sport.«

Ein mächtig motorisierter Wagen, der überallhin kam.

»Ich habe auch mal überlegt, welche Zeit wir für den Angriff auf Claude Hilaire einrechnen müssen. Ich bin auf weniger als zwanzig Minuten gekommen, wenn sich jemand in der Gegend auskennt. Und davon gehen wir ja mittlerweile zweifelsfrei aus.«

Dupin hätte nicht »zweifelsfrei« gesagt – ein Begriff, der in seinem ermittlerischen Wortschatz eigentlich nicht existierte –, aber im Prinzip hatte die Kommandantin recht.

»Ich habe mir auf der Maßstabskarte den Fußweg durch den Wald angesehen, die Entfernung zu den beiden Straßen, wo der Täter seinen Wagen hätte abstellen können. Je nachdem, wo er geparkt hat und ob er gerannt ist, vier bis acht Minuten für den Weg. Und die Tat selbst, unter der Voraussetzung, dass er bereits fest entschlossen war, sie zu begehen: eine Minute.«

Carmans Szenario war plausibel, so ungefähr hatte Dupin es in Gedanken auch schon rekonstruiert.

»Das heißt«, murmelte Nevou, »Victor Contel hätte es rein zeitlich schaffen können.«

Die Kommandantin nickte.

»Was ist mit Rozenn Gautier?«, fragte Dupin.

»Sie haben Madame Gautier um 16 Uhr 15 in der Station bei Corn ar Gazel getroffen, nach ihrer Aussage war sie seit elf Uhr ununterbrochen dort. Sie hat sich etwas zu essen mitgebracht. Und einige Telefonate geführt, aber natürlich alle mit ihrem Handy.«

»Wie lange hätte sie von den Dünen am Aber Benoît nach Paluden gebraucht?«, erkundigte sich Nevou.

»Ich würde sagen, zwölf bis fünfzehn Minuten – über die D28«, gab die Kommandantin Auskunft, »dann durch Lannilis.«

»Von der Beobachtungsstation braucht sie zu Fuß ungefähr sieben, acht Minuten bis zu ihrem Wagen«, ergänzte Dupin, der den Weg vorhin selbst gegangen war.

»Dann hätte sie insgesamt rund eine Dreiviertelstunde gebraucht«, rechnete Riwal hoch.

»Da es ohnehin keine Zeugen für ihren Aufenthalt in der Station bis 16 Uhr 15 gibt, ist es eigentlich egal, wie lange es gedauert hätte«, dämpfte Nevou die mathematischen Anstrengungen. Dummerweise aus berechtigtem Grund.

»Und die Köchin – Madame Brével?«, fragte Dupin.

»Sie war bei ihrer Tochter, um die Zwillinge zu hüten. Aber auch das ist kein sicheres Alibi«, folgerte die Kommandantin. »Die Zwillinge machen noch Mittagsschlaf. Da es von Lannilis nur vier, fünf Minuten nach Paluden dauert, wäre es keine große Aktion gewesen.«

Dupin seufzte. Es waren Alibis – und dann doch keine. Aber so war es häufig, so war die Realität.

In knappen Worten fasste der Kommissar die Ergebnisse seiner Telefonate mit Sophie Gautier und Maxime Contel zusammen.

»Ich will …«

Sein Handy klingelte.

Es war Nolwenn.

»Hier stimmt etwas nicht, Monsieur le Commissaire.«

Nolwenn schien in Sorge.

»Was ist passiert?«

»Madame Hilaire geht es immer noch nicht besser. Sie zeigt ein ›untypisches Gesamtbild‹, sagt der Oberarzt. Eine extreme Mydriasis, sprich extrem vergrößerte Pupillen. Die Schleimhäute sind völlig ausgetrocknet. Und sie deliriert. Das Bedrohlichste ist aber, dass die Ärzte die Herzfrequenz nicht runterkriegen. Wenn sie das nicht schaffen, wird das Herz irgendwann kollabieren. – Auch die starken Rötungen der Haut gehen nicht zurück.«

»Und was genau ist untypisch?«

»Die Kombination der Symptome, manche sind typisch für Schockzustände, aber nicht in dieser Intensität. Und nicht in dieser Verbindung. – Es könnte sein, dass sie eine Vorerkrankung hat, irgendetwas am Herzen. Wir versuchen gerade, es über ihre Kinder herauszufinden. – Der Oberarzt wird sich auch direkt bei Ihnen melden, sobald er es schafft.«

»Gut, ja.«

»Und noch etwas, Commissaire. – Gerade beginnt die Premiere von Molières *Menschenfeind*. In dieser Minute. Die Aufführung von Louise Vignaud, im *Théâtre de Cornouaille*.«

»Und?«

»Sie wissen, wer mit seiner Frau Premierenkarten hat und für die nächsten neunzig Minuten nicht ans Telefon gehen kann.«

»Ich …«

Nolwenn war genial. Immer und immer wieder. Und ließ ihn also auch dieses Mal nicht im Regen stehen.

»Also bis dann, Monsieur le Commissaire.«

Schon hatte sie aufgelegt.

Rasch referierte der Kommissar Nevou, Riwal und Carman die beunruhigenden Informationen über Madame Hilaires Zustand.

»Gar nicht gut«, murmelte Nevou.

»Und auch einigermaßen sonderbar«, sinnierte Riwal düster.

Das war es in der Tat.

»Carman, haben Sie mit den Kindern der Hilaires sprechen können?«

Dupin hatte eben schon fragen wollen.

»Habe ich.«

Ihr Gesichtsausdruck sprach Bände, es war das Schwerste, womit man in ihrem Job zu tun haben konnte.

»Hat einer der beiden erwähnt, dass ihre Mutter gesundheitliche Probleme hat? Irgendetwas mit dem Herzen?«

»Nein. Nichts Derartiges. Sie sind beide sofort mit dem Wagen aufgebrochen, sie werden diese Nacht noch in Brest eintreffen.«

Es war schrecklich.

Dupin fuhr sich durch die Haare.

»Ich habe übrigens mit Kadeg gesprochen, eben gerade.« Ihm war eingefallen, dass er davon noch gar nicht berichtet hatte, eine positive Nachricht tat jetzt sicher gut. »Er hat lange geschlafen, ihm geht es abermals ein ganzes Stück besser. Er schien zwischendurch schon wieder ganz der Alte.«

Die Mitteilung tat ihre aufhellende Wirkung, Dupin konnte es auf den Gesichtern sehen.

»Kadeg sagt, Joëlle Contel habe ihm von einem Riesenalk erzählt, den sie in letzter Zeit gesehen haben will.«

»Sie meinen Tordalk, Chef.«

»Kadeg hat Riesenalk gesagt. Ich habe ihm genau das gesagt: dass er Tordalk meint. Aber er bestand auf dem Riesenalk.«

»Die sind ausgestorben, Chef.«

Riwal holte sein Handy hervor.

»Erinnern Sie sich, wir standen bei Joëlle Contel vor der historischen Abbildung …«

»Ich erinnere mich. – Das habe ich Kadeg auch gesagt. Dass er sich vertut, dass er den Tordalk meint. Aber er hat es bestritten, er bestand darauf, dass Joëlle Contel Riesenalk gesagt habe.«

Der Dialog geriet gänzlich aus dem Ruder.

»Dann erinnert Kadeg sich falsch.«

»Entschuldigen Sie die Störung«, der sympathische Besitzer des *Baie des Anges* trat an den Tisch, »ich vermute mal, Sie können eine kleine Stärkung gebrauchen.«

Er war mit einem großen Tablett erschienen, auf dem sich Himmlisches stapelte. »Nur ein paar Kleinigkeiten, hier von der Küste.« Jacques Briand stellte es ab. »Da haben wir einmal die Austern der Familie Legris – es ist unfassbar, wie gut die sind. Von der Lilia-Halbinsel.« Er zeigte in Richtung Osten der Bucht. »Die Austern werden direkt gegenüber gezüchtet. Halb grünes, halb blaues Plankton, aus dem Fluss und aus dem Meer, aber genug Jod, um sie bretonisch schmecken zu lassen. Und das ist eine Kreation von mir: frische lokale Jakobsmuscheln, scharf angebraten, in einer Soße aus Austern. Zudem vier Sorten hausgemachte *rillettes:* Makrele, Hering, Langustinen und Rotbarbe.«

Am Tisch herrschte begeisterte Sprachlosigkeit.

Jacques deutete auf die beiden Brotkörbe. »Und das ist das

beste Brot Frankreichs. Von meinen Freunden Michel und Isabelle Izard aus Lannilis. Eine echte Sensation. Einmal als Baguette und einmal als *pain des Abers* – ein dunkleres Brot, dreimal gebacken.« Jacques war Enthusiast durch und durch, Dupin mochte diese Art Menschen sehr.

»Sie und Ihre Freunde haben sich also ›etwas umgehört‹, sagten Sie. Erzählen Sie uns davon«, wandte sich Dupin an Jacques. »Und eine Stärkung kann nie schaden, vielen Dank.«

Jacques nahm am Tischende Platz und verteilte Teller. Augenblicklich griffen alle zu.

»*Les Pommes et les Bretons.* – Dem Unternehmen geht es nicht gut. Gar nicht gut. Daniel hat sichere Insiderinformationen, wie immer.«

Dupin sah den Gastwirt fragend an.

»Daniel ist ein Journalist von hier. Brillanter Kopf.«

»Was heißt das, dem Unternehmen geht es ›gar nicht gut‹?« Dupin hatte die erste Jakobsmuschel im Mund. Sie war unglaublich.

»Der Umsatz geht seit drei Jahren massiv zurück. Letztes Jahr sogar an die zwanzig Prozent, die Kosten aber nicht, sodass das Unternehmen im letzten Geschäftsjahr in die Miesen gerutscht ist.«

»Woran liegt es, dass die Umsätze so stark zurückgehen?«, wollte Riwal wissen. »Veränderungen beim Konsumenten? Am Markt?«

Dupin probierte eine Auster.

»Veränderungen überall. – Es hat nichts mit Maxime Contel zu tun, sagt Daniel. Seit er übernommen hat, steuert er entschieden dagegen, macht genau das Richtige – aber eben zu spät. Man hätte viel früher handeln müssen. Daniel meint, es könnte noch schlimmer kommen. Die Banken sind auf jeden Fall ernsthaft besorgt.«

Jacques' Freunde verfügten offenbar über ausgezeichnete Quellen. Es waren ohne Frage alles höchst vertrauliche Informationen.

Die Auster war hervorragend. Mild, doch trotzdem die reine Essenz des Meeres. Etwas süßlich, nussig im Geschmack, dabei ein klein wenig Jod, eine Unternote, exakt, wie Dupin es mochte.

»Victor Contel hat das erfolgreiche Konzept seit der Gründung kaum verändert, es funktionierte zu lange zu gut. Das ewige Problem. All die Veränderungen, die einsetzten – das mit dem Bio, dem Regionalen, der Manufaktur, die Ausweitung der Geschmacksrichtungen –, hat er für eine vorübergehende Mode gehalten. Es betrifft alle Sparten des Unternehmens. Alles rund um den Apfel, alkoholisch und nicht alkoholisch, den Cidre, den Saft, den Lambig und so weiter. Aber auch sämtliche andere Getränkearten, die sie herstellen. Überall werden neue Getränke erfunden. – Und natürlich geht es zunehmend um die Attraktivität der Verpackungen. Haben Sie mal die Flaschen junger, kreativer Cidrehersteller gesehen? Die haben die tollsten Ideen.«

»Was stellt das Unternehmen noch alles aus Äpfeln her?«, wollte Dupin wissen.

»Außer Cidre, Lambig und Säften unter anderem Konfitüren und Kompotte. *Les Pommes et les Bretons* ist aber vor allem der größte Produzent von Speiseäpfeln in der Bretagne und einer der größten in ganz Frankreich. Und auch hier hat Victor Contel sämtliche Entwicklungen verschlafen.«

Der alte Contel kam wirklich nicht gut weg bei Jacques und seinen Freunden.

»Er hat immer nur auf die konventionellen Sorten gesetzt, die immer schon gut gingen, dabei stehen gerade attraktive Neuzüchtungen und vor allem die wiederentdeckten alten

Sorten hoch im Kurs. Wie überall beim Obst und Gemüse. Auch wenn einiges davon vielleicht bloß eine Mode ist und beileibe nicht alle alten Sorten heute noch funktionieren.«

Jacques Briands engagierter Enthusiasmus erinnerte an den von Riwal, der mächtig Hunger zu haben schien und ganz mit den kleinen Köstlichkeiten beschäftigt war.

»Ist der Cidre nicht eher eine südbretonische Spezialität?«, fragte Dupin vorsichtig. Er hatte immer den Süden und die Cornouaille mit dem Cidre in Verbindung gebracht.

Riwal warf dem Kommissar einen strafenden Blick zu und sah sich zur Klarstellung gezwungen.

»Ja, Chef, da gibt es die meisten Cidrerien. Die Cornouaille ist das Kernland des bretonischen Cidres. Aber es gibt Cidrerien in der ganzen Bretagne. Der Apfel ist das bretonische Obst schlechthin.«

Jetzt wurde es grundsätzlich.

»Und der Apfel ist viel mehr als nur Obst: Er ist ein stolzes Nationalsymbol.«

Wie unzählige andere Dinge.

»Schauen Sie sich mal die *Carte de la Bretagne cidricole* an, Chef. Direkt östlich von hier, zwischen Morlaix und Dinan, liegt eine bedeutende Cidre-Region. Es geht eben nicht mehr um die großen Plantagen, nicht mehr um Masse und billig.«

Riwal war ein bekennender Feind von »Masse und billig«, wie die allermeisten Bretonen.

»Es geht um die *production artisanale*. Ein völlig anderes Konzept. Mit dem auch kleinere Plantagen und Cidrerien gut funktionieren.«

»Und genau von diesen hat Maxime Contel ein paar übernommen«, schaltete sich Carman jetzt ein. »Familienunternehmen, kreative Cidrerien, die Leute mit unorthodoxen Ideen einstellen, Energie und Dynamik mit traditionellem

Wissen verbinden, alte, ungewöhnliche Apfelsorten züchten. Wie die Cidrerie in Morlaix.«

»Maxime Contel hat sich dort vor allem auch auf die Zucht neuer Apfelsorten spezialisiert, auf Kreuzungen«, präzisierte Jacques. »Das ist ein gigantischer, globaler Markt. Neben der Bioproduktion geht es in der Cidrerie bei Morlaix genau darum, um die Neuzucht. Maxime hat neben der Cidrerie extra ein Feld gekauft und dort eine Zuchtstation gebaut.«

»Wenn es einem gelingt, einen Superapfel zu kreieren, ist man ein gemachter Mann, Chef«, pflichtete Riwal bei.

»Hochinteressant alles«, schaltete sich Nevou energisch ein, »aber wie sollte ein Zusammenhang zwischen der schwierigen wirtschaftlichen Lage von *Les Pommes et les Bretons* und dem Anschlag auf Kadeg sowie dem Mord an Claude Hilaire aussehen?«

Das mit den wirtschaftlichen Problemen des Unternehmens war interessant – vor allem weil Maxime Contel das genaue Gegenteil versichert hatte –, dennoch traf Nevous Frage ins Schwarze. Wie könnte die Verbindung aussehen?

»Wissen Sie von ernsteren Auseinandersetzungen zwischen Vater und Sohn?« Das interessierte Dupin wirklich.

»Victor Contel ist extrem autoritär. Als Chef, als Vater. Als Mensch. Maxime würde es nie wagen, einen echten Konflikt anzuzetteln. Ich denke, Maxime hat die Probleme alle schon früh erkannt, die ganzen Versäumnisse der letzten Jahre.«

»Aber nichts gesagt?«

»Nein.«

»Die Erbschaft, die Victor Contel jetzt machen wird, hilft ja sicher etwas«, bemerkte Nevou trocken.

»Bei den Geschäften von *Les Pommes et les Bretons* geht es um ganz andere Dimensionen«, nahm Jacques den Faden auf. »Angenommen, die Abtei hätte einen Immobilienwert von

vielleicht dreißig Millionen, wovon nun ein Fünftel Victor gehört. Und wenn er noch eines der fünf Häuser erbt, sagen wir noch einmal siebenhundertfünfzigtausend Euro. Dann wären das 6,75 Millionen. Daniel sprach von rund fünfunddreißig Millionen Verlust allein im letzten Jahr. Noch ein Verlust in dieser Größenordnung, und das Unternehmen ist in seiner Existenz gefährdet, sagt er.«

Das alles hieß auch: Dupin würde sich an den Gedanken gewöhnen müssen, es bei seinem zweiten Inspektor zukünftig mit einem mehrfachen Immobilienmillionär zu tun zu haben, denn auch Kadeg würde genau das erben: rund 6,75 Millionen.

»Eine enorme Summe, aber ein Bankrott von *Les Pommes et les Bretons* ließe sich damit keinesfalls abwenden.« Riwal seufzte tief. »Das Erbe wäre bloß ein Tropfen auf den heißen Stein.«

»Aber wie sollte die Geschichte dann aussehen, wie hängt das alles zusammen?« Nevou war ungeduldig. Verständlich. »Dieser Angriff auf Kadeg, der Mord – inwiefern brächte all das *Les Pommes et les Bretons* und seinen Eigentümern einen Vorteil?«

»Vielleicht können wir es bloß noch nicht sehen?«, hielt Riwal entgegen. »Vielleicht wusste Claude Hilaire von etwas, dessen Brisanz wir noch nicht erkennen können.«

»Und Kadeg?« Nevou war ganz und gar nicht überzeugt.

Dupin hatte inzwischen die *rillettes* probiert. Vor allem die mit dem Hering hatte es ihm angetan, ein sträflich unterschätzter Fisch, dazu das herzhafte dunkle Brot.

»Das scheint mir alles genauso vage wie das mit dem Bau eines ornithologischen Disneylands und der Sichtung extrem seltener Vögel, irgendwelche ornithologischen Sensationen.«

»Ornithologische Sensationen?«, horchte Jacques auf. »Der

Riesenalk? Wer hat Ihnen davon erzählt?« Der Blick des Inhabers war schwer zu deuten.

»Bitte?« Riwal reagierte als Erstes.

Jacques versuchte es noch einmal: »Sie meinen sicherlich die Gerüchte um die Sichtungen des mythischen Riesenalks hier oben. Der eigentlich ausgestorben ist.«

Eine seltsame Stille folgte.

Dieses Mal reagierte Dupin: »Wovon sprechen Sie, Monsieur?«

Der Gastwirt lehnte sich zurück.

»Seit zwei, drei Jahren kursiert unter Hobbyornithologen die Geschichte, dass es hier an der Küste Sichtungen von Riesenalken gegeben hat. Zwischen Ouessant und der Île de Batz, aber auch hier an der Côte des Abers. – Zuerst waren es zwei Fischer, die von ›echten großen Pinguinen‹ erzählten. Schwarzer Rücken, weißer Bauch, der weiße Fleck auf dem schwarzen Kopf, seitlich über den Augen. Hobbyornithologen haben sie dann als Riesenalke identifiziert. Es gibt sogar ein verschwommenes Foto von einem solchen Tier. Die Wissenschaftler gehen von einem besonders großen Tordalk aus – aber vielleicht ist es auch alles Seemannsgarn.«

»Wie bei den Ufos«, kommentierte Nevou entnervt. »Komischerweise sind alle Fotos immer ganz verschwommen.«

»Eigentlich ist die Sache auch schon wieder vorbei«, schmunzelte Jacques, »in diesem Jahr zumindest hat noch keiner von Riesenalken berichtet.«

»Manche haben schon vermutet, der Tourismusverband habe sich die Sache ausgedacht, so wie das Ungeheuer von Loch Ness«, meinte die Kommandantin trocken.

Carman hatte von diesem Seemannsgarn eben nichts erwähnt. Aber so wie Dupin sie einschätzte, war Seemannsgarn nicht so ihre Sache.

»Ist Ihnen oder Ihren Freunden noch etwas anderes eingefallen?«, richtete sich Dupin an den Wirt.

»Nein. Aber wir haben uns für heute Abend verabredet.«

Jacques erhob sich.

»Jetzt muss ich erst mal weitermachen.«

»Nur eines noch: Rozenn Gautier – sie sagt, sie sei gestern Abend hier gewesen, auf Ihrer Terrasse.«

»Das stimmt.«

»Bis wann?«

»Bis 22 Uhr 30 ungefähr, denke ich. Eine halbe Stunde vielleicht.«

Rozenn Gautier hatte eine Dreiviertelstunde gesagt. Bis 22 Uhr 15. Aber das konnten normale Unschärfen sein.

»Wir danken Ihnen, Monsieur. Ihnen und Ihren Freunden.«

»Wenn Sie Daniel selbst sprechen wollen – hier, das ist seine Nummer.«

Jacques Briand legte eine Visitenkarte auf den Tisch.

»Danke. Und wenn Ihnen noch etwas einfällt, sagen Sie Bescheid.«

»Mache ich.«

Schon war der Wirt verschwunden.

Auch Dupin hatte sich erhoben. Er hatte etwas Dringendes zu erledigen.

Er verließ die Terrasse und ging zu dem Mäuerchen auf der anderen Seite der Straße, direkt vor dem Strand. Hier hatten eben noch ein paar Gäste in ausgelassener Stimmung mit ihren Weingläsern gesessen und miteinander gelacht, vor ein paar Minuten waren sie gegangen.

Dupin lehnte sich an die Mauer, hinter ihm ging es steil zum Meer hinunter. Die Bucht begann sich wieder mit Wasser zu füllen, der Atlantik kam zurück.

Dupin suchte die Nummer im Adressbuch.

Es klingelte ein paarmal, dann sprang der Anrufbeantworter an.

»Bonjour, Sie sind mit dem persönlichen Anschluss von Lug Locmariaquer verbunden. Präfekt des Départements Finistère.« Schon der gewichtige, staatstragende Tonfall der Ansage machte klar, wer hier sprach. »Wenn es sich um ein dringliches Anliegen handelt, bitte ich Sie, eine Nachricht nach dem Piepton zu hinterlassen.«

Der Piepton.

Dupin hielt das Handy gegen den Wind.

»Hier Commissaire Dupin, Monsieur le Préfet. Ich wollte Sie unbedingt sprechen.«

Dupin legte auf.

Drückte die Nummer ein zweites Mal.

Das Band sprang erneut an.

»Hier noch einmal Commissaire Dupin. – Ich hoffe, meine Nachricht ist zu verstehen.« Dupin schrie nun beinahe. »Der Empfang ist leider miserabel. – Wie Sie wissen, haben sich die Ereignisse überschlagen. Wir waren pausenlos beschäftigt. Zudem gab es nur selten überhaupt Empfang. Es ist eine einsame Gegend hier. Sehr waldig. Ich meine, ich war immer wieder in einem Wald …«

Dupin unterbrach sich, er wurde zu defensiv.

»Jetzt sind Sie leider nicht zu erreichen, ich wollte Ihnen Bericht erstatten. Alles ist ziemlich vertrackt …«

Er sollte Details vermeiden und unbedingt ein paar positive Signale senden, gnadenlos auf die Eitelkeit des Präfekten setzen.

»Aber wir haben es im Griff. Denken Sie nur an die Pressekonferenz, Monsieur le Préfet – wenn Sie die Auflösung bekannt geben und Ihre erfolgreiche Arbeit präsentieren werden.«

So war es gut.

»Ich werde es selbstverständlich weiterhin bei Ihnen versuchen, Monsieur le Préfet. – Au revoir.«

Das musste reichen. Zumindest für heute.

Dupin hatte noch etwas anderes zu erledigen, bevor er zum Tisch zurückkehrte. Ein zweiter Anruf. Er suchte die Nummer, fand sie.

»Ja?«

Ein herrischer Tonfall.

»Hier Commissaire Dupin. Ich habe eine wichtige Frage, Monsieur Contel.« Die Sache hatte Dupin keine Ruhe gelassen. »Bei dem Treffen zwischen Ihnen und Ihrem Sohn heute um vierzehn Uhr – worum ging es da?«

»Bitte?«

»Wollen Sie, dass ich die Frage wiederhole?«

Interessanterweise schien Victor Contel nicht genau zu wissen, wie er sich verhalten sollte. Er ließ sich Zeit mit der Antwort.

»Wir hatten ein paar Dinge zu besprechen. Nichts Geschäftliches. Da bin ich ja raus. Wir treffen uns ab und zu, ich pflege ein gutes Verhältnis zu meinem Sohn, Monsieur le Commissaire.«

»Was waren das für Dinge?«

»Ich will meine alte Jacht verkaufen. Er hatte mal Interesse signalisiert. – Solche Dinge.«

»Und sonst noch etwas?«

Abermals dauerte es, bis Contel antwortete.

»Ich denke nicht, dass Sie das etwas angeht.«

Dupin war nicht überrascht über die Antwort, eher darüber, dass Victor Contel zuvor überhaupt geantwortet hatte.

»Wie Sie meinen, Monsieur. Dann also bis bald wieder. Au revoir.«

Schon hatte Dupin aufgelegt.

Er ging zurück auf die Terrasse.

Eine ganze Weile hatten sich alle schweigend den Austern, Jakobsmuscheln und *rillettes* gewidmet. Riwal recherchierte auffällig intensiv etwas auf seinem Handy, ohne ein Wort zu sagen.

Es war vielleicht auch deswegen still, weil sich eine gewisse Ratlosigkeit, mehr noch, eine Art Depression am Tisch ausgebreitet hatte. Sie hatten getan, was sie tun konnten. Mit allen gesprochen, mit denen zu sprechen gewesen war. Erwogen, was zu erwägen war. Aber hatten sie auch nur eine richtige Spur? Einen glaubwürdigen Ansatz? Irgendetwas Einschlägiges?

»Was doch feststeht: Kadeg muss jemanden bei etwas gestört haben.« Riwal hatte seine letzte Jakobsmuschel genüsslich verschlungen, er schien laut zu denken. »Damit fing es an.« Er blickte in Richtung der Abtei. »Wahrscheinlich wird es nicht um irgendetwas im Garten gegangen sein«, sinnierte er weiter. »Also muss es etwas im Haus gewesen sein. In Joëlle Contels Haus. – Und der Gärtner wusste, worum es ging. Irgendwie zumindest, vielleicht, ohne sich dessen bewusst zu sein. – Deswegen musste er sterben. Weil es ihm eventuell oder zwangsläufig klar geworden wäre, so zumindest die Angst des Täters.«

»Oder Claude Hilaire hat zufällig etwas gesehen oder gehört.« Die Kommandantin stieg ins Gespräch ein. »Heute, als er hier war. Oder in letzter Zeit.«

»Aber was?« Nevou stoppte das luftige Spekulieren. »Das gilt es herauszufinden.«

Abermals stellte sich ein unbehagliches Schweigen ein. Die beiden einander zugeneigten Segelboote vor dem Strand schaukelten im auflaufenden Wasser.

»Ein Dessert?« Dieses Mal war es Claudia, die sie erlöste. »Einen *Far Breton* mit warmer Karamellsoße? Oder eine hausgemachte Apfeltarte? Dieses Jahr leider nicht mit Joëlles

Äpfeln.« Sie blickte traurig zur Abtei rüber. »Wir haben jedes Jahr zwei, drei Kisten von ihr bekommen. – Oder möchte jemand Käse? Wir haben delikate bretonische *Tommes:* einen von Ouessant mit Algen, einen aus dem Forêt de Brocéliande mit Bockshornkleesamen und einen von den Monts d'Arrée aus Kuhrohmilch. Und einen *café?* – Oder jetzt doch ein Glas Wein?«

Wie sollte man auch nur einen dieser Vorschläge ablehnen können?

»Für mich ein Stück *Far,* bitte.« Dupin war schon vor dem Essen satt gewesen, er hatte lediglich der reinen Lust nachgegeben. Was sich restlos gelohnt hatte. Aber mehr ging jetzt wirklich nicht mehr – mehr als ein kleines Stück *Far,* auch wenn Dupin bei Käse eigentlich nie Nein sagte. »Und einen *café.*«

Vorhin erst hatte er vier getrunken, es war egal.

Auch Riwal, Nevou und die Kommandantin äußerten ihre Wünsche.

»Ich gehe gleich den Neuigkeiten über *Les Pommes et les Bretons* nach«, kündigte die Kommandantin an. »Mal schauen, ob ich noch mehr rauskriegen kann.«

Unwahrscheinlich, dachte Dupin. Aber es war dennoch richtig, es zu versuchen.

»Und ich werde mal mit diesem Journalisten sprechen.« Riwal nahm die Visitenkarte mit der Nummer an sich.

»Ich denke«, setzte Dupin an, »wir sollten …«

Das penetrante Piepen seines Handys unterbrach ihn.

Eine Festnetznummer aus Brest.

»Ja?«

»Hier Docteur Tanguy. – Commissaire Dupin?«

»Am Apparat.«

»Es geht um Madame Hilaire. Ich bin mir mit der Diagnose wirklich unsicher – ob alles, was wir sehen, tatsächlich auf

den affektiven Schock zurückgeführt werden kann. Den hat sie zweifelsfrei erlitten, aber einiges scheint uns nicht plausibel.« Er formulierte unaufgeregt, aber bestimmt. »Ich habe mittlerweile mit ihrer Tochter sprechen können und auch mit ihrem Hausarzt, es liegen keinerlei relevante Dispositionen oder Vorerkrankungen vor.«

»Und was bedeutet das alles, meinen Sie?«

»Ich kann es noch nicht sagen.«

»Haben Sie irgendeine Vermutung?«

Ein kurzes Zögern.

»Manche der Symptome könnten auf eine Vergiftung hinweisen.«

»Wie bitte?«

Mit einem Mal saß Dupin kerzengerade.

»Ich beziehe mich lediglich auf die diffuse Symptomatik. Wenn eine Person in diesem Zustand bei uns eingeliefert würde und wir keinerlei weitere Information zur Ursache der Symptome hätten, würden wir von einer Vergiftung ausgehen. – Ich habe eben ein paar Untersuchungen angewiesen.«

»Sie meinen, Madame Hilaire könnte vergiftet worden sein?«

Dupin hielt die Stimme, soweit es ging, gesenkt, aber Carman, Nevou und Riwal hatten seine Frage gehört. Sie blickten alarmiert.

»Zurzeit ist es eine reine Hypothese. Wenn ich es richtig verstehe, liegt Ihrerseits keinerlei Verdacht auf so etwas vor. – Der menschliche Körper ist ein überkomplexes und extrem individuelles Phänomen, es könnte andere Ursachen geben, die wir noch nicht kennen. Eine heftige Unverträglichkeit, eine bisher unentdeckte Pathologie, vielleicht eine Stoffwechselkrankheit, eine Autoimmunstörung, es gibt die verrücktesten Dinge.«

»Aber eine Vergiftung scheint Ihnen das Plausibelste?«

»Auf diese Art und Weise formuliert geht es mir zu weit, aber sagen wir so, es wäre eine konsistente Erklärung.«

»Wie ist Madame Hilaires Zustand zurzeit?«

»Wir haben sie etwas stabilisieren können, aber wenn tatsächlich eine Vergiftung vorliegt, sollte sie möglichst bald das spezifische Gegengift bekommen, so viel steht fest.«

»Ich verstehe.«

Wenn Ärzte solche Sätze formulierten, bestand höchste Not, wusste Dupin.

»Also, Monsieur le Commissaire. – Ich melde mich bei Ihnen, sobald wir etwas Neues wissen.«

»Bitte umgehend, Docteur Tanguy.«

»Bonsoir, Monsieur le Commissaire.«

Schon hatte der Arzt aufgelegt.

Dupin lehnte sich zurück, schwieg eine Weile. Dann entfuhr ihm ein »Wahnsinn«.

»Erzählen Sie schon«, forderte ihn die Kommandantin auf.

Dupin tat es mit den nötigsten Worten.

»Was würde das bedeuten?« Riwal war sichtlich konfus. »Ich meine, warum sollte jemand die Frau des Gärtners vergiften? Überhaupt: es auf sie abgesehen haben?«

»Vielleicht wusste auch sie etwas? Von ihrem Mann?«, hielt die Kommandantin entgegen. »So abwegig wäre das Szenario nicht.«

»Und der Täter wäre einmal zu den Hilaires gekommen, um Madame Hilaire zu vergiften, und ein zweites Mal, als das Gift bei ihr schon wirkte, um ihren Mann zu erschlagen? Warum hat er sie dann nicht beide vergiftet?«

»Möglicherweise hat Madame Hilaire das Gift versehentlich zu sich genommen, das eigentlich für ihn bestimmt

gewesen war. Und dann musste der Täter irgendwie improvisieren.«

»Wir spekulieren hier über eine Spekulation«, beendete Nevou den Schlagabtausch zwischen Riwal und Carman. »Das mit der Vergiftung ist im Augenblick nichts als eine vage Vermutung.«

In gewisser Weise hatten sie alle drei recht, fand Dupin.

»Dennoch werde ich die Spurensicherung umgehend noch mal zu den Hilaires schicken.« Carman stand auf. »Sie sollen sich vorsichtshalber alles ansehen.«

»Et voilà!« Claudia war zurück und stellte die Desserts auf den Tisch. »Ich habe allen einen kleinen Lambig aufs Haus mitgebracht, für die Nerven.«

Weder waren die Gläser klein, noch waren sie niedrig befüllt.

»Von der Brennerei *Warenghem*. Nicht weit von hier.«

Carman griff nach einem Glas und leerte es in einem Zug. Ohne von den beeindruckten Gesichtern um sie herum Notiz zu nehmen. Dann ging sie mit dem Handy am Ohr davon.

Schon hatte Claudia die restlichen Gläser verteilt und war ebenfalls verschwunden.

»Für die Nerven«, seufzte Riwal und trank.

Nevou und Dupin taten es ihm gleich. Der Lambig war weich, ganz anders als der normannische Calvados, dabei zugleich stark, mit mindestens vierzig Prozent. Ein reiner Branntwein aus Cidre. Nach vier Jahren in bretonischen Eichenfässern wurde er zum »Fine Bretagne« geadelt. Und auch dann schmeckte man immer noch den Apfel.

Gedankenverloren nahm Dupin eine Gabel vom *Far Breton*. Er war immer noch mit dem Anruf aus Brest beschäftigt. Was, wenn es stimmte? Was, wenn Gift im Spiel war?

»Der Journalist hat gerade geantwortet«, unterbrach Riwal

die Gedanken des Kommissars und stand auf, der Inspektor hatte sein Stück *Far* bereits gegessen. »Er ist gerade in Aber Wrac'h. Ich treffe ihn kurz.«

»Dann sehen wir uns später wieder hier.« Dupin schaute auf die Uhr. Es war kurz nach neun. »Sagen wir, um 22 Uhr 30.«

Nevou und Riwal nickten.

»Ich informiere Carman«, fügte Nevou hinzu.

Die Kommandantin stand immer noch ein Stück weit entfernt auf der Straße, das Telefon am Ohr, sie schien heftig zu diskutieren.

»Also, bis später.« Riwal und Nevou verließen die Terrasse.

Dupin stach mit der Gabel ins letzte Stück *Far* und wendete es in der Karamellsoße.

Er war froh, ein bisschen für sich zu sein. In Ruhe nachdenken zu können. Und er wollte sich noch etwas ansehen.

Schöner konnten die fünf Häuser, die Joëlle Contel gehört hatten, in der Tat nicht liegen. Die Gärten begannen am Strand, nur ein schmaler Fußweg, der durch die Bucht und zur Sainte-Marguerite-Halbinsel führte, trennte sie vom Sand. Ein Traum.

Einst waren es vermutlich Häuser von Fischern gewesen, in traditioneller bretonischer Bauweise errichtet, am Anfang des 20. Jahrhunderts, schätzte Dupin. Eins schloss sich an das andere an.

Dupin lief die paar Steinstufen zum Strand hinunter.

Noch schickte die Sonne genügend Licht über den Horizont, auch wenn sie vor Kurzem untergangen war. Die westliche Himmelssphäre leuchtete in einem einzigen Orange-Rosa.

Ein seltenes Farbereignis: Meistens entschied sich die Sonne beim Untergehen für Orange oder Rosa und spielte die jeweilige Farbe dann in allen möglichen Nuancen und Dramatisierungen durch. Heute hatte sie sich zu einer ungewöhnlichen, wilden Gleichzeitigkeit beider Farben entschlossen. Es gab rosa Schlieren auf grellem Rot-Orange, weiter oben am Himmel orangefarbene Bogen auf zartem Altrosa und Himmelfetzen, die auf den ersten Blick rosa wirkten, sich aber zu einem tiefen Orange wandelten, wenn man länger hinsah.

Es war verrückt, auch heute Abend, auch hier in der Nordbretagne war an diesem zweiten Oktober nichts von einer Herbststimmung zu spüren. Nur an dem deutlich früheren Sonnenuntergang konnte man feststellen, dass der Sommer eigentlich vorbei war. Die Luft war klar, luzid, die Sicht brillant. Scharf gestellt. Der steife Wind – der pfiff und pfiff – unterband jede Diesigkeit.

Dupin war auf der Höhe der beiden Häuser angekommen, die weiß gestrichen waren. Er blieb stehen. Hier wohnte vermutlich Sophie Gautier mit ihrer Tochter. Und jetzt sah er Madame Gautier auch. Im ersten Stock. Nah am Fenster. Dupin sah ihre langen kastanienbraunen Haare, sie trug ein ärmelloses dunkles Top. Dann war sie weg. Einen Augenblick später ging das Licht im Nebenzimmer an. Dupin erblickte am offenen Fenster ein großes Spektiv auf einem Stativ. Ein professionelles Gerät, wie heute Nachmittag in der ornithologischen Station bei Corn ar Gazel, wo er mit Rozenn Gautier gesprochen hatte. – Sophie Gautiers Passion war ihr Beruf geworden, mehr noch: ihr Leben, so schien es.

Dupin stand ungerührt da, sie sollte ihn ruhig sehen. Er wartete, aber sie tauchte nicht wieder auf. Dafür ging das Licht im Parterre an. Riesenhafte Hortensienbüsche versperrten die Sicht.

Dupin ging am letzten der Häuser vorbei. Man hörte die Möwen schreien. Es klang fast monströs, wenn die Schreie so durch die tiefe Stille hallten.

Dupin blieb abermals stehen und blickte von hier aus den Strand entlang. Ganz am Ende lag erhöht die Terrasse des *Baie des Anges*. Davor die mächtigen Mauern der Abtei, die imposante Kirche.

Welches Haus wurde wohl von Rozenn Gautier genutzt? Und welches Haus würde bald Kadeg gehören?

Dupin kehrte langsam um. Er hatte nichts Bestimmtes gewollt. War nur einem Gefühl gefolgt.

Das Licht hatte jetzt schlagartig abgenommen, die Orange- und Rosatöne wurden ins All gesaugt, so wirkte es, in ein kaltes, wenn auch faszinierendes kristallines dunkles Blau.

Am Fenster im ersten Stock von Sophie Gautiers Haus stand nun ihre Tochter. Sie schien Dupin bemerkt zu haben. Er ging in aller Seelenruhe weiter. Nach einer Weile warf er ungeniert einen Blick über die Schulter und sah, dass Sophie Gautier jetzt neben ihr am Fenster stand. Beide schauten in seine Richtung.

Als er wieder das erste Haus erreicht hatte, leuchteten plötzlich Scheinwerfer grell auf. Abblendlichter, die an- und ausgeschaltet wurden, von einem Wagen auf der Straße vor der Abtei. Hupen durchbrach die Stille.

Offenbar galten die Zeichen ihm, denn jetzt stieg eine Person aus und gestikulierte wild.

Noch ein paar Schritte und Dupin erkannte Riwal.

Der Kommissar rannte los. Irgendetwas musste passiert sein. – Warum hatte Riwal nicht angerufen?

»Was ist los?«, rief Dupin, noch bevor er die Steinstufen am Strand erreicht hatte.

Der Motor lief.

»Ich erkläre es Ihnen auf der Fahrt, Chef.«

Atemlos stieg Dupin in den Peugeot des Inspektors. Riwal saß bereits wieder am Steuer.

Riwal gab Gas.

»Wir haben eine Verabredung in Brest. – In einer knappen halben Stunde.«

»Was für eine Verabredung? Und mit wem?« Es hörte sich mysteriös an.

»Professor Jules Damay. Eine Koryphäe. Ornithologe am *Océanopolis* und der Universität von Brest. – Ich kenne ihn ein wenig. Meine Schwägerin …«

»Riwal, worum geht es?«

»Wir müssen es ganz vertraulich behandeln, Chef, es ist …«

»Worum geht es?«

Riwals Stimme vibrierte, er machte es spannend: »Sagt Ihnen der Lazarus-Effekt etwas?«

»Nein.«

»Der Begriff ist aus der biblischen Erzählung von der Wiedererweckung des Lazarus durch Jesus entlehnt, er …«

»Riwal!«

»Vereinfacht gesagt geht es darum, dass Tiere, die man für ausgestorben hielt, doch nicht ausgestorben sind. – Das kann vorkommen, wenn auch nur äußerst selten.«

»Was meinen Sie?«

»Der Begriff stammt von einem US-Paläontologen. Aus den Achtzigern.«

»Kommen Sie zur Sache!«

Der Inspektor holte tief Luft.

»Es könnte sein, dass das mit den Sichtungen gar kein Seemannsgarn ist, Chef. Eventuell.«

Dupin verstand immer noch kein Wort.

»Der Riesenalk, Chef. – Es könnte sein, dass er gar nicht

ganz ausgestorben ist. Dass es ihn noch gibt, wenn auch nur in einer kleinen Population.«

»Sie machen Witze, Riwal.«

Dupin starrte seinen Inspektor an. Sie hatten die Straße nach Lannilis erreicht, Riwal beschleunigte.

»Nein, Chef.«

»Sie wollen sagen, dieser legendäre ausgestorbene Vogel, über den wir heute Nachmittag gesprochen haben, existiert noch? Und zwar hier, in der Bretagne?«

»Wie gesagt: eventuell, ganz eventuell. Es klingt natürlich erst einmal vollkommen fantastisch. Aber anscheinend gibt es ein paar seriöse Hinweise. Professor Damay geht der Sache seit einem Jahr ernsthaft nach. Allen angeblichen Sichtungen, er ...«

»Sie meinen, Joëlle Contel und Sophie Gautier haben lebendige Exemplare des Riesenalks gesehen?«

»Exakt.«

»Wie könnte das sein, Riwal?«

»Ich denke, das werden wir gleich zu hören bekommen, Chef.«

Mittlerweile war es richtig dunkel geworden.

Sie hatten an den Verwaltungsgebäuden geparkt. Zum *Océanopolis* selbst waren es ein paar Hundert Meter. Dupin kannte das Aquarium gut, vor allem aus einem Grund: Es war das Zuhause vieler wunderbarer Pinguine der Südhalbkugel. Dupin besuchte sie regelmäßig, wann immer er etwas in Brest oder der Umgebung zu tun hatte. Er bildete sich ein, zu zweien der Eselspinguine mittlerweile eine nahezu

freundschaftliche Beziehung aufgebaut zu haben. Zusammen mit ihren Artgenossen sowie einer Gruppe von Felsen- und Königspinguinen bildeten sie die größte Pinguinkolonie Europas. Allesamt stolze Bretonen.

Während der Fahrt hatten der Inspektor und der Kommissar die meiste Zeit geschwiegen. Dupin hatte fieberhaft nachgedacht. Hatte er es mit einer Flause von Riwal und diesem Professor zu tun oder könnte womöglich etwas an der Sache dran sein? Kämen sie so endlich der Geschichte auf die Spur, um die es hier ging?

Professor Damays Büro lag am Ende eines langen Gangs im zweiten Stock. Auch wenn es bereits Viertel vor zehn war, waren ein paar der Mitarbeiter noch zugegen.

Damay war ein Wissenschaftler, wie er im Buche stand. Nickelbrille, spärliche, dafür chaotisch abstehende Haare. Auch seine Statur wirkte akademisch, klein, dünn, ein anämischer Typ. Es war kurios, sich vorzustellen, wie er in Outdoormontur Feldstudien an unwirtlichen Orten durchführte: Grönland, Island, Färöer, Kanada, Südamerika. Ein riesiger, fast leerer Schreibtisch stand im Raum. Eine Weltkarte füllte beinahe eine ganze Wand, bestimmte Gebiete waren orange schraffiert, Dupin vermutete, Orte besonderen ornithologischen Interesses.

Der Professor hatte sie mit einem freundlichen Handschlag begrüßt.

Dupin war ungeduldig.

»Erzählen Sie, Monsieur Damay«, bat er den Professor, noch bevor sich dieser gesetzt hatte. Dupin zog es vor, stehen zu bleiben.

»Was sagt Ihnen der Galápagos-Seebär, Monsieur le Commissaire? Das Wondiwoi-Baumkänguru? Der Vierfarben-Mistelfresser?«

Der Professor machte eine effektvolle Pause.

»Der Elfenbeinspecht oder Chapmans Zwergamazone?«

Er wartete wieder einen Moment.

»Nichts? Nein? Aber sicher doch der Quastenflosser, oder? Die Fernandina-Riesenschildkröte?«

»Bitte klären Sie mich auf, Professor Damay.« Dupin hatte sich Mühe gegeben, einen freundlichen Tonfall zu bewahren.

»Es sind allesamt Tiere, die offiziell als ausgestorben galten, manche bereits im 19. Jahrhundert – und die es gar nicht waren. Das Wondiwoi-Baumkänguru wurde zum Beispiel 2018 wiederentdeckt. Die Fernandina-Riesenschildkröte wurde 1906 für ausgestorben erklärt, im Februar 2019 wurde dann ein einzelnes Weibchen auf der Galápagosinsel Fernandina gesichtet. Am berühmtesten ist der Quastenflosser, von dem man angenommen hatte, dass er in der Kreidezeit vor siebzig Millionen Jahren ausgestorben sei. 1938 wurde dann ein Exemplar in Südafrika gesehen, 1998 eines vor Sulawesi.«

»Ich verstehe, und genau das könnte auch beim Riesenalk der Fall sein, vermuten Sie?«

»Das Phänomen ist auch bei Vögeln vorgekommen, ja. Nehmen Sie nur den Vierfarben-Mistelfresser, der seit 1906 als ausgestorben galt und 1992 wiederentdeckt wurde.«

Der Professor trug einen ausgebeulten blauen Pullover mit Lederflicken an den Ellbogen, die er auch dringend benötigte, ständig stützte er sie ab.

»Insgesamt reden wir über Hunderte wiederentdeckte Arten. Und auch derzeit laufen wichtige Expeditionen zur Bestätigung des Überlebens einiger Tiere, von denen es in den letzten Jahren seriöse Sichtungen gab. – Der Lazarus-Effekt. Ein Begriff des Starpaläontologen David Jablonski. Sie müssen sich das wie folgt vorstellen.« Der Professsor beugte sich ein Stück vor und nahm Dupin in den Blick wie ein Lehrer

seinen Schüler. »Zu einem bestimmten Zeitpunkt gibt es derart wenige Exemplare einer Art, dass sie nicht mehr gesichtet werden, aber immer noch hinreichend viele, um die Reproduktion sicherzustellen, sodass sich die Art im Verborgenen, oft an unbekannten oder unerwarteten Orten – zumindest auf der Grundlage eines minimal stabilen Bestandes – erhalten oder sogar neu ausbreiten kann. Dann ist es eine Frage der Zeit und des Zufalls, bis es irgendwann zu einer erneuten Sichtung kommt. – Die selbstverständlich erst einmal in Zweifel gezogen wird.«

»Exakt wie bei den Belle-Île-Schafen, Chef – überlegen Sie mal, so abseitig ist das gar nicht. Da hatten Sie es schon einmal mit einer ausgestorbenen und dann wiederentdeckten Art zu tun, hier in der Bretagne.« Riwals Augen leuchteten vor Begeisterung.

Ein eigenwilliger Fall im letzten Jahr.

Der Professor strahlte. »Ein ausgezeichnetes Beispiel. Die Schafe waren die ganze Zeit da, direkt vor unserer Nase. Man hat sie bloß verwechselt. Mit einer anderen Art. Gedacht, es sei eine lokale Variante dieser anderen Art.«

»Sie meinen, die Riesenalke waren die ganze Zeit über da?«, fragte Dupin ungläubig.

»Na klar!«, ereiferte sich Riwal. »Man würde die Sichtung eines Riesenalks zunächst für die Sichtung eines außergewöhnlich großen Tordalks halten.«

»Es ist unwahrscheinlich«, differenzierte der Professor, »dass sie sich schon länger an unserer Küste aufhalten. Dafür gibt es hier oben zu viele kundige Ornithologen, es wäre zu dokumentierten Sichtungen gekommen. Meine Vermutung geht eher dahin, dass sich auf einzelnen ganz entlegenen Inseln im Nordostatlantik kleine Kolonien erhalten haben. Einsame Felsengruppen, von denen es unzählige gibt,

um Nordirland oder Nordwestschottland herum. Ich denke insbesondere an das Gebiet nordwestlich der Äußeren Hebriden, der Shetland- oder Orkneyinseln. Oder an die Gebiete um die Färöer. – Wir kennen noch längst nicht alle Inseln. Gerade letzte Woche haben Inseljäger die bisher nördlichste Insel der Welt entdeckt, sechzig mal dreißig Meter groß, noch nördlicher als Oodaaq. Damit wird Dänemark ein kleines bisschen größer.«

»Das ist ein eigener Beruf: Inseljäger«, assistierte Riwal. »Es gibt noch Tausende unentdeckte Inseln.«

Eine großartige Idee, dachte Dupin: Inseljäger. Inseln statt Verbrecher jagen.

»Wie auch immer«, der Professor nahm den Faden wieder auf, »natürlich könnte auf einer solchen Insel eine Kolonie überlebt haben. Vielleicht ist es sogar zu einer evolutionären Verhaltensänderung gekommen, zu einer Veränderung der Überlebensstrategie, weg von großen Kolonien und hin zu kleinen Gruppen. Und irgendwann begannen die Riesenalke sich wieder auszubreiten. Und sind auf diese Weise auch in eine alte Heimat zurückgekehrt, an die bretonische Nordküste. Ein ideales Habitat. Vor allem das Mer d'Iroise und die Küste hier oberhalb von Brest. – Auf irgendeine der unzähligen flachen Felseninselchen da draußen. Und ab und zu kommt es jetzt zu einer Sichtung. Es wäre ein plausibles Szenario.«

»Verfügen Sie über Beweise? – Fotos? Videos von irgendeiner der Sichtungen?«

»Es gibt …«

Dupins Handy klingelte.

Professor Damay verstummte respektvoll.

Dupin holte das Handy aus der Hosentasche und warf einen Blick auf die Nummer.

Der Präfekt. – Die Aufführung schien zu Ende zu sein und er hatte die Nachrichten abgehört.

»Fahren Sie fort, Professor.« Dupin steckte das Telefon zurück in die Hosentasche.

»Es gibt stichhaltige Sichtungen eines seriösen jungen Wissenschaftlers, wenn auch ohne Dokumentation. Von der Universität in Dublin. – Ein sehr geschätzter Kollege, ja ein Freund, darf ich sicher sagen. Das alles ist höchst geheim, aber er hat mich Anfang des Jahres ins Vertrauen gezogen, als er von den Gerüchten aus der Bretagne gehört hat. Er hat eine Expedition organisiert, die Ende des Jahres beginnt. Aus diesem Grund«, er senkte die Stimme, »müssen auch Sie alles absolut vertraulich behandeln. Ich – ich würde ihm alles zunichtemachen, wenn etwas davon herauskäme. Mein Wort, meine Integrität stehen hier auf dem Spiel. Der gesamte wissenschaftliche Kodex. – Und«, schob der Professor nach, »eine Freundschaft.«

Dupin würde keine Diskussion über eine anscheinend noch äußerst luftige Hypothese beginnen, klar war aber: Handelte es sich tatsächlich um das Motiv in einem Mordfall, würden sie nichts geheim halten können.

»Ich muss Ihnen nicht sagen, was das für eine Sensation wäre. Weltweit!«, fuhr der Professor fort. »Für den Kollegen in Dublin wäre es der Eingang in die Annalen der Ornithologie, eine große Karriere, ein berühmter Lehrstuhl.«

Auf der Stirn des Professors hatten sich ansehnliche Sorgenfalten gebildet.

»Inwiefern könnte eine Wiederentdeckung des Riesenalks überhaupt für Ihren Fall relevant sein?«

»Wir wissen es noch nicht«, antwortete Dupin wahrheitsgemäß.

Selbst wenn die Wiederentdeckung des Riesenalks

tatsächlich eine Rolle spielte, gar der Kern der Geschichte wäre, wäre Professor Damays Frage im Moment gar nicht einfach zu beantworten. Dupin hatte bereits auf der Fahrt darüber nachgedacht. Es *könnte* – inklusiver vieler erheblicher Lücken und Ungereimtheiten – so aussehen: Joëlle Contel hätte einen Riesenalk gesichtet, vielleicht ja sogar mehrmals, und die Sichtung in ihrem Journal dokumentiert. Sie wäre wahrscheinlich gar nicht auf die Idee gekommen, dass es sich um einen Riesenalk gehandelt haben könnte. Sie hätte das gesichtete Tier für einen außerordentlich großen Tordalk gehalten – was ja in Hinblick auf dessen Seltenheit auch schon eine kleine Sensation gewesen wäre.

So wäre dann auch die Bemerkung aus dem Beobachtungsbuch zu erklären: »Doch nur ungewöhnlich große Tordas? Immer dieselben? Bestimmt 80 cm. Eigentlich Febr.–Juli. Zu weit weg«, hatte der Eintrag vom 27. September gelautet. Dupin hatte ihn sich im Wortlaut notiert. Joëlle Contel hätte dann vielleicht Sophie Gautier einbezogen und zu einer Beobachtung in das Gebiet mitgenommen, wo sie die Vögel gesehen hatte. Auch das hatte sich Dupin aufgeschrieben: »Nördlich von Poulloc. Penn Enez (...) auf demselben Inselchen. Nahe Îles de la Croix.«

Joëlle Contel hätte möglicherweise nicht nur ihrer Nichte, sondern auch dem Gärtner von der unglaublichen Sichtung erzählt. Und der möglicherweise seiner Frau. Der Täter, der – auf welchem Weg auch immer – ebenso von dem Riesenalk gewusst hätte, hätte dann nach Joëlle Contels Tod die Chance gewittert, die Entdeckung als seine eigene auszugeben. Dazu hätte er die Seiten aus dem Beobachtungsbuch heraustrennen müssen, und zwar direkt am Abend des Todes, bevor irgendjemand das Buch in die Hand bekäme. Er wäre durch den

Wald in die Abtei gelangt, auf dem Rückweg von Kadeg überrascht worden und hätte ihn niedergeschlagen. Nun wurde die Hypothese richtig kompliziert – was aber nicht unbedingt gegen sie sprach. Der Täter hätte wissen müssen, dass auch der Gärtner und dessen Frau vom Riesenalk wussten, was freilich möglich war, wenn zum Beispiel Sophie Gautier die Täterin wäre. Also hätte sie die beiden beseitigt. An diesem Punkt der Theorie tauchten schwerwiegende Ungereimtheiten auf, unter anderem die: Warum hätte sie Madame Hilaire vergiften und Monsieur Hilaire erschlagen sollen?

»Monsieur Riwal sagte, dass es einen Mord gab.« Der Professor schaute sehr ernst.

»Vielleicht sogar einen Doppelmord, Monsieur Damay«, präzisierte Dupin. »Madame Hilaire, die Frau des Ermordeten, ringt noch um ihr Leben.«

»Das tut mir sehr leid zu hören.«

Dupin hatte begonnen, im Büro auf und ab zu laufen, gerade bewegte er sich auf die wandfüllende Landkarte zu.

Es war zu verrückt. Aber das musste nichts heißen, für die Wirklichkeit war das kein Kriterium.

»Professor Damay«, Dupins Ton gewann nun etwas Grundlegendes, »unter uns: Für wie wahrscheinlich halten Sie es, dass der Riesenalk noch existiert?«

»Ich bin Wissenschaftler. Ich spekuliere nicht.«

»Und wie häufig passiert so etwas? Dass ausgestorbene Arten wiederentdeckt werden?«

»Das lässt sich einigermaßen genau sagen, allerdings nur, was die offiziell erfassten Zahlen anbelangt: In den letzten hundertdreißig Jahren wurden rund hundertzwanzig Säugetierarten, hundertzehn Amphibienarten und, das sind die meisten, rund hundertsiebzig Vogelarten wiederentdeckt. So ganz selten ist es also nicht.«

»Verglichen mit der immensen Zahl an Arten, die wir Menschen jedes Jahr unwiederbringlich ausrotten, ist die Zahl allerdings völlig unerheblich«, schaltete sich Riwal ein.

Einer der neuralgischen Punkte des Inspektors, der sich, wie Nolwenn, in zahllosen Umweltinitiativen engagierte.

»Rund sechzigtausend Tierarten rotten wir pro Jahr aus, Arten, die die Natur in Jahrmillionen erschaffen hat. – Das Massaker an der Natur, das die Menschheit gerade anrichtet, übertrifft die ökologische Katastrophe, die der Asteroideneinschlag am Ende der Kreidezeit vor sechsundsechzig Millionen Jahren auf der Yucatán-Halbinsel in Mexiko ausgelöst hat und dem die Dinosaurier zum Opfer fielen, um ein Vielfaches.«

Es war ein unendlich trauriger Gedanke, vor allem: einer, der tiefe Wut in einem entfachen konnte. Insofern verstand Dupin seinen Inspektor sehr gut.

»Sie haben recht«, bestätigte der Professor mit ernster Miene. »Insofern ist die Anzahl der Wiederentdeckungen im Grunde nichtig.«

»Es gibt schätzungsweise nur noch acht bis neun Millionen Tierarten, man kann es hochrechnen: Bald ist Schluss. Und zwar auch für den Menschen. – Und eine Erholung, falls es uns überhaupt je gelingen sollte, uns anders zu benehmen, würde jetzt schon viele Millionen Jahre brauchen. Alle blicken nur aufs Klima. Dabei ist diese Katastrophe, auch wenn beides zusammenhängt, noch viel verheerender, wir …«

So nachvollziehbar Riwals Wut auch war – Dupin musste einschreiten:

»Gibt es denn seriöse Fotos von den Sichtungen, Professor? – Von einem der Riesenalke?«

»Sagen wir es so, es gibt Fotos von bisher nicht eindeutig

bestimmten Tieren, die naturgemäß aus großen Entfernungen aufgenommen wurden. Mit extremen Brennweiten, die fast immer verwackeln. Alle unter ungünstigen meteorologischen Umständen und Lichtverhältnissen.«

Der Professor tippte etwas in seinen Computer, bewegte die Maus. Dann erhob er sich und drehte den riesigen Monitor um hundertachtzig Grad. Anschließend kam er auf ihre Seite. Er hielt nun eine Fernbedienung für Präsentationszwecke in der Hand:

»Schauen Sie.«

Riwal und Dupin traten dicht an den Monitor heran.

Sie sahen eine verwackelte Aufnahme von drei Tieren auf einem steinigen dunkelgrauen Untergrund. Pechschwarze Wolkenungetüme am Himmel, wenig Licht. Die drei Tiere standen an einer Felskante, unter ihnen tosendes Meer. Es sah aus wie eine beliebige Szene an der bretonischen Küste.

»Schauen Sie auf die Schnäbel. Sie wirken in der Tat sehr lang und gewunden. Verwachsen. Und achten Sie auf den weißen rundlich-ovalen Fleck im kurzen Gefieder zwischen Auge und Schnabel. Und auf die Stummelflügel.«

Er wartete einen Moment.

»So, nun blende ich daneben den Tordalk ein.«

Schon teilte sich der Bildschirm, und auf der rechten Hälfte erschienen zwei aufrecht stehende Tiere, die denen auf der linken Seite ähnlich waren. Zumindest auf den ersten Blick.

»Die Größe der Tiere ist auf den Fotos schwer abzuschätzen. Aber der Kollege aus Dublin hat sie einigermaßen genau errechnet: Die drei Tiere messen um die achtzig, neunzig, maximal fünfundneunzig Zentimeter, die beiden hier um die siebzig, maximal achtzig. – Aber konzentrieren wir uns auf die drei wesentlichen Unterscheidungsmerkmale.«

Dupins und Riwals Blicke bewegten sich zwischen den beiden Fotografien hin und her.

»Der Kollege hat sich die Merkmale in Vergrößerungen angesehen. Sie wurden mit einem speziellen Programm extrapoliert. Leider kenne ich die Vergrößerungen nicht. Meinen Kollegen haben sie jedenfalls in seiner Ansicht weiter bestärkt. – Ich weiß ebenso wenig, wo die Aufnahme der drei Tiere herstammt. Im Moment verrät er das verständlicherweise nicht. Die Vergrößerungen werden erst in der Publikation zu sehen sein.«

Dupin und Riwal standen dicht nebeneinander, ihre Köpfe nur Zentimeter vom Bildschirm entfernt.

»Die weißen Stellen zwischen Auge und Schnabel wirken oval«, erklärte Damay, »bei den Tordalken sind es Striche.«

»Hm.«

So klar fand Dupin es nicht. In einer polizeilichen Ermittlung würde er es als Beweis nicht durchgehen lassen.

»Das sieht man zugegebenermaßen auf dieser Aufnahme schlecht«, gab der Professor zu, »auf den Vergrößerungen ist es wohl eindeutig, sagt mein Kollege.«

»Hat sich Ihr Kollege auch mit den vermeintlichen Sichtungen hier oben an der *Côte des Abers* befasst?«, wollte Riwal wissen.

»Er hat mit zwei Fischern und einem profilierten Amateurornithologen gesprochen, der ihm die geografischen Koordinaten seiner vermeintlichen Sichtung zur Verfügung gestellt hat. Die Leute klangen nach seinem Dafürhalten seriös, aber mit Wissenschaft hat das nichts zu tun. Eindeutige Dokumentationen gibt es nicht. – Zudem musste er sich bei seinen Nachforschungen zurückhalten, sonst hätte es sofort Schlagzeilen gegeben.«

»Wann war das? Wann hat er mit den Leuten hier oben gesprochen?«, hakte Dupin nach.

»Ende letzten Jahres.«

Das war lange her.

»Und von neueren Sichtungen an der Côte des Abers wissen Sie nichts?«

»Nein.«

»Wie steht es um Sichtungen von Tordalken?« Riwal stellte eine wichtige Frage.

»In diesem Jahr gab es an diesem Küstenabschnitt noch keine. Auf der Île de Batz schon. – Aber auch an den *Aber*-Mündungen wird es über kurz oder lang wieder zu Sichtungen kommen, ihre Präsenz an der Côte des Abers ist sicher belegt, auch wenn es nur ein paar wenige Exemplare sind. Da spielt der Zufall die entscheidende Rolle.«

»Dann danken wir Ihnen sehr für all diese Informationen, Monsieur.« Mehr würden sie hier nicht in Erfahrung bringen können. Und die Unterhaltung war ohnehin schon sehr detailliert geraten. »Sie haben uns sehr geholfen.«

»Das war es schon?« Der Professor schien das Gesprächsende beinahe zu bedauern.

»Wir werden uns bestimmt noch einmal melden. Im Zweifelsfall müssten wir auch zu Ihrem Kollegen in Dublin Kontakt aufnehmen.«

Professor Damay wirkte besorgt.

»Ich hoffe, dass sich dies vermeiden lässt. Und ich gehe fest davon aus, dass alles Besprochene streng unter uns bleiben wird.«

»Bonne soirée, Monsieur.«

Dupin hatte die Tür geöffnet.

»Wirklich ganz herzlichen Dank, Professor«, wiederholte Riwal mit Emphase. »Und selbstredend behandeln wir das Ganze diskret.«

Der Professor nickte. Riwal schloss die Tür hinter sich.

Riwal und Dupin hatten die Besprechung mit Nevou und der Kommandantin auf dreiundzwanzig Uhr verlegt.

Sie hatten Nolwenn auf der Rückfahrt angerufen und auf den neuesten Stand gebracht. Nolwenn war nicht wirklich überrascht gewesen von der Möglichkeit der Fortexistenz des mythischen Riesenalks. Einer Bretonin *pur beurre* war nichts zu fantastisch. »Tja, der Atlantik, er ist und bleibt ein unergründliches Reich.«

Von Kadeg gab es keine Neuigkeiten, was ein gutes Zeichen war. Der Inspektor schlief erneut tief und fest. Seine Frau und Nolwenn hatten sich in einem Hotel unweit der Klinik einquartiert. Über den Zustand von Madame Hilaire hatte Nolwenn nichts Neues gehört, auch das deutete sie eher als gutes Zeichen, bei einer weiteren Verschlechterung hätte der Arzt sich gemeldet. Von den Ergebnissen irgendwelcher Tests auf eine eventuelle Vergiftung hin hatte Nolwenn ebenfalls noch nichts gehört. Dupin hatte es nach dem Telefonat mit Nolwenn selbst noch einmal bei dem Arzt versucht, ohne Erfolg. Und auch der Versuch, Maxime Contel zu erreichen, war vergeblich gewesen.

In gewisser Weise war die Terrasse des *Baie des Anges* bei Nacht noch atmosphärischer als tagsüber. Sie war eingehüllt in ein warmes Licht, nicht zu hell, aber auch nicht zu dunkel, und mit einem Pullover konnte man es dort bis tief in die Nacht aushalten. Überraschenderweise war der Wind etwas abgeflaut.

Die Dunkelheit und der Nachthimmel über dem Meer gehörten den Sternen, einem unruhigen, endlosen Funkeln. Alle paar Sekunden sah man das Spiel der rotierenden gewaltigen Lichtkegel der beiden Leuchttürme auf der Halbinsel von Lilia, die durch den Himmel schnitten wie Lichtschwerter.

Nevou und Carman saßen am selben Tisch wie vorhin, Dupin entdeckte ein handgeschriebenes Schild, als er sich näherte: »Reserviert – Com. Dupin«. Eine gute Idee.

Nevou saß vor einem Cidre, Kommandantin Carman vor einem Bier. Am entgegengesetzten Ende der Terrasse hatte sich eine Gruppe niedergelassen, in deren Mitte Dupin den Hotelbesitzer ausmachte. Jacques und seine Freunde. Ansonsten hatte sich die Terrasse geleert, bis auf ein Paar, das weitab saß.

»Es gibt Neuigkeiten.« Riwal setzte sich neben Nevou.

»Bei uns auch«, stellte die Kommandantin klar.

»Wir haben gerade einen Professor für Ornithologie in Brest getroffen«, begann Riwal umgehend.

In für seine Verhältnisse überraschend kompakter Manier fasste er zusammen, worum es in dem Gespräch mit Professor Damay gegangen war. Riwal schloss mit ein paar Folgerungen, wie die Geschichte unter Umständen aussehen könnte, wenn es tatsächlich um den Riesenalk ginge. Im Wesentlichen entsprachen sie den Gedanken Dupins, sie hatten sich auf der Fahrt dazu ausgetauscht.

»Das ist doch Blödsinn«, sagte Nevou, »und zwar alles. Dass es diesen Vogel noch gibt und dass dies etwas mit der Attacke auf Kadeg und dem Mord zu tun haben soll.«

»So weit hergeholt ist das nicht.« Riwal nahm seinen gefürchteten didaktischen Tonfall an. »Eigentlich ist es überhaupt nicht weit hergeholt.«

»Da sind Sie ja wieder, Monsieur le Commissaire.«

Claudia war wie aus dem Nichts aufgetaucht. Gute Gastwirte beherrschten diese Kunst ebenso perfekt wie gute Polizisten.

»Jetzt einen Wein – oder?« Sie lächelte Dupin an.

»Einen Sancerre, bitte.«

»Für mich auch«, bestätigte Riwal.

»Für mich noch einen Cidre«, bat Nevou.

»Und noch ein Bier«, vervollständigte die Kommandantin.

Zufrieden zog Claudia davon.

»Ich bin gleich wieder da.« Dupin stand auf, ging auf die Straße vor der Terrasse und griff nach seinem Handy. Es machte ihn nervös, dass er Madame Hilaires Arzt nicht erreichen konnte.

Dieses Mal hatte er Erfolg.

»Ja?«

Es klang unwirsch, der Anruf schien ungelegen zu kommen.

»Commissaire Dupin hier – ich wollte nur wissen, ob es etwas Neues gibt. Wegen Ihres Verdachts mit der Vergiftung.«

»Ich hätte mich gemeldet.«

»Halten Sie es weiterhin für wahrscheinlich?«

»Weiterhin für *möglich*. Aber es gibt zahllose mögliche Vergiftungen. Wir müssen alles testen, es ist ein Blindflug – stellen Sie es sich vor wie bei einem Allergietest.«

Ein äußerst entmutigender Vergleich.

»Melden Sie sich, auch wenn Sie nur den geringsten Verdacht haben.«

»Ich melde mich, wenn es etwas zu melden gibt.«

Eigentlich war der Mann ihm äußerst sympathisch, musste Dupin gestehen, so antwortete er für gewöhnlich selbst.

»Danke, bis später.«

»Au revoir.«

Schon hatte der Arzt aufgelegt.

Dupin begab sich zurück zum Tisch.

»Wie wollen wir jetzt vorgehen?« Die Kommandantin hatte auf ihn gewartet. »In dieser ganzen Sache mit dem Riesenalk,

meine ich? Joëlle Contel ist tot. Claude Hilaire ebenfalls. Madame Hilaire liegt bewusstlos auf der Intensivstation. – Vielleicht sind sie die Einzigen außer dem Täter, die von einer solchen mutmaßlichen Sichtung wussten?«

Die Frage brachte das Problem auf den Punkt.

»Ich will noch mal mit der Köchin sprechen.« Dupin war klar, dass er damit die Frage nicht beantwortete.

»Es ist vielleicht ein bisschen zu spät heute, Chef. Sie war ohnehin ziemlich durcheinander.« Riwal kannte Dupin. »Aber direkt morgen früh.«

Dupin warf einen Blick auf die Uhr. Riwal hatte recht, er hatte an einen persönlichen Besuch und nicht an ein Telefonat gedacht.

»Was sind Ihre Neuigkeiten?« Dupin richtete sich an die beiden Kolleginnen.

»Das mit den schwerwiegenden wirtschaftlichen Problemen bei *Les Pommes et les Bretons* …«

»Hier kommt der Wein.«

Claudia stellte die Getränke ab, darunter eine Flasche Sancerre, und war umgehend wieder verschwunden. Die Flasche war beschlagen, immer das beste Zeichen.

Dupin goss sich ein.

Der Wein tat gut. Ein kühler Sancerre klärte den Kopf. Im Nu hatte Dupin das Glas geleert.

»Also, ich fahre fort.« Carman versuchte, den Faden wieder aufzunehmen.

»Ganz kurz nur«, unterbrach Dupin die Kommandantin. »Ich bin sofort zurück.« Auch diese Sache ließ ihm keine Ruhe. Er wollte es noch einmal bei Maxime Contel versuchen.

Es klingelte ein paarmal.

»Hallo?«

»Hier Commissaire Dupin. Bonsoir, Monsieur Contel. Ich hoffe, ich störe nicht.«

Er sagte es nur der Höflichkeit halber.

»Wie kann ich Ihnen helfen?«

»Haben Sie Interesse an der alten Jacht Ihres Vaters?«

»Wie bitte?«

Dupin schwieg.

»Was meinen Sie, Monsieur le Commissaire? Wovon sprechen Sie?«

»Na, ob Sie die Jacht übernehmen wollen.«

»Ich weiß es nicht, ich habe noch nicht –« Es folgte eine Pause. »Ich habe noch nicht richtig darüber nachgedacht. Eher nicht. Aber wie kommen Sie darauf?«

»Wann haben Sie mit Ihrem Vater das letzte Mal darüber gesprochen?«

»Ich weiß es nicht. Vor ein paar Wochen.«

»Ihr Vater sagt, Sie hätten heute darüber gesprochen. Bei Ihrem Treffen.«

Maxime Contel brauchte eine Weile.

»Vielleicht hat er die Jacht erwähnt. Aber es war kein entscheidendes Thema unseres Gespräches.«

Es klang souverän.

»Und was waren die Themen?«

»Das scheint Sie ja ungemein zu beschäftigen. Wie gesagt: Geschäftliches haben wir nicht mal gestreift. Es ging um private Dinge.«

»Nämlich?«

Ein Zögern, dann: »Wir haben über das Erbe gesprochen. Tante Joëlles Erbe.«

»Und worüber genau?«

»Meine Tante Rozenn hat bereits angekündigt, sich einem Verkauf der Abtei mit allen Mitteln entgegenzustellen.«

»Wie stehen Ihr Vater und Sie dazu?«

»Ich habe mir noch keine Gedanken darüber gemacht, ehrlich gesagt.«

»Und Ihr Vater?«

»Wir haben einfach nur über mögliche Optionen gesprochen, ganz allgemein, mehr nicht.«

»Wie Sie Thierry Kadeg vielleicht doch noch vom Erbe ausschließen können?«

»Nein. Das ist überhaupt kein Thema mehr.«

»Na gut, Monsieur. – Dann wünsche ich Ihnen eine gute Nacht.«

Mehr würde Dupin nicht von ihm erfahren.

»Gute Nacht, Monsieur le Commissaire.«

Dupin ging zurück auf die Terrasse.

»Also, das mit den ernsten wirtschaftlichen Problemen bei *Les Pommes et les Bretons* entspricht der Wahrheit«, referierte die Kommandantin.

Dupin schenkte sich ein zweites Glas ein.

»Ich habe mit einem ihrer Wirtschaftsprüfer gesprochen. Vertraulich. Er wohnt in Lannilis.«

Dupin nickte anerkennend. Die Kommandantin hatte ihre Quellen.

»Letztes Jahr gab es ordentliche Verluste. Und zwar in der Höhe von fünfundfünfzig Millionen, noch mehr, als Daniels Informationen es besagen. Eine Dimension, die alles zur Disposition stellt. – In den ersten beiden Quartalen dieses Jahres liefen die Geschäfte etwas besser, die Umsätze liegen über denen der drei Vorjahre, außerdem konnte das Unternehmen

die Kosten senken. Was Maxime Contel natürlich nun seinerseits permanent betont, vor allem den Banken gegenüber – dass der ›Turnaround‹ gelingt.«

»Er erzählt allen, wie gut es um das Unternehmen bestellt ist«, bestätigte Riwal. »Kein Wort von irgendwelchen Problemen.«

Auch Dupin gegenüber hatte er es so dargestellt.

»Dabei ist die Situation weiterhin existenzgefährdend«, sprach Carman weiter, »denn das Unternehmen wird auch in diesem Jahr noch massive Verluste schreiben, sicher zwanzig, fünfundzwanzig Millionen. Maxime Contel muss noch einiges mehr tun, und zwar ganz schnell, Ende nächsten Jahres muss das Ergebnis ausgeglichen sein, sonst steigen die Banken aus.«

»Das heißt«, resümierte Nevou trocken, »zwei unserer Verdächtigen könnten vor einem echten Bankrott stehen. Einem existenziellen Scheitern.«

»*Les Pommes et les Bretons* hat im übernächsten Jahr fünfzigjähriges Jubiläum.« Riwal wirkte einen Moment beinahe persönlich mitgenommen. »Victor Contel und seine Frau haben dem Unternehmen ihr gesamtes Leben gewidmet, auch ihr persönliches Vermögen dort investiert: Alles wäre vorbei. Und für Maxime wäre es vielleicht noch schlimmer. Es würde so aussehen, als wäre er derjenige, der alles zugrunde gerichtet hat. Der es nicht geschafft hat. Der Versager. Für den die Fußstapfen seines Vaters zu groß waren. Auch wenn es sich in der Realität anders verhält.«

»Es wäre eine tiefe Schmach für ihn. – Und nicht zu vergessen, er hat zwei Kinder«, spitzte Carman zu. Das affektive Potenzial, das in einer solchen Situation lag, war immens, Dupin wusste, dass Menschen unter derartigen Umständen zu allem in der Lage waren, auch solche, die zuvor nie einen

kriminellen Gedanken gehegt hatten. Es könnte durchaus der zentrale Punkt der ganzen Geschichte sein.

»Stellen Sie sich also vor«, Inspektor Riwal richtete sich mit eindringlichem Duktus an die kleine Runde, »es gäbe ihn wirklich. Der Riesenalk existierte noch. Hier oben irgendwo. Es wäre eine weltweite Sensation, die Zeitungen wären voll davon. Überlegen Sie, was das für Victor Contels Vogeltourismusprojekt bedeuten würde. – Gigantisch. Die Vogelliebhaber kämen aus der ganzen Welt. Das Hotel, das er gekauft hat, liegt ideal. Und wer weiß, eventuell hat er noch mehr Immobilien gekauft. Vielleicht wollte Joëlle Contel die Sichtung geheim halten – und Maxime und Victor Contel eben nicht.«

So wie Riwal es formulierte, klang es nach einem einigermaßen plausiblen Szenario.

»Aber inwiefern wäre das die Rettung für *Les Pommes et les Bretons?*«, erdete Nevou die Diskussion. »Und warum sollten die beiden morden? Ihnen würde es doch reichen, wenn sich die Geschichte bewahrheitete und Massen an Vogeltouristen kämen. Warum sollte sie als Unternehmer der wissenschaftliche Ruhm einer ornithologischen Entdeckung interessieren? Zudem: Wie könnten sie die Entdeckung überhaupt nachweisen? Joëlle Contel hatte weder Fotos noch Videos, nur ein paar Notizen – wenn es da überhaupt um den Riesenalk ging.«

»Sie wüssten aufgrund der Aufzeichnungen genau, wo Joëlle die Tiere gesichtet hat«, verteidigte Riwal das Szenario. »Vielleicht gelänge ihnen dann ja selbst ein Foto oder Video des Riesenalks. Dann wären sie die Entdecker.«

»Das ist keine Antwort auf die entscheidenden Fragen«, beharrte Nevou trocken.

Sie hatte recht.

»Vielleicht verhielt es sich auch genau andersherum«, hielt Carman entgegen, »vielleicht würden die beiden gar nicht wollen, dass das mit dem Riesenalk bekannt wird? Höchstwahrscheinlich hätte das bloß eine rigorose Verschärfung der Naturschutzbestimmungen hier oben zur Folge. – Unter Umständen sähe es dann zappenduster aus für den Vogeltourismus.«

»Wir sollten uns nicht auf den Riesenalk kaprizieren«, monierte Nevou aufs Neue.

Dupin hatte ein drittes Glas leer getrunken. Er stand auf. Hier kamen sie nicht weiter.

»Ich sehe mich noch mal in Joëlle Contels Haus um«, kündigte er an. »Im Vogelzimmer.« Er wollte allein sein, nachdenken. Und er war bisher nur kurz in dem Zimmer gewesen. »Davor begrüße ich schnell Jacques' Freunde.«

»Nur zwei Dinge, Commissaire«, beeilte sich Carman zu berichten, »die Spurensicherung hat im Haus der Hilaires nichts Auffälliges gefunden. Auch nicht in der Küche. Es gibt ziemlich viele offene Lebensmittel und Getränke, sie haben ein paar mitgenommen. Es ist natürlich schwer, wenn man nicht weiß, wonach man suchen soll. – Und das andere: Es ist gar nicht leicht, die Journalisten im Zaum zu halten. Vor allem jetzt, nach dem Mord.«

Dupin glaubte es aufs Wort – aber so schwer es auch war, Carman machte ihren Job offenbar außerordentlich gut. Dupin war bisher völlig unbehelligt geblieben.

»Ich habe versprochen, ihnen heute Abend ein Update zu geben.«

»Sagen Sie, wie es ist. Dass wir den Täter im Umfeld von Joëlle Contel vermuten. Dass wir auch innerhalb der Familie ermitteln.«

Vielleicht konnten sie so den Druck auf den Täter erhöhen. – Unter Druck machten Menschen Fehler.

»In Ordnung.«

»Und danach fahren Sie nach Hause.«

Es war kurz vor Mitternacht und ein außerordentlich aufreibender Tag für alle gewesen.

»Ich lege mich auch hin, Chef«, teilte Riwal mit. »Heute Nacht können wir ohnehin nichts mehr ausrichten.«

»Tun Sie das, Riwal. Sie auch, Nevou. – Wir sehen uns morgen früh. Hier auf der Terrasse. Sieben Uhr?«

»Sieben Uhr«, bestätigte Riwal.

Die beiden Polizistinnen nickten.

»Und wenn Sie wieder nicht schlafen können, Chef: Im Kräutergarten der Abtei steht massenhaft Baldrian. So wirksam wie Valium, glauben Sie es mir. – Einfach ein paar der alten Blüten abzupfen und mit kochendem Wasser aufgießen.«

Riwal schien es ernst zu meinen.

»Hier, Sie brauchen die Schlüssel, wenn Sie noch in Joëlle Contels Haus wollen.« Carman reichte Dupin einen Schlüsselbund.

»Danke! – Und: Gute Nacht.«

»Bonsoir Mesdames, Messieurs.«

Dupin trat an den Tisch und nickte freundlich.

»Commissaire – schön, dass Sie sich zu uns gesellen. Das sind meine Freunde«, Jacques erhob sich kurz und wies auf die Runde, »Isabelle und Michel, die Bäcker aus Lannilis, Adrien und Anaïs, die Austernzüchter, Jean-Pierre, der Gemeinderat, und Violaine und Yvon, die Besitzer des Restaurants *Le Vioben*. Nur Daniel hat es nicht geschafft, der

Journalist. – Und Claudia kennen Sie ja bereits. Wir reden gerade über den Fall. Ich wäre gleich zu Ihnen rübergekommen.«

Dupin zog sich einen Stuhl heran.

»Es ist schrecklich«, beteuerte die Bäckerin. »Eine Tragödie für die Familie Hilaire.«

Trauer lag auf allen Gesichtern.

»Kannte jemand von Ihnen Claude Hilaire oder seine Frau näher?«

Dupin würde vorerst nichts von ihrem Zustand und dem Giftverdacht erzählen.

Alle schüttelten die Köpfe.

»Wir arbeiten mit einem anderen Gärtnereibetrieb zusammen«, antwortete die sympathische Bäckerin. »Man hörte nur, dass Claude Hilaire und Joëlle einander doch einigermaßen verbunden waren nach all den Jahren.«

»So eng verbunden, dass Joëlle Contel ihrem Gärtner ganz vertrauliche Dinge mitgeteilt haben könnte?«

»Hm. – Das kann ich mir nicht vorstellen. Joëlle Contel war bei aller Verbundenheit auch eine Matriarchin im alten Sinne.« Die blonde Restaurantbesitzerin hatte eine deutliche Meinung. »Claude Hilaire war ihr Angestellter. Genau wie ihre Köchin.«

Die Runde nickte zustimmend, einschließlich der Bäckerin.

»Wir haben eben auf Joëlle angestoßen«, teilte diese mit einem warmen Lächeln mit.

Dupin vergaß es immer wieder: Es war erst gestern Abend passiert.

»Joëlles Tod ist ein schlimmer Verlust. Für die ganze Gegend hier.«

»Kannte denn jemand von Ihnen Joëlle Contel näher?«, wandte sich Dupin an die Runde.

»Nicht wirklich, nein«, antwortete der junge Austernbauer. »Sie lebte ziemlich zurückgezogen. Nicht weil sie blasiert war, das war sie gar nicht. – Aber ihre Welt, das waren die Abtei und ihr Garten. Und die Vögel. Sie hat ihr Leben ganz ihrer Welt gewidmet.«

»Es ist außerordentlich, was Joëlle hier geschaffen hat«, ergänzte der Gemeinderat. »Wissen Sie, wie die Abtei früher ausgesehen hat? Eine einzige Ruine.«

»Was wissen Sie von den Riesenalk-Sichtungen hier an der Küste?« Dupin war neugierig.

»Der Riesenalk lässt Ihnen also keine Ruhe«, lächelte Jacques.

»Dazu gibt es hier verschiedenste Meinungen. Auch in unserer Runde«, meldete sich die Besitzerin des *Vioben* zu Wort. »Existiert er? Existiert er nicht? Fantasie oder Realität?«

Der Gemeinderat formulierte es nüchterner: »Die einen, wie ich, halten es durchaus für möglich, und zwar streng wissenschaftlich argumentierend, die anderen bloß für ein Märchen.«

»Verstehe. Was denken Sie, würde geschehen, wenn seine Existenz bestätigt würde?«

»Ein medialer Ansturm, wie wir ihn hier noch nicht erlebt haben.« Der Bäcker wirkte alarmiert. »Gefolgt von einer Invasion von Hobbyornithologen.«

»Große Abschnitte der Küste würden noch strenger unter Naturschutz gestellt, als es jetzt schon der Fall ist«, ergänzte der Gemeinderat.

Jacques senkte die Stimme: »Jean-Pierre hat übrigens noch etwas anderes in Erfahrung bringen können. Heute Abend erst.«

Der Gemeinderat nickte bestätigend.

»Victor und Maxime Contel haben vor vier Wochen mit

einem Politiker in Rennes über die mögliche Genehmigung eines Pilotprojekts gesprochen. Bei einem Mittagessen. Es geht um bretonischen Guano. Für genauere chemische Analysen möchten die Contels eine größere Menge sammeln.«

»Guano?«

»Getrockneter Vogelkot«, sagte der Gemeinderat.

Dupin hatte von dem wertvollen Vogelkot gehört, den man an der Pazifikküste Südamerikas abbaute, aber eine bretonische Variante war ihm noch nicht untergekommen.

»Er ist beinahe so wertvoll wie Gold, ein Wunderstoff. Der nährstoffreichste Dünger der Welt. Er enthält große Mengen an Kohlenstoff und Phosphat. Mittlerweile wird er global exportiert, die Preise sind enorm.«

»Gibt es das hier oben schon? Baut man es bereits ab?«

Dupin fragte sich, ob das überhaupt der richtige Ausdruck war.

»Nein. – Aber es gibt Massen davon. Denken Sie an die Abertausenden Vögel auf den Tausenden Inseln und Felsen vor der Küste.« Der Gemeinderat deutete mit dem Kopf Richtung Meer.

Die natürlichen Vorkommen wären kolossal, Dupin hatte keinen Zweifel. Und der Clou: Die Ressource wurde permanent nachproduziert.

»Wie weit ist das Projekt gediehen?«

Und warum hörten sie erst jetzt von diesem Vorhaben der beiden?

»Noch ist es wohl nur eine Idee, die sie sondieren wollen. Es geht um die gesamte Bretagne, nicht bloß um die Côte des Abers. Deswegen haben sie sich an einen Politiker der Regionalregierung gewandt. Er sagt, es sei den beiden erst einmal bloß um seine Einschätzung gegangen. – Er weiß nicht, ob sie sonst schon etwas in die Wege geleitet haben.«

»Aber es ist ein gemeinsames Projekt der beiden?«

»Eine gemeinsame Idee, ja.«

Es gab also doch viel mehr zwischen Vater und Sohn zu besprechen als nur »private Dinge« wie Jachten.

»Wäre ein solcher Abbau hier überhaupt realistisch?«

Es klang nicht weniger bizarr als der eventuell doch nicht ausgestorbene Riesenalk.

»Ich kann es Ihnen nicht sagen. Auf jeden Fall nur, wenn sie die allerstrengsten Umweltauflagen respektierten.«

»Das kriegen sie niemals genehmigt. Absolut unrealistisch«, positionierte sich der Bäcker.

»Denke ich auch«, bekannte Jacques Briand. »Der Eingriff in die Natur wäre viel zu groß, egal wie ökologisch die Abbaumethoden sein würden.«

Dupin fuhr sich durch die Haare.

»Ist Ihnen ansonsten noch etwas eingefallen zu dem Ganzen? Dem Angriff auf meinen Inspektor, dem Mord an Claude Hilaire?«

Jacques schüttelte den Kopf. »Nur die Krise von *Les Pommes et les Bretons*, und jetzt eben das mit dem Guano. Wobei wir uns selbst keinen Reim darauf machen konnten, wie die konkreten Zusammenhänge mit den beiden Taten aussehen könnten.«

Eine empfindliche Enttäuschung schwang in seinen Worten mit.

»Gut. – Ich danke Ihnen allen und wünsche eine gute Nacht.« Dupin nickte in die Runde. »Lassen Sie es mich wissen, wenn Ihnen noch etwas einfällt.«

Im nächsten Moment hatte der Kommissar die Terrasse verlassen.

Es war nach Mitternacht.

Dupin hatte es bei Maxime Contel versucht, dann bei dessen Vater. Vergeblich.

Mittlerweile hatte er den Haupteingang der Abtei erreicht. Die mächtig aufragende Kirche verlor sich im Nachthimmel, die Sterne funkelten wild.

Von den beiden Gendarmen, die Carman zur Bewachung abgestellt hatte, war nichts zu sehen. Sie würden sicher gerade ihre Runde drehen oder sich bei Joëlle Contels Haus positioniert haben. Er hätte sich von Carman ihre Nummer geben lassen sollen.

Dupin lief den Weg um die Anlage herum. Er passierte das *Maison Pinchon,* die beiden kuriosen Vorbauten, bog links um die Ecke.

Es war totenstill. Noch immer war von den beiden Polizisten nichts zu sehen.

Dupins Puls beschleunigte sich.

Er erreichte das Ende dieser Seite der Anlage, für einen Blick in den Innenhof mit den magischen Kräutern war es zu dunkel. Er lief um die letzte Ecke und verlangsamte seine Schritte.

Rechter Hand erahnte man die Apfelbäume, dahinter sah man die pechschwarzen Schemen des Waldes.

»Hallo?«

Dupin wollte sich bemerkbar machen. Er lief auf die Terrasse vor dem Wohnhaus zu.

»Ist da jemand?«

Nichts.

Plötzlich waren Schritte zu vernehmen.

Dupin zuckte zusammen, alle Muskeln seines Körpers spannten sich an.

»Bleiben Sie stehen! – Polizei!«

Nicht Dupin hatte die energischen Worte gerufen – er war es, dem sie galten.

In der nächsten Sekunde blendete ihn eine Taschenlampe. Eine kräftige Hand packte ihn am rechten Oberarm.

»Wir haben Sie, Widerstand zwecklos«, hörte er eine andere Stimme.

»Ich bin …«

»Es ist nur der Commissaire, Jean.«

Die Hand ließ umgehend von ihm ab.

»Georges Dupin. – Bonsoir«, begrüßte Dupin die Kollegen.

»Das tut uns sehr leid, Commissaire. – Wir hörten bloß, dass jemand um die Ecke schlich, da haben wir gedacht, der Täter von gestern Nacht könnte zurück sein. Wir …«

»Ausgezeichnet«, lobte Dupin.

»Danke, Monsieur le Commissaire.« Der Ältere der beiden schien verlegen.

»Ich wollte mich noch einmal in Joëlle Contels Haus umsehen.«

»Selbstverständlich, Monsieur le Commissaire.« Wie zwei Bodyguards hielten sich die Gendarmen nun rechts und links von Dupin, als er auf die Tür zuging.

Dupin schloss auf.

»Wir sind hier draußen. – Falls Sie uns brauchen.«

»Danke«, nickte Dupin. Er trat ein und machte das Licht an.

Das Haus eines Toten hatte etwas Tröstliches und Trauriges zugleich. War die verstorbene Person in ihm zwar präsent wie nirgendwo, hatte zugleich jedoch alles seinen Bezug und seinen Sinn verloren. Warum befand sich was an welchem Ort? Warum dieses Bild? Dieser Krimskrams? Diese eine aufbewahrte leere Weinflasche? Zu welchem Anlass war sie leer getrunken worden? Warum dieser eine gelbe Stuhl? Diese und Hunderte andere Dinge – alle waren auf die einzigartige Person bezogen, die sich ihre Welt erschaffen hatte. Mit Dingen, die Teil dieser Person geworden waren. Zur ihr gehörten. Nun waren sie einfach nur noch Dinge.

Dupin ging die Treppe zum Vogelzimmer hoch.

Er hätte gar nicht sagen können, was er hier wollte. Das Beobachtungsbuch mit den herausgetrennten Seiten hatte Nevou der Spurensicherung übergeben, um es nach Fingerabdrücken untersuchen zu lassen. Er folgte eher einem Impuls.

Der Raum war groß, bestimmt dreißig Quadratmeter. Die Wände waren vom Boden bis zur Decke mit Vogelzeichnungen und Vogelfotografien behängt. Überließe man sich seiner Fantasie, könnte man meinen, sich in einer großen Voliere zu befinden.

Zwei beeindruckende Spektive auf Stativen. Eines am Fenster, das zur Bucht ausgerichtet war. Joëlle Contel hatte also auch von hier aus Vögel beobachtet.

Er nahm eines der Beobachtungsbücher aus dem Regal.

Schlug es auf. Vorne war der Beobachtungszeitraum notiert. Januar bis Mai dieses Jahres. Er nahm noch zwei weitere in die Hand.

Er würde sie mitnehmen und in Ruhe durchgehen.

Langsam lief er den Raum ab und scannte die Wände.

In einer Ecke blieb er stehen. Hier hingen drei historische

Stiche des Riesenalks übereinander – wenn er sich nicht irrte und ihn mit dem Torda-Pinguin verwechselte. Aber eigentlich war Dupin sich sicher: der gewundene, verwachsene lange Schnabel, hier bläulich, der ovale weiße Fleck vorne am Auge, die Stummelflügel. Die drei Erkennungsmerkmale.

Was für ein schönes, erhabenes Tier. Und – in Dupins Augen – ein echter Pinguin. Der »Pinguin der Nordhalbkugel« eben.

Dupin setzte seinen Gang fort.

Er inspizierte die Regale. Sie bogen sich unter der Last von Büchern, allesamt über Vögel, Hunderte davon. Kleine, große Bücher, prächtige, aufwendige Bildbände. Neue und alte Bücher. Dupin griff eines heraus. Aus dem 17. Jahrhundert. Mit fantastischen farbigen Zeichnungen.

Einen Computer oder ein Smartphone hatte Joëlle Contel nicht besessen. Nur ein schlichtes kabelloses Tastentelefon – das gleiche Modell wie unten im Wohnzimmer stand auch hier oben.

Manchmal fiel einem genau bei solchen ziellosen Inspektionen zufällig etwas in die Finger, das von Bedeutung war, Dupin hatte auf diese Weise schon den einen oder anderen entscheidenden Fund gemacht. Durch reinen Zufall – durch reine Beharrlichkeit. Heute Abend schien ihm das jedoch nicht zu gelingen. Der Zufall gab sich – wie im gesamten Fall bisher – spröde.

Wieder und wieder musste Dupin an das Treffen von Maxime und Victor Contel denken – an ihr gemeinsames Projekt. Das sie ihm verschwiegen hatten.

Dupin war jetzt schon eine Dreiviertelstunde im Vogelzimmer. Gleich war es ein Uhr. Die Gendarmen hatten zweimal wissen wollen, ob alles in Ordnung sei.

Es reichte, er würde sein Zimmer beziehen und im Bett noch etwas in den Journalen blättern.

Dupin trat auf den langen, schmalen Balkon des Appartements. Er atmete tief ein und aus. Dann stand er eine Weile regungslos da. Bei Tageslicht würde man über die ganze Bucht blicken können, man würde die beiden Halbinseln sehen, die Mündung des Aber Wrac'h, das einsame Haus auf der zerklüfteten Felseninsel und links die Abtei. Der gleiche phänomenale Blick wie von der Terrasse, nur von noch höherer Warte. Jetzt, in der Nacht, offenbarte der Blick nur eines: das mysteriös schwarz glänzende Meer. Die Lichter des Hotels und der Terrasse reichten nur bis zum Strand, wo sich die Wellen brachen. Dann war Schluss. Die beiden sich zugeneigten weißen Boote waren schon vom Schwarz verschlungen.

Die Nacht hatte kräftigen Seegang mit sich gebracht. Nachts hörte man die Wellen lauter als am Tag.

Der Wind hatte wieder aufgefrischt – Dupin hatte gedacht, er würde sich vielleicht über Nacht ganz legen – und transportierte feinste Gischt auf den Balkon und ins Zimmer.

Dupin gab sich einen Ruck und löste sich.

Hinter der Fensterfront stand ein langer Holztisch, an dem man wunderbare Abende mit Freunden verbringen konnte. Ein paar Meter weiter befand sich ein Tresen mit vier Hockern, auf dessen anderer Seite sich die offene Küche befand. Beim Kochen wie beim Essen blickte man direkt aufs Meer. Ein Flur neben der Küche führte zum Schlafzimmer und zum Bad.

Keine fünf Minuten und eine Dusche später lag Dupin im Bett. Neben ihm auf dem Nachttisch die Beobachtungsbücher

von Joëlle Contel. Er begann zu lesen. Aber schon nach dem dritten Eintrag ging es nicht mehr. Schlagartig überkam ihn eine bleierne Müdigkeit. Er versuchte, sich zu wehren. Ein vergeblicher Kampf. Mit letzter Kraft legte er das Journal beiseite und löschte die Nachttischlampe.

DER DRITTE TAG

Dupin fand keine Ruhe.

Zwar war er augenblicklich eingeschlafen, doch kaum eine Stunde später war er wieder aufgewacht, benommen, in einem dieser seltsamen Zwischenzustände. Als miserabler Schläfer kannte er sie zur Genüge. Das Gleiche war dann noch ein paarmal passiert: Dupin schlief ein und wachte wieder auf. Dabei musste er unbedingt Schlaf finden, ohne Zweifel würde es ein fordernder Tag werden.

Es war 4 Uhr 55, als er erneut wach wurde.

Ein bisschen mehr als eine Stunde, das war alles, was noch drin war, knurrend drehte er sich auf die Seite. Plötzlich aber durchfuhr es ihn. Im nächsten Moment saß er aufrecht. Ein Gedanke war aus den Untiefen seines Unbewussten aufgestiegen, hatte ihn unsanft zurück in die wirkliche Welt katapultiert.

Hals über Kopf sprang der Kommissar aus dem Bett.

Der Gedanke lag so nah. Warum war er nicht schon früher darauf gekommen? Wie begriffsstutzig konnte man sein?

Er schnappte nach seinem Handy und scrollte durch die Nummern. Da war sie.

Er rief an. Es klingelte. Wieder. Und wieder.

Niemand nahm ab. 4 Uhr 56. Alle Welt würde schlafen. Die rechtschaffene Welt zumindest.

Dupin drückte die Nummer erneut. Ließ es klingeln. Kein Anrufbeantworter.

Er rief ein drittes Mal an. Zog sich dabei an, Jeans, Polohemd, Socken, alles, was er gestern angehabt hatte, er war auf keine Übernachtung eingestellt gewesen.

»So ein Scheiß.«

Gerade wollte er auflegen, als er das leise Knacken hörte, das entstand, wenn jemand ein Telefonat annahm.

»Docteur Malrus? – Hier Commisaire Dupin.«

»Sind Sie von allen guten Geistern verlassen? Es ist mitten in der Nacht, was …«

Dupin war klar, dass er den Gerichtsmediziner aus dem Schlaf gerissen hatte.

»Ich möchte, dass Sie umgehend einige Untersuchungen am Leichnam von Joëlle Contel vornehmen. Jetzt, auf der Stelle.«

Keine Reaktion.

»Hören Sie, Docteur? Fahren Sie auf der Stelle ins Labor.«

»Sind Sie jetzt völlig verrückt geworden, Dupin? Ich …«

»Sofort. Das ist ein Befehl. – Ich muss wissen, ob Joëlle Contel eventuell vergiftet wurde.«

»Vergiftet? – Ich habe Ihnen doch schon gesagt: akutes Herz-Kreislaufversagen, da …«

»Suchen Sie nach einem Gift, das unter anderem die Pupillen extrem weitet, den Puls hochschnellen lässt und zu einem Herz-Kreislaufkollaps führt. – Ich nehme an, dass es solche Gifte gibt?«

»Ich …« Der Gerichtsmediziner zögerte. »Die gibt es. Aber diese Symptome können von einer ganzen Reihe von Substanzen verursacht werden. Auch von bestimmten Medikamenten.«

»Untersuchen Sie alles, was Ihnen plausibel erscheint, Malrus.«

»Wie kommen Sie darauf, Dupin?«

»Egal. – Machen Sie sich sofort auf in Ihr Labor und rufen Sie von unterwegs in der *Pasteur-Lanroze*-Klinik an. Oberarzt Tanguy. Er behandelt eine gewisse Madame Hilaire. Ich denke, dass sie beide mit der gleichen Substanz vergiftet wurden.«

»Was?«

Dupin zog seine Schuhe an und sprintete aus dem Zimmer.

»Und noch etwas: Schicken Sie umgehend jemanden nach Aber Wrac'h. In die Abtei von Madame Contel.«

»Wissen Sie, wie spät es ist? Ich …«

»Mit einer Ausrüstung, um Gifte direkt vor Ort nachweisen zu können.«

Dupin hatte zwar noch keinerlei Idee, wo sie suchen sollten und wonach – dennoch.

»Das funktioniert, wenn überhaupt, nur sehr unzuverlässig. Und lediglich bei ganz bestimmten Toxinen. Das können Sie vergessen. – Und auch bei der Leiche von Madame Contel wird es kompliziert. Manche Gifte sind im Blut nicht oder nicht mehr nachweisbar. Ich müsste mir einzelne Organe von innen ansehen. Und selbst dann könnte es sehr schwer werden.«

Schon hatte Dupin das Hotel verlassen.

»Tun Sie, was Sie tun müssen, Malrus. Aber so schnell es geht.« Dupin setzte nach: »Wir müssen verhindern, dass noch mehr Menschen vergiftet werden.«

»Besteht Anlass, das zu befürchten?«

»Es lässt sich jedenfalls nicht ausschließen.«

Es war die Wahrheit.

»Wie sicher sind Sie sich überhaupt bei dieser ganzen Gift-Hypothese?«

»Ich muss dringend ein paar weitere Anrufe erledigen. Bis später.«

Dupin legte auf.

Es gab Situationen, da reichte ein Verdacht. Auch wenn er spekulativ war.

Das Gift – so grausam es war – wäre eine Erklärung für einen Punkt, dem Dupin die ganze Zeit diffus nachgehangen hatte. Das mit den Vorzeichen des Todes hatte er – selbstverständlich – nie geglaubt. Und Hinweise auf eine akute Herzschwäche hatte es bei Joëlle Contel nicht gegeben. Natürlich konnte eine Neunundachtzigjährige unerwartet an einem Herzversagen sterben – aber so ganz hatte ihn das nie überzeugt, es war nur so ein Gefühl. Vielleicht auch, weil es diese seltsame zeitliche Koinzidenz gab: Der Tod war ja tatsächlich unmittelbar nach den Vorzeichen erfolgt. Vielleicht hatte sie sich jemand zunutze gemacht …

Dupin lief auf die Abtei zu.

Er drückte Riwals Nummer.

Es dauerte, bis der Inspektor annahm.

»Riwal, wir sehen uns in drei Minuten in Joëlle Contels Haus. – Bringen Sie Nevou mit und verständigen Sie Carman.«

»Was ist passiert, Chef?«

»Bis gleich, Riwal.«

Schon hatte Dupin aufgelegt.

Er kam an dem Tor vorbei, das der Gärtner immer benutzt hatte. 7457 war der Code.

Dupin passierte die weitläufige Wiese neben der Kirche, auf

der die Fußballtore aus fernen Zeiten standen. So gelangte man geradewegs zu Joëlle Contels Wohnhaus.

»Hallo, hier Commissaire Dupin. – Hallo?«, rief der Kommissar.

Das von vorhin würde ihm nicht noch einmal passieren.

»Hallo?!«

»Monsieur le Commissaire?«

Eine ungläubige Nachfrage.

»Genau.«

»Auf der Terrasse, Monsieur le Commissaire. – Wir sind auf der Terrasse.«

Schon erreichte Dupin die Terrasse, die beiden Gendarmen leuchteten ihm mit ihren Taschenlampen entgegen. Man sah, dass sie es sich ein bisschen bequem gemacht hatten, sie hatten die groben Polizeidecken, die zur Grundausstattung jedes Polizeiwagens gehörten, auf die Stühle gelegt. Sie blickten ihn gespannt an.

Dupin hatte keine Zeit zu verlieren.

»Ich brauche Sie. Wir haben einige Arbeit vor uns. Ich gehe von der Möglichkeit aus, dass Joëlle Contel vergiftet wurde. – Dass es kein natürlicher Tod war.«

Dupin stürmte schnurstracks auf die Haustür zu.

»Und ich vermute, dass man das gleiche Gift Madame Hilaire verabreicht hat.«

Schon war er im Haus. Die beiden Gendarmen folgten alarmiert.

»Da Joëlle Contel die Abtei, soviel ich weiß, am Montag nicht verlassen hat, wird sie das Gift hier in ihrem Haus zu sich genommen haben. Mit irgendeinem Essen oder Getränk vermutlich. Es gibt keine Anzeichen, dass ihr etwas gegen ihren Willen verabreicht worden ist.«

Es waren sehr hypothetische Annahmen, das wusste Dupin.

»Wir müssen uns auf die Lebensmittel konzentrieren, alles, was sie am Montag gegessen oder getrunken haben könnte. Sie …«

Dupin fiel ein, dass die Köchin das allermeiste sicher schon entsorgt haben würde. Genau darum hatte sie sich ja gestern Mittag gekümmert.

»Wir müssen auch nach den Abfällen …«

Dupin sprach auch diesen Satz nicht zu Ende.

»Verdammt!«

Er war wie angewurzelt stehen geblieben. – Er wusste es! Er wusste, worin das Gift gewesen war. Wenn sie es wirklich mit einer Vergiftung zu tun hatten.

Das musste es sein.

So kompliziert war es gar nicht. Sie mussten es ja beide zu sich genommen haben, Joëlle Contel und die Frau des Gärtners.

Die Gendarmen starrten den Kommissar an. Ohne eine Erklärung riss Dupin den Kühlschrank auf.

Die kleinen Schälchen. Danach musste er schauen.

Den großen Topf würde die Köchin gespült haben, nachdem sie alles verteilt hatte. Es blieb nur zu hoffen, dass sie gestern nicht für alle Portionen Abnehmer gefunden hatte.

Nichts. Keines der Schälchen war zu sehen.

Dupin stürzte zur Spülmaschine und öffnete sie. – Leer.

»Suchen Sie nach einem großen Schmortopf«, wies er die Gendarmen an.

Augenblicklich machten sie sich an den Schränken zu schaffen.

Dupin öffnete einen der anderen Schränke und starrte auf ordentlich gestapelte Keramikschälchen – genau solche, wie Madame Brével sie gestern benutzt hatte.

»Hier ist er«, ertönte es neben Dupin. »Ein sehr großer Schmortopf.«

Der Polizist stand vor einem geöffneten Küchenschrank.

»Wir müssen …«

»Da bin ich, Chef. Nevou müsste auch gleich da sein.«

Riwal. Endlich.

»Riwal, ich denke, dass der *Kig Ha Farz* vergiftet ist. Dass Joëlle Contel mit ihm vergiftet wurde und dass auch Madame Hilaire davon gegessen hat. – Docteur Malrus untersucht Joëlle Contels Leichnam bereits auf eine Vergiftung hin. Und stimmt sich mit dem behandelnden Arzt von Madame Hilaire ab, der ja aufgrund der Symptome eine Vergiftung in Erwägung gezogen hat.«

Dupin sprach so schnell er konnte.

»Madame Brével hat den Eintopf am Samstag bei sich zu Hause gekocht und ihn am Sonntag mitgebracht. Am späten Montagmittag hat Joëlle Contel davon gegessen. Der Rest war für die übrige Woche vorgesehen. Nach dem Tod von Madame Contel hat die Köchin den *Kig Ha Farz* dann gestern in meinem Beisein in mehrere Schälchen gefüllt, um sie zu verteilen. – Sie wollte Claude Hilaire etwas mitgeben und hat ausdrücklich gesagt: ›Für ihn und seine Frau.‹« Dupin bekam fast Gänsehaut.

»Vielleicht hat Claude Hilaire nichts davon gegessen, seine Frau dagegen schon.«

Riwal starrte Dupin eine Weile an. Man konnte ihm nicht ansehen, was er über Dupins Vermutungen dachte.

Dann platzte es aus ihm heraus: »Es würde perfekt erklären, was hier Montagnacht vor sich gegangen ist. Was Kadeg widerfahren ist.«

Jetzt war es Dupin, der den Inspektor anstarrte.

»Der Täter ist zurückgekommen, um nach seiner Tat den Topf mit dem vergifteten *Kig Ha Farz* zu beseitigen. Er wäre das einzige Beweismittel. – Das Gift wäre nur für Joëlle Contel bestimmt gewesen.«

Riwal schien hellwach.

»Also hat er sich noch in der Nacht durch den Wald in die Abtei geschlichen. Es musste vor dem nächsten Tag geschehen. Und da ist er unerwarteterweise Kadeg begegnet. Der Täter ist vermutlich davon ausgegangen, dass der Polizist, den er gerade niedergeschlagen hatte, nicht allein war – und floh Hals über Kopf. Das hätte ich zumindest getan.«

Exakt so könnte es gewesen sein. Es war das erste Szenario, das den Anschlag auf Kadeg plausibel erklärte. Auch wenn sie immer noch keine Antworten auf einige grundlegende Fragen hatten: Warum – wenn es stimmte – hatte der Täter Joëlle Contel vergiftet? Und dann Claude Hilaire erschlagen?

»Wer könnte noch eine Portion vom Eintopf bekommen haben?« Riwal spielte das Szenario sofort weiter durch.

»Sophie Gautier höchstwahrscheinlich.« Dupin war eingefallen, dass die Köchin ausdrücklich auch von ihr gesprochen hatte.

»Ich kümmere mich drum.« Riwal machte auf der Stelle kehrt. »Ich laufe am besten rasch rüber. Auf dem Weg versuche ich es schon telefonisch.«

»Tun Sie das.«

»Bevor wir nach Brest gefahren sind, ging es ihr noch gut«, fügte Dupin hinzu. Er hatte sie ja am Fenster gesehen.

Allerdings war das jetzt Stunden her.

Riwal war bereits verschwunden.

»Wer könnte noch betroffen sein?«, fragte einer der beiden Gendarmen.

»Victor und Maxime Contel«, Dupin dachte laut nach, »Rozenn Gautier vermutlich nicht. Aber …« Mist, daran hätte er als Erstes denken müssen. »Natürlich Madame Brével selbst. Und ihre Tochter, die in Lannilis lebt.« Dupins Gedanken rasten. »Und die Kinder, die Zwillinge.«

Nicht auszudenken.

»Ich kümmere mich um Madame Brével«, entschied Dupin.

»Ich weiß, wo Madame Brévels Tochter wohnt.« Auch der zweite Gendarm erwies sich als äußerst hilfreich. »Sollen wir zu ihr fahren?«

Dupin dachte kurz nach. Wer wusste, wie schnell sie sie telefonisch erreichen würden? Er hatte nicht einmal eine Nummer.

»Fahren Sie, ja. Sofort.«

»Machen wir.«

»Was ist passiert?« Nevou trat in die Küche, die Haare wild durcheinander.

»Einen Moment, Nevou.« Dupin war noch etwas eingefallen, er wandte sich an die beiden Gendarmen. »Fahren Sie danach bei den Hilaires vorbei und suchen Sie dort nach dem *Kig Ha Farz*. Stellen Sie ihn sicher – wenn noch etwas übrig ist.«

Die beiden nickten.

»Rufen Sie bei der Spurensicherung in Brest an. Sie haben schon ein paar Lebensmittel und Getränke mitgenommen. Vielleicht war der *Kig Ha Farz* dabei.«

»In Ordnung.«

Die Polizisten eilten an Nevou vorbei.

Dupin erklärte ihr kurz die Lage.

»Und Sie sind sich sicher? Dass beide vergiftet worden sind und sich das Gift in dem Eintopf befindet?«

Es war nicht die Zeit für Diskussionen.

»Wir müssen es auf jeden Fall ausschließen. Und verhindern, dass eventuell noch mehr Menschen vergiftet werden.«

Sie nickte.

»Ich rufe Madame Brével an. – Sie versuchen es bei Maxime und Victor Contel.«

»Verstanden.«

Nevou hatte ihr Handy schon in der Hand und lief auf die Terrasse.

Dupin ließ es klingeln. Rief ein zweites Mal an. Ein drittes Mal. Ein viertes Mal. Nichts. Madame Brével nahm nicht ab.

Er war dabei, die Nummer zum fünften Mal zu wählen, als er selbst angerufen wurde.

Riwal.

»Und?«

»Sophie Gautier geht es gut. Ihrer Tochter auch. – Sie haben noch nichts von ihrer Portion *Kig Ha Farz* gegessen. Sie hatten heute Abend Lust auf Crêpes. Wenn er wirklich vergiftet sein sollte, dann war es knapp, Chef.«

Dupin war zutiefst erleichtert.

»Leider weiß Sophie Gautier nicht, wer noch von dem Eintopf bekommen hat. Die Hilaires aber ziemlich sicher, meint sie. – Ich habe das Schälchen mit dem *Kig Ha Farz* mitgenommen und lasse sofort jemanden kommen, der es nach Brest bringt.«

»Sehr gut. – Carmans Kollegen fahren gerade zur Tochter von Madame Brével nach Lannilis, anschließend suchen sie im Haus der Hilaires nach dem *Kig Ha Farz*. Und Nevou versucht, Victor und Maxime Contel zu erreichen.«

»Ich musste Sophie Gautier von dem Giftverdacht erzählen. Sie hat natürlich sofort gefragt, ob ihre Tante vergiftet wurde. – Ich habe gesagt, es sei nur ein Verdacht, dem wir aber selbstverständlich nachgehen. Die Wahrheit also.«

Dupin wäre sehr viel lieber gewesen, sie hätten das vorerst

alles für sich behalten können, aber das war völlig unrealistisch. Sie mussten den Leuten ja erklären, warum sie so früh am Morgen diese massive Aktion veranstalteten.

»Ich komme jetzt zurück zur Abtei, Chef.«

»Tun Sie das, Riwal.«

Immerhin, Sophie Gautier und ihrer Tochter ging es gut. Aber was war mit der Köchin? Und den anderen?

Dupin versuchte es aufs Neue bei Madame Brével. Vergeblich.

Es gab keine andere Möglichkeit: Er musste zu ihr fahren. Nicht zuletzt weil sie nun selbst unter akutem Tatverdacht stand.

Was sie auch bedenken mussten: Gestern Nachmittag hätte sich auch jemand selbst etwas aus dem Kühlschrank nehmen können, ohne dass die Köchin davon gewusst hätte. Dupin hatte nicht darauf geachtet, wie viele Schüsseln sie insgesamt abgefüllt hatte – vier, fünf, sechs?

Nevou kam in die Küche gestürmt.

»Es hat ein bisschen gedauert, aber ich habe Victor Contel erreicht. Er hat keine Portion von dem *Kig Ha Farz* bekommen. Sein Sohn ebenso wenig, glaubt er. Sie haben die Abtei ja gestern Mittag zusammen verlassen, da hätte er es gesehen.«

Eine gute Nachricht.

Jetzt war es die Kommandantin, die außer Atem in die Küche stürzte:

»Was ist passiert?«

Dupin erklärte alles ein drittes Mal.

Carman, die in tadellos ordentlicher Uniform erschienen war, hörte zu, ohne eine einzige Zwischenfrage zu stellen.

»Jetzt fahre ich zu Madame Brével«, schloss Dupin und setzte sich in Bewegung.

»Am besten fahre ich Sie. Es ist nicht weit, aber ein bisschen kompliziert. – Ich kenne eine Abkürzung. Mein Wagen steht direkt vorne am Tor.«

Dupin hatte seinen Citroën am *Hotel Baie des Anges* geparkt, als sie aus Brest zurückgekommen waren.

»Na gut.« Dupin hasste es, Beifahrer zu sein, aber mit der Kommandantin würde es schneller gehen.

»Nevou, Sie warten hier auf Riwal«, instruierte er.

»Natürlich.«

Zwei Minuten später saßen sie im Peugeot der Kommandantin, die ordentlich Gas gab. Dupin fühlte sich wie auf dem Schnellboot der Wasserpolizei. Sein persönlicher Albtraum.

Bald ging es den Hügel hoch. Er sah auf den Tacho. Hundertzwanzig. Auf einer winzigen Straße. Carman fuhr wie Dupin. Ein Fahrstil, mit dem Dupin prinzipiell kein Problem hatte, solange er selbst fuhr.

Plötzlich bremste sie abrupt und fuhr auf einen unbefestigten Weg. Dupin wurde nach vorne geschleudert.

»Die *Ribines*«, kommentierte die Kommandantin trocken.

»Die *Ribines?*«

»Wege und Straßen mit hohen Windschutzwällen. Die Bauern errichten sie hier im windigen Norden seit Jahrhunderten auf diese Weise. Um die Felder zu schützen.« Sie war auf das Fahren konzentriert.

Das war es also, was Dupin hier schon ein paarmal gesehen hatte, er dachte an den Fußweg bei Paluden – *Ribines.*

»Heutzutage schützen sie vor allem die Kneipenbesucher nach einem fröhlichen Abend. Und zwar vor den Polizeikontrollen. – Wenn man zu viel getrunken hat, fährt man halt über die *Ribines.*«

Es klang beinahe wie ein gut gemeinter Rat.

Zur Geschwindigkeit kam jetzt das Geholper. Der Weg

wurde immer abenteuerlicher. Was die Kommandantin keineswegs veranlasste, langsamer zu fahren. Es tat Schläge, bei denen es einem angst und bange um die Achse des Peugeots wurde.

»Wir sind gleich da. – Brével wohnt direkt am Aber Benoît. Am Rande von Prat ar Coum. Zwischen den beiden großen *Abers* liegt ein Plateau, gleich geht es wieder runter.«

Eine Warnung.

Ein paarmal dachte Dupin, er würde mit dem Kopf gegen das Autodach fliegen.

Der Vollmond tauchte die Welt in ein fahles Licht.

Unversehens unternahm Carman eine weitere Beinahe-Vollbremsung, um links in einen noch schmaleren Weg einzubiegen, schmaler als der Wagen selbst, schien es, dafür mit noch höheren Wällen links und rechts. Und jetzt ging es, wie angekündigt, steil hinunter. Unfassbar steil.

Dann tat sich im Mondlicht ein ungeheurer Blick auf. Über hohe Meereskiefern sah man hinweg auf den *Aber Benoît*. Ein dunkel-silbriges Schimmern, das sich bis ins Meer zog.

Es ging immer weiter runter. Sie fuhren geradewegs auf den Fluss zu.

»Da sind wir.«

Zu sehen war nichts. Erst als Carman abermals brutal das Lenkrad herumriss und den Wagen zum Stehen brachte, sah er es: ein kleines, altes Steinhaus. Direkt am Fluss. Von der anderen Seite führte auch eine richtige Straße bis zu dem Haus.

Während der gesamten Fahrt war es mit dem Empfang schwierig gewesen. Dupin hatte unentwegt auf das Handy gestarrt, wichtige Nachrichten standen aus. Er hatte es wiederholt bei den beiden Gendarmen versucht. Was war mit Madame Brévels Tochter? Was mit Maxime Contel? Seine Anrufe waren ins Leere gegangen.

Carman sprang aus dem Auto.

»Einen Moment.« Dupin blieb noch sitzen. Ein weiterer Anruf war von großer Wichtigkeit, und Dupin hatte einen Balken auf dem Display erspäht.

Er suchte nach der Nummer. – Da war sie. Docteur Tanguy. Der behandelnde Arzt von Madame Hilaire.

Erstaunlicherweise ging er sofort dran.

»Commissaire Dupin?«

»Ich wollte nur wissen, ob Docteur Malrus Sie erreicht hat. Und ob es Erkenntnisse bei den durchgeführten Tests gab.«

»Docteur Malrus und ich haben gesprochen. Aus meiner Sicht wäre eine akute Intoxikation wie gesagt völlig plausibel, ja. Bei den differenzierten Bluttests gibt es, sagen wir so, erste, wenn auch indirekte Evidenzen für die Validität dieser Annahme.«

»Was heißt das?«

»Genau das. Es sind noch keine Beweise, aber es gibt spezifische Anzeichen. Und es wäre ein stimmiges ätiologisches wie symptomatisches Gesamtbild. Es könnte eine Substanz sein, die bei Madame Contel mit ihren neunundachtzig Jahren zu einem langsameren, relativ ruhigen Dahinscheiden geführt hat, bei der gesunden sechsundvierzigjährigen Madame Hilaire aber zu dem konvulsiven Kampf des Körpers. Es hängt auch von der Menge des Giftes ab. – Ihr geht es übrigens leider nicht besser. Sie liegt jetzt im Koma. Wir behandeln sie bereits auf eine mögliche Vergiftung hin, wenn auch noch unspezifisch. Wir müssen dringend das Gift kennen.«

»Wir sind dran, Docteur. Melden Sie sich, wenn es auch nur die geringsten Neuigkeiten gibt.«

»Und Sie, wenn Sie eine Vermutung haben, was es sein könnte.«

»Mache ich.«

Dupin stieg aus dem Wagen. Er fasste das Gespräch für Carman kurz zusammen.

»Na gut, vielleicht ist Ihre Hypothese doch nicht ganz so abenteuerlich.«

Sie liefen auf die Eingangstür des reetgedeckten Hauses zu. Ein einfacher Messingknopf diente als Klingel.

Ein lautes Schrillen war aus dem Haus zu hören. Kein schönes Geräusch.

Ungerührt hielt Carman den Knopf gedrückt.

Es dauerte eine Weile, bis sich im Haus etwas tat. Dann ging ein Licht an der Seite an. Vielleicht das Schlafzimmer.

»Ist Madame Brével am Leben, ist sie vorerst unsere Hauptverdächtige«, bemerkte die Kommandantin mit gesenkter Stimme.

Dupin nickte.

Die Kommandantin trat ein paar Schritte zurück. »Madame Brével«, rief sie, »hier ist Commandante Carman. Wir müssen Sie sprechen.«

Ein weiteres Licht ging an, rechts neben der Eingangstür.

Es dauerte trotzdem noch eine Weile, bis sich die Tür öffnete. Einen kleinen Spalt zunächst nur.

Eine verschreckte Madame Brével lugte hervor, die Haare standen ihr vom Kopf ab, sie trug ein viel zu großes blaues Sweatshirt, eine weite Schlafanzughose.

»Ist bei Ihnen alles in Ordnung, Madame?«, begann Dupin. Das war das Wichtigste. »Geht es Ihnen gut?«

Dupin hatte ihre Augen fixiert, ihre Pupillen sahen nicht verändert aus.

»Mir? Deswegen kommen Sie so früh am Morgen?«

»Dürften wir hereinkommen, Madame?«

»Natürlich.«

Erst jetzt öffnete Madame Brével die Tür ganz.

Sie traten in ein großes Zimmer, wie es typisch war für die alten bretonischen Steinhäuser: außerordentlich gemütlich, ein bisschen wie eine schützende Höhle. Die Wände aus nacktem Stein. Ein großer Kamin, der die dicken Wände im Winter zu behaglichen Wärmespeichern machte. Kleine Fenster, und nicht viele davon. Eine unauffällige, aber sehr wohnliche Einrichtung.

»Wir müssen wissen, ob Sie von Ihrem *Kig Ha Farz* gegessen haben«, kam Dupin umgehend auf den Punkt.

»Vom *Kig Ha Farz,* den ich am Samstag für Madame gemacht habe?«

»Genau.«

»Ich habe mir …« Sie brach ab. Plötzlich schien sie nervös. »Ich meine, Madame war immer damit einverstanden, wenn ich mir etwas mitgenommen habe, sie hat sogar darauf bestanden, dass …«

»Selbstverständlich, Madame Brével«, beruhigte Dupin. »Wir müssen nur wissen, ob Sie etwas davon gesessen haben.«

Sie wirkte erleichtert.

»Noch nicht, ich mag es lieber, wenn er ein paar Tage durchgezogen ist. Er wird mit der Zeit immer besser.«

»Was ist mit Ihrer Tochter? Haben Sie ihr etwas von dem *Kig Ha Farz* mitgebracht?«

»Sie ist strikte Vegetarierin, ein Jammer. Und die armen Kinder auch.«

Dupin war erleichert.

»Aber Claude Hilaire haben Sie etwas mitgegeben?«

Sie nickte.

»Eine größere Portion. Für ihn und seine Frau.«

Exakt, wie sie befürchtet hatten.

»Es besteht Grund zur Annahme, dass Madame Hilaire vergiftet worden ist«, Dupin nahm die Köchin fest in den Blick, »und dass sich das Gift in Ihrem *Kig Ha Farz* befinden könnte. Es ist sogar vorstellbar, dass Madame Contel daran gestorben ist – also ebenfalls vergiftet wurde.«

»Mit einer Substanz, die zu einem Herz-Kreislaufversagen führt«, präzisierte Kommandantin Carman.

Madame Brével war verstummt. Sie verharrte eine ganze Weile mit fassungsloser Miene, es schien, als würde sie die ungeheuerliche Nachricht kaum verarbeiten können.

»Gift? – In meinem *Kig Ha Farz?*«, fragte sie mit bebender Stimme. »Das kann gar nicht sein«, beschloss sie nach einem weiteren längeren Schweigen.

»Das Gift wurde noch nicht sicher nachgewiesen«, sagte Dupin, »aber es liegen bereits wichtige Hinweise vor, Madame.«

»Ausgeschlossen. Ich nehme bei allen Zutaten nur die beste Qualität, alles ganz frisch.«

»Gewiss, Madame, es lag nicht an der Qualität der Zutaten.«

»Das Gift wurde hinzugegeben«, assistierte Carman.

»Sie haben den Eintopf schon am Samstag zubereitet, haben Sie gesagt?«, wollte Dupin wissen.

»Ich habe Samstagmorgen damit begonnen. Das braucht Zeit. Viele Stunden. Das geht nicht mal eben so. – Aber Gift habe ich sicher nicht reingetan!«

Dupin würde auf den Punkt nicht mehr eingehen.

»Was haben Sie mit dem Eintopf gemacht, als er fertig war?«

»Was ich immer tue. Auf dem ausgeschalteten Herd langsam abkühlen lassen. Er stand die ganze Nacht bis Sonntagmorgen auf dem Herd. Am besten lässt man ihn überhaupt in dem Topf, in dem man ihn gekocht hat, bis er leer gegessen ist. Und je häufiger man ihn darin aufwärmt, desto besser …«

»Und am Sonntag haben Sie ihn mit zu Joëlle Contel genommen?«

»Genau. Aber da durfte man ihn noch nicht essen. Er brauchte noch einen Tag. Und außerdem hatten wir noch zwei prächtige Doraden.«

»Der Eintopf hat dann bis Montagmittag bei Madame Contel in der Küche gestanden?«

»Im Kühlschrank, ja.«

Der gut zugänglich war. Von der Terrasse aus kam man direkt in die Küche.

»Und Montagmittag haben Sie Joëlle Contel dann eine Portion vom *Kig Ha Farz* serviert?«

»Sie pflegt immer spät zu Mittag zu essen. So gegen vierzehn Uhr. Und nie sehr viel.« Ihre Augen weiteten sich auf beinahe unheimliche Weise. »An meinem *Kig Ha Farz* ist Madame sicher nicht gestorben. Sie hat die Vorzeichen des Todes gesehen. Und ich ebenfalls – ich meine, ich kann es bestätigen.« Jetzt klang sie regelrecht empört.

»Wo hat Madame Contel gegessen?«

»Auf der Terrasse. Da hat sie immer gegessen, wenn es das Wetter zuließ. Und Montag war es traumhaft schön. Wie die ganzen letzten Tage.«

Nach Aussagen des Gerichtsmediziners war Madame Contel gegen achtzehn Uhr gestorben, rund dreieinhalb, vier Stunden nach dem Essen.

»Und Sie waren am Mittag allein mit ihr? Es ist niemand vorbeigekommen?«

»Niemand.«

»Und wann sind Sie am Montag gegangen?«

»Um halb drei. Ich war ab halb eins da.«

Wer Joëlle Contel an jenem Tag sonst noch besucht hatte, wusste Dupin: Sophie Gautier und Maxime und Victor Contel.

»Hat Madame Contel an dem Mittag noch etwas anderes gegessen als den *Kig Ha Farz?*«

»Nein. Ich hatte ja noch die Apfeltarte, aber die wollte sie erst mal nicht. – Und dann war es zu spät.«

Es klang makaber, beinahe wie »eine gerechte Strafe«.

»Also nur den Eintopf?«

»Ja. Ich wollte eigentlich am Montag noch ein Kompott machen. Aus ihren Äpfeln. – Ich weiß übrigens gar nicht, wo die alle hin sind. Die ganzen Äpfel. Claude sagte, er habe sie noch gar nicht geerntet, nur ein paar einzelne.«

»Aber das Kompott haben Sie nicht gemacht?«

»Nein.«

»Und als Sie den Topf am Montag aus dem Kühlschrank genommen haben, da sah alles noch genauso aus wie am Sonntag, als sie ihn reingestellt haben?«

»Oh ja. Mit Deckel drauf. – Und ohne Gift drin.«

Wenn die Köchin alles korrekt erzählte, dann hätte über viele Stunden die Gelegenheit bestanden, das Gift in den Eintopf zu geben. Zwischen Sonntag- und Montagmittag hätte das jeder, der Zutritt zur Küche hatte, tun können. – Vielleicht war der Täter Sonntagnacht zum Vergiften des Eintopfes gekommen und Montagnacht, um den vergifteten Eintopf zu beseitigen – wobei er von Kadeg gestört worden war und die Abtei unverrichteter Dinge wieder verlassen musste.

»Und haben Sie …«

Dupins Handy unterbrach seine nächste Frage.

Eine unbekannte Nummer.

»Einen Moment, bitte.« Dupin ging zur Tür und trat hinaus.

»Ja?«

»Hier Dijus, einer der beiden Polizisten. Madame Brévels Tochter geht es gut. Ihre Mutter hat ihr nichts von dem *Kig Ha …*«

»Sie ist Vegetarierin, wir sind schon auf dem Laufenden. Wir sind jetzt bei Madame Brével. – Was ist mit dem *Kig Ha Farz* bei den Hilaires? Wir wissen mittlerweile sicher, dass Claude Hilaire und seine Frau von Madame Brével eine größere Portion bekommen haben.«

»Wir sind gerade auf dem Weg dorthin. Gleich da.«

Das hatte jetzt Priorität. Rasch Gewissheit zu erhalten, ob sich Gift im Eintopf der Hilaires befand. – Stünde fest, dass Joëlle Contel vorsätzlich vergiftet, also ermordet worden war, wäre es noch einmal ein ganz anderer Fall.

»Bei den Lebensmitteln, die die Spurensicherung von den Hilaires mitgenommen hat, war kein *Kig Ha Farz* dabei«, ergänzte der Polizist.

»Wenn Sie die Schüssel mit dem Eintopf finden, bringen Sie sie sofort nach Brest«, instruierte Dupin. »Zu Doctor Malrus in die Forensik.«

»Wird gemacht.«

»Und alles so schnell wie möglich. Bei Madame Hilaire geht es um Leben und Tod. Der Arzt muss wissen, um was für ein Gift es sich handelt, um sie wirksam behandeln zu können.«

»Verstanden.«

»Melden Sie sich, wenn Sie bei den Hilaires sind«, beendete Dupin das Gespräch.

»Könnte Ihnen vielleicht etwas ganz unabsichtlich in den *Kig Ha Farz* geraten sein, das da nicht hingehört?«, fragte die Kommandantin gerade, als Dupin zurückkam.

»Was meinen Sie?«

Dupin ahnte, was Carman meinte. Seine Tante hatte im hohen Alter einmal einen Kuchen mit Scheuerpulver statt mit Mehl gebacken. Beinahe wäre sie daran gestorben.

»Was denken Sie von mir? Ich habe vier Schweinshaxen, gepökelten Bauchspeck, Zwiebeln, Möhren, Rübchen, Sellerie, Gewürznelken, Thymian, Petersilie, Lorbeerblätter, Meersalz und schwarzen Pfeffer genommen. Und«, sie zögerte, beäugte Dupin kurz kritisch, so als ob sie sich fragte, ob sie ihm auch wirklich vertrauen könnte, »und meine drei geheimen Kräuterzutaten aus dem Abteibeet: Kerbel, Liebstöckel und Borretsch. – Für den *Farz* Buchweizenmehl, Butter, Milch, Eier, Joghurt. Sonst nichts.«

Höchstwahrscheinlich war es das vollständige Rezept.

»Werden Sie eigentlich in irgendeiner Weise in Madame Contels Testament bedacht?« Dupin hatte sich die Frage heute schon ein paarmal gestellt, aber nicht in seinem Heft notiert. Dass sie am Immobilienerbe nicht beteiligt war, wussten sie, aber vielleicht hatte Joëlle Contel ihr dennoch etwas vermacht.

»Ich?«, fragte sie ungläubig.

Dupin nickte.

»Aber nein. Warum sollte sie das getan haben?« Die Köchin hielt plötzlich inne. »Ich meine, ich weiß es nicht.«

Alles wirkte ein wenig überinszeniert.

»Gibt es denn etwas, das Sie interessieren würde? Von Madame Contels Besitz?«

»Was denken Sie von mir?«

Jetzt lag blankes Entsetzen in ihrer Stimme.

»Ich …«, hob Dupin an, bevor er abermals von seinem Handy unterbrochen wurde.

Riwal.

»Ich bin gleich wieder da.« Er verließ ein zweites Mal den Raum und das Haus.

»Was gibt's, Riwal?«

»Ich habe über das Gift nachgedacht, Chef. – Gerade stehe ich im Herbularium der Abtei.«

»Und?«

»Alraunen.«

Ein Wort, dann Stille.

»*Mandragora officinarum.* Ich bin hier im Kräuterbeet.« Wieder Stille. »Die Gemeine Alraune – ein wunderschönes Nachtschattengewächs. Sie diente schon den keltischen Druiden als Ritual- und Zauberpflanze, vor allem wegen ihrer starken halluzinatorischen Effekte. Durch sie offenbaren sich die Geister der Natur. Man erlangt Einblicke in die Anderswelt. Die Mönche haben sie selbstverständlich kultiviert. Für ihre Salben, Tinkturen, Tränke. Seit Menschengedenken wird die Alraune als Arzneipflanze verwendet. – Nur darf man auf keinen Fall zu viel davon nehmen.«

»Riwal!« Es war wirklich nicht der Zeitpunkt für botanische Belehrungen. »Was wollen Sie …«

Dupin brach ab. Ein Schauer überkam ihn.

Natürlich! – Das könnte es sein. Es wäre ganz naheliegend.

»Sie sind giftig, ja?«

»Hochgiftig, Chef. Wie rund ein halbes Dutzend anderer Pflanzen in diesem Beet. Zum Beispiel das Schwarze Bilsenkraut oder die Engelstrompeten. Und einige der Kräuter kenne ich nicht einmal.«

»Sie denken, dass das Gift aus dem Herbularium der

Mönche stammen könnte? Aus Joëlle Contels eigenem Kräutergarten?«

»Von der Alraune, Chef. Eine geradezu mythische Pflanze, auch in der Kultur- und Kunstgeschichte, vor allem in der Literatur. Was meinen Sie, wie viele berühmte Morde in der Menschheitsgeschichte schon mit Alraunen begangen worden sind, es gibt fast kein beliebteres Gift …«

»Riwal! Zur Sache!«

»Es sind zwei große Blattrosetten, je achtzig Zentimeter. Ganz hinten im Beet, direkt vor der Wand. Bei der einen ist etwas abgeschnitten worden, Chef. Es fällt nicht direkt ins Auge, aber wenn ich mit meiner Taschenlampe draufleuchte, ist es gut zu erkennen. Frische Schnitte. – An den anderen giftigen Pflanzen habe ich nichts Auffälliges gesehen.«

Dupin verstummte. Es war verrückt. Aber es ergab Sinn.

»Es würde alles passen, Chef. – Niemand hätte sich irgendwo umständlich Gift beschaffen müssen. Hier, nur ein paar Meter von Madame Contels Terrasse entfernt, finden Sie über ein Dutzend tödlicher Gifte. Sie müssen nur ein wenig unter das Essen mischen, und das war's.«

»Kennen Sie die Symptome, die dieses Gift auslöst?«

»Nur ungenau: am Ende ein totaler Kreislaufzusammenbruch und Atemstillstand. Das Gift heißt Atropin. Es lässt sich im Blut nicht nachweisen, deswegen ist es so beliebt. Auch bei einer Autopsie ist es wohl nicht einfach festzustellen.«

»Vielleicht retten Sie Madame Hilaire damit das Leben, Riwal. – Bis später.«

Schon hatte der Kommissar aufgelegt, er hatte es eilig. Er suchte nach der Nummer von Docteur Tanguy, ihrem Arzt in der Klinik.

Es dauerte eine Weile, dann nahm er an.

»Ja?«

»Atropin, das Gift aus der Alraune. – Das könnte es sein, Docteur Tanguy.«

»Sind Sie sicher?«

»Es besteht eine hohe Wahrscheinlichkeit.«

»Das reicht für einen Versuch. Wir beginnen sofort mit einer spezifischen Behandlung.«

»Gut.«

Rasch legte Dupin auf. Um ebenso rasch die nächste Nummer zu wählen.

Der Forensiker.

»Dupin?«

»Untersuchen Sie die Leiche von Joëlle Contel gezielt nach Spuren von Atropin.«

»Wie bitte?«

»Sie haben richtig gehört. Und melden Sie sich sofort, wenn Sie etwas haben.«

Bevor der Forensiker ein weiteres Wort sagen konnte, legte Dupin auf.

Umgehend stürmte er in das Haus der Köchin zurück.

Beide Frauen blickten ihn fragend an.

Die brisante neue Nachricht führte zu brisanten neuen Fragen.

»Madame Brével, ich nehme fest an, dass Sie umfassend mit dem Herbularium der Abtei vertraut sind? Mit allem, was da wächst?«

Auch wenn nicht klar war, ob durch Dupins Frage oder durch seine energische Art: Die Köchin wirkte abermals deutlich irritiert.

Es dauerte, bis sie sich fasste. Dann wurde sie schnippisch.

»Selbstverständlich, es ist mein Reich. Ich kenne alle Kräuter dort. Bis auf ein paar ganz alte Gewächse.«

Das hatte Dupin vermutet.

»Madame Contel legte großen Wert auf die Pflege des Herbulariums. Ich habe immer bloß mit unseren eigenen Kräutern gekocht. – Ausschließlich.«

»Einmal auch mit Alraunen? Letzten Samstag vielleicht?«

Madame Brével wurde blass, die Augen spiegelten Entsetzen.

Kommandantin Carman blickte den Kommissar verblüfft an.

»Was?«

Mehr schien Madame Brével nicht hervorbringen zu können.

»Es sieht so aus, als ob Joëlle Contel mit Alraunen aus dem Kräutergarten vergiftet wurde. Direkt aus Ihrem Reich, Madame.«

»Um Himmels willen, aber doch nicht von mir!« Madame Brével wirkte, als hätte sie ein Gespenst gesehen, der Schrecken stand ihr ins Gesicht geschrieben.

»Ich war Madame Contel unendlich verbunden. – Das ist ja entsetzlich. Ich meine, ich kann das nicht glauben.«

Nun wurde sie rigoros.

»Das ist völlig ausgeschlossen. Wer sollte Madame vergiftet haben wollen? So etwas Grausames. Eine neunundachtzigjährige Frau, die alle liebten und verehrten.«

Die Köchin wusste alles, was man hätte wissen müssen. Aber natürlich hieß das nichts. Auch andere könnten das alles gewusst haben. Es war sogar sehr wahrscheinlich. Jeder aus der Familie kannte die Abtei wie seine Westentasche, sicher auch das Herbularium. Und alle waren auf die eine oder andere Weise durch ihre Professionen oder Leidenschaften – oder beides – mit der Natur verbunden.

»Für niemanden, Madame Brével«, spitzte Dupin zu, »wäre

es so einfach gewesen wie für Sie. Sie wussten um die Pflanze und ihre Wirkung und verfügten über eine bequeme Möglichkeit, das Gift unauffällig in das Essen zu mischen.«

Die Köchin wurde puterrot.

»Monsieur! Ich verbitte mir so eine bösartige Unterstellung!« Sie machte eine Pause und schien bemüht, sich zu mäßigen. »Warum um Gottes willen hätte ich Madame töten sollen?«

Das war die Frage.

»Außerdem glaube ich sowieso nicht an dieses Gift«, fügte sie sicherheitshalber hinzu. »Vor allem nicht in meinem *Kig Ha Farz*.«

Es war sinnlos. Wenn Madame Brével die Täterin war, würde sie es nicht einfach so gestehen. Außerdem gab es noch mehr Verdächtige.

»Ich habe das Schälchen sichergestellt.« Carman hielt eine Tüte hoch. »Ich lasse auch diese Portion sofort in die Forensik bringen.«

Es wäre die zweite Portion, die Brest erreichte.

»Dann lassen wir Sie jetzt in Ruhe, Madame Brével«, sagte Dupin abrupt. »Wir werden uns sicher bald wieder melden. – Ich nehme nicht an, dass Sie vorhaben, zu verreisen?«

»Warum sollte ich verreisen?«

»Also, au revoir, Madame Brével.« Dupin ging zur Tür.

Carman folgte ihm. Sie traten in die windige Frische des Morgens.

»Wie kommen Sie auf die Alraune?«, wollte die Kommandantin wissen.

»Riwal, er …«

Der penetrante Piepton.

Dupin erkannte die Nummer. Der Gendarm. Hoffentlich aus dem Haus der Hilaires.

»Und?«

»Wir haben den *Kig Ha Farz,* Monsieur le Commissaire. Er war im Kühlschrank der Hilaires. Eine Schale. Es ist nicht mehr viel drin, vielleicht hat Monsieur Hilaire auch davon gegessen und wäre an dem Gift gestorben, wenn man ihn nicht erschlagen hätte. Wir sollten auf jeden Fall eine Autopsie anordnen.«

Es klang abenteuerlich – aber vielleicht war es genau so gewesen. Auszuschließen war es nicht. So wie in diesem Fall überhaupt nichts auszuschließen war.

»Eventuell haben wir es folglich mit zwei Tätern zu tun, oder?« Den Gendarmen beschäftigten die möglichen Szenarien. »Wer sollte Monsieur Hilaire zuerst vergiften und dann erschlagen, kurz bevor das Gift wirkt?«

Dupin überlegte fieberhaft. Er ging auf Carmans Wagen zu, das Handy dicht ans Ohr gepresst: »Vielleicht wusste der Täter nicht, dass die Hilaires etwas von dem *Kig Ha Farz* bekommen würden. Und es war ein unglückliches Versehen. Weil der Täter ursprünglich vorgehabt hatte, den Eintopf zu entsorgen, und Inspektor Kadeg ihn dabei überrascht hat.«

Riwals Szenario hatte seine Plausibilität bewahrt.

»Bringen Sie den Eintopf schnellstens nach Brest. – Und veranlassen Sie, dass auch Claude Hilaires Leiche sofort auf das Gift hin untersucht wird.«

»Wird gemacht. Wir sind bereits unterwegs, Monsieur le Commissaire.«

»Melden Sie sich.«

Dupin legte auf.

»Was hat mein Kollege gesagt?« Die Kommandantin stand an ihrem Wagen.

Dupin holte aus, er gab sich Mühe, Carman à jour zu bringen.

Sie hörte konzentriert zu.

»Scheidet Madame Brével dann nicht doch als Täterin aus?« Carman überlegte mit kühlem Kopf. »Wenn sie das Gift in den *Kig Ha Farz* getan hätte, um Joëlle Contel zu beseitigen, hätte sie ihn doch nicht anschließend weiterverteilt. Es sei denn, sie hätte es auch auf das Ehepaar Hilaire und auf Sophie Gautier abgesehen gehabt.«

»Mir hat sie auch ein Schälchen angeboten.« Es fiel Dupin gerade erst wieder ein.

»Ausgeschlossen ist gar nichts. Aber warum sollte sich Madame Brével die Mühe machen, zu Monsieur Hilaire zu fahren, um ihn nach der Vergiftung auch noch zu erschlagen?«

Es klang immer absurder.

»Zudem: Trauen wir ihr die körperliche Kraft zu, Monsieur Hilaire mit einer Schaufel zu erschlagen? Eher nicht, denke ich.«

Dupin sah es auch so.

Er stieg in den Wagen.

So war das mit dem Ermitteln: Man konnte ob der schier endlosen Möglichkeiten der Schlussfolgerungen zuweilen verrückt werden. Und noch etwas war deprimierend: Solange es derart viele Möglichkeiten gab, stand man mit Sicherheit noch ziemlich am Anfang. Und musste trotzdem einfach weitermachen, nach vorne stolpern.

Die Kommandantin war ebenfalls eingestiegen und startete den Motor.

Dupin wählte eine weitere Nummer. Er hatte einen Blick auf die Uhr geworfen – noch bestünde wenig Gefahr.

Und so war es. Nach einer Weile sprang wie erwartet die Mobilbox an.

»Bonjour, Monsieur le Préfet, hier Commissaire Dupin.« Dupin bemühte sich um einen dringlichen Tonfall. »Ich wollte

Sie unverzüglich über die neuen Entwicklungen in Kenntnis setzen, nun erreiche ich Sie bedauerlicherweise schon wieder nicht. Die Ermittlungen laufen auf Hochtouren, wir kommen exzellent voran.« Zwei Sätze, von denen Dupin wusste, dass der Präfekt sie ungemein schätzte. »Wie Sie wissen, ist der Empfang hier im Norden nicht der Beste. Falls Sie mich also nicht erreichen sollten, kann Ihnen Nolwenn Auskunft geben. – Bis bald.«

Schon hatte er aufgelegt. Rasch verstaute er das Handy, um sich am Griff über der Tür festhalten zu können. Kommandantin Carman beschleunigte.

Noch war es dunkel, auch wenn im Osten ein erstes sphärisches Schimmern den Himmel zu erobern begann. Man brauchte wirklich eine Taschenlampe, wenn man etwas genauer sehen wollte.

»Hier. – Dahinten.«

Dupin, Carman und Nevou standen im Kräuterbeet der Abtei. Riwal hockte an der Hauswand und deutete auf eine merkwürdige Pflanze, umgeben von anderen nicht minder merkwürdigen Pflanzen, die alle wild über- und ineinanderwucherten.

Nun gingen sie allesamt in die Hocke.

Dupin sah es im grellen Fokus der Taschenlampe deutlich, auch wenn er kein Gartenexperte war: Die Schnitte waren frisch.

»Jemand hat in den letzten Tagen ein Stück von der Alraune abgeschnitten.« Riwal erhob sich langsam. »Ich habe mich übrigens gerade gefragt, ob es nicht vielleicht einen Grund gibt, warum Sophie Gautier nichts von dem *Kig Ha Farz* gegessen hat.«

»Den gäbe es, wenn sie ihn selbst vergiftet hätte«, murmelte Nevou.

Auch alle anderen erhoben sich wieder.

»Ich würde gerne …«

Dupins Handy.

Docteur Malrus. Der Chefforensiker.

Dupin nahm auf der Stelle ab.

»Subepikardiale Ekchymosen, Dupin, tatsächlich. Man muss zwar ganz gezielt hinschauen, aber dann – dann sieht man sie.«

»Und was bedeutet das?«

Dupin stellte auf laut, damit Nevou, Carman und Riwal mithören konnten.

»Leichte Blutungen unterhalb des Epikards. Wie ich schon sagte: subepikardiale Ekchymosen. – Zusätzlich habe ich mir die Leber von innen angeschaut, das Gewebe. Eine leichte, aber spezifische Verfettung. Auch hier muss man verflucht genau hingucken.«

»Und?«

»Beides, sowohl die Blutungen als auch die Leberverfettung, sind Symptome einer Intoxikation mit Atropin. Ansonsten lässt sich dieses Gift gar nicht nachweisen. Ein perfides Mittel. – Ein Racemat aus den Isomeren R- und S-Hyoscyamin.« Er machte eine Pause. »Das finden Sie reichlich in Nachtschattengewächsen. Und das Praktische: Es ist sehr gut wasserlöslich. – Der Körper der neunundachtzigjährigen Madame Contel hatte keine Chance, ich erspare Ihnen die Details, am Ende führte es zu einem Herz-Kreislaufversagen und zu Atemstillstand.«

»Sie meinen also«, übersetzte Dupin, »Sie haben bei der Obduktion eindeutige Beweise für eine Vergiftung gefunden?«

»Exakt.«

»Für eine Vergiftung von Madame Joëlle Contel durch Atropin? – Das in Alraunen enthalten ist?«

»Nicht nur in Alraunen, aber *auch* in Alraunen, ja.«

Es stimmte also.

»Ich habe bereits mit dem Arzt von Madame Hilaire telefoniert. Ihre Symptomatik passt ganz und gar zu diesem Toxin. Sie haben bereits mit einer spezifischen Behandlung begonnen, im beinahe letzten Moment. Sie hat angeschlagen.«

»Sehr gut.«

Dupin war erleichtert.

»Der *Kig Ha Farz* ist übrigens im Institut eingetroffen. – Da wir ja genau wissen, wonach wir suchen, wird es nicht lange dauern, bis ich Ihnen sagen kann, ob er die Quelle ist.«

»Danke, Docteur.«

Dupin beendete das Gespräch.

Von wegen Vorzeichen des Todes. Jetzt stand es fest: Die neunundachtzigjährige, kerngesunde Joëlle Contel war nicht durch ein plötzlich schwächelndes Herz, sondern durch ein grausames Gift dahingerafft worden. Sie war ermordet worden.

»Dann haben wir es mit einem Doppelmord zu tun«, schlussfolgerte die Kommandantin. Jedenfalls machte es den Fall noch komplizierter. Aber zugleich vielleicht auch: endlich lösbar.

»Und wahrscheinlich ging es dann hauptsächlich um Joëlle Contel.«

Es war das Naheliegendste.

»Und der Gärtner wäre ein Kollateralschaden?«, konterte Nevou.

»Auf jeden Fall verändert diese Erkenntnis alles«, sagte Riwal.

»Der Gärtner bleibt tot, seine Frau im Koma, und Kadeg liegt auch noch im Krankenhaus«, hielt Nevou unbeeindruckt dagegen.

»Ab jetzt lautet die Frage: Aus welchem Grund wollte jemand Joëlle Contel ermorden?«, brachte Carman es auf den Punkt.

»Wir müssen Kadeg anrufen, Chef. Und ihm das mit seiner Tante sagen. Dass es Mord war.«

Riwal hatte recht. Es war eine schreckliche Nachricht. Dazu kam: Eventuell war der Täter ein Mitglied der Familie.

»Wenn Sie einverstanden sind, Chef, übernehme ich das.«

»Selbstverständlich.«

Dupin brauchte dringend einen Kaffee. Sein Gehirn war eigentlich noch gar nicht dazu in der Lage, aktiv zu sein an diesem frühen Morgen.

»Wir sehen uns in fünfzehn Minuten im *Baie des Anges*. Auf der Terrasse«, wies er an.

Ab sieben Uhr hatte im *Baie des Anges* das Frühstück bereitgestanden. Dupin hatte sich ein Tablett vollgeladen: eine übergroße Thermoskanne Kaffee, ein Kännchen heiße Milch, zwei *pains au chocolat*, ein *croissant*, ein Stück des Frühstückskuchens *fait maison*. Vorsichtig hatte er das Tablett bis zu ihrem Tisch auf der Terrasse balanciert.

Der Kaffee sollte reichen, um das Gehirn in Gang zu bringen. Dupin goss sich ein. Auch ein bisschen heiße Milch. Der erste Schluck. Endlich.

Allmählich übernahm der Tag, das Schimmern aus dem Osten hatte nun bereits den ganzen Himmel eingenommen. Alles in zartesten Tönen eines gläsernen Hellblaus. Auch das Meer, keine zehn Meter entfernt, spielte schon mit. Alles, was es bereits an Licht gab, warf es in die Welt. In makelloser

Glätte lag es da, majestätisch in seiner Weite und Größe, dabei ganz demütig, als hätte es entschieden, erst einmal bloß Spiegel des Himmels zu sein.

Der ewige Begleiter der Gegend, der steife Wind, hielt sich heute Morgen zurück, er blies wie gestern aus Nordwesten, aber sanft und lau.

Dupin blickte auf die Abtei, die Kirche. Auf die hohen Steinmauern, die Zedern – auf Joëlles Welt.

Ihm fiel ein, dass er Claire gestern Nacht gar nicht mehr angerufen hatte. Er hatte ihr nur eine kurze SMS geschickt. Dass er über Nacht bliebe. Aber sie würde ohnehin schon tief und fest geschlafen haben.

Seine Blicke wanderten von den beiden einander zugewandten Booten zu den mächtigen steinernen Pollern in der Bucht, da, wo der *Aber* in sie mündete. Einer strahlend weiß mit einer signalroten Fahne, der andere mit grüner Kappe und grüner Fahne. Bei Ebbe, hatte Dupin gestern gesehen, markierten sie die Fahrrinne.

»Da sind wir, Chef.«

Riwal, Carman und Nevou. Auch sie waren am Frühstücksbuffet gewesen und hatten ihre Tabletts beladen.

»Hoffentlich hat Joëlle Contel nicht allzu sehr leiden müssen«, sagte Carman, nachdem sie sich gesetzt hatte. Sie wirkte ungewöhnlich mitgenommen.

»An ihrer Haltung und ihren Gesichtszügen wies nichts auf einen schmerzvollen Todeskampf hin«, sagte Nevou.

»Ich würde gerne einmal auf diese Insel von Maxime Contel«, murmelte Dupin, »zu seinem Büro. Wo sich sein Vater und er gestern getroffen haben.«

»Wegen des bretonischen Guanos?« Carman warf Dupin einen eindringlichen Blick zu.

Der Kommissar nickte.

»Es wäre auf jeden Fall eine Riesensache, Chef«, sagte Riwal.

»Vielleicht ist alles weiter gediehen, als wir vermuten. Als alle vermuten«, spekulierte Dupin.

»Wir werden keinen Durchsuchungsbefehl für das Büro und die Insel bekommen«, stellte Carman klar.

»Und wie sollte diese Guano-Geschichte konkret aussehen?« Nevous Spezialität: unangenehme Nachfragen zu unangenehmen Zeitpunkten. »Joëlle Contel wusste davon und wollte den Abbau verhindern, da haben die beiden sie beseitigt? Und der Gärtner wusste von Joëlle Contels Widerstand und musste auch sterben, genau wie seine Frau? – Und was ist mit dem Angriff auf Kadeg?«

Niemand hatte Antworten.

»Wer könnte sonst von dem Projekt wissen?« Dupin gab nicht auf.

»Ich spreche noch mal mit Jacques' Freunden«, übernahm die Kommandantin.

»Tun Sie das.«

Dupin machte sich eine Notiz.

»Vielleicht sollten wir lieber wieder über den Riesenalk sprechen«, sagte Riwal mit sorgenvoller Miene, wobei nicht klar war, was genau seine Sorge war.

»Gehörte Claude Hilaire ebenfalls zu den passionierten Ornithologen?« Dupin hatte es schon zuvor fragen wollen.

»Nein«, sagte die Kommandantin. »Die Frage ist: Wer könnte auf welche Weise von der Ermordung Joëlle Contels profitieren?«

Dupin goss sich die dritte Tasse Kaffee ein.

»Für zwei unserer Verdächtigen«, folgerte Riwal, »würde die Sichtung des Riesenalks wissenschaftlichen Ruhm bedeuten. Ein extrem starkes Motiv, auch wenn sie beide behaupten, nicht daran interessiert zu sein. Rozenn und Sophie

Gautier würden einen prominenten Platz in den Annalen der Ornithologie einnehmen. Für Sophie Gautier würde es zudem bedeuten, dass sie sich einen der renommiertesten ornithologischen Lehrstühle der Welt aussuchen könnte.«

Es wäre ein durchaus mächtiges Motiv, Dupin hatte Menschen für weniger morden sehen.

»Zudem brächte die Entdeckung auch materielle Effekte mit sich«, fuhr Riwal fort, »auch wenn sie für die beiden Frauen eher von nachgeordneter Bedeutung wären. – Rozenn Gautier macht nun ohnehin eine stattliche Erbschaft. Aber ihr ging es finanziell auch schon davor gut.«

Carman kam auf den anderen Familienteil zu sprechen: »Victor Contel oder Maxime Contel könnten behaupten, den Riesenalk zufällig gesichtet zu haben. Sie könnten versuchen, das für den Ausbau des Vogeltourismus zu nutzen.«

An dem Punkt waren sie schon gewesen.

»Oder es hätte das Gegenteil zur Folge«, erinnerte Nevou, »nämlich noch weiter gehende Einschränkungen durch den Naturschutz. – Vielleicht hat man Joëlle Contel ja umgebracht, um die Entdeckung nicht bekannt werden zu lassen.«

»Wenn es den Riesenalk noch gäbe und hier in der Gegend ein paar Exemplare lebten«, wandte Riwal ein, »würde er früher oder später ohnehin entdeckt. Der Täter hätte es nur hinauszögern können.«

»Und hätte dadurch Zeit gewonnen, um seine Pläne bereits zum Teil umzusetzen«, sagte Nevou.

»Warum, frage ich mich«, schaltete sich Carman wieder ein, »hätte Joëlle Contel Claude Hilaire von ihrer Entdeckung erzählen sollen?«

Eines von mehreren Details, die auch für Dupin nicht plausibel waren. Er hatte sich mittlerweile das vierte Mal Kaffee eingeschenkt.

»Und woher hat der Täter überhaupt gewusst, dass Joëlle Contel die Entdeckung gemacht hat?«

»Jemand hat es ihm erzählt. Joëlle Contel selbst oder ihre Nichte, Sophie Gautier, die ja eventuell bei einer Sichtung dabei war. Oder der Gärtner?« Riwal hielt kurz inne. »Oder seine Frau?«

Nevou biss in ihr *pain au chocolat:* »Tatsache ist doch, solange die Existenz des Riesenalks nicht eindeutig feststeht, werden wir nicht wissen, ob das die Sache ist, um die es geht.«

»Nicht unbedingt«, konterte Riwal. »Dass einige Leute davon überzeugt sind, dass es ihn gibt, würde schon reichen.«

Dupin hatte einen kleinen Anstandsrest Kaffee in der Kanne gelassen, plötzlich war ihm ein Liter Kaffee doch sehr viel vorgekommen. Das Dumme war, sein Gehirn war jetzt tatsächlich wach, sein Körper allerdings gerädert. Er hatte nur sehr wenig Schlaf bekommen.

Der Kommissar erhob sich: »Wir müssen die Familienangehörigen unterrichten. Darüber, dass es kein natürlicher Tod war. Dass Joëlle Contel ermordet wurde.«

»So wie es aussieht, unterrichten wir damit auch Joëlle Contels Mörder darüber«, stellte Nevou klar. »Und dann weiß er auch, dass wir von den Alraunen wissen.«

»Sie alle sind akut verdächtig«, Dupin würde am liebsten alle gleichzeitig persönlich konfrontieren und sehen, wie sie reagierten.

»Ich würde die Köchin noch nicht ausschließen«, beharrte Nevou.

Dupin fuhr sich durch die Haare. Das brachte alles nichts. Sie mussten konkret werden.

»Wissen wir, wer sich gerade wo aufhält?«

»Maxime Contel wollte früh in seiner Cidrerie bei Morlaix sein«, wusste Carman. »Sophie Gautier plante, bei

Sonnenaufgang in die ornithologische Station auf Sainte-Marguerite zu fahren, sie müsste also schon dort sein.«

»Der Ort der eventuellen Sichtung des Riesenalks«, ergänzte Riwal.

»Victor Contel schläft möglicherweise noch«, vermutete die Kommandantin, »ebenso Rozenn Gautier. Zumindest sind sie wahrscheinlich noch zu Hause.«

Dupin dachte schon die ganze Zeit nach, wen er zuerst sehen wollte. Für gewöhnlich hatte er ein Gefühl, wusste meist, wen er als Erstes sprechen wollte. Dieses Mal spürte er nicht einmal eine Tendenz – kein gutes Zeichen.

»Ich übernehme Victor Contel«, meldete sich die Kommandantin.

»Ich fahre zu Sophie Gautier«, zog Riwal nach.

»Dann mache ich mich zu Rozenn Gautier auf«, komplettierte Nevou.

Was hieß: Dupin würde mit Maxime Contel sprechen.

»Ein Gendarm fährt Sie«, bot die Kommandantin Nevou an.

Die Polizistin nickte.

»Wenn Sie Victor Contel sprechen«, instruierte Dupin die Kommandantin, »quetschen Sie ihn zu dem Guano aus. Energisch, wenn es sein muss. Provozieren Sie ihn.«

»Keine Sorge, das werde ich«, versprach Carman. Es klang äußerst überzeugend. »Aber was mache ich mit der Presse?« Sie warf Dupin einen durchdringenden Blick zu. »Ist die Devise immer noch, alles zu erzählen?«

»Sobald wir die vier unterrichtet haben, ja.«

»Es wird die Hölle los sein. Im Frühstücksraum liegen die Zeitungen von heute. Haben Sie die Überschriften gesehen? ›Ein Teufel in der Bucht der Engel‹. Die Presse spielt jetzt schon verrückt.«

Dupin zuckte mit den Achseln. Er hatte einen großen Bogen um die Zeitungen gemacht. Er würde sich hüten, auch nur eine der Schlagzeilen zu lesen.

»Also los.« Dupin erhob sich.

Nach und nach hatte sich die Landschaft verändert. Doch nicht nur die Landschaft, auch die Stimmung hatte sich verändert. Die Welt war mild geworden, sanft, lieblich.

Während sich die Côte des Abers, der äußerste nordwestliche Vorsprung des Kontinents, der unmittelbaren Gewalt der Elemente entgegenstellte – Orkanen, Sturmfluten, haushohen atlantischen Brechern –, gediehen die Landschaften im Inland unter diesem Schutz prächtig. Richtung Morlaix machte der Einfluss des Golfstroms – die milden Temperaturen und der viele Regen – die Natur überaus fruchtbar. Dutzende Gemüsearten gediehen hier wie nirgends sonst. Der bretonische Norden war in ganz Frankreich berühmt für seine Artischocken, Erdbeeren, *coco de Paimpol* und Kartoffeln. Und auch den Äpfeln tat das Klima offensichtlich ganz besonders gut. Schon seit Saint-Thégonnec hatte Dupin einige üppige Apfelwiesen gesehen. Mit Bäumen, an denen so viele dicke, reife Früchte prangten, dass man nur noch diese sah.

Dupin hatte während der Fahrt mit Nolwenn telefoniert, Riwal war ihm aber bereits zuvorgekommen – sie war im Bilde.

Kadeg war schon um 6 Uhr 30 aufgewacht, die Nachricht von der Vergiftung hatte ihn, wie man sich vorstellen konnte, erheblich mitgenommen, hatte Nolwenn berichtet. Nach dem Schock war die Rage gekommen. Kadeg hatte sich

derart echauffiert, dass der Blutdruck bedenklich nach oben geschnellt war und der Arzt ihm eine Dosis Betablocker zur Beruhigung hatte verabreichen müssen.

Wichtig: Madame Hilaire ging es besser. Viel besser. Sie war über den Berg. Dupin war mehr als froh gewesen, es zu hören. Eine weniger frohe Nachricht war die gewesen, dass der Präfekt, der sich von Dupins frühmorgendlicher Nachricht tatsächlich hatte um den Finger wickeln lassen, erwog, sich selbst am Mittag nach Aber Wrac'h »zu begeben«, um sich »höchstpersönlich ein Bild von der Lage zu machen«. Das einzig Gute daran: Bis dahin würde er Dupin vielleicht in Ruhe lassen.

Zu guter Letzt hatte Nolwenn Dupin mit ein paar Informationen über die *Cidrerie de Limpalaër* versorgt. Letztes Jahr hatte es anscheinend einen Artikel im *Ouest-France* über sie gegeben, der Cidre hatte mehrere nationale Preise gewonnen.

Dupin verließ die D786, bog auf eine Straße ab, die zunächst durch staubige Felder führte. Dann folgten weitläufige Plantagen. Die Bäume standen in langen Reihen und regelmäßigen Abständen auf tiefgrünem Gras, die Plantagen besaßen eine strenge Grundordnung, dennoch wuchs aber jeder Baum anders, was Chaos in die Ordnung brachte.

Dupin sah große rote und blaue Boxen unter den Bäumen stehen. Manche randvoll mit Äpfeln, die mit dem Rot der Boxen konkurrierten. Um viele der Bäume herum lagen Äpfel auf der Wiese.

Er fuhr an einem frisch umgegrabenen Feld vorbei. Laut dem Navigationssystem musste er gleich da sein. Dupin verlangsamte.

Rechter Hand kam ein flaches Gebäude aus Holz in den Blick. Es war in einem warmen Gelb gestrichen, ein Dach mit einem stumpfen Winkel. *Cidrerie de Limpalaër*, stand auf einem Schild.

Hier endete die Straße und ging in einen Feldweg über. Rechts fuhr man auf das flache Gebäude zu, davor ein Parkplatz, umsäumt von blühenden Hortensien.

Dupin stellte den Wagen ab.

Es war hier ein paar Grad wärmer als in Aber Wrac'h, kein Lüftchen wehte. Die Gegend hier verströmte die wunderbare, friedliche, ganz einzigartige Atmosphäre tiefster *Campagne* – genau die Stimmung, die den allergrößten Teil Frankreichs ausmachte. Dupin liebte sie. Der Geruch von Erde und Gras, feucht vom Morgentau, der sich mit dem süßen Duft reifer Äpfel vermischte. Auch auf dem Hof standen Dutzende der bunten Boxen, ebenfalls alle randvoll. Das Beeindruckendste aber: Neben dem Gebäude türmten sich mehrere gigantische Apfelberge. Wahre Apfelpyramiden. Dupin hatte noch nie so viele Äpfel auf einmal gesehen.

Er stieg aus. Im nächsten Moment trat eine Frau aus der Tür. Ende vierzig, glatte, schulterlange blonde Haare mit hellgrauen Strähnen. Knallgelbe Gummistiefel, schwarze Hose, eine bunte Bluse.

Lächelnd kam sie auf ihn zu.

»Bonjour, Monsieur, ich vermute mal, Sie sind der Kommissar, den Monsieur Contel erwartet.«

»Commissaire Georges Dupin. – Bonjour, Madame …«

»Dumas. Sylvaine Dumas. Ich leite die Cidrerie. Monsieur Contel müsste jeden Augenblick zurück sein, er hat auf seinem neuen Feld zu tun. – Sie müssten sich eigentlich begegnet sein, Sie sind eben daran vorbeigefahren. Soll ich ihn anrufen?«

»Das wäre sehr freundlich.«

Sie holte ein altmodisches Handy aus der Hosentasche.

»Monsieur Contel – der Commissaire ist da.«

Sie wandte sich wieder an Dupin.

»Kann ich Ihnen etwas anbieten?« Das Lächeln ging in ein regelrechtes Strahlen über. »Einen Apfelsaft? Einen Cidre? – Wir stellen auch *Pommeau, Chouchen* und *eau-de-vie* her.«

Ohne Dupins Reaktion abzuwarten, wandte sie sich zur Tür, durch die sie gekommen war.

»Nein, danke, Madame.«

»Alles *production artisanale,* hergestellt mit unserem einzigartigen *Savoir-faire,* der Essenz jahrhundertealten Wissens und Könnens.«

Schon war sie im Inneren der Cidrerie verschwunden, in einem Tempo, das keinen Widerstand duldete.

Dupin folgte ihr in eine geräumige Halle, anscheinend das Herz der Cidrerie. Grober Betonboden, ein Dutzend der blauen und roten Boxen, überquellend von Äpfeln, rote, grüne und gelbe.

»Dieses Jahr ist verrückt, die ganze Natur ist aus den Fugen, Monsieur. Wir haben schon vor fünf Tagen mit der Ernte begonnen, so früh wie noch nie.« Sie drehte sich kurz mit einem ernsten Gesichtsausdruck um. »Wir gehören nicht zu denen, die die Äpfel gewaltsam von den Bäumen reißen, wir folgen den Zeichen der Bäume, nur sie allein wissen, wann der richtige Moment ist. Wenn die Äpfel perfekt in Saft und Süße sind – dann lassen die Bäume sie los. Und wir sammeln sie auf. Sortenrein.«

Sie lief auf eine Art überdimensioniertes Spülbecken aus Edelstahl zu, nicht sehr tief, das voller Äpfel war, darüber auf Rollen eine bewegliche Waschvorrichtung, die langsam von der einen zur anderen Seite fuhr. Aus mehreren Düsen spritzte Wasser.

»Man darf sie nur ganz kurz waschen, auf der Schale sitzen wertvolle Fermente. Danach werden die Äpfel einzeln gewogen. – Wir haben bloß sieben Hektar, dafür aber mit der

besten Apfelerde, die es gibt. Ein großer Teil unserer Bäume steht auf dem Hügel von Kerbuel, ganz in der Nähe. Direkt über dem Tal des Douron. Ein seit Jahrhunderten berühmtes *Terroir cidricole*.«

Anscheinend hatte sie vor, dem Kommissar eine Einführung zu geben, bis Contel zurückkam. Die Wahrheit war: In jedem Bretonen steckte ein Riwal.

»Was macht Monsieur Contel auf seinem neuen Feld? – Und was bedeutet überhaupt ›neues Feld‹?«

»Monsieur Contel hat es im Sommer von einem Bauern übernommen, es grenzt direkt an unsere Plantagen. Er hat dort eine eigene Zuchtstation errichtet. Unsere liegt hier, direkt hinter der Halle.«

Sie musterte Dupin kurz, als wollte sie sichergehen, dass er noch aufmerksam zuhörte.

»Es gibt über achttausend Sorten von Cidre-Äpfeln. Und alles hängt davon ab, welche Sorte man wählt. Wir konzentrieren uns auf alte Sorten, die wir durch Kreuzungen für den heutigen Geschmack vervollkommnen. Ein perfekter heutiger Apfel«, ihr Tonfall nahm etwas Schwärmerisches an, »braucht selbstredend ungleich mehr als ein perfekter Apfel damals. – Hier, schauen Sie, die neueste Ernte, das sind die wunderbaren *Belchards*«, sie nahm einen der gelben Äpfel in die Hand, »ich liebe diese Kombination aus Süße und feiner Säure, das zarte Fleisch. Und hier«, sie deutete auf die nächste Box, »das sind die *Belles Filles du Penthièvre*«, sie griff nach einem der kleineren grün-gelben Äpfel, »sie haben ein festes, saftiges Fleisch. Wir bauen insgesamt vierzehn Apfelsorten an. Ausschließlich original bretonische. – Wollen Sie mal probieren? Mein liebster ist der *Patte de Loup*. Feiner kann Apfelfleisch nicht sein, das Parfüm ist berückend, und dennoch ist er geradezu rustikal.«

Sie hielt Dupin ein Exemplar hin. Der Apfel schimmerte

zwischen Bronze und Gelbgold, besaß dabei stellenweise eine zarte rötliche Einfärbung.

»Danke, Madame. – Kannten Sie Maxime Contels Tante – Joëlle Contel?«

»Nein. – Monsieur Contel hält«, sie schien nach den richtigen Worten zu suchen, »Privates ganz privat. Und er ist eigentlich auch selten hier. Dass er in letzter Zeit öfter da war, liegt an dem Aufbau der neuen Zuchtstation.«

»Und Claude Hilaire, ein Gärtner aus Paluden – sagt Ihnen der Name etwas?«

»Nein. – Nur aus den Nachrichten. Dass er gestern ermordet wurde. Schrecklich. Wer tut so etwas?«

»Wir sind dabei, es herauszufinden, Madame.«

»Stimmt es, dass seine Frau ins Krankenhaus musste? Weil sie so unter Schock steht?«

»Sie …« Dupin brach ab. Er wollte erst mit Maxime Contel über das Gift sprechen.

»So ist es. – Hat Monsieur Contel in letzter Zeit irgendetwas über seinen Vater erzählt? War Victor Contel einmal hier?«

»Nein. Wie gesagt, Maxime Contel spricht nicht über seine Familie. Nur über die Äpfel. Und seinem Vater bin ich noch nie begegnet.«

»Haben Sie zufällig etwas von Monsieur Contels Guano-Projekt mitbekommen?«

»Guano?«

»Vogelkot der Seevögel, den Maxime und Victor Contel in großem Stil abbauen wollen …«

»Ein Projekt, von dem noch niemand weiß, Monsieur le Commissaire – und das auch niemanden etwas angeht«, fuhr Maxime Contel Dupin mit schneidender Stimme ins Wort.

Sie hatten sein Kommen nicht bemerkt. Maxime Contel

trug wie gestern ein kurzärmeliges Hemd, heute in Petrol, eine schwarze Cargohose, schicke schwarze Sneaker, allerdings voller Erde.

»Ich glaube, hier liegt ein Missverständnis vor, Monsieur Contel.« Dupin sprach kühl. »In einer Mordermittlung geht mich alles etwas an. – Wie weit ist das Guano-Projekt gediehen?«

»Eine vage Idee, mehr nicht.«

Jetzt hatte er bereits viel ruhiger geklungen.

Die Leiterin der Cidrerie wandte sich ihrer Arbeit zu.

»Sie sondieren in Rennes bereits politische Stimmungen, habe ich gehört – es ist also viel mehr als eine vage Idee.«

Für den Bruchteil einer Sekunde war der Anflug eines Schreckens über Maxime Contels Gesicht gehuscht – kaum merklich, doch Dupin hatte es registriert.

Contel bemühte sich, ohne Verzögerung zu antworten: »Über Geschäftsideen redet man nicht in solch frühen Stadien.«

»Sie sollten es sich gut überlegen, Monsieur Contel.« Es war eine unverhohlene Drohung. »Es wäre besser, Sie erzählen mir, was es zu erzählen gibt. Und zwar jetzt. – Herausfinden werden wir ohnehin alles. Und wir werden nicht zögern, zu jedem Mittel zu greifen, das uns zur Verfügung steht.«

Das war der Schwachpunkt seiner starken Ansage. Und das würde Maxime Contel wissen: Im Augenblick standen ihnen keine besonderen Mittel zur Verfügung.

»Da bin ich gespannt, Monsieur le Commissaire.« Contel versuchte ein Lächeln.

»Ich nehme an, Sie haben heute Morgen bereits mit Ihrer Cousine telefoniert? Ihrem Vater, Ihrer Tante?«

Dupin fixierte Contel.

»Heute Morgen? Nein. – Warum?«

Er schien noch nichts zu wissen. Aber es war schwer zu glauben, dass Sophie Gautier sich nicht bei ihm gemeldet hatte. Schwer zu glauben, dass sie nicht alle untereinander gesprochen hatten.

»Vielleicht gehen wir kurz in Ihr Büro?«, bot Dupin an.

»Ich habe hier kein Büro.«

»Gehen Sie doch nach hinten, da ist niemand.« Die Leiterin der Cidrerie zeigte auf eine Tür im hinteren Teil der Halle. »Dann können Sie dem Kommissar auch gleich zeigen, wo wir fermentieren.« Das verbale Scharmützel zwischen dem Kommissar und Maxime Contel schien sie gänzlich unbeeindruckt zu lassen. »Bis zu fünf Monaten! Nur wenn Sie dem Prozess viel Zeit geben und die Langsamkeit kultivieren, entwickeln sich die komplexen Aromen des Apfels, die wir wollen. – Je länger wir fermentieren, desto weniger Zucker, desto trockener und alkoholreicher wird der Cidre. – Der Zeitpunkt der Abfüllung hängt davon ab, ob man Cidre *doux, demi-sec* oder *brut* haben möchte.«

Maxime Contel ging wortlos auf die Tür zu. Dupin folgte.

Es tat sich ein zweiter großer Raum auf. Sechs meterhohe knallorange Bottiche standen in der Mitte. Jeder Bottich hatte unten ein rundes Glasfenster.

»Also, was gibt es, Commissaire?«

Dupin baute sich in aller Seelenruhe vor Maxime Contel auf. Obwohl dieser hochgewachsen war, überragte Dupin ihn um ein Stück.

Der Kommissar ließ sich Zeit.

»Ihre Tante ist keines natürlichen Todes gestorben, Monsieur Contel.«

»Bitte?«

Contel schien glaubhaft verwirrt.

Dupin wartete.

»Was soll das heißen?«

»Sie wurde ermordet.«

Seine Augen weiteten sich. Echte – oder perfekt simulierte – Ungläubigkeit lag auf seiner Miene.

Wieder wartete Dupin.

»Das ist lächerlich.«

Seine Stimme schwankte. Die Nachricht traf ihn.

»Mag sein, aber es ist eine Tatsache.«

»Sie wurde von meiner Cousine friedlich entschlafen auf der Terrasse gefunden. Die Diagnose war zweifelsfrei. Altersherz.«

»Es war nicht das Alter, das ihr Herz zum Stillstand gebracht hat.«

»Was dann?«

Dupin schwieg eine Weile. Beobachtete Maxime Contel unverblümt.

»Sagen Sie es schon, Monsieur le Commissaire.«

»Sie wurde vergiftet.«

»Sie scherzen, oder?«

Die Frage war nicht einmal zynisch oder aggressiv gemeint gewesen.

»Wir sind doch in keinem Poirot-Krimi.« Contel brach den Blickkontakt ab.

»Viel schlimmer, Monsieur Contel: Wir sind mitten in der Realität. – Das Gift wurde bereits nachgewiesen.«

»Und was soll das für ein Gift gewesen sein?«

»Atropin.«

»Atropin?« Er zog die Augenbrauen hoch. »Das Gift aus Nachtschattengewächsen?«

»So ist es.«

Contels Gesicht hatte alle Farbe verloren. Was in beiden Fällen gut nachvollziehbar wäre – als zutiefst betroffener

Neffe, der gerade erfahren hatte, dass seine Tante nicht an natürlicher Herzschwäche gestorben, sondern kaltblütig ermordet worden war, aber eben auch als Täter, der angenommen hatte, dass niemand seiner Tat je auf die Spur kommen würde, und nun das Gegenteil erfuhr.

»Etwa aus ihrem eigenen Kräutergarten?«

»Kennen Sie sich mit Pflanzengiften aus?«

»Was war es? – Das Schwarze Bilsenkraut? Die Alraune?«

Contel war noch fahler geworden.

»Die Alraune.«

Er ging ein paar Schritte auf und ab.

»Als kleine Kinder schon waren die Kräuterbeete für uns tabu, dieser ganze Teil des Innenhofs. Wir wollten immer genau wissen, warum, und welche Pflanzen wie giftig sind. Für uns war das aufregend.«

Dupin verstand, was er meinte. Bis heute erzählte seine Mutter bei allen möglichen Gelegenheiten die Geschichte von Dupins Lieblingsbuch als Kind, von dem er nicht hatte lassen können: *Die giftigsten Tiere und Pflanzen der Welt.* Er war fasziniert gewesen.

Jetzt kam Contel vor Dupin zum Stehen. »Und auch mein jetziger Beruf bringt es mit sich, dass ich mich mit Pflanzen auskenne.«

Die Farbe kehrte langsam wieder in sein Gesicht zurück.

»Dann hätten Sie also ganz genau gewusst, mit welcher Pflanze Ihre Tante zu vergiften gewesen wäre, sodass es nie entdeckt würde. Atropin lässt sich im Blut nicht nachweisen, man muss den Körper gezielt obduzieren, um es zu entdecken. Was man unter normalen Umständen nie getan hätte«, Dupin sprach langsam, »und schon gar nicht nach den Vorzeichen des Todes, von denen ja alle gewusst hatten.«

Wenn man es derart resümierte, hätte es ein ziemlich perfektes Verbrechen werden können.

»Und Gelegenheit, das Gift zu platzieren, hatten Sie ebenfalls, Monsieur Contel. Sie haben ständig Zugang zum Haus Ihrer Tante.«

»Und warum? Aus welchem Grund hätte ich das tun sollen? – Das ist absurd und das wissen Sie.« Abermals verlor sein Gesicht an Farbe, seine Stimme wurde brüchig. »Ist das wirklich wahr? Tante Joëlle wurde vergiftet? – Ermordet?«

»Zum Beispiel, weil Ihr Vater nun 6,75 Millionen Euro erbt, die *Les Pommes et les Bretons* gut gebrauchen kann.«

»Auch das ist absurd. Die Summe würde keine Rolle spielen.«

Was Dupin ja wusste.

Dupin nahm ihn abermals fest in den Blick: »Mögen Sie *Kig Ha Farz?*«

»Was?«

Dupin wartete eine Weile.

»Ob Sie *Kig Ha Farz* mögen.«

»Warum fragen Sie?«

»Ich …«

Dupins Handy klingelte.

Nolwenn.

Dupin nahm ab: »Nolwenn, gerade ist es schlecht …«

»Es ist wichtig, Monsieur le Commissaire.«

»Einen Moment.«

Ohne weitere Erklärung verließ Dupin den Raum, ging zurück in die vordere Halle. Die Leiterin der Cidrerie war nicht mehr zu sehen.

»Jetzt, Nolwenn.«

»Fingerabdrücke!« Nolwenn war ein wenig außer Atem, als wäre sie gerannt. »Auf dem Vogelbeobachtungsbuch von Joëlle Contel wurden außer ihren eigenen noch andere

Fingerabdrücke gefunden. Die allerdings jemand zu verwischen versucht hat. Dennoch konnten die Kollegen mit einer neuen Software einen fast vollständigen Abdruck rekonstruieren.«

Riwal und Kadeg hatten vor ein paar Monaten begeistert von der neuen forensischen Technologie berichtet, sie war also tatsächlich zu etwas gut.

»Und?«

»Carman hat Abdrücke von Victor Contel und Rozenn Gautier zum Abgleich nach Brest fahren lassen. Es fehlen noch die von der Köchin, Sophie Gautier und Maxime Contel. Darum kümmern wir uns gerade. – Die Abdrücke von Maxime müssten Sie mitbringen.«

»Mache ich.«

Endlich hatten sie einmal Glück, bisher hatte es völlig gefehlt. Dabei entschied das Glück, wenn man ehrlich war, nicht selten über Erfolg oder Misserfolg einer Ermittlung; Glück und die Arbeit der unzähligen grauen Zellen – gut vernetzt und gut mit Koffein versorgt.

»Riwal und ich haben uns allerdings gefragt, ob ein solcher Flüchtigkeitsfehler überhaupt zu dem offensichtlich nicht dummen Täter passt. – Aber wer weiß? Zum einen unterläuft auch dem Cleversten mal ein Fehler, zum anderen hatte er keinen besonderen Grund, davon auszugehen, dass wir uns genau dieses eine Vogelbeobachtungsbuch von Joëlle Contel ansehen würden. – Ich muss weitermachen. Bis später, Monsieur le Commissaire.«

»Bis später, Nolwenn.«

Dupin verharrte einen Augenblick. Natürlich könnte das von höchster Relevanz sein.

Er war im Begriff, zurück zu Monsieur Contel zu gehen, als sein Telefon erneut klingelte.

Carmans Nummer.

»Wir haben etwas sehr Interessantes, Commissaire: Maxime und Victor Contel haben mehrere Proben zu einem Chemielabor in Paris schicken lassen.«

Dupin runzelte die Stirn.

»Proben von Vogelkot?«

»Das wissen wir nicht. Die Firma gibt – im Interesse ihrer Klienten – keine Auskunft darüber. Ich habe es schon versucht.«

»Wie wissen wir davon?«

»Die Schwester eines Gendarmen arbeitet in Lannilis auf der Post. Victor Contel ist vor zwei Wochen mit einer verschlossenen kleinen Aluminumbox dorthin gekommen.«

So war das in Kleinstädten.

»Vielleicht wollten die beiden die Qualität des Vogelkots bestimmen lassen, er variiert je nach Seevogelart und Beschaffenheit des Bodens, auf dem er sich ablagert.«

»Verstehe.«

Carman kannte sich aus, Riwal hätte seine helle Freude an der Sache.

»Setzen Sie das Labor unter Druck, Carman. Wir müssen wissen, ob es bei den Analysen wirklich um Vogelkot geht.«

»Das wird nichts helfen. Ich bin schon ziemlich weit gegangen.«

Er glaubte es ihr aufs Wort.

»Drohen Sie mit allem, was Ihnen einfällt.«

»Okay.«

»Gute Arbeit, Carman. – Haben Sie Victor Contel schon gesehen?«

»Ja. – Bei der Guano-Sache hat er bloß mit den Schultern gezuckt und kein Wort gesagt. Ich konnte ihm nicht anmerken, ob er überrascht war, dass wir von dem Treffen mit dem

Politiker in Rennes Kenntnis haben. – Das mit dem Labor habe ich leider erst danach erfahren.«

»Und wie hat er auf die Nachricht reagiert, dass es Mord war? Dass seine Schwester vergiftet wurde?«

»Er hat länger geschwiegen. Man merkte, dass er sich extrem zusammenriss. – Dann wollte er Details wissen und den Stand unserer Ermittlungen. Er sei ›äußerst unzufrieden mit der völlig unzulänglichen Polizeiarbeit‹, soll ich Ihnen ausrichten. Auch damit, dass Sie sich nicht persönlich zu ihm bemüht haben.«

»Verstehe.«

»Soll ich ihn damit konfrontieren, dass wir von dem Labor wissen?«

»Versuchen Sie es erst noch einmal bei dem Labor selbst. Wir sollten sicher sein, dass es wirklich um den Guano geht.«

»Gut.«

Carman legte auf.

Maxime Contel hatte die Zeit zum Telefonieren genutzt. Er beendete das Gespräch, als Dupin zurückkam. Verlegen wirkte er dabei nicht.

»Ihr Vater, stimmt's?«, mutmaßte Dupin. »Sie haben ihm gesagt, dass wir von dem Guano wissen?«

»Ich wollte nur wissen, ob er auch schon gehört hat, dass es Mord war. – Hat er. Die Gendarmin aus Lannilis war bei ihm.«

»Kommandantin. – Commandante Carman«, stellte Dupin klar. »Und was sagt Ihr Vater?«

Contel schien verblüfft über Dupins Frage.

»Er ist ebenso entsetzt wie ich. Und kann es nicht glauben. – Es ist ja auch kaum zu fassen.«

Ein Schmerz lag auf seinen Zügen.

»Aber so ist es.« Dupin sprach ruhig und leise. »Ihre Tante wurde ermordet, Monsieur. Vorsätzlich. Jemand ist planvoll vorgegangen, kaltblütig.«

Contels Blick hatte Dupin während dieser Sätze kurz gestreift.

Der Kommissar schwieg, ließ die Worte wirken.

Contel wandte sich ab und schaute unbestimmt durch das Fenster zum Hof, wo Dupins Wagen stand.

»Wollen Sie uns nicht doch von dem Guano-Projekt erzählen?« Dupin musste es versuchen, genau jetzt. Er lief einen Halbkreis und blieb genau vor Maxime Contel stehen. »Sie haben bei einem Speziallabor in Paris eine detaillierte chemische Analyse des Vogelkots in Auftrag gegeben. Es ist ein Riesenprojekt, an dem Sie und Ihr Vater da arbeiten. Sie hoffen, dass es Ihre in eine bedrohliche Schieflage geratene Firma retten wird. Sie benötigen eine Menge Kapital.«

Dupin war während des Sprechens noch näher an Contel herangetreten, dessen Gesicht nun wie versteinert aussah. Dupin fuhr ohne Pause fort:

»Joëlle Contel war kategorisch gegen dieses Projekt und hätte es zu Fall bringen können. Auch wenn ich noch nicht weiß, wie. Unter Umständen durch die Wiederentdeckung des Riesenalks, die eine Verschärfung des Naturschutzes in der Region zur Folge gehabt hätte. – Auf jeden Fall mussten Sie sie – Sie beide oder einer von Ihnen – aus dem Weg räumen. Die Situation der Firma erlaubte keinen Aufschub, Sie konnten nicht abwarten, bis Ihre Tante eines Tages eines natürlichen Todes sterben würde. So fit, wie sie war, hätte es gut und gerne noch zehn Jahre dauern können. Die

Vorzeichen des Todes boten dann unverhofft eine Gelegenheit.«

Maxime Contel versuchte ein verächtliches Lächeln.

»Sie sollten Krimis schreiben, Monsieur Dupin, aber keine echten Kriminalfälle zu lösen versuchen.«

Ein missratener Scherz.

»Kein Wort von alldem ist wahr.« Maxime Contel wandte sich von Dupin ab und bewegte sich in die Mitte des Raums. »Und was soll der Quatsch mit dem Riesenalk?«

»Wir haben die Information direkt vom Labor, Monsieur Contel.«

»Ich habe auf meiner Insel eine kleine Menge Vogelkot gesammelt und wir haben ihn zu einer Analyse eingeschickt, ja.«

Maxime Contel schien einzulenken.

»Weil wir die Idee sondieren wollen, ihn eventuell kommerziell abzubauen, Monsieur le Commissaire. Das ist es, mehr nicht.«

Immerhin, bei dem Labor waren sie auf der richtigen Spur gewesen – aber weiter waren sie jetzt auch nicht. Ein Beweis für die Stichhaltigkeit der Mordtheorie, wie Dupin sie gerade zusammengefasst hatte, war es nicht im Ansatz.

»Als wir gestern von den möglichen Sichtungen des Tordalks sprachen, haben Sie nichts von vermeintlichen Sichtungen eines Riesenalks hier an der Küste erwähnt, Monsieur Contel. Sie …«

Dupins Telefon. Schon wieder.

Carman.

»Ich bin gleich zurück.«

Dupin war schon an der Tür.

»Ja?«

»Monsieur Hilaire hatte anscheinend noch nichts von dem

Kig Ha Farz gegessen, nur seine Frau. Die Obduktion hat bei ihm keinerlei Hinweise auf eine Vergiftung mit Atropin ergeben.«

»Verstehe.«

»Das war es, bis später, Monsieur le Commissaire.«

Schon hatte sie aufgelegt.

Umgehend war Dupin wieder bei Maxime Contel.

»Wir waren beim Riesenalk stehen geblieben. Warum Sie ihn nicht erwähnt haben.«

»Blühende bretonische Fantasien. Ich dachte nicht, dass diese von Interesse für einen Kommissar sein könnten.«

Er wirkte ganz souverän.

»Sie halten es für Quatsch?«

»Absolut.«

»Hat Joëlle Contel Ihnen von einer solchen Sichtung erzählt?«

»Nein. Nie.«

»Ihre Cousine?«

»Auch nicht, und ebenso wenig Tante Rozenn.«

»Was, denken Sie, würde passieren, wenn der Riesenalk tatsächlich wiederentdeckt würde?«

»Eine absurde Frage.«

»Wären nicht sowohl das Vogeltourismusprojekt Ihres Vaters als auch Ihr gemeinsames Guano-Projekt sofort hinfällig? Die Naturschutzbestimmungen würden erheblich verschärft.«

»Es gibt keinen Riesenalk, Monsieur le Commissaire. Ich denke …«

Der penetrante Ton von Dupins Telefon unterbrach sie ein weiteres Mal. Es war verflixt.

Noch einmal Nolwenn.

Dupin verließ den Raum.

»Ja?«

»Victor Contel!«

Nolwenn hatte den Namen mit Eiseskälte ausgesprochen.

»Die Fingerabdrücke stammen von Victor Contel, Monsieur le Commissaire. – Carman hat vorab elektronisch einen Scan seiner Abdrücke geschickt. Die Forensik ist sich schon jetzt ziemlich sicher. Zu 98 Prozent. – Sobald die physischen Abdrücke eintreffen, werden wir die endgültige Bestätigung haben, sagen sie.«

Dupin stand wie angewurzelt da.

»Victor Contel?«

Seine Gedanken überschlugen sich. Es gab keinen harmlosen Grund, warum Victor Contel das Vogelbeobachtungsbuch seiner älteren Schwester kürzlich in der Hand gehabt haben sollte. Er war nicht einmal Hobbyornithologe. Es gab eigentlich nur eine Erklärung: Er hatte die Seiten herausgetrennt.

»So ist es, Monsieur le Commissaire.«

»Ich fahre sofort los. Ist er noch zu Hause?«

»Ja, Carman war eben erst da. In Lilia, direkt an der Strandpromenade. – Die anderen sind bereits unterwegs.«

»Gut, Nolwenn.«

Schon hatte Dupin aufgelegt.

Er stürzte in die Halle zurück.

»Ich muss los, Monsieur Contel. – Au revoir.«

»Aber was …« Contel brach ab.

Dupin war an ihm vorbeigelaufen und bereits durch die Tür zum Hof verschwunden.

Der letzte Teil der Strecke war eine gewaltige Kurverei. Wie alle Wege hier führte auch dieser über Lannilis. Dann erreichte man die Halbinsel, die Dupin eben noch von der Terrasse des *Baie des Anges* aus gesehen hatte.

Wieder ging es steil bergauf und steil hinunter. Wieder ging es durch die *Ribines,* die hier besonders hoch zu sein schienen, was zur Folge hatte, dass Dupin wie durch eine Bobbahn raste und er nur, wenn die Erdwälle eine Lücke aufwiesen, sah, wo er sich befand. Was ihn allerdings bloß dazu verleitete, noch schneller zu fahren.

Von jetzt auf gleich endeten die hohen Wälle, Häuser tauchten auf, dann ein Ortsschild: »Lilia«. Es ging nach links, rechts, rechts, links, rechts, dann fuhr Dupin geradewegs aufs Meer zu. Eine spektakuläre Bucht, ein Streifen blendend weißer Sand, grell türkises Wasser. Hinter der Bucht erhoben sich flache, lang gestreckte Inselchen. Verwirrende Überlagerungen von Land und Meer. Sie schienen sich jetzt, bei Ebbe, über Kilometer zu erstrecken. Erst weit draußen erblickte man den offenen Atlantik in einem tiefen, geheimnisvollen Blau.

Eine letzte Kurve, und nun ging es um die Bucht herum, direkt hinter dem Streifen Sand: hübsche Häuschen, ein Café, ein Restaurant.

Dupin machte eine Vollbremsung.

Er hatte Riwals und Carmans Wagen am Straßenrand ausgemacht. Ziemlich am Ende der Bucht. Bedenklich knapp kam er hinter dem Auto des Inspektors zum Stehen.

Dupin musste sich anstrengen, um die Wagentür zu öffnen, eine heftige Bö hielt dagegen. Hier war er wieder, der ewige Westwind, der treue Begleiter dieser Gegend – stark, steif, geradlinig –, der einem den Kopf freiblies. Den Nebel darin beseitigte. Dupin hoffte jedenfalls, dass er es bald täte.

Eine adrett geschnittene Lorbeerhecke protegierte Victor Contels Grundstück. Dupin lief ein paar Meter bis zu einem weißen Holztor. Es stand offen und gab eine großzügige Einfahrt frei. Heller, feiner Kies, es sah aus, als würde jedes Steinchen regelmäßig einzeln geputzt. Eine Allee aus Palmen, ein bisschen protzig, führte zu einem großen Herrenhaus. Ein veritables *Manoir*. Vier Etagen hoch, die einen betörenden Panoramablick gestatteten. Erbaut aus hellem Granit, vermutlich Ende des 19. Jahrhunderts, in bestem Zustand.

Wie bei der Abtei war auch hier das Wort Garten maßlos untertrieben – das *Manoir* lag in einem Park, der fast den gesamten Vorsprung am Ende der Bucht einnahm. Ein paar einsame zerzauste Meereskiefern. Eine große, leere Terrasse.

Dupin näherte sich der Eingangstür.

Er wollte klingeln, als der vom offenen Meer kommende Wind Stimmen heranwehte. Unverständlich und leise. Dennoch war klar, dass es sich um kein freundliches Gespräch handelte.

Dupin lief am Haus entlang.

Er bog um die Ecke und erblickte eine weitere Terrasse.

»Es reicht mir wirklich. Ich habe einen Termin und werde jetzt gehen. – Und Sie werden sofort mein Grundstück verlassen.«

Victor Contel schrie beinahe. Ihm gegenüber standen Carman, Nevou und Riwal. Sie hatten Dupin noch nicht bemerkt.

»Das ist Hausfriedensbruch, Sie haben kein Recht, sich hier aufzuhalten.«

»Commissaire Dupin wird jeden Augenblick eintreffen«, erklärte ihm Carman. »Bis dahin werden Sie nirgendwohin gehen.«

»Der Commissaire ist bereits da!« Dupin trat vom Garten auf die Terrasse.

Alle Köpfe drehten sich zu ihm. Dupin lief schnurstracks auf Victor Contel zu. Er trug ein hellgrünes *Lacoste*-Hemd, eine dunkelblaue Stoffhose, weiße Edelsneaker. Er stand neben einem Teakholztisch mit dazu passenden Stühlen, daneben ein paar große Blumenbottiche mit meeresblau blühenden Pflanzen.

»Ich bestehe darauf …«, wandte sich Contel an Dupin.

Dupin schnitt ihm das Wort ab, er hatte die Stimme gesenkt und stand jetzt direkt vor ihm: »Wir wissen, dass Sie es waren, der aus dem Beobachtungsjournal Ihrer Schwester mehrere Seiten herausgetrennt hat, Monsieur Contel. – Entweder Montagabend nach dem Tod Ihrer Schwester oder später in der Nacht – als es zum Zusammenstoß mit Inspektor Kadeg kam –, aber da ging es wahrscheinlich um die Beseitigung des vergifteten *Kig Ha Farz*.«

Dupin sprach aufreizend langsam.

»Sie haben die Seiten des Journals mit beinahe chirurgischer Präzision herausgetrennt, damit es nicht auffiel, falls es jemand nach Madame Contels Tod in die Hand nehmen würde. Ihre Nichte zum Beispiel, Sophie Gautier.«

Dupin rieb sich die rechte Schläfe.

»Natürlich bestand ein bestimmtes Risiko, dass sie oder auch jemand anderes das Fehlen der Seiten entdecken würde, aber das Risiko wäre noch größer gewesen, wenn das ganze Buch gefehlt hätte. Vor allem, da durch den Vorfall mit Inspektor Kadeg klar war, dass jemand etwas in der Abtei gesucht hatte. Sie …«

»Was erzählen Sie da, Monsieur?« Jetzt war es Contel, der Dupin unterbrach. Er wirkte ungerührt. »Es ist das Blaue vom Himmel! Aber es ist egal, denn Sie alle werden jetzt auf der Stelle mein Grundstück verlassen. Ich werde meinen Anwalt anrufen und mich beim Präfekten persönlich über

diese polizeiliche Willkür beschweren. Damit kommen Sie nicht …«

»Tragischerweise hat Ihnen Ihre Schwester irgendwann von der Sichtung des Riesenalks erzählt. Eine Entdeckung, die den kommerziellen Ausbau des Vogeltourismus und ein noch viel lukrativeres Projekt, den Abbau des bretonischen Guanos, zunichtegemacht hätte. – Ihr Sohn hat mir eben bestätigt, dass es sich bei den von Ihnen eingesandten Laborproben um Vogelkot handelt.«

»Ja, und?«

»Natürlich hätte in Zukunft auch jemand anderes den Riesenalk entdecken können – aber dann hätten Sie längst Tatsachen geschaffen und Ihre Pläne bereits umgesetzt.« Es war ein schwächeres Argument, musste Dupin zugeben. »Ganz hätten Sie Ihre Projekte dann sicher nicht aufgeben müssen«, schob er vorsichtshalber hinterher.

Contel hatte eine zynisch-amüsierte Miene aufgesetzt, seine Stimme vibrierte vor Sarkasmus.

»Chapeau – aus dem Pariser Kommissar wird eines Tages ja vielleicht doch noch ein wahrhaftiger Bretone, die wilde Fantasie haben Sie zumindest schon.«

Victor Contel griff nach seinem Handy. Er blieb direkt vor Dupin stehen.

»Jérôme? – Wir haben hier ein kleines Problem mit der Polizei.« Blasierter konnte der Tonfall nicht sein. »Sie sind zu viert auf mein Grundstück eingedrungen und verdächtigen mich irgendwelcher Lächerlichkeiten.«

Am anderen Ende wurde gesprochen.

»Ja, schwere Verleumdungen. – Ich habe sie mehrmals gebeten, mein Grundstück unverzüglich zu verlassen. Ich muss zu einem wichtigen geschäftlichen Termin, zu dem ich jetzt schon zu spät komme. Kannst du das bitte übernehmen?«

Contel hielt Dupin das Telefon hin.

Dupin nahm es in aller Seelenruhe entgegen.

»Bonjour, Monsieur, hier Commissaire Georges Dupin.«

»Jérôme Hardy, Victor Contels Anwalt, ich verlange …«

»Sehr erfreut, Monsieur Hardy, das passt ja gut. Ich denke, Sie sollten sich umgehend auf den Weg machen, Ihr Klient benötigt dringend juristischen Beistand. – Ich nehme Victor Contel jetzt auf der Stelle fest, ›vorläufig‹, wie es so schön heißt. Wir haben seine Fingerabdrücke auf einem für den Mord an seiner Schwester Joëlle Contel äußerst relevanten Gegenstand feststellen können. Es besteht ein dringender Tatverdacht. Zudem habe ich Anlass zur Sorge, dass er die Flucht ergreifen könnte. Es geht um zwei Morde, einen Mordversuch und einen tätlichen Angriff auf einen Polizisten. Wenn Sie sich mit ihm beraten möchten, gerne. In einer Viertelstunde auf der Wache der Gendarmerie in Lannilis.«

»Das können Sie …« Contels Anwalt versuchte eine verzweifelte Entgegnung. Dupin legte auf.

»Das ist Freiheitsberaubung!« Victor Contel starrte Dupin fassungslos an. Sein Gesicht hatte sich tiefrot gefärbt. »Die zum Hausfriedensbruch hinzukommt. – Das wird Sie teuer zu stehen kommen, Monsieur le Commissaire.«

Victor Contel verlor alle Beherrschung, er hatte den letzten Satz geradezu gebrüllt. Dupin hatte es sich gedacht: Am Ende war er ein ordinärer Choleriker, ganz gleich, was er darzustellen versuchte.

Dupin wandte sich an die Kollegen:

»Bringen Sie Monsieur Contel nach Lannilis. – Ich komme gleich nach.«

Carman, Nevou und Riwal nickten.

Dupin hatte gar nicht vorgehabt, Victor Contel

festzunehmen. Es war eine spontane Entscheidung gewesen. Und natürlich war Dupin einem heftigen Affekt gefolgt. Dennoch, die vorläufige Verhaftung war gerechtfertigt, einigermaßen zumindest. Am manipulierten Journal der Ermordeten befanden sich Victor Contels Fingerabdrücke, es war ein Fakt. Fakt war aber auch, dass Dupin nicht mit ganzem Elan bei der Sache war. Selbstverständlich war das alles höchst relevant. Aber zufrieden war er nicht. Dabei wusste er selbst nicht, warum. So ganz stand er nicht dahinter, es blieb ein Zweifel. Über die Fingerabdrücke hinaus fehlten alle Beweise, das objektiv Zwingende. Aber das war es nicht einmal. So was hielt Dupin auch sonst nicht davon ab, alles auf eine Karte zu setzen. Etwas nagte an ihm. Arbeitete in ihm.

»Ist was, Chef?«

Riwal spürte Dupins Stimmung.

»Alles in Ordnung, Riwal, ich brauche nur eine Minute für mich.«

Er ließ den Inspektor stehen und verließ das Grundstück.

Am Horizont streckten sich die beiden Leuchttürme kühn in den Himmel.

Bereits bei seiner Ankunft in der Bucht von Lilia war Dupin eine hübsche Terrasse aufgefallen. Der Kommissar hatte im Laufe seines Lebens die Fertigkeit entwickelt, stets und überall jedwede potenzielle Koffeinquelle zu registrieren. Eine Überlebenstechnik.

Eine Austernbar. *Maison Legris,* war auf einem Schild zu lesen. Sie gehörte Jacques' Freunden, die Dupin gestern Abend kennengelernt hatte. *Die* Legris – die Austernstars der Gegend.

»Einen *petit café* zum Mitnehmen, bitte.«

Eine ungewohnt zurückhaltende Bestellung für Dupins Verhältnisse, aber er musste sich mäßigen, zumindest in den nächsten Stunden. Mit dem Ein-Liter-Thermoskannen-Kaffee hatte er es heute Morgen doch ein wenig übertrieben. Die Menge war ihm auf den Magen geschlagen, seitdem quälte ihn ein stechender Schmerz in der Magenmitte.

Die Austernbar, das *Maison Legris,* konnte nicht bretonischer sein, sie war jenseits allen *chichis* und *flaflas,* wie man in der Bretagne sagte. Das Gebäude selbst glich eher einer Baracke, wenn auch wunderschön zurechtgemacht.

Dupin stand vor einem lang gezogenen Tresen, in den nebeneinander mehrere Meerwasserbecken eingelassen worden waren. In ihnen warteten die Austern auf ihre Liebhaber.

Die gesamte Vorderseite des Raums war zur Bucht hin geöffnet. Man hatte einfach eine komplette Wand ausgespart, sodass man auch drinnen das Gefühl hatte, draußen zu sitzen.

»Et voilà.«

Mit ein paar wenigen gekonnten Bewegungen hatte die blonde Frau der imposanten Maschine den ersehnten Kaffee entlockt. Aber es lag noch etwas anderes in der Luft. Der verführerische Duft von etwas Süßem.

Dupin hatte den Geldschein schon in der Hand.

»Darf es noch etwas sein, Monsieur?«, lächelte ihn die Bedienung an.

Jetzt sah er es. Ein wenig versteckt, seitlich hinter der Kasse: ein ganzes Blech *chaussons aux pommes.* Apfeltaschen. Das Gebäck seiner Kindheit. Mit der obligatorischen in den Teig geritzten Skizze eines Apfelbaumblattes.

»Eine *chausson breton aux pommes?*«, fragte die Bedienung, die seinen Blick gesehen hatte.

»Sehr gerne«, entfuhr es Dupin. Auch Zucker half dem

Gehirn, wenn auch nur kurz. Zudem: Hatten nicht Äpfel besonders viel von diesem Pektin? Das so gut war für den Magen?

»Sie sollten auch unser Makrelentartar mit den Äpfeln der neuen Ernte probieren.«

Die Frau deutete auf eine weiße Schüssel mit der gepriesenen Köstlichkeit.

»Oder nehmen Sie ein paar Austern mit einer Vinaigrette aus unserem hausgemachten Apfelessig. Bloß zwei, drei Tröpfchen – himmlisch. Und erst unser *crumble breton aux pommes*. – In der Bretagne können Sie den Äpfeln nicht entkommen.« Sie schmunzelte.

So war es jedes Jahr. Eigentlich entkam man den Äpfeln das ganze Jahr über nicht, am allerwenigsten aber im Oktober.

»Bloß den Kaffee und die Apfeltasche, danke.«

Die große Terrasse, auf der Dupin sich niederließ, übertraf das phänomenale Panorama des Innenraums noch einmal um ein Vielfaches. Man saß, ein paar Meter vom Strand entfernt, inmitten der magischen Szenerie und war betört. Gefangen im Bann dieser Landschaft von Land und Meer.

Dupin trank den Kaffee in zwei Schlucken, stellte das Tässchen ab und holte sein Clairefontaine heraus. Manchmal fand sich in ihm viel mehr, als er dachte, notiert zu haben. Noch bevor er es aufschlagen konnte, klingelte sein Telefon.

Kommandantin Carman.

»Ja?« Dupin klang mürrisch, obwohl er es gar nicht wollte.

Sie schien im Auto zu sitzen, er hörte Motorgeräusche.

»Gerade ist die endgültige Bestätigung gekommen. – Es sind Victor Contels Fingerabdrücke. Es besteht kein Zweifel.«

»Gut.«

Diesbezüglich hatte er ohnehin keinen Zweifel gehabt.

»Wir sind gleich auf der Gendarmerie. Der Anwalt von

Monsieur Contel ebenfalls. Er hat sich bei mir gemeldet. Er wird Monsieur Contel kurz allein sprechen, dann können wir mit der Befragung beginnen. – Hat Ihnen Maxime Contel das mit dem eingeschickten Guano bestätigt?«

»Hat er.«

»Jetzt, wo Sie Victor Contel wegen Mordverdachts vorläufig festgenommen haben, kann ich das Labor vielleicht zur Herausgabe der Analyse bringen. – Unter Umständen kriegen wir sogar einen Durchsuchungsbefehl für die Insel und das Büro seines Sohnes.«

»Versuchen Sie es.«

Auch jetzt fehlte Dupins Satz der Nachdruck.

»Wo sind Sie eigentlich, Monsieur le Commissaire?«

Carman vermisste vermutlich die Motorgeräusche bei Dupin. Die Frage hatte auch ein wenig geklungen wie: »Denn wir haben keine Ahnung, wie wir bei Victor Contel weiter vorgehen sollen …« Das Dumme war: Auch Dupin hatte keine Ahnung.

»Unterwegs.«

»Na gut, dann bis gleich.«

Dupin beendete das Gespräch. Er lehnte sich zurück, biss in die Apfeltasche und schlug mit der linken Hand das Notizheft auf.

Dass Victor Contel sich an Joëlle Contels Vogeljournal zu schaffen gemacht hatte, war bisher das einzige echte Indiz. Also sollten sie sich darauf konzentrieren. Es musste einen Grund geben, warum Victor Contel das Buch manipuliert hatte.

Er schlug sein Notizheft unverrichteter Dinge wieder zu und erhob sich. Im Stehen aß er den letzten Bissen Apfeltasche. Tatsächlich himmlisch.

Widerwillig und sonderbar gedankenverloren verließ Dupin die Terrasse und ging zu seinem Wagen. Er war alles

andere als erpicht auf eine erneute Unterredung mit Victor Contel, die wahrscheinlich auch dieses Mal zu nichts führen würde.

Die Gendarmerie von Lannilis war beeindruckend groß. Mehrere moderne eckige Gebäude mit Flachdächern waren wie große Bausteine zu einem verschachtelten Ganzen gefügt worden, das helle, freundliche, wenn auch betont funktionelle Büros und Besprechungsräume beherbergte. Auch ein Verhörzimmer, in dem Victor Contel, sein Anwalt sowie Nevou, Riwal und Kommandantin Carman bereits eine Weile auf Dupin warteten.

Während der kurzen Fahrt von Lilia nach Lannilis hatte sich Dupins Laune immer weiter verfinstert, war sein Groll gewachsen, seine Unzufriedenheit, was vor allem hieß: die Unzufriedenheit mit sich selbst. Er übersah etwas, war sein deutliches Gefühl.

Dupin hatte direkt vor der Eingangstür geparkt und war dank der freundlichen Orientierungshilfe einiger Kollegen zielsicher in den ersten Stock gestürmt.

Die Tür von Raum 1.B12 stand offen.

Ein einfacher weißer Tisch, auf der einen Seite die Polizisten, auf der anderen Victor Contel und sein Anwalt. Alle blickten sie ihm entgegen. Dupin nickte kurz und blieb vor dem Tisch stehen.

Der Anwalt erhob sich eilig.

»Monsieur le Commissaire, ich …«

»Genug der Spielchen, Monsieur Contel.« Dupin ignorierte den Anwalt und richtete sich unmittelbar an Victor Contel.

»Sie werden uns jetzt erzählen, was es …«

»Ich habe«, jetzt war es Contel, der Dupin ins Wort fiel, »die Seiten aus Joëlles Buch herausgetrennt, ja. Am Montagabend, nach dem Tod meiner Schwester. So ist es. – Na und?«

Victor Contel war bei seinem Geständnis ungerührt sitzen geblieben und musterte Dupin mit verächtlicher Miene.

Mit der plötzlichen Offenheit war nicht zu rechnen gewesen. Oder war es eine Strategie?

»Was für ein Kapitalverbrechen wollen Sie daraus machen, Commissaire?« Contel zog süffisant die Augenbrauen hoch. »Beschädigung des Eigentums einer Verstorbenen? Das Buch gehörte am Montagabend bereits zur Erbmasse.«

»Warum haben Sie die Seiten entfernt, Monsieur Contel?« Dupin musste sich zusammenreißen. »Das ist das Einzige, was mich interessiert.«

»Mein Klient«, der Anwalt stand immer noch, »sieht keinen Grund, sich weiter dazu zu äußern, Monsieur le …«

»Lass gut sein, Jérôme«, unterbrach ihn Victor Contel. »Ich habe keinerlei Problem damit, zu sagen, worum es ging. Ich lasse mich von niemandem terrorisieren. – Joëlle glaubte, eine Kolonie irgendwelcher seltenen Vögel entdeckt zu haben, nördlich der Halbinsel Sainte-Marguerite. Genau da, wo wir mit dem Pilotprojekt unseres Guano-Abbaus beginnen wollten.« Wie eben schon brach sich Contels cholerisches Naturell Bahn. »Ich habe wirklich keine Lust auf das alles, mir steht es bis hier.« Er unterstrich die Worte mit einer entsprechenden Geste. »Es ist immer das Gleiche. Sofort sind die ganzen Umweltidioten zur Stelle. Alle haben plötzlich gewaltige Bedenken. Lächerlich. Bevor Joëlles Hirngespinste noch weiter dazu beigetragen hätten, habe ich die Seiten entfernt, ja. Ich …«

»Sie meinen den Riesenalk.« Dieses Mal war es Riwal, der intervenierte. »Den großen Pinguin des Nordens, den man für ausgestorben hält.«

Contels Gesichtsausdruck zeigte abgrundtiefen Hohn.

»Das wird ja immer bunter. Nun sitzt schon die Polizei diesen hanebüchenen Chimären auf! Grotesk. – Wussten Sie, dass ein rechtschaffener Bauer aus den Monts d'Arrée letztes Jahr behauptet hat, einen echten Drachen gesehen zu haben? Er schwört es. Sicher auch eine Mission für Sie. Und vergessen Sie nicht die Abertausenden Gnome, Feen und Elfen hier in der Bretagne.«

Contel erhob sich.

»So – das war's. Ich habe Ihnen alles gesagt, was es zu sagen gibt. Und werde jetzt gehen.«

Abrupt wandte er sich zur Tür.

Carman, Nevou und Riwal schnellten zeitgleich hoch.

»Sie werden nur eines: sich umgehend wieder setzen.« Carman blockierte die Tür. Nevou war direkt auf Contel zugetreten.

»So ein Scheiß.«

Alle drehten sich zu Dupin um.

Der Kommissar stand regungslos da. Wie vom Blitz getroffen.

»Chef?«

Riwal klang besorgt.

Dupin blieb stumm. Seine Gedanken überschlugen sich.

Nun war ihm doch etwas eingefallen. Etwas Ungeheuerliches. – Das könnte es sein. So verrückt es auch klingen mochte.

Dupin stand eine ganze Weile einfach nur da. Niemand wagte zu sprechen. Dann, auf einmal, stürmte der Kommissar zur Tür.

»Carman, Nevou, Riwal«, er blieb kurz stehen, drehte sich um, »Sie kommen alle mit. Monsieur Contel bleibt weiterhin vorläufig festgenommen. Carman, sorgen Sie dafür, dass er hier sicher verwahrt wird.«

Schon war Dupin zur Tür raus.

Eine halbe Minute später verließ er das Gebäude und trat ins Freie. In den ewigen Wind. Er hielt das Handy bereits in der Hand. Suchte die Nummer.

Da war sie. Dupin wählte sie und setzte sich in Bewegung.

Besetzt.

»Verflucht.«

Er wählte eine zweite Nummer.

Nichts. Der Anruf ging ins Leere.

»Hier sind wir, Chef.«

Riwal hatte zu Dupin aufgeschlossen, Nevou und die Kommandantin im Schlepptau.

Dupin richtete sich an Carman: »Sagen Sie den Kollegen aus Morlaix, sie sollen auf der Stelle zu der Cidrerie fahren. Und alles absperren. Auch die Apfelzuchtstation auf dem neuen Feld nebenan. Niemand soll das Gelände betreten oder verlassen, bis ich komme. – Niemand.«

»Worum geht es?«

»Ich erkläre alles später, Carman.«

»Wir haben keinerlei Grundlage dafür, das zu tun.«

»Bitten Sie Nolwenn, uns einen Durchsuchungsbefehl zu besorgen.«

»Wenn Sie meinen«, nickte die Kommandantin alles andere als überzeugt.

»Wir müssen wissen, wo sich Maxime Contel aufhält. Ob er noch in der Cidrerie ist. – Ich erreiche ihn nicht. Und bei der Cidrerie ist besetzt. Ich …«

Dupin brach ab und wählte die Nummer erneut.

Dieses Mal hatte er Glück.

»*Cidrerie de Limpalaer.* – Hier spricht Sylvaine Dumas.«

»Hier Commissaire Dupin, Madame Dumas. Ich war eben bei Ihnen.«

»Wie kann ich Ihnen helfen?«

»Ist Maxime Contel noch in der Cidrerie?«

»Nein. Er ist vor einer Dreiviertelstunde weg.«

»Wissen Sie, wohin er wollte?«

»Er sagte nur, er müsse zurück, ich nehme an, er meinte nach Hause.«

»Verstehe. – Commandante Carman wird …«

Dupin führte den Satz nicht zu Ende. Es wäre besser, von der bevorstehenden Aktion nichts zu sagen.

»Falls sich Maxime Contel bei Ihnen meldet, sagen Sie ihm bitte, dass ich ihn dringend sprechen muss. Er soll mich …« Dupin dachte nach. So war es besser: »Er soll auf der Stelle zur Cidrerie kommen. Es ist äußerst wichtig. – Und sagen Sie mir umgehend Bescheid, wenn Sie ihn gesprochen haben.«

»Das werde ich tun, Monsieur.«

»Danke.«

Dupin legte auf.

Er dachte nach. Er durfte jetzt keinen Fehler machen. Er musste an alles denken. An alle Möglichkeiten.

»Carman, wir fahren zu Maxime Contels Haus. – Sie fahren vor.« Dupin lief zu seinem Citroën. »Riwal, Sie fahren direkt zur Cidrerie. – Nevou, Sie bitten die Köchin, sich mit Ihnen in der Abtei zu treffen.«

Dupin öffnete die Wagentür.

»Also los!«

Im nächsten Augenblick saß er am Lenkrad. Schon heulte der Motor auf. Selbst Riwal, der die plötzlichen, scheinbar

erratischen Eingebungen und Aktionen des Kommissars kannte, machte einen irritierten Eindruck.

Dupin wartete, bis die Kommandantin an ihm vorbeigefahren war – mit Blaulicht und Sirene –, dann gab er Gas.

Was hatte die Bedienung in der Austernbar gesagt? »In der Bretagne können Sie den Äpfeln nicht entkommen.« So war es wohl wirklich. Offensichtlich auch in diesem Fall.

»In der Bretagne können Sie den Äpfeln nicht entkommen« – das war der Satz, der wie ein greller Funken gewirkt hatte. Es hatte etwas so Zufälliges gebraucht, um Licht ins Dunkel zu bringen, durch das sie die ganze Zeit getappt waren. Dupin hätte schon viel früher darauf kommen können. Noch nie war die Sache derart offenkundig gewesen. Und je länger er nachdachte, desto überzeugter war er: Immer mehr der Puzzleteile fügten sich zu einem Ganzen. Zur Lösung.

Rechter Hand lag das Meer. Theoretisch zumindest. Im Moment war Ebbe. Es war weg. Weit weg. Das schmale, holprige Sträßchen, das immerhin geteert war, schlängelte sich an der Küstenlinie entlang Richtung Norden der Halbinsel von Sainte-Marguerite.

Carman raste, Dupin hatte mitunter Schwierigkeiten zu folgen, was ihm nur selten passierte. Die Kommandantin könnte jede Rallye bestreiten.

Dupins Handy klingelte.

Die Cidrerie, er erkannte die Nummer.

»Ja?«

»Maxime Contel hat sich eben gemeldet, Monsieur le Commissaire. Ich sollte Sie doch informieren, falls er es tut.«

»Genau.« Dupin hatte das Telefon fest ans Ohr gepresst und musste gegen den Fahrlärm und Carmans Sirene anschreien. »Was wollte er?«

»Es war ein wenig merkwürdig. Er wollte eigentlich nur wissen, ob Sie nach ihm gefragt hätten. – Ich habe ihm gesagt, dass Sie das getan haben und dass ich ihm ausrichten soll, er solle dringend in die Cidrerie kommen.«

»Und?«

»Er hat einfach aufgelegt.«

»War er zu Hause?«

»Das hat er nicht gesagt.«

»Haben Sie Motorgeräusche im Hintergrund gehört?«

»Nein, das nicht.«

»Danke, Madame Dumas.«

Bevor sie noch etwas sagen konnte, hatte Dupin aufgelegt.

Maxime Contel hatte Lunte gerochen. Ihm war klar, dass Dupin Bescheid wusste – wenn sich alles tatsächlich so verhielt, wie Dupin es sich dachte.

Carman hatte noch einmal beschleunigt. Dupin sah auf den Tacho. Hundertzwanzig, hundertvierzig.

Plötzlich kam ihnen in einiger Entfernung ein dunkelblauer Wagen entgegen. Ein SUV. Ein Wagen, wie er ihn vorhin auf dem Hof der Cidrerie hatte stehen sehen.

Er schoss direkt auf sie zu. Ein Koloss. Ein BMW. Wie sie fuhr auch er mit hoher Geschwindigkeit.

Dupin trat unwillkürlich auf die Bremse. Nicht mit aller Kraft, aber spürbar. Nicht so die Kommandantin. Und auch nicht der Fahrer des blauen SUV – was nur eines bedeuten konnte: Es war Maxime Contel.

Nun war es wie in einem dieser Filme: zwei wahnsinnige Fahrer, die aufeinander zurasten, bis einer nachgab und auswich.

Kurz vor dem Showdown bog der blaue SUV abrupt rechts ab. Dupin hatte – verdeckt durch Carmans Wagen – die Abzweigung zunächst nicht gesehen. Der Lärm der bis zum Anschlag belasteten Bremsen war infernalisch.

Carman jagte hinterher.

Maxime Contel floh.

Es war eindeutig. Und konnte nur eines heißen: Dupin lag richtig. Contel hatte Panik bekommen. Wahrscheinlich war er schon zu Hause gewesen und dann schlagartig wieder aufgebrochen. Er hatte davon ausgehen müssen, dass sie ihn suchen würden. Auch bei ihm zu Hause.

Rechts, links, rechts, die Straße war kurvig, sie waren jetzt in der Mitte der Halbinsel. Die flache Landschaft flog an ihnen vorbei.

Bald schon rasten sie auf die Dünen im Westen der Halbinsel zu. Der blaue SUV, der Polizei-Peugeot der Kommandantin, Dupins alter, kantiger Citroën, der Abstand zwischen den drei Fahrzeugen nahm zu. Die Schlaglöcher des nun sandigen Weges wuchsen sich zu kleinen Kratern aus, die keine Hydropneumatik der Welt abzufedern wusste.

Der Weg führte nun mitten durch die Dünen, der SUV kam am besten mit dem Terrain klar, er war ihnen immer weiter voraus. Erst bei der letzten, der höchsten Düne war auch für ihn Schluss. Das unbefestigte Sträßchen endete an einem Parkplatz, ein schmaler Pfad führte die Düne hoch. Contel hatte seinen Wagen noch ein paar Meter den Pfad hinaufgesteuert und erst dort stehen lassen. Er hatte einigen Vorsprung.

Dupin kam mit einer heftigen Bremsung direkt neben Carman auf dem Parkplatz zum Stehen. Carman sprang aus dem Wagen und rannte die Düne hoch, Dupin beeilte sich zu folgen. Tiefer, feiner, lupenrein weißer Sand – mit jedem Schritt

sank man knöcheltief ein, rechts und links silber schimmerndes Dünengras.

Der tiefe Sand ließ aus dem Versuch zu rennen ein plumpes Stapfen werden, außer Atem kam Dupin auf der höchsten Stelle der Düne neben der Kommandantin zum Stehen.

»Verdammt«, fluchte sie.

Von Maxime Contel war weit und breit nichts mehr zu sehen. Als hätte er sich in Luft aufgelöst.

Vor ihnen tat sich eine endlos scheinende Ebbelandschaft aus Sand, Prielen und Felseninselchen auf, gigantische Flächen bis zum Horizont, nur hier und dort schimmerte ein bisschen Meer auf. Eine ganz und gar unwirkliche Landschaft. Tiefe Sandrillen, als würde der Sand das Meer imitieren und selbst Wellen erschaffen wollen.

»Maxime Contel wird hier jeden Felsen kennen. Die Halbinsel ist sein Zuhause. Vor allem weiß er, wo man bei Ebbe zu Fuß hinkommt. – Das ist das reinste Labyrinth.« Carman wirkte angespannt.

Wo man zu Fuß hinkam und wo man ein Boot brauchte, veränderte sich an der bretonischen Küste jeden Tag. Es hing von den Gezeiten ab, natürlich, aber vor allem von ihrer sich täglich wandelnden Intensität: Wie tief ging die Ebbe zurück, wie hoch kam die Flut? Nie war es gleich.

Carman und Dupin blieben eine Weile stumm nebeneinander stehen und suchten mit ihren Blicken die bizarre Welt ab. Der stark böige Wind blies ihnen direkt ins Gesicht, hier oben auf der Düne peitschte er geradezu.

»Ist er der Mörder? Inspektor Kadegs Angreifer?« Carman fuhr fort, die Gegend konzentriert zu scannen, während sie sprach.

»Da!«

Dupin hatte eine Bewegung ausgemacht.

Zwischen zwei Felsen im Sandmeer, vielleicht dreihundert Meter entfernt.

Maxime Contel, Dupin erkannte ihn, es war eindeutig. Das petrolfarbene Hemd hob sich kontrastreich vom Sand ab, ebenso das Schwarz der Hose.

Contel lief auf eines der größeren Inselchen zu.

Dupin stürmte unmittelbar los, die Düne hinunter, Carman nur den Bruchteil einer Sekunde später.

»Sie nähern sich von rechts, ich mich von links«, rief Carman.

Es war eine gute Idee. Auf dem Strand angekommen, liefen sie auseinander.

Von der Düne aus hatte man es nicht gesehen, aber zwischen den Rillen stand Wasser, das nun, beim Laufen, wild aufspritzte. In ein paar Stunden würden hier Fische schwimmen. Im Handumdrehen waren Dupins Schuhe und seine Jeans nass und voller Sand.

Im Prinzip lief Contel geradewegs auf das offene Meer zu – wenn es nur irgendwo zu sehen gewesen wäre. Hier unten in der Ebene war es nicht einmal zu erahnen.

Contel hatte das Inselchen mittlerweile erreicht und verschwand hinter den Felsen.

Bald würden auch sie die Höhe der Insel erreicht haben, Carman und Dupin waren ungefähr gleichauf.

Hinter dem Inselchen ging die endlos scheinende Sandfläche weiter. Noch mehr Felseninseln kamen in den Blick, nun auch zwei größere, lang gezogen und flach, mit einer grünen Graskappe. Hier unten, inmitten der surrealen Sandlandschaft, sah man nirgends mehr etwas vom Horizont.

Sie hatten das Inselchen erreicht.

Dupin lief drumherum.

Keine Spur von Maxime Contel. Nur Vögel. Sehr viele Vögel.

Eigentlich war es unwahrscheinlich, dass Maxime Contel sich auf der Felseninsel versteckte, dort säße er in der Falle. Wahrscheinlich war er bereits zum nächsten Inselchen gerannt. Oder spekulierte er genau darauf – dass sie weiterliefen?

»Verflucht.«

Dupin rannte weiter, in Richtung des nächsten Inselchens, alle paar Meter warf er einen Blick über die linke Schulter. Wo war Carman?

Grellweiße Sandflächen schienen auf, an den höheren Stellen war der Sand getrocknet.

Sollte er hinaufklettern?

Es würde einige Zeit beanspruchen, es ging über Steine, Algen, glitschige Flechten.

»Dupin!«

Die Kommandantin. Die Sandwelt dämpfte den Schall auf eigentümliche Weise.

»Hier!«

Es kam von hinten, von dem Inselchen, an dem Dupin gerade vorbeigelaufen war. Jäh blieb er stehen, wandte sich um. Er sah sie nicht.

»Zwischen den Felsen – hier.«

Jetzt entdeckte er sie.

Carman stand auf einer konfusen Ansammlung größerer Steinbrocken und suchte mit der Hand über der Stirn die Landschaft ab.

Dupin wartete. Sie suchte und suchte.

Das durfte doch nicht wahr sein. Maxime Contel musste doch irgendwo sein.

Dupin drehte sich einmal um die eigene Achse. Nichts – gar nichts.

Sie brauchten Verstärkung. Dupin griff nach seinem Handy.

Nicht ein einziger Balken. Nicht der Ansatz von

Empfang. – Was hatte er sich auch gedacht? Er stand ja gewissermaßen im Meer.

Die Kommandantin schien stoisch auf ihrem Felsen ausharren zu wollen. Ganz falsch war die Taktik nicht. Wahrscheinlich war es besser, als kopflos weiter durch diese Sandwelt zu irren, die zahllose mögliche Verstecke bot.

»Da! – Da ist er!«

Carman hatte Contel erspäht.

Augenblicklich sprintete Dupin los.

Schon bald sah er ihn auch. – Weit entfernt. Contel lief nun auf eine der beiden deutlich größeren, lang gestreckten Inseln zu. Bald schon geriet er aufs Neue hinter einem Felsen außer Sicht.

Dupin rannte weiter.

Er näherte sich den ersten Ausläufern der Insel. Eine wilde Kletterei begann.

Auch die grün bewachsene Kappe der Insel war viel unebener, als sie von unten ausgesehen hatte. Überall waren tiefere Löcher im Boden, Nistplätze.

Auf einmal hörte er Rufe. Ein Mann, aber nicht Maxime Contel.

»Zu Hilfe! Hilfe!«

Die Rufe kamen vom anderen Ende der Insel, die dort flacher auslief als auf Dupins Seite. Dupin sah einen Mann, der in seine Richtung winkte.

»Ich komme, Monsieur.«

Dupin beeilte sich.

Er erkannte ein Fernglas um den Hals des Mannes und einen

kanariengelben Rucksack. Eine kurze grüne Cargohose, ein orangefarbenes Shirt – ein Hobbyornithologe, kein Zweifel.

»Was ist passiert? Sind Sie verletzt?«

»Er – er hat mein Boot.« Verzweifelt zeigte der Mann hinter sich.

Es dauerte etwas, ehe Dupin sah, was er meinte.

Trotz tiefster Ebbe hatte sich ein breiter, langer Meeresarm in die Sandwelt geschlängelt. Das Wasser leuchtete türkis. Und in diesem Türkis konnte man einen Mann in einem knallroten Meereskajak erkennen.

»Er hat es geklaut. – Ich bin wegen der Vögel hier«, sagte der Mann mit dem Fernglas. »Hobbyornithologe«, schob er sicherheitshalber hinterher.

»Ich bin von der Polizei, Monsieur. – Begeben Sie sich umgehend zum Festland«, instruierte Dupin, der bereits dabei war, wieder von der Insel herunterzuklettern. »Ich kümmere mich um die Sache.«

»Polizei?«

»Bitte gehen Sie zum Strand zurück!«

Es blieb keine Zeit für Erklärungen.

Dupin blickte sich nach Carman um. Sie stand immer noch auf dem Felsen.

Er erreichte den Sand. Jetzt hatte er freie Bahn. Er spurtete los.

»Seien Sie vorsichtig, das Wasser läuft schon wieder auf«, hörte Dupin den Mann noch rufen.

Er hatte recht. Wo Contel sich gerade mit dem Kajak befand, wandelte sich das Türkis bereits in ein Blau, es wurde dort deutlich tiefer und ging dann ins offene Meer über, das mit einem Mal gar nicht mehr so weit weg schien.

Dupin hatte nur eine einzige Möglichkeit: noch ein ganzes Stück an dem Meeresarm entlangzulaufen und, wenn es

gut ging, Contel vielleicht abzupassen, noch bevor dieser das offene Meer erreichte. Maxime Contels Chancen, tatsächlich zu entkommen, mochten nicht groß sein – aber sicher konnte man das nicht sagen. Er würde eventuell versuchen, zum anderen Ufer des Aber Benoît zu gelangen, um dort an ein Auto zu kommen. Er kannte die Gegend in- und auswendig.

Dupin spürte sein Herz wild schlagen, der nasse, schwere Sand machte das Laufen doppelt anstrengend.

Es dauerte, bis Dupin auf gleicher Höhe mit dem Boot war. Links der Mündung des Meeresarmes lag eines der vielen steinigen Inselchen und auf der rechten Seite, wo Dupin lief, eine erhöhte Sandbank.

Bald darauf befand er sich ein Stück vor Contel und hatte die Sandbank fast erreicht. Erst im letzten Moment rannte er auf das Wasser zu, streifte die Schuhe ab und lief ins Wasser. Knöcheltief, knietief, schließlich hüfttief.

Dann stieß er sich kräftig ab und hechtete mit einem Kopfsprung hinein. Mit aller Kraft kraulte er auf die Mitte der Rinne zu, ohne aufzuschauen. Als er es endlich tat, sah er, dass er der Sieger dieses ungeplanten Wettkampfs geworden war.

Das rote Kajak war keine zehn Meter entfernt. Es war schnell, aber Contel hatte keine Chance.

»Geben Sie auf, Contel«, forderte Dupin ihn keuchend auf, bereit, erneut einen kräftigen Kraulsprint hinzulegen.

Maxime Contel reagierte nicht, er hatte das Boot auslaufen lassen und begann nun, langsam mit der Strömung rückwärtszutreiben. Er blickte Dupin mit leerem Ausdruck an.

Dupin spürte die Kälte des Atlantiks, vor allem auch die Strömung. Die aufkommende Flut trieb immer mehr Wasser in die Rinne, Richtung Land.

Eine Weile verstrich, ohne dass einer der beiden etwas tat oder sagte.

Dann, mit einem Mal, tauchte Contel das linke Paddelblatt ins Wasser, ganz langsam, und machte einen langen, kräftigen Stoß. Die Spitze des Kajaks wendete sich zum Ufer hin. Nun setzte Contel mit dem rechten Blatt nach, geräuschlos glitt das Boot auf die Sandbank zu. Er gab auf.

Dupin schwamm ein paar Züge, immer so, dass er parallel zum Boot blieb. Schon hatte der Kommissar wieder Boden unter den Füßen.

»Ich will meinen Anwalt sprechen!« Maxime Contel blickte stoisch nach vorne. Im Ausdruck seiner Stimme lag beinahe Gelassenheit.

»Den haben Sie dringend nötig, Monsieur.« Auch Dupin blieb ganz ruhig. »Hiermit nehme ich Sie wegen des Verdachts des Mordes an Joëlle Contel und Claude Hilaire sowie des versuchten Mordes an Madame Hilaire fest. Auch wegen des versuchten Totschlags an Ihrem Cousin, Inspektor Kadeg.« Nach einer kleinen Pause fügte er noch hinzu: »Ob Sie die Taten allein oder mit einem Mittäter begangen haben, werden wir bald wissen.«

Dupin stand hüfttief im Atlantik. Das grelle Sonnenlicht brach sich im glasklaren Wasser und warf flirrende Muster auf den sandigen Meeresboden. Diese Festnahme gehörte zweifellos zu den kuriosesten seiner Laufbahn.

Das rote Kajak setzte auf dem Sand auf. Maxime Contel stieg mit sicheren Bewegungen aus.

Dupin hörte, wie jemand angerannt kam. Die Kommandantin. Sie steuerte mit ihrer Waffe im Anschlag geradewegs auf Maxime Contel zu.

»Na, dann bringen wir Sie mal auf die Wache.« Sie hielt die Waffe konsequent auf ihn gerichtet. »Da hat Ihr Vater eben erst mit seinem Anwalt gesessen. Und sich entschieden zu reden. Es ist also ohnehin alles raus.«

Maxime Contel starrte die Kommandantin an. Zutiefst irritiert, man sah es, spürte es.

Dupin baute sich vor ihm auf.

»Sie haben es gehört, Monsieur. – Erzählen Sie!«

»Kein Wort.«

Maxime Contel bemühte sich, die Kaltschnäuzigkeit seines Vaters nachzuahmen, es wirkte beinahe tragisch.

Dupin brach den Versuch ab.

»Nehmen Sie ihn mit«, wies er Carman an. Um im nächsten Moment ohne Vorwarnung erneut lozulaufen. Barfuß, triefnass.

Er brauchte Empfang, er musste dringend telefonieren, mit Nevou und mit Riwal. Hoffentlich hatte sein Handy die Schwimmeinlage überstanden. Es war zwar wasserdicht, aber das war ziemlich viel Wasser gewesen.

Den Täter hatten sie höchstwahrscheinlich gefasst, denn Maxime Contel hatte sich durch seine Flucht massiv selbst belastet, aber noch waren Hintergrund und Motiv der Tat bloß Dupins Hypothesen. Und die paar Indizien, die sie mittlerweile hatten, würden nicht reichen. Es waren noch keine Beweise.

Sie hatten sich viel weiter in das Reich des Atlantiks begeben, als Dupin gedacht hatte. Bis zum Strand, wo Carman und er gestartet waren, war es ein weiter Weg.

Mit schweren Schritten und am Ende seiner Kräfte kam Dupin im tiefen Sand oben auf der Düne an.

Immer noch kein Empfang.

Am Wagen das Gleiche: nicht ein Balken.

Mit halsbrecherischem Tempo stob Dupins Citroën kurz darauf den Sandweg entlang, erst bei der Auffahrt auf die Straße bremste er. Steinchen flogen wild umher.

Endlich. 3G, ein Balken. Besser als nichts.

Zuerst Nevou.

Die Polizistin war sofort am Apparat.

»Madame Brével ist gerade in der Abtei eingetroffen, Commissaire, ich habe sie abholen lassen.«

»Gut.«

Er würde später erzählen, was passiert war.

»Geben Sie sie mir.«

Es dauerte eine Weile.

»Monsieur le Commissaire?« Die Köchin klang ängstlich.

»Madame Brével, es geht um Joëlle Contels Äpfel. Die von den Bäumen nahe der Terrasse. Sie haben gesagt, dass Monsieur Hilaire sie, anders als Sie zunächst gedacht hatten, doch nicht geerntet habe. Wann hat er Ihnen das gesagt?«

»Am Montag. Als – als er noch lebte.« Sie wirkte durcheinander. »Ich meine, als er noch in der Abtei war, nachdem Sie mit ihm gesprochen haben. Bevor er gegangen ist, das meine ich, ja. Ich habe ihn gefragt. An den meisten Bäumen waren sie schon weg. Es war ihm auch aufgefallen. Er wusste aber von nichts. Und Madame Contel konnten wir ja nun nicht mehr fragen. Ich meine, er erntet sie ja immer, nur er. Und wer sollte sie auch sonst ernten …«

»Wo kommen die Äpfel nach der Ernte hin?«

»In den Keller. Wie immer. Jedes Jahr. Es gibt einen Obstkeller, noch von den Mönchen, der ist ideal. Madames Äpfel halten da ein ganzes Jahr – natürlich vor allem, weil es außergewöhnliche Äpfel sind.«

Darum ging es.

»Und im Keller sind die Äpfel nicht?«

»Nein, eben nicht. Deswegen habe ich Claude ja gefragt. Ich habe es am Montag gesehen. Er hatte bis dahin wirklich nur ein paar einzelne von den Bäumen geholt. Für meinen Kuchen, vielleicht ein Dutzend für Madame, sie ist immer so ungeduldig mit den ersten Äpfeln.«

»Ich möchte, dass Sie zusammen mit Commandante Carman noch einmal überall nachsehen, Madame. Ob die Äpfel nicht doch irgendwo sind.«

»Ausgeschlossen. Ich weiß, was im Keller ist. – Und es müssten ein paar Hundert sein. Der Großteil der Bäume ist abgeerntet.«

»Ich habe gehört, das *Baie des Anges* bekommt jedes Jahr eine bestimmte Menge.«

»Aber erst mit der Haupternte. Drei, vier Kisten.«

»Wer noch?«

»Madame Contels Nichte Sophie und ihre Tochter. Claude Hilaire und seine Frau, und ich. Die Bäume sind sehr ergiebig. – Ach ja, und das *Vioben*. Madame Joëlles Lieblingsrestaurant in Aber Wrac'h. Entzückende Besitzer, sie ...«

»Aber sie alle haben dieses Jahr noch keine Äpfel bekommen?«

»Auf keinen Fall. Claude hatte ja, wie gesagt, noch gar nicht geerntet.«

Aber sie waren wirklich fast alle weg. Schon gestern früh, es war Dupin aufgefallen, vorhin hatte er sich daran erinnert.

»Ist es nicht möglich, dass jemand anderes das Einverständnis von Madame Contel hatte, die Äpfel zu ernten? Sophie Gautier vielleicht?«

»Niemals.«

»Hat sich Maxime Contel in letzter Zeit für die Äpfel interessiert? Überhaupt in den letzten beiden Jahren, seit er die Firma leitet?«

»Was meinen Sie?«

Dupin zögerte.

»Wissen Sie, ob er an den Äpfeln der Abtei für seine Zucht interessiert war?«

»Das kann ich Ihnen nicht sagen.« Sie schien überfordert. »Aber er schwärmt für die Äpfel, so wie alle. Es sind Wunderäpfel, ich habe es Ihnen ja schon gesagt.«

»Was genau meinen Sie mit ›Wunderäpfel‹, Madame?«

»Na, alles an ihnen ist wunderbar. Der Geschmack, die Saftigkeit, die Robustheit, die Haltbarkeit. Dass sie weder zu fest noch zu weich sind, immer Biss haben. Und auch nach Monaten nichts Muffiges im Geschmack, wenn Sie wissen, was ich meine. – Außerdem müssen sie nie gespritzt oder behandelt werden, nichts kann ihnen etwas anhaben.« Eine aufrichtige Hommage. »Das Beste aber ist, dass sie zwar süß sind, aber nicht zu süß. Sie haben immer noch eine perfekte Säuerlichkeit, sodass ich sie für alles nehmen kann, für herzhafte *pâtés* mit Apfelstückchen, für Kompotte, für Kuchen, Tartes und auch …«

»Ich verstehe, Madame Brével. Und Victor Contel, hat er sich besonders für die Äpfel interessiert?«

»Er hat sie ebenfalls gerne gegessen. Meinen Sie das wieder wegen der Zucht?«

»Auch das, ja.«

»Das weiß ich nicht. Madame hat mir nichts davon gesagt.«

»Ich …« Dupin dachte nach. »Vielen Dank, Madame Brével, Sie haben uns sehr geholfen. Würden Sie das Telefon bitte wieder an meine Kollegin zurückgeben?«

»Sofort. – Meinen Sie …« Sie stockte. »Meinen Sie immer noch, dass mein *Kig Ha Farz* vergiftet war? Das kann nämlich gar nicht sein.«

»Man hat das Gift darin mittlerweile eindeutig nachgewiesen, Madame. Es tut mir sehr leid. – Wenn Sie mir jetzt wieder meine Kollegin geben könnten?«

Es dauerte etwas, aber immerhin hatte sie sich entschieden, seiner Bitte nachzukommen.

»Ja?«

»Ich will, dass Sie die Abtei absuchen, nach den Äpfeln, die an den Bäumen im Garten fehlen. Es müssen ein paar Hundert sein. Beginnen Sie mit den Kellern. Madame Brével kennt sich dort aus.«

»Äpfel?«

»Äpfel.«

Nach einer kleinen Pause fügte er noch hinzu: »Ich erkläre alles später.«

»Gut.«

»Und lassen Sie die Apfelbäume bewachen.«

»Die Apfelbäume bewachen?«

»Ich melde mich wieder.«

Schon hatte er aufgelegt.

Dupin ließ den Motor an. Drückte das Gaspedal mit nackten Füßen durch. Seine Schuhe schwammen jetzt wahrscheinlich schon irgendwo im Meer.

Seine nasse Kleidung klebte äußerst unangenehm am schwarzen Ledersitz des Citroëns und an seiner Haut.

Dupin hantierte an den winzigen Tasten des Autotelefons. Riwal nahm augenblicklich an.

»Chef?«

»Wo sind Sie, Riwal?«

»In der Cidrerie.«

Es würde eine endlose Kurverei, bis Dupin hinter Lannilis die D28 Richtung Lesneven erreichte. Er fuhr viel zu schnell und musste sich höllisch konzentrieren.

»Haben Sie alles abgesperrt?«

»Erledigt, Chef. Die Cidrerie, den Hof, die neue Zuchtstation, alles. – Außerdem haben wir den Durchsuchungsbefehl. Und Verstärkung aus Morlaix.«

»Wo ist die Leiterin der Cidrerie?«

»Sie steht auf dem Hof vor dem Gebäude. Sie war nicht gerade begeistert. Aber hat sich mittlerweile beruhigt. Sie will Sie persönlich sprechen.«

»Ich komme, Riwal, bin schon auf dem Weg. – Wir haben Maxime Contel festgenommen.«

Dupin berichtete das Nötigste.

»Verstehe – und was genau vermuten Sie, Chef?«

Dupin zögerte. Aber es ging nicht anders, er musste jetzt mit der Sprache rausrücken.

»Sie haben doch etwas von ›Superäpfeln‹ erzählt, Riwal. Dass man ein gemachter Mann sei, wenn man den perfekten Speiseapfel züchtet.«

»Absolut.«

»Was heißt das? Wirtschaftlich, finanziell, welche Dimension hat so etwas?«

»Oh, da reden wir wirklich über das ganz große Geschäft. Erinnern Sie sich nicht an den *Cosmic Crisp?*«

Es schien eine ernst gemeinte Frage.

»Nein.«

Ein irrer Name. *Cosmic Crisp.*

»Die Schlagzeilen im letzten Jahr? Sie waren überall! *Ouest-France, Télégramme,* sogar in allen überregionalen Zeitungen.«

Dupin hatte immer noch keinen Schimmer, was der Inspektor meinte.

»Dieser extrem gehypte Apfel. Und nicht mal bretonisch. Von der *Washington State University* entwickelt, sie haben mehr als zwanzig Jahre an der perfekten Kreuzung herumgetüftelt, immerhin ohne Gentechnik. – Ein echter Coup, muss man zugeben.«

Das Zugeständnis fiel dem Inspektor nicht leicht, merkte man.

»Genau die richtige Süße, bei subtiler Säuerlichkeit, knackig, dennoch mit schmelziger Textur. Er läuft nicht mal braun an, wenn man reinbeißt. Vor allem weist er eine Haltbarkeit von einem halben Jahr auf. Er …«

»Riwal, ich will wissen, wie lukrativ ein solches Geschäft wäre.«

»Einträglicher als Gold, Chef. Der Züchter hat das volle Patent. Einen globalen Sortenschutz für ganze zehn Jahre. Vom *Cosmic Crisp* wurden bereits innerhalb der ersten drei Jahre zwölf Millionen Bäume gepflanzt. Der Züchter konnte den Bestellungen der Apfelbauern gar nicht nachkommen, also wurden die jungen Bäume verlost. Allein letztes Jahr wurden 2,1 Millionen Kisten à zwanzig Kilogramm verkauft. Und wissen Sie, was sie für ein Kilo nehmen?«

Eine dramaturgische Pause. Unfassbar, wie man all das wissen konnte, sich merken konnte. Aber – das war Riwal.

»Neun Euro! Völlig irre.« Riwal war eine Mischung aus ernsthafter Empörung und Faszination anzuhören. »Dennoch wird der *Cosmic Crisp* wie verrückt gekauft. – 2,1 Millionen mal zwanzig Kilogramm macht zweiundvierzig Millionen Kilo zu neun Euro – da sind Sie bei einem Umsatz von 378 Millionen Euro, Chef.«

Dupin brauchte einen Moment.

»Wahnsinn.«

Er war mittlerweile in Lannilis angekommen. Man musste mitten durch den Ort, um den zentralen Dorfplatz herum.

»Der meistverkaufte Apfel der Welt war jahrelang der *Golden Delicious* aus West Virginia, er wurde ebenfalls bald massiv in Washington angebaut. Allerdings wurde er in den letzten Jahren von dem *Cripps Pink* und dem *Royal Gala* heftig attackiert. Aber mit dem *Cosmic Crisp* hat sich Washington schließlich zur Wehr gesetzt. Kein amerikanischer Bundesstaat produziert mehr Äpfel, Washington ist einer unserer härtesten Konkurrenten. – Auch für Frankreich ist der Apfelmarkt substanziell, Chef. Äpfel sind das am meisten konsumierte Obst, mit Abstand, weit vor Bananen und Orangen auf Platz zwei und drei. Jedes Jahr werden in Frankreich rund zwei Millionen Äpfel geerntet, jede Französin, jeder Franzose isst dreißig Kilo im Jahr. Es ist ein gigantischer Markt. Mit einem neuen Superapfel …«

Riwal brach jäh ab.

Dann setzte der Inspektor mit bebender Stimme neu an:

»Chef, Sie denken doch nicht, dass … Ich meine, es wäre ungeheuerlich. Maxime Contel will …«

Dupin hörte, wie der Groschen fiel. Es war bemerkenswert: Sie hatten ein Dutzend Mal unter den Apfelbäumen gestanden, schon als Dupin angekommen war, als sie die Terrasse und die Stelle inspiziert hatten, an der man Kadeg gefunden hatte. – Die Lösung hatte die ganze Zeit über ihren Köpfen gehangen.

»Sie denken, dass Maxime Contel die Äpfel seiner Tante für *Les Pommes et les Bretons* haben wollte? Die alte Sorte der Mönche, die Wunderäpfel? Um sie zu kommerzialisieren? Und dass Joëlle Contel ihm die Äpfel aus irgendeinem Grund nicht geben wollte? Und er dann beschlossen hat …«

Der Inspektor brach erneut ab.

»Wie müsste er vorgehen, um Joëlle Contels Äpfel zu kommerzialisieren, Riwal? Wie macht man daraus eine Zucht?«

»Contel hat sie wahrscheinlich direkt Montagnacht geholt, bevor der Gärtner sie ernten würde. Und genau dabei hat ihn Kadeg gestört. Deswegen erfolgte der Angriff auch bei den Apfelbäumen, na klar.« Riwals Sätze waren offensichtlich nicht als Antwort gedacht, es ratterte in seinem Gehirn, genauso, wie es eben in Dupins Gehirn gerattert hatte, als er das Geschehen durchgespielt hatte. »Und die letzten beiden Bäume hat Contel dann nicht mehr geschafft abzuernten. Er hat sich einfach die Äpfel genommen, die ihm seine Tante Joëlle nicht überlassen wollte! Natürlich! Mit ihnen könnte Maxime Contel das Familienunternehmen retten. Mit einem Superapfel. Von dem er wahrscheinlich behaupten würde, er hätte ihn in seiner eigenen Zucht entwickelt. – Damit könnte er nicht bloß die enorme finanzielle Schieflage beheben, es würde ihm weltweit ein riesiges Geschäft und Millionengewinne für das nächste Jahrzehnt bescheren. – Es wäre ein Supercoup, Chef, ein bretonischer Apfel würde die Welt regieren, er …«

»Riwal! Wie würde das mit der Zucht funktionieren, ganz konkret?«

Dupin hatte Lannilis hinter sich gelassen. Noch ein paar Kreisverkehre, dann wäre er auf der Landstraße.

»Das ist ganz einfach.« Riwal war sofort wieder bei der Sache. »Es wäre eine klassische Kultivierung, Chef, keine Zucht. Zur Kultivierung benötigt man die Samen der Bäume, die Apfelkerne. Und zwar unbedingt möglichst viele davon, sonst kommt man auf keinen grünen Zweig. Ein paar gestohlene Äpfel hätten ihm nicht gereicht.« Riwal schien immer aufgeregter zu werden. »Deswegen wollte Contel sicherlich

alle Äpfel holen. – Ein Baum trägt durchschnittlich einhundertfünfzig Äpfel, also werden es bei sieben geernteten Bäumen«, Riwal rechnete im Kopf, »insgesamt über tausend Äpfel sein. Pro Samen gibt es nur einen Sämling, einen neuen Baum. Wenn man von fünfzehn Samen pro Apfel ausgeht, käme man insgesamt auf über fünfzehntausend Samen.«

Riwal schien entflammt.

»Man muss die Kerne dann bloß systematisch in Keimlaune versetzen, das heißt die Keimhemmung überwinden. Dafür setzt man sie einem mehrwöchigen Kältereiz aus, der sie denken lässt, es sei Winter. Die Kerne werden dafür heutzutage in Säcke mit feuchtem Sand oder Torfmoos gefüllt, die man in Kühlkammern legt und stetig gut nachbefeuchtet. Wobei man jedoch aufpassen muss, dass sie nicht ertrinken.«

Jetzt wurde es sehr konkret. Woher wusste Riwal all das? Dupin würde nicht nachfragen.

»Über ein solches Equipment wird Maxime Contel in seiner Station wahrscheinlich verfügen, oder?«

»Selbstverständlich. Er wird perfekt ausgerüstet sein. Für die Stratifizierung und die Aussähung. Auch das ist eine Kunst, Chef. Sie brauchen eine spezielle Anzuchterde und eine Drainage für die präzise Wasserversorgung. Unter das Anzuchtsubstrat gibt man …«

Das waren genug Details.

»Könnten Sie das Equipment identifizieren, wenn Sie es sähen, Riwal?«

Dupin fuhr auf die D28 auf. Endlich. Auch sie war keine Autobahn, aber zumindest gab es nicht alle paar Hundert Meter Kreisverkehre, kriminelle Kurven und abenteuerliche Schlaglöcher.

»Könnte ich, Chef. – Und was auch ideal ist: Jetzt kommen

Herbst und Winter, da hätte Contel die Aussaat im natürlichen Jahreszeitenrhythmus vornehmen können. Auf seinem neuen Feld. Deswegen wollte er es haben, und deswegen wurde es auch extra gepflügt. Alles passt zusammen. Wahnsinn.«

»Gesetzt den Fall, dass alles so wäre, wie wir es uns denken, befände sich Maxime Contel ja erst ganz am Anfang. Als Erstes müsste er jetzt die Kerne extrahieren, aber das würde er bis heute zeitlich nicht geschafft haben, oder?«

»Richtig, Chef.«

»Das heißt, wir suchen immer noch nach Äpfeln. Nach ganzen Äpfeln, nicht nach Samen.«

»Richtig.«

»Und die Äpfel der Abtei ließen sich zweifelsfrei identifizieren, oder?«

»Klar. Äußerlich und durch Geschmacksproben.«

Dupin sah schon die gesamte Einsatztruppe zur Apfelverkostung antreten.

»Zuletzt durch Analysen. Sie …«

»Lassen Sie umgehend ein paar Äpfel aus der Abtei holen und zur Cidrerie bringen, Riwal. Nevou ist in der Abtei, sie soll das organisieren.«

Dupin hätte eben daran denken und selbst ein paar Äpfel holen können. Jetzt war es zu spät.

»Und beginnen Sie schon mit der Suche, Riwal. – Ich bin bald da.«

»Gut.«

Dupin hatte aufgelegt. Aber nur, um die Wahlwiederholungstaste zu drücken.

»Chef?«

Der Inspektor nahm es stoisch.

»Und lassen Sie Maxime und Victor Contel kommen,

Riwal. Carman müsste mit Maxime Contel bereits auf der Wache sein. – Sie soll beide zur Cidrerie bringen.«

»Dann wird der Anwalt sicher ebenfalls mitkommen.«

»Soll er ruhig. Bis gleich, Riwal.«

Dupin beendete das Telefonat.

Die Straße zog sich nun schon eine Zeit lang durch die Landschaft wie ein gerader Strich. Dupin trat das Gas bis zum Anschlag durch. Barfuß war es gewöhnungsbedürftig.

Während der Fahrt hatte Dupin noch weitere Telefonate geführt. Mit Nevou, dann mit Carman. Maxime Contel ließ sich durch denselben Anwalt vertreten wie sein Vater. Sie hatten bereits kurz miteinander gesprochen. Mittlerweile waren auch sie auf dem Weg in die Cidrerie. Streng getrennt, ein Wagen mit Carman, Maxime Contel und dem Anwalt, ein Wagen mit Victor Contel und einer Kollegin von Carman, die etwas später losgefahren war.

Zuletzt hatte Dupin mit Nolwenn telefoniert, um sie à jour zu bringen. »Es wäre ein bretonisches Motiv *pur beurre*«, hatte sie befunden. Die Vorstellung, dass sämtliche Verbrechen, sowohl die Morde als auch der Angriff auf Kadeg, wegen eines besonderen Apfels geschehen sein könnten, hatte Nolwenn nicht im Geringsten verwundert. Im Gegenteil. »Denken Sie an den Anfang allen menschlichen Ärgers, überhaupt aller Unbill in der Welt, Monsieur le Commissaire. Ein gestohlener Apfel im Paradies – und schon ging es los«, hatte sie den Fall philosophisch gewürdigt. Das Fazit hatte gelautet: »Eigentlich lag die Lösung ja wirklich nahe. Hing die ganze Zeit über Ihnen am Baum.«

Der Kies flog wild umher, als Dupin auf den Hof der Cidrerie raste, und noch mehr, als er in die Bremsen stieg. Neben Riwals Wagen stand ein kleiner Polizei-Renault aus Morlaix.

Dupin sprang aus dem Auto.

Außer zwei Gendarmen war niemand zu sehen. Dupin grüßte mit einer knappen Handbewegung. Nachdem sie ihn kurz ungläubig bestaunt hatten – er stand durchnässt, barfuß, mit zerzausten Haaren vor ihnen –, grüßten sie zurück.

»Sie sind in der Zuchtstation, Monsieur le Commissaire«, gab der deutlich ältere der beiden Auskunft. »Am besten gehen Sie da entlang.« Er deutete auf einen Weg, der mitten durch die angrenzende Apfelbaumwiese führte. »Da kommen Sie direkt zur Station.«

Dupin beeilte sich.

Ein Teil der rotbackigen Äpfel hing noch an den Bäumen, der andere Teil lag schon auf dem Boden. Die überreifen Äpfel verströmten einen Duft, der einen trunken machen konnte, man meinte, schon den Alkohol zu riechen.

Nach vielleicht hundertfünfzig Metern endete die Plantage und ein großes, frisch gepflügtes Feld tat sich auf, das sich bis zu dem Sträßchen zog, über das er gerade gekommen war.

Linker Hand befand sich eine moderne Halle aus mattem Aluminium. Die Mittagssonne spiegelte sich darin und blendete einen förmlich. Vor der Halle parkte ein kleiner Bagger.

Weit und breit war niemand zu sehen. Die Doppeltür der Halle stand sperrangelweit offen.

Innen offenbarte sich ein weitläufiger Raum mit hohen Fenstern, der in mehrere Segmente geteilt war. Diverse Edelstahlapparaturen waren zu sehen. Auch eine Art riesiger Ofen.

Hier standen sie: Riwal, Madame Dumas, eine Gendarmin. Direkt vor einigen der großen Apfelboxen. Auch diese randvoll gefüllt.

»Salut, Chef.«

Riwal hatte Dupin gesehen. Kein Kommentar zu den nackten Füßen des Kommissars und seiner durchnässten Kleidung.

»Das hier sind sie nicht.« Riwal deutete auf die Äpfel in den Boxen, er machte eine resignierte Miene. »Es sind die einzigen Äpfel hier in der Station. Wir haben alles abgesucht, Chef. Am wahrscheinlichsten hätte Contel sie ja hierhergebracht.«

Madame Dumas und die Gendarmin musterten Dupins wüstes Äußeres neugierig.

»Ich weiß nichts von irgendwelchen Superäpfeln, Monsieur le Commissaire«, stellte Madame Dumas klar.

»Davon gehen wir auch nicht aus«, bestätigte Dupin.

Er blieb vor den Boxen stehen.

»Woher wissen wir, dass es nicht die aus der Abtei sind?«

Statt zu antworten, griff Riwal nach seinem Handy, tippte darauf herum und hielt es Dupin hin.

Ein Apfel, in einer Großaufnahme, bildschirmfüllend.

»Nevou hat mir eben ein Foto geschickt. Die Äpfel unterscheiden sich erheblich, wenn man genau hinschaut. Hier, sehen Sie, Chef, Sie müssen nur auf die winzigen weißen Sprengsel schauen, die …«

»Haben Sie ein paar von Joëlle Contels Äpfeln holen lassen?«

»Nevou kommt selbst und bringt welche mit, sie wird gleich da sein. Sie haben die ganze Abtei nach den Äpfeln durchsucht. Fehlanzeige.«

»Wer arbeitet hier alles? In dieser Station?«, wandte sich Dupin an Madame Dumas.

»Maxime Contel hat ein Team von zwei Biologen. Aber die waren in den letzten Tagen nicht da.«

»Verstehe. Hat Maxime Contel irgendwann etwas erwähnt von dem Vorhaben, eine neue Apfelsorte zu kultivieren?«

Eine überflüssige Frage, Riwal hatte sie sicher schon gestellt.

»Nein. – Wie gesagt: Wir von der Cidrerie haben mit der Arbeit hier in Maxime Contels Station gar nichts zu tun. Als er uns übernommen hat, haben wir ihm unsere Sorten für die Kultivierung und Zucht zur Verfügung gestellt, darum ging es ihm ja. Aber das war es.«

»Und Sie haben auch nichts davon mitbekommen, dass Maxime Contel gestern oder vorgestern eine Ladung Äpfel hierhergebracht hat? In Boxen, Kisten, Säcken, Tüten, wie auch immer?«

»Nein. – Aber das heißt nichts. Es gibt von der Straße einen eigenen kleinen Zufahrtsweg zur Station. Man muss nicht über die Cidrerie fahren.«

»Dann danken wir Ihnen erst einmal, Madame. Wir melden uns, wenn wir Ihre Hilfe noch einmal benötigen sollten.«

»Ich bin da.« Madame Dumas nickte freundlich und ging auf die offene Doppeltür zu.

Dupin sah sich in der Halle um.

Riwal trat an ihn heran. »Die Köchin behauptet, Joëlle Contels Äpfel bleiben bei guter Lagerung ein Jahr frisch – wissen Sie, was das hieße, Chef?«

Eine rhetorische Frage.

»Weltrekord. – Ein gigantisches Geschäft.«

Dupin begann, nervös auf und ab zu laufen.

»Wir müssen das Gelände absuchen.« Dupin fuhr sich durch die Haare, er war frustriert. »Vielleicht hat Contel die Äpfel in die Boxen gefüllt, die überall herumstehen, und die anderen einfach als Tarnung darübergeschichtet. Es wäre ein perfektes Versteck.«

Die Äpfel mussten doch irgendwo sein. Sie mussten sie finden. Sie wären der Beweis.

»Auf dem Gelände der Station stehen keine weiteren Boxen, Chef. Es besteht nur aus dem Feld. Und der Zuchtstation hier.«

»Und die Boxen in der Cidrerie?«

Alles überflüssige Fragen, wusste Dupin, auch das würde Riwal überprüft haben. Er fuhr sich wieder durch die Haare, die jetzt trocken, aber voller Salz und Sand waren.

»Madame Dumas und ich haben uns jede einzelne Box angesehen.«

»Und auf den Apfelwiesen hier? Die Boxen stehen überall herum. – Oder in den Plantagen oberhalb des Douron-Tals, die der Cidrerie gehören?«

»Möglich, aber eher unwahrscheinlich, Chef. Sie sind zu wertvoll für Contel, als dass er sie einfach irgendwo unbeaufsichtigt herumstehen lassen würde. Überall ist die Ernte in vollem Gange, es wäre viel zu riskant.«

»Könnten sie bei ihm zu Hause sein?« Dupin war noch etwas eingefallen: »Oder auf seiner Insel?«

»Carman hat bereits einen Wagen hingeschickt. Die Kollegen werden sich alles ansehen. – Aber auch das hätte für ihn ein unnötig großes Risiko dargestellt. Überall außer hier fiele eine solche Menge an Äpfeln auf. Und nur hier steht ihm alles zur Verfügung, was es für die Kultivierung braucht.«

»Gibt es einen Lieferwagen?«, ging es Dupin durch den Kopf. »Von der Zuchtstation? Von der Cidrerie doch ganz sicher.«

»Beides. Maxime Contel hat Anfang des Jahres für die Station hier einen Citroën Jumper angeschafft. Dunkelgrün. – Haben wir auch schon kontrolliert, Chef. Der Laderaum ist sauber. Verdächtig sauber, wenn Sie mich fragen. Wahrscheinlich hat er die Aktion vorgestern Nacht damit ausgeführt.«

Dupin blieb kurz stehen, die Stirn in tiefen Falten, die Hände hinter dem Kopf.

»Er hatte vermutlich nicht viel Zeit, sie zu verstecken.« Dupin sprach eher zu sich selbst als zu Riwal. »Heute Morgen hat er erfahren, dass wir der Sache mit dem Gift auf die Spur gekommen sind, also wussten, dass es ein Mord war. Er hat befürchten müssen, dass wir auf die Äpfel kommen.«

Dupin setzte sich erneut in Bewegung. Lief auf etwas zu, das aussah wie eine überdimensionierte Kühltruhe.

»Verdammt.«

Sie mussten die Äpfel finden.

»Da bin ich!« Nevou stürzte in die Halle. In der rechten Hand hielt sie einen Plastikbeutel. »Und hier sind fünf der Äpfel aus der Abtei.«

Sie überreichte sie Riwal.

»Wir …«

Dupins Handy klingelte.

Der Kommissar warf einen raschen Blick aufs Display – er hoffte, dass es nicht der Präfekt war.

Kommandantin Carman.

»Ja?«

»Wir stehen vor Ihrem Wagen an der Cidrerie, Monsieur le Commissaire. Maxime Contel, sein Anwalt und ich. Wo sollen wir hinkommen?«

»Zur Zuchtstation nebenan, einfach den Weg nehmen, der rechts von der Cidrerie durch die Plantage führt. Die beiden Gendarmen wissen Bescheid.«

»Wir kommen. – Der Wagen mit Victor Contel wird in rund fünf Minuten eintreffen.«

»Sagen Sie Ihrer Kollegin, sie soll mit Victor Contel erst mal bei der Cidrerie warten.«

»Sage ich ihr. – Bis gleich.«

Dupin wollte Vater und Sohn unter allen Umständen getrennt sprechen.

Er legte auf und lief zum Ausgang der Halle. Riwal folgte ihm.

Dupin sah Maxime Contel, den Anwalt und Carman auf sich zukommen.

Contel war verschwitzt, überhaupt sah er mitgenommen aus. Im Kontrast dazu wirkte der Anwalt noch akkurater als eben. Anzug und Hemd in einem sommerlichen Hellblau, jetzt zudem mit schicker Sonnenbrille.

Grußlos schritt Dupin geradewegs auf Contel zu, als wäre der Anwalt Luft.

»Wir wissen von den Äpfeln, Monsieur Contel. Leugnen ist zwecklos.« Dupin spürte die Wut in sich aufsteigen.

Er baute sich in seiner ganzen Körpergröße und -masse vor Maxime Contel auf, was seine Wirkung zu tun schien, einen Moment lang lag Panik auf Contels Gesicht. Einen Augenblick später hatte er sich wieder im Griff, aber es war zu spät. Dupin hatte seine Angst gesehen. Was er auch gesehen hatte: einen suchenden Blick Contels, der am Kommissar vorbeiging und etwas zutiefst Verzweifeltes an sich hatte.

Schon war der Anwalt zur Stelle: »Mein Mandant braucht nichts zu leugnen, weil er sich nichts hat zuschulden kommen lassen. Dass er …«

»Die Wunderäpfel Ihrer Tante waren Ihre einzige, Ihre letzte Chance. Um das Familienimperium vor dem Ruin zu bewahren. Auch wenn der Bankrott gar nicht Ihre Schuld gewesen wäre, wären Sie für alle Welt ein historischer Versager gewesen, ganz besonders für Ihren Vater. Dem eigentlichen Verantwortlichen für den Niedergang.«

Dupin ließ seine Worte wirken.

»Mit den Äpfeln hätten Sie *Les Pommes et les Bretons* zudem nicht bloß retten, sondern so erfolgreich machen können wie noch nie. Global. Vielleicht hatten Sie die Idee schon letztes oder sogar vorletztes Jahr. – Aber Ihre Tante war aus irgendeinem Grund nicht einverstanden. Sie wollte Ihnen die Äpfel nicht zur Kultivierung überlassen. Wahrscheinlich haben Sie sie bekniet, aber es hat nichts geholfen. – Als es dann hart auf hart kam, hatten Sie den Gedanken, sie aus dem Weg zu räumen, wenn es sein musste.«

»Ich verbitte mir diese unverschämten Unterstellungen, wir …«, versuchte der Anwalt eine winzige Pause in Dupins zornigem Redefluss zu nutzen.

»Als Sie dann von den Vorzeichen des Todes hörten«, Dupin ignorierte den Anwalt, »die Joëlle Contel gesehen hatte, ergriffen Sie die Gelegenheit. Eine fantastische Gelegenheit, ein Geschenk geradezu. Ihre Tante hatte es allen erzählt. Auch dass sie bereit war zu gehen, den nahenden Tod akzeptierte. Niemand wäre je auf die Idee gekommen, bei ihr, einer neunundachtzigjährigen, anscheinend friedlich entschlafenen alten Dame, überhaupt eine Obduktion vornehmen zu lassen – geschweige denn auf eine Vergiftung hin.«

Auf Maxime Contels Zügen lag ein verächtlich-überheblicher Ausdruck, er hatte sich nicht von der Stelle bewegt, seit Dupin sprach.

»Natürlich kennen Sie sich mit Pflanzen und Kräutern aus, Sie haben es mir selbst erzählt. Und der Klostergarten bietet alles im Überfluss. Sie wussten genau, welche Pflanze mit welchem Gift sich am besten eignen würde. Zudem war es Ihnen ein Leichtes, das Gift in den *Kig Ha Farz* zu mischen. Ich vermute, das ist Sonntagnacht geschehen, Sie wussten, dass Ihre Tante nicht absperrte. – Es war

alles ganz einfach. Erstaunlich einfach. Wenn da nicht Ihr Cousin Thierry Kadeg gewesen wäre, der Montagnacht aus sentimentalen Gründen noch einmal in die Abtei gewollt hatte.«

»Ist dieser hanebüchene Unfug alles, was Sie vorzubringen haben, Monsieur le Commissaire?«, versuchte es der Anwalt aufs Neue. »Dann sollten wir das hier abbrechen, denn …«

»Sie haben sich die Äpfel Montagnacht geholt. Genug, um mit der Kultivierung beginnen zu können.«

Dupin fixierte Maxime Contel, aber dieser machte den Eindruck, als würde ihn gerade etwas ganz anderes beschäftigen.

»Sie sind mit dem Lieferwagen der Zuchtstation gekommen und haben ihn hinter der Abtei vor der schmalen Holztür geparkt. Sie kannten die Tür, den Pfad durch den Wald, alles. Der alte Pfad führt direkt zu den Apfelbäumen. Dabei wurden Sie von Inspektor Kadeg gestört. Sie haben nach einem schweren Ast gegriffen und ihn niedergeschlagen. Dann sind Sie geflohen. So konnten Sie nicht alle Äpfel ernten, und noch viel schlimmer: Sie konnten den vergifteten *Kig Ha Farz* nicht entsorgen. Sie …«

Da war er wieder, wie eben gerade – Contels nervöser Blick, der erneut für den Bruchteil einer Sekunde an Dupin vorbeiging.

Dieses Mal reagierte Dupin umgehend. Er drehte sich um, versuchte zu erahnen, wohin genau Contel geblickt hatte.

Nichts. Nur das Feld. Der Feldrand.

»Wonach suchen Sie, Monsieur Contel?«

Maxime Contel blieb stumm. Sein Ausdruck zeigte bloß noch mehr kalte Verachtung.

»Also weiter«, zischte Dupin. Jetzt folgten die zugegebenermaßen noch sehr luftigen Teile seiner Theorie.

»Aus irgendeinem Grund hätte Claude Hilaire Ihnen gefährlich werden können. Auf jeden Fall hätte er das Fehlen der Äpfel bemerken müssen, er hatte sie ja nicht selbst geerntet. Und er hat es ja auch bemerkt. Sie mussten ihn ausschalten. Dass er und seine Frau etwas von dem vergifteten *Kig Ha Farz* bekommen würden, konnten Sie nicht wissen. Sie …«

Dupin hielt abrupt inne. Einen Moment verharrte er regungslos. Um sich dann ruckartig umzuwenden.

Er stürmte los. Geradewegs auf das leere Feld zu. Er spürte die Erde unter seinen nackten Füßen.

Alle Blicke folgten ihm.

»Riwal, Nevou, Carman«, instruierte er lauthals, ohne sich umzusehen, »kommen Sie! Helfen Sie mir!«

Dupin erreichte das Feld und blieb abrupt stehen. Er schaute sich um.

Dann auf einmal – seine Kollegen hatten ihn noch nicht erreicht – stürzte er aufs Neue los. Er hielt auf den knallorangen Bagger zu, der vor der Halle stand, und blieb erst direkt vor seiner Metallschaufel stehen.

Er fasste nach der Erde an den Zähnen der Schaufel. Verrieb sie zwischen Daumen und Zeigefinger.

Frische Erde, eindeutig.

Mit diesem Bagger war kürzlich gegraben worden, vor ein paar Stunden erst. Und – auch das war ihm gerade plötzlich wieder eingefallen – als er Maxime Contel heute Morgen gesehen hatte, waren seine hellen Schuhe voller frischer Erde gewesen.

Er wandte sich wieder um und rannte an Nevou, Carman und Riwal vorbei.

»Suchen Sie das Feld ab! Nach Stellen, wo gegraben wurde. Wo Spuren frischer Erdbewegung zu sehen sind.«

Er lief auf den Teil des Feldes zu, in dessen Richtung Maxime Contels Blick geschweift war.

Riwal, Carman und Nevou folgten auf dem Fuß. Es schien, als hätten sie verstanden.

Dupin verlangsamte seine Schritte, die Augen auf den Boden gerichtet.

Die drei taten es ihm gleich.

Aufmerksam schritten sie den Feldrand ab.

Dupin schaute zu Contel. Der starrte stumpf ins Nichts.

Es dauerte nicht lange:

»Hier«, rief Nevou.

Alle eilten zu ihr.

Und in der Tat: Auf einer Länge von vielleicht fünf Metern war ein Streifen frisch aufgegrabener Erde zu sehen. Kaum zu erkennen, jemand hatte sich Mühe gegeben, die Spuren zu verwischen. Doch die deutlich dunklere Farbe verriet die feuchte Erde.

Dupin kniete sich hin und begann mit den Händen zu graben. Die anderen ebenfalls. Sie knieten in einem Halbkreis am Feldrand. Buddelten, immer tiefer.

Dann auf einmal stieß Dupin auf etwas Festes.

Nach und nach kam grobes Sackleinen zum Vorschein. Bald ein ganzer Sack. Bereits an den runden Ausbeulungen erkannte man seinen Inhalt.

Niemand sagte ein Wort.

Nevou und Dupin hoben den Sack aus der Erde und legten ihn auf das Gras neben dem Feld. Er war mit einer Schnur zusammengebunden.

Dupin ging in die Hocke, öffnete ihn, griff hinein, nahm einen der Äpfel heraus und erhob sich. Er hielt den Apfel hoch.

Riwals Augen leuchteten, auch Carman stand staunend da, und selbst Nevou blickte andächtig.

Wie Dupin dort abgekämpft stand – schwitzend, barfuß, Hände und Arme voller Erde, die Jeans dreckverschmiert – und den Apfel hochhielt, hatte etwas Theatralisches. Als wäre es der Heilige Gral, den sie nach einem epischen Abenteuer, das seinen Helden alles abverlangt hatte, errungen hatten.

Dupin löste sich aus seiner Haltung.

Ohne Eile schritt er zur Plantage, wo Maxime Contel und sein Anwalt standen und alles beobachtet hatten. Wortlos, wie versteinert.

»Das war es, Monsieur.« Dupin blieb vor Maxime Contel stehen.

Noch einmal hielt er den Apfel hoch.

Contels Gesicht verriet Angst. Aber Dupin empfand nicht den Anflug von Mitleid.

»Nur ein paar Dinge interessieren mich noch, Monsieur.« Dupin sprach mit gesenkter, ruhiger Stimme. »War Ihr Vater beteiligt?«

Contel blieb stumm.

Dann war plötzlich ein leises, dünnes »Nein« zu hören.

»Jemand anderes?«

Wieder dauerte es.

»Nein.«

»Weiß Ihre Frau von alldem?«

»Nein.«

Dieses Mal war die Auskunft prompt und nachdrücklich gekommen.

Natürlich würden sie das alles noch überprüfen – aber Dupin glaubte ihm.

»Sie waren es ganz allein«, stellte Dupin ruhig fest. Eine Art Resümee.

»Ja.«

Dieses eine Wort – es war ein vollständiges, ein umfassendes Geständnis.

Mehr brauchte Dupin nicht.

»Na gut.«

Der Anwalt stand stumm neben seinem Mandanten.

»Dann bleibt nur eine Frage: Warum musste Claude Hilaire sterben?«

Es war beinahe gespenstisch: Kein Gesichtsmuskel regte sich, auch seine Lippen nicht, Maxime Contel sprach wie ein Bauchredner:

»Er hatte mich im Verdacht. Als er gesehen hat, dass die Äpfel fehlten. Er hat mich angerufen. – Joëlle hat es ihm erzählt. Sie hat erzählt, dass ich sie nach den Äpfeln gefragt habe. Mehrmals in den letzten Jahren. Ob sie sie mir für die Kultivierung überlassen würde.«

Jetzt verwandelten seine Züge sich ins Jämmerliche, Wehleidige.

»Es hätte sie doch nichts gekostet. Gar nichts. – Sie hätte nichts tun müssen, außer Ja zu sagen. Aber sie wollte partout nicht, sie war völlig verbohrt, starrsinnig. Sie wollte nicht, dass wir ›ihre Äpfel ausschlachten‹, wie sie es nannte. Dabei wären sie für *Les Pommes et les Bretons* die Rettung gewesen, das habe ich ihr in diesem Sommer ausdrücklich gesagt. Ich konnte nicht warten, bis sie eines Tages gestorben wäre, ich …«

»Lassen Sie's gut sein, Monsieur«, unterbrach Dupin das Lamentieren.

Der Kommissar wandte sich ab. Was sie wissen mussten, wussten sie.

Außerdem wollte er sie nicht hören, all die selbstmitleidigen Erklärungen. Er ertrug es nicht. Wenn alles Wesentliche ans Licht gekommen war, erlosch Dupins Interesse an den

Tätern. Es war bedauerlicherweise schon lange genug um sie gegangen. In ihrer widerlichen Überheblichkeit räumten sie andere beiseite, stahlen ihnen das Leben, zerstörten ganze Familien und Welten – und standen auch danach noch im Mittelpunkt. Viel mehr als die Opfer. Aber waren sie einmal dingfest gemacht, musste es enden. Und dieser Moment war genau jetzt.

Carman und Nevou traten auf Maxime Contel zu. Sie würden ihn auf die Wache bringen.

Riwal folgte Dupin, der den Weg durch die Apfelplantage nahm, hin zur Cidrerie.

»Wahnsinn, Chef. – Es ging bei den Morden nur um Äpfel.«

Dupin nickte.

»Und was ist mit Victor Contel und dem Vogelbeobachtungsbuch? Mit seiner Aussage, dass er die Seiten herausgetrennt hat, damit die Sichtungen nicht bekannt werden?«

»Es hat mit den Morden nichts zu tun.«

»Das heißt, wir lassen ihn laufen?«

»Selbstverständlich.«

Es wäre ohnehin unklar, was das für ein Vergehen wäre. Juristisch gesehen höchstwahrscheinlich gar keins.

»Dann ging es gar nicht um den Riesenalk.« Riwal konnte seine Enttäuschung nicht verbergen.

»Nein. Aber das heißt ja nicht, dass Joëlle Contel ihn nicht gesehen hat. – Dass es ihn nicht gibt«, hörte Dupin sich zu seiner eigenen Verwunderung sagen.

»Sie haben recht, Chef. – Und die Expedition wird schon bald starten.«

Riwals Miene hellte sich auf.

Sie gingen schweigend nebeneinanderher, bis sie den Hof der Cidrerie erreichten.

Dupin erblickte Victor Contel, der von den Gendarmen bewacht wurde.

Dupin hatte ihn fast vergessen.

»Das ist infam, Monsieur le Commissaire!« Victor Contel schritt auf ihn zu.

»Ich übernehme das«, assistierte Riwal.

»Danke, Riwal.«

Es kam aus tiefstem Herzen.

Dupin steuerte unbeirrt auf seinen Wagen zu, ohne Victor Contel auch nur mit einem Blick zu bedenken.

Umgehend saß er hinter dem Lenkrad und startete den Motor.

»Ende gut, alles gut, Monsieur le Commissaire.«

Nolwenn schlug einen nahezu heiteren Tonfall an.

Dupin saß auf der Terrasse des *Baie des Anges*. Allein.

Der Besitzer, Jacques, hatte ihm umstandslos ein Paar blaue Flipflops hingestellt, als Dupin angekommen war, sich aber ansonsten alle Kommentare zu Dupins Aussehen gespart. Er hatte auch gespürt, dass es nicht die Zeit für Fragen war.

Dupin hatte kein Wort sagen müssen, sich einfach auf einem der gemütlichen Stühle niedergelassen. Bald war Jacques mit zwei *petits cafés* wiedergekommen.

Dupin war eine Weile in sich versunken, dann hatte er Nolwenn angerufen.

Riwal hatte sie bereits mit den wichtigsten Informationen versorgt, dennoch: Das Telefonat nach der Lösung eines Falls stellte ein festes Ritual dar. Und Rituale waren es,

die Dupins Leben zusammenhielten und seine Arbeit prägten.

»Kadeg befindet sich weiterhin auf dem Weg der Besserung. Wahrscheinlich kann er Freitag sogar nach Hause. – Madame Hilaire wird ebenfalls schon bald wieder entlassen, ihre beiden Kinder sind da, sie kümmern sich liebevoll.« Mit einem Mal schlug Nolwenns Tonfall ins Wütende um: »Grausam. Es wird dauern, bis sie den Mord an ihrem Mann und Vater überhaupt realisiert haben. Es ist schrecklich.«

Eine kurze Pause.

»Ich soll Ihnen von Kadeg sagen, dass er sich so was wie mit den Äpfeln schon gedacht hat.«

»Wie bitte?« Dupin verschluckte sich beinahe an seinem Kaffee.

»Na, er meint, dass er Maxime Contel eigentlich selbst schon im Verdacht hatte, er konnte ihn sowieso noch nie ausstehen.«

Abstrus. Aber immerhin bedeutete es, dass es Kadeg wieder gut ging.

»Ich fahre heute Abend zurück nach Concarneau, Monsieur le Commissaire. Kadegs Frau ist ja da. – Und die Zwillinge sind bei der Oma in guten Händen.«

»Machen Sie das, Nolwenn.«

»Dann sehen wir uns morgen im Kommissariat. In alter Frische.«

»Ja. Bis dann.«

Nolwenn legte auf.

Dupin lehnte sich zurück und schloss für eine Weile die Augen.

Dann öffnete er sie wieder.

Er ließ seinen Blick schweifen, von den beiden Leuchttürmen im Osten nach Westen zur Halbinsel, auf der sie Maxime

Contel gestellt hatten. Die Flut war zurück. Der Atlantik stand hoch. Und teilte die Welt wieder eindeutig in Land und Meer. Keine unbestimmten Zwischenlandschaften mehr.

Dupins Blick verharrte im Westen. Auf dem feinen weißen Sandstrand vor der Abtei. Dann wanderte sein Blick zur Abtei selbst. Friedlich lag sie da. Wie vor einem halben Jahrtausend.

Sein Blick wanderte zurück zu den Inselchen im Meer, vor der Bucht, weit draußen. War er vielleicht wirklich irgendwo dort? Der Pinguin der Nordhalbkugel. Der Riesenalk.

Wie auch immer: Es war paradiesisch hier.

Das Panorama, die Natur, das Licht, die Farben, das Meer, das man roch, im Mund schmeckte, der Wind. Nicht zuletzt die wundervolle Terrasse.

Heute sah es aus, als würden die beiden Segelboote noch ein Stück näher beieinanderliegen.

Mit einem Mal musste Dupin schmunzeln.

Er hatte eine Idee. Eine verrückte Idee vielleicht.

Aber er würde nicht lange nachdenken.

Er stand auf, lief die Terrasse entlang hinein zur Rezeption.

Drei Minuten später ließ er sich höchst zufrieden wieder in seinen Stuhl sinken und holte sein Telefon hervor.

Er wählte die Nummer.

»Georges?«

Claire war sofort dran. Sie hatte heute frei.

»Wir haben den Fall gelöst, Claire.«

»Willst du davon erzählen?«

»Später. – Ich wollte dir etwas vorschlagen.«

»Was?«

»Ich habe hier gerade ein Zimmer reserviert. Ein paar Meter vom Meer entfernt. Für eine Nacht. – Setz dich in den Wagen, Claire. Ich warte hier auf dich.«

Eine Weile war es still am anderen Ende.

»Es ist paradiesisch hier, Claire. Du …«

»Ich parke nur schnell ein paar Sachen. Soll ich dir was mitbringen?«

»Ich … Unbedingt.«

»Prima. Wie lange brauche ich?«

Claire hatte einen ähnlichen Fahrstil wie er.

»Eineinhalb Stunden.«

»Dann bin ich um sechs da.«

»Ich reserviere uns einen Tisch. Hier auf der Terrasse, auf der ich gerade sitze. – Die Sonne wird direkt vor uns im Meer untergehen. Und es gibt die köstlichsten Dinge.«

»Ich beeile mich.«

Schon hatte sie aufgelegt.

Dupin lehnte sich zurück.

Es war wunderbar. Absolut wunderbar.

»Ich habe gehört, Sie bleiben noch eine Nacht.« Jacques war aus der Bar auf die Terrasse getreten. »Eine sehr gute Idee.«

Dupin musste lächeln.

»Ja, eine sehr gute Idee. – Und ich nehme jetzt ein Glas Sancerre.«

»Auch das ist eine sehr gute Idee.«

Schon war der Besitzer verschwunden, um umgehend mit einem Glas und einer Flasche zurückzukommen, die er vor Dupin auf den Tisch stellte.

Er nickte verschwörerisch.

»Gibt es heute Abend noch einmal diese phänomenalen Jakobsmuscheln? Mit der Austernsoße? Und die *rillettes?*«

»Selbstverständlich. Zudem haben wir *ormeaux* und ein paar prächtige Hummer. Die *Legris*-Austern sowieso.«

»Fantastisch.«

Besser ging es nicht.

»Wir bauen Ihnen einen kleinen Tisch oben auf Ihrem Balkon auf. – Da sind Sie ganz unter sich.«

»Großartig.«

Es wäre sogar der noch geeignetere Ort für sein Vorhaben als hier unten.

Schon war Jacques wieder verschwunden.

Dupin goss sich von dem Sancerre ein und ließ den kalten Wein die Kehle herunterlaufen.

Es war unheimlich: Er hatte den Fall in der letzten Viertelstunde beinahe vergessen. Und auch jetzt kam es ihm vor, als läge er bereits Tage zurück. Oder länger noch. Als hätte es einen Zeitsprung gegeben – eben, als er die Augen für eine Weile geschlossen und sie dann wieder geöffnet hatte.

Sein Blick fiel erneut auf die beiden Segelboote.

Gleich würde auch Claire sie sehen. Das alles hier.

Er leerte das Glas.

Sie hatten viel gegessen. Viel getrunken. Viel geredet. Viel gelacht. Auch viel zusammen geschwiegen.

Sie hatten die Sonne untergehen sehen – die jedes Mal aufs Neue wundersame Darbietung, heute in heftigem Rosa. Noch immer, es war inzwischen halb elf, schimmerte der Himmel im Westen rosa.

Claire trug ein schlichtes marineblaues Kleid. Sie war barfuß. Trug ihre normannisch flachsblonden Haare offen, was Dupin besonders mochte, in der Klinik und im Alltag bändigte sie sie stets in einem Zopf.

Sie hatten die Lampen im Appartement gelöscht, nur von

der Terrasse unten, auf der es heute eher ruhig zuging, und von einer Straßenlaterne erreichte ein wenig warmes Licht den Balkon.

Nach Claires Ankunft hatten sie zunächst einen langen Spaziergang gemacht, an der Bucht entlang. Claire war dem magischen Bann des Ortes sofort erlegen.

Dupin hatte ihr nur kurz von dem Fall erzählt. Claire hatte zugehört, aber nicht viel gesagt. Dann hatte sie von ihrer Arbeit erzählt, bei der es fast jeden Tag um Leben und Tod ging.

Erst um acht waren sie zurück gewesen, da hatte Jacques bereits alles herrichten lassen.

Alles war überaus köstlich gewesen. Claires Liebe zu Meeresfrüchten stand der von Dupin in nichts nach. Wonach sie besonders verrückt war: kalter Hummer mit Mayonnaise. Und der Hummer hier war so gut wie im *Amiral*, ganz wie die Mayonnaise.

Eben waren sie am Ende der zweiten Flasche Sancerre angekommen. Zum Nachtisch gab es eine Käseplatte. Und im Kühlschrank wartete noch eine Apfeltarte.

Sie saßen sich auf dem schmalen Balkon gegenüber.

Dupin öffnete eine dritte Flasche. Schenkte Claire und dann sich ein.

Claire nahm ihr Glas.

»Das müssen wir häufiger machen, Georges. So was wie heute.«

Sie blickte ihm in die Augen, ihr hypnotisierendes Lächeln auf dem Gesicht.

Es war ein schweres Versäumnis, es nicht schon häufiger getan zu haben, empfand Dupin. Aber es würde anders werden.

»Ich …« Es war der richtige Moment, das Pathos lag schon

in der Luft – dennoch, es sollte auf keinen Fall kitschig werden. »Ich wollte dich etwas fragen, Claire. Ich …«

Rasch nahm er einen Schluck. Er hatte sich vorgenommen, es wie nebenbei zu fragen. Aber jetzt war es doch gar nicht so einfach.

Er setzte noch einmal neu an.

»Willst du …«

Nein, so auch nicht.

»Was ich dich fragen wollte, Claire … Willst du mich …«

Claire blickte ihn sanftmütig an.

»Aber klar, Georges. Was denkst du denn? – Natürlich will ich.«

DER VIERTE TAG

Es war kurz vor elf Uhr morgens.

Dupin wachte auf. So lange hatte er seit Jahren nicht mehr geschlafen.

Vorsichtig blickte er zur Seite. Sah Claire. Hinter ihr das Meer.

Er war der glücklichste Mann auf der Welt.

DANK

Ich danke Chantal und Robert Tetrel, den Schutzengeln der *Abbaye des Anges*. Seit dem Jahr 2000 sind sie die Besitzer der Abtei, seitdem haben sie ihr Leben – mit der Unterstützung vieler »Freunde der Abtei« – der bemerkenswerten Instandsetzung der Gebäude gewidmet. Der kundige Marc Thomas führt die interessierten Besucher durch die Abtei.

Besonders danke ich Claudia Lengeler und Jacques Briand, den Hoteliers des *Baie des Anges*, direkt neben der Abtei. Sie und ihre Freunde haben mich in die Geheimnisse der Côte des Abers eingeführt.